W0321290

Buch

Der Privatdetektiv Samuel Todd überprüft im Auftrag der Bingham Foundation Wissenschaftler, die bei dieser Institution Geld beantragt haben. Mit einem solchen Auftrag kommt er in das Provinznest Coburn, wo Dr. Telford Gordon Thorndecker sein Privatsanatorium »Crittenden Hall« betreibt. Dr. Thorndecker, ein bislang unbescholtener und im Bereich der Zellforschung hochangesehener Wissenschaftler, hat jetzt bei der Bingham Foundation um finanzielle Unterstützung für ein umfangreiches Forschungsobjekt gebeten.

Schon am ersten Tag, als sich Samuel Todd im einzigen Gasthof des Ortes einquartiert, erwartet ihn dort eine Überraschung: In seinem Schlüsselfach steckt eine Nachricht mit der lakonischen Mitteilung »Thorndecker tötet«. Doch als Todd mit seinen Nachforschungen beginnt, muß er bald entdecken, daß er bei den sonst freundlichen und hilfsbereiten Bewohnern Coburns in bezug auf Dr. Thorndecker und sein Sanatorium auf eine Mauer eisigen Schweigens stößt. Bei seinem ersten Besuch auf »Crittenden Hall« und einem Gespräch mit dem eigenartigen Dr. Thorndecker verdichten sich die schlimmen Befürchtungen des Privatdetektivs. Und als es ihm schließlich gelingt, mit gestohlenen Schlüsseln in das geheime Labor einzudringen, macht er eine haarsträubende Entdeckung...

Das sechste Gebot – ein atemberaubend spannender Roman von Lawrence Sanders, dem Altmeister des Thrillers. Wie kein anderer versteht er es, interessante und undurchschaubare Charaktere zu schaffen. Sein Roman lebt nicht nur von der spannenden Handlung, vielmehr zeigt er auch, wie leicht ein Mensch die Grenze überschreiten kann, die ihn vom ehrgeizigen Wissenschaftler zum Verbrecher werden läßt.

Autor

Lawrence Sanders gehört zu den erfolgreichsten amerikanischen Thriller-Autoren unserer Tage. Als moderner Klassiker versteht er es meisterhaft, den Leser von der ersten bis zur letzten Seite zu fesseln. Sanders lebt heute in Florida.

Im Goldmann Verlag ist von Lawrence Sanders
außerdem erschienen:
Die Verführung des Peter S. Roman (8825)
Harry, Good-Bye. Roman (8535)
Luzifers Tochter. Roman (8649)
Blutzins. Roman (9913)
Blutspiel. Roman (Paperback 32529)

Lawrence Sanders

Das sechste Gebot

ROMAN

Aus dem Amerikanischen
von Günther Danehl

GOLDMANN VERLAG

Die Originalausgabe erschien unter dem Titel
»The Sixth Commandment«
im Verlag G. P. Putnam's Sons, New York

Der Goldmann Verlag
ist ein Unternehmen der Verlagsgruppe Bertelsmann

Made in Germany · 3/91 · 1. Auflage
Genehmigte Taschenbuchausgabe
© der Originalausgabe 1979 by Lawrence Sanders
Alle deutschen Rechte bei C. Bertelsmann Verlag GmbH,
München 1982
Umschlaggestaltung: Design Team München
Umschlagfoto: The Image Bank / Jawitz, München
Druck: Elsnerdruck, Berlin
Verlagsnummer: 9930
AR · Herstellung: Heidrun Nawrot
ISBN 3-442-09933-7

Später November. Die Welt lag im Sterben. Draußen heulte der Sturm, die Luft im Raum war verbraucht.

»Mit deinem Alter hat das überhaupt nichts zu tun«, behauptete ich.

»Lügner.«

Ich quälte mir ein Stöhnen ab, richtete mich auf, setzte mich auf die Bettkante, kehrte ihr den gekrümmten Rücken zu, rauchte. Sie streichelte meine Wirbelsäule.

»Armer Junge«, sagte sie.

Ich verbot mir, sie anzusehen, denn was ich da sehen würde, wußte ich: einen straffen, zierlichen Körper. Braunes Haar, kurz geschnitten wie das eines Knaben. Wie poliert vom Kopf bis zu den Zehen. – Ich war ihr hörig. Der Bauch eine sanfte Wölbung, an der Innenseite des linken Oberschenkels ein kleines Muttermal. Das Gesäß glatt und stramm.

»Ich sage doch, ich habe dienstlich außerhalb zu tun, eine Woche, zwei Wochen, einen Monat vielleicht. Ich muß fahren, schließlich verlangt das mein Job.«

»Und ich habe Anspruch auf fünf Wochen Urlaub. Ich könnte sogar unbezahlten Urlaub nehmen, könnte kündigen. Das ginge ohne weiteres.«

Darauf blieb ich stumm.

Ihr Arm legte sich um meinen Hals wie der Saugnapf eines Tintenfisches. Ihre Haut war kühl, auch wenn es ihr kam. Schwitzte sie überhaupt jemals? Sie war wie aus Glas. Aber nicht zerbrechlich.

»Unmöglich. Es geht einfach nicht«, wehrte ich ab.

Sie kniete hinter mir auf dem Bett, legte beide Arme um meinen Hals, preßte ihre festen kleinen Brüste gegen mich. Ihr Busen war so anmutig wie alles an ihr, und sie tat auch was dafür, daß es so blieb: Jogging, Yoga, Ballett.

»Ich komme doch zurück«, beteuerte ich.

»Nein, tust du nicht.« Und das stimmte.

Ich beugte mich vor, drückte die Zigarette im Aschenbecher auf dem Fußboden aus, und sie lehnte sich mit mir vornüber. Sie lag mit ihrem ganzen Körper auf meinem Rücken, ich spürte ihren warmen Atem im Ohr. Ich richtete mich auf, drängte sie zurück.

»Dann wollen wir die Sache wenigstens mit einem denkwürdigen Fick beenden«, sagte sie.

»Du bist wirklich das Letzte.«

»Nicht wahr?«

Wer sie in ihren eleganten Kleidern und Schuhen sah, hätte ihr das nicht zugetraut. Die Brille, die ihr so gut stand; die Kühle; kein Knitterfältchen; kaum Make-up. Aber nackt eine wahre Tigerin. Joan Powell. Wie ich sie haßte. Wie ich sie liebte. Sie lehrte mich so viel, allerdings hatte ich ihr wohl auch dies und das beigebracht, sonst hätte sie meine üblen Launen und meine Seitensprünge kaum drei Jahre lang ertragen.

»Rufst du mich an?« fragte sie, und als ich schwieg, leiser: »Schreibst du mir?«

Es war nicht der flehende Ton in ihrer Stimme, der mich so anwiderte, sondern meine eigene Schwäche. Ich begehrte sie ungeheuer stark in diesem Moment. Und das, obwohl ich mich seit Wochen seelisch auf den Bruch vorbereitet hatte. Hätte sie die richtige Geste gemacht, ich hätte kapituliert. Aber das tat sie nicht. Was nur bedeutete, sie wollte nicht, denn sie kannte die Geste, die Bewegung, die mich umgestimmt hätte. Sie hatte sie selbst erfunden.

Ich schüttelte sie also ab, stand auf, zog mich an, während sie sich auf die zerknüllten Laken zurücklegte und mich aus harten Augen ansah.

»Was Besseres wirst du nie finden«, bemerkte sie.

»Ich stimme dir vorbehaltlos zu.«

Sie sagte, sie sei 44 Jahre alt, und das glaubte ich ihr. Ich sagte, ich sei 32, und das glaubte sie mir. Solcher Dinge wegen logen wir nicht. Nicht, wenn es um Tatsachen ging. Wir logen nur, wenn es sich um wirklich Wichtiges handelte. Was mir so zusetzte, war weniger der Altersunterschied, als meine Hörigkeit. Ich war ihr ausgeliefert, sie hielt mich am Angelhaken.

Ich schlang den Schlipsknoten und betrachtete sie dabei im Spiegel. Sie hatte einen Unterarm über die Augen gelegt, der Oberkörper war entspannt, von der Hüfte abwärts bildeten Becken, Schenkel und Knie ein S. Ihre Haut war zu jeder Jahreszeit gebräunt, nur die schmalen Träger und das Dreieck des Bikini zeichneten sich etwas heller ab. Sie hatte es gern, wenn ich sie dort rasierte, und ich tat es gern.

»Ich gehe jetzt«, sagte ich.

»Dann geh«, sagte sie.

Die Bingham-Stiftung kann sich weder mit der Ford-Stiftung noch mit der Rockefeller-Stiftung messen, doch ist sie kein Krämerladen. Wir geben jährlich zehn Millionen Dollar für Forschungszwecke weg, meist für naturwissenschaftliche Projekte. Das Stiftungsvermögen geht auf Silas Bingham zurück, einen Eisenwarenhändler, der eine neuartige Technik für den Eisenguß erfunden hatte. Sein Sohn Caleb bastelte eine Registrierkasse, die jederzeit den gesamten Bestand anzeigt, und dessen Sohn Jeremiah Bingham, von Beruf Chirurg, entwickelte einen Satz höchst brauchbarer Instrumente, als da sind Knochensägen, Meißel, Feilen, Zangen, Hämmer und so weiter, samt und sonders für die Reparatur des menschlichen Knochengestells gedacht.

Mrs. Cynthia, Jeremiahs Witwe, leitet die Stiftung; sie sieht aus wie ein kleiner alter Mann. Ihr Geschäftsführer, Stacy Besant, sieht aus wie eine kleine alte Frau. Ich heiße Samuel Todd und bin einer von mehreren Ermittlern im Außendienst. Die Bingham-Stiftung geht mit ihren Geldern nämlich nicht leichtfertig um.

Am Freitagvormittag saß ich in Besants Büro und sah zu, wie er seinen Inhalator mit Amphetamin in ein behaartes Nasenloch einführte. Ein faszinierender Anblick. Er zog das Ding mit einiger Mühe heraus, holte scharf Luft, blinzelte und nieste. Dann verstaute er das kleine Gerät in der Westentasche.

»Sind Sie erkältet, Sir?« fragte ich.

»Noch nicht, aber man kann nie wissen. Sie haben unterdessen die Akte Thorndecker studiert?«

Ich wedelte mit der Hand.

»Überflogen. Ich sehe sie mir zu Hause genauer an.«

In Wahrheit hatte ich die vergangene Nacht damit verbracht, mich von Joan Powell zu verabschieden, und die Akte nicht angerührt. Ich wußte nicht, wer Thorndecker war. Woraus man nur folgern kann: Unwissenheit ist ein wahrer Segen.

»Und welchen Eindruck hatten Sie?« fragte Besant.

»Schwer zu sagen. Der Antrag scheint gut begründet, aber das trifft praktisch auf alle Anträge zu.«

»Wie wahr, wie wahr«, sagte er.

Und brachte den Inhalator neuerlich zum Vorschein. Diesmal stieß er ihn ins andere Nasenloch. Schnüffelte. Blinzelte. Nieste.

»Eine glatte Million möchte er.«

»Ach nein. Nun, für gewöhnlich bitten uns die Herrschaften gleich um das Doppelte dessen, was sie brauchen, denn sie ahnen schon, daß wir Kürzungen vornehmen. Mindestens um die Hälfte. Das ist das übliche Spielchen.«

»Für gewöhnlich ja«, meinte er, »da haben Sie recht. Aber in diesem Fall ... Er hat einen bedeutenden Namen, ich meine, er hat bedeutende Leistungen aufzuweisen. Mit 38 Jahren zu einem Drittel den Nobelpreis zum Beispiel.«

»Welchen, Sir?«

Seine Augen wurden trübe. Er lehnte sich über den Tisch und sah dabei aus wie eine Galapagos-Schildkröte im Tweedanzug.

»Das steht alles in der Akte. Das Wissenschaftliche Archiv

ist ganz begeistert von ihm. Ungewöhnlich begeistert.« Pause. »Er war in erster Ehe mit meiner Nichte verheiratet.«

»Ach.«

»Sie lebt nicht mehr. Bei Cape Cod in der Brandung ertrunken. Trauriger Fall. Ein reizendes Mädchen.«

Ich schwieg.

Wieder kam der Inhalator zum Vorschein, doch diesmal wurde er nicht benutzt. Besant spielte nur damit. Das Ding sah aus wie ein übergroßes Büchsengeschoß. Etwas für Großwild.

»Nun denn, gehen Sie ans Werk. Lassen Sie sich Zeit. Und halten Sie uns auf dem laufenden.«

Er streckte die Hand aus, und ich schüttelte sie kurz. Wieder wurde ich an eine Schildkröte erinnert; seine Pfote war trocken und schuppig.

Im düsteren Korridor stieß ich auf Mrs. Cynthia. Sie bewegte sich mühsam, schwer auf ihren polierten Krückstock gestützt. Die Krücke war aus Silber und wie der Schnabel eines Tukan geformt. Sehr hübsch.

»Sie haben vor, sich Dr. Thorndecker anzusehen, wenn ich recht im Bilde bin, Samuel?«

»Ganz richtig, Madam.«

»Ich war mit seinem Vater bekannt«, sagte sie. »Gut bekannt.«

»Ach nein.«

»Ein ganz reizender Herr.« Sie kniff die Lider zusammen, als verspüre sie einen leichten Schmerz. »Das alles war so traurig, so sehr, sehr traurig.«

Dann fragte ich rundheraus: »Soll das heißen, Sie erwarten von mir, daß ich die Auszahlung an Dr. Thorndecker befürworte, Madam?«

Nun klappte sie die Lider auf, streckte die stark geäderte Hand aus und klapste meine Wange. Es war nicht ganz eine Ohrfeige.

»Manchmal werden Sie von Ihrer im übrigen recht sympathischen Reizbarkeit zu Unbesonnenheiten verleitet, Samuel. Ich weiß genau, Sie lassen sich nicht davon beeinflussen, daß ich mit Thorndeckers Vater bekannt war. Müßte ich dergleichen vermuten, hätte ich diesen Umstand nicht erwähnt.«

Danach gab es nichts mehr zu sagen. Ich wanderte in mein winziges Büro, schob die Akte Thorndecker in meine schäbige Mappe und ging heim, packen. In der Nacht von Sonntag auf Montag wollte ich die Akte genauer lesen und dann am Montag früh aufbrechen.

Ich hätte mir statt dessen lieber die Pulsadern aufschneiden sollen.

Im Laufe der Jahre hatte die Bingham-Stiftung eine recht geeignete Methode zur Prüfung der Anträge auf Subventionen entwickelt. Handelte es sich nicht um offensichtlich aberwitzige Projekte (»Ich bin im Begriff, das Perpetuum mobile zu erfinden ...«), gingen die Gesuche um Förderungsmittel an drei unabhängig voneinander arbeitende Auskunfteien, die solche Aufträge von Stiftungen, gelegentlich auch von amtlichen Stellen entgegennahmen.

Donner & Stern, eine Firma noch älter als Pinkerton, lehnte es ab, ihre Agenten Privatdetektive zu nennen; man bevorzugte die Bezeichnung Interviewer. Diese lieferten das Hintergrundmaterial zur Person des Antragstellers. Dazu gehörten seine Familienverhältnisse, sein Bildungsgang, seine Karriere, seine persönlichen Gewohnheiten (Trank er? Nahm er Drogen?) sowie alles sonstige privater Natur, wovon Donner & Stern annahmen, es könnte der Bingham-Stiftung helfen, sich ein Bild von der Förderungswürdigkeit des Antragstellers zu machen.

Die Firma Lifschultz nahm die finanziellen Verhältnisse des Antragstellers unter die Lupe, also seine Kreditwürdigkeit, seine Anlagen (falls vorhanden), seine Steuerehrlichkeit, sein derzeitiges Vermögen und so fort. Dies diente dazu, die Zuverlässigkeit und Vertrauenswürdigkeit zu prüfen und falls möglich zu verhindern, daß jemand mit dem Geld der Stiftung und mit seiner leckeren Sekretärin auf Nimmerwiedersehen auf Haiti verschwand.

Endlich lieferte das Wissenschaftliche Archiv (W. A.) eine unvoreingenommene Analyse des Wertes (oder auch der Wertlosigkeit) des Projektes, für das um Forschungsmittel gebeten wurde. Im Bericht des W.A. fand sich gewöhnlich ein Hinweis auf ähnliche Projekte, die anderswo im Gange waren, auf die Erfolgsaussichten, ferner eine Zusammenfassung der Beurteilung der Qualifikation des Antragstellers durch Mitarbeiter, Fachkollegen und Konkurrenten.

Diese drei Auswahlprozesse eliminierten fast 90 % aller Wissenschaftler, die sich hoffnungsvoll, den Hut in der Hand, der Bingham-Stiftung präsentierten; die verbliebenen Anträge wurden dann den stiftungseigenen Ermittlern übergeben.

Uns oblag es nun, ausfindig zu machen, was Stacy Besant gern »die Imponderabilien« nannte, »die menschlichen Unterströmungen, das, was nur der Beichtvater, der Psychiater und die Mätresse des Antragstellers wissen.«

Zu diesem Zweck suchten wir herauszubekommen, ob der Bittsteller ein glückliches Familienleben führte, ob er mit Kollegen und Untergebenen gut auskam, ob er in der Nachbarschaft einen guten Ruf hatte, im Gemeinwesen wohlgelitten war. War er bei einer Universität oder einem Forschungsinstitut angestellt, galt es, sich zu überzeugen, daß er dort Achtung und Vertrauen genoß.

Das alles war, was die Arbeit betraf, reine Routine; man mußte mit allen möglichen Leuten reden und sie davon überzeugen, daß ihre Äußerungen vertraulich behandelt wurden. Doch die Ergebnisse waren manchmal einigermaßen überraschend.

So erinnere ich mich eines berühmten Wissenschaftlers, glücklicher Ehemann und Vater von vier Söhnen, der Mittel beantragte, um die Ursprünge der Homosexualität zu ergründen. Der Ermittler der Bingham-Stiftung fand bei einem allerletzten Interview heraus, daß der Professor selbst schwul war. Sein Antrag wurde abgelehnt, und das nicht aus Gründen der Moral, sondern weil zu befürchten stand, daß er seine Forschungen nicht genügend objektiv betreiben könnte.

In einem anderen Fall wurde der Antrag eines Kriminologen abgelehnt, als sich erwies, daß dieser ein leidenschaftlicher Jäger und Sammler von Schußwaffen war. Dies schadete ihm aber nur deshalb, weil sein Projekt sich mit der Erforschung der *Wurzeln der Gewalttätigkeit* befassen sollte. Bingham überließ die Mittel für ähnliche Forschungsvorhaben da doch lieber den Kollegen dieses Schießwütigen.

Ermittler nannten wir uns zwar, doch wäre *Schnüffler* zutreffender gewesen. Ich tat diese Arbeit nun schon fünf Jahre, und es war kein Wunder, daß ich immer mißtrauischer und zynischer wurde – denn eben diese Eigenschaften verlangte der Job. Ich fand kein Vergnügen daran, weit zurückliegende Fehltritte oder intime Schwächen eines Antragstellers auszugraben, was dann das Ende seiner Träume bedeutete, doch eben dafür bezahlte man mich, und zwar gut.

Jedenfalls redete ich mir das ein. Gelegentlich jedoch, wenn der Alkohol mich klarsichtig machte, fragte ich mich, ob es mir nicht doch Genuß bereitete, im Privatleben anderer Leute herumzustochern, weil mein eigenes so leer war.

Die Akte Thorndecker war umfangreich. Bevor ich mich daranmachte, stellte ich die Flasche Glenlivet Scotch in Reichweite, dazu eine Karaffe Wasser, einen Behälter mit Eiswürfeln und zwei Päckchen Zigaretten. Ich legte eine Platte auf – Vivaldi, glaube ich – und ließ sie so leise laufen, daß sie kaum zu hören war. Dann begann ich ...

THORNDECKER, Telford Gordon. 54 Jahre alt. Drei Doktortitel, ausgezeichnet mit dem Nobelpreis für Arbeiten über die Pathologie von Zellen bei Säugetieren. Eine Tochter, Mary, 27 Jahre alt; ein Sohn, Edward, 17 Jahre alt; derzeit in zweiter Ehe verheiratet mit Julie, 23 Jahre alt.

Darauf nahm ich einen kräftigen Schluck Scotch. Die zweite Frau vier Jahre jünger als seine Tochter. Interessant, wenn auch nicht so ganz ungewöhnlich. Etwa vom gleichen Interesse wie der Abstand von zehn Jahren zwischen den Kindern.

Ich sah mir das Foto von Thorndecker an, das der Akte beilag, Format 24 mal 30, Hochglanz, augenscheinlich zur Veröffentlichung gedacht, jedenfalls von einem Berufsfotografen aufgenommen, das sah man an der Ausleuchtung und der Haltung des Abgebildeten. Es war ein Brustbild, die Augen blickten in die Kamera, um den Mund stand die Andeutung eines Lächelns, das Kinn war vorgereckt.

Ein gutaussehender Mann, kein Zweifel. Das Haar dunkel, dicht, gewellt; die Züge ausdrucksvoll und männlich; die Lippen erstaunlich weich, die Augen groß und weit auseinanderstehend. Eine hohe Stirn. Die Kinnpartie fest, aber nicht angsterregend. Die kleinen Ohren lagen dicht am Schädel an, die Nase war kräftig und gerade, beinahe scharf, raubvogelartig.

Die Lippen auf diesem Foto lächelten, doch die Augen blickten ernst, beinahe düster. Wie seine Stimme wohl klang? Stimmen sind für mich sehr wichtig, und ich vermutete, daß Thorndecker mit einem volltönenden Bariton sprach.

Ich las weiter ... glanzvolle Karriere als Professor, noch glanzvollere Ergebnisse bei seinen Forschungen über die Pathologie der Säugetierzellen. Ich bin kein ausgebildeter Naturwissenschaftler, in Chemie und Physik aber recht belesen und habe bei der Arbeit eine Menge dazugelernt. Aus dem Bericht des Wissenschaftlichen Archivs ersah ich, daß Thorndecker sich speziell für die Biologie des Alterns interessierte, insbesondere für das Altern normaler Säugetierzellen. Er hat wesentlichen Anteil an einem Projekt gehabt, das statistisches Material über die Reproduktion (die Verdoppelung) der Zellen menschlicher Embryos *in vitro* erbrachte.

Nach diesem Durchbruch setzte Thorndecker auf eigene Faust die Erforschung der Reproduktion menschlicher Zellen *in vitro* fort, die von Spendern unterschiedlichen Alters stammten. Er kam zu dem Ergebnis: je älter der Spender, desto geringer die Aussicht auf Reproduktion (Verdoppelung) seiner Zellen *in vitro*. Daraus schloß Thorndecker, daß die Zellen der Säugetiere eine eingebaute Uhr besitzen. Altern und Tod, so nahm er an, sind weniger die Folge einer erblichen Anlage, einer Krankheit oder des allgemeinen Verfalls, als vielmehr eine unseren Zellen inhärente Eigenschaft. Diese wußten, wann es Zeit war zu leben und wann zu sterben, und so groß die Fortschritte der Medizin auch sein mochten, die beste Diät, die achtsamste Vorsorge konnten die Lebensspanne nur in den von der Natur vorgegebenen Grenzen verlängern.

Ein hübscher Einfall. Darauf nahm ich noch einen Schluck Glenlivet. Sodann griff ich zu dem Bericht von Lifschultz über die finanziellen Verhältnisse des guten Onkel Doktors, und der war erleuchtend ...

Bis zum Tode seiner ersten Frau – die ertrunken war – hatte

Dr. Telford Thorndecker in beschränkten Verhältnissen gelebt. Er unterhielt die Familie von seinem Professorengehalt, gelegentlichen Honoraren für Vorträge; hinzu kamen sein Anteil am Nobelpreis und Honorare aus dem Verkauf zweier Lehrbücher, die er verfaßt hatte: *Menschliche Zellen* und *Die Pathologie menschlicher Zellen*.

Er beerbte seine Frau allein, und als ich sah, um welche Summe, gingen mir fast die Augen über: beinahe eine Million. Ich nahm mir vor, Stacy Besant zu fragen, woher dieses Geld stammte, denn er als Onkel der ersten Mrs. Thorndecker mußte das wissen. Und dann wollte ich auch gleich Mrs. Cynthia fragen, was sie gemeint hatte mit ihrem »Das war alles so traurig«, als sie von Thorndeckers Vater sprach.

Kaum war das Testament für gültig erklärt worden, gab Thorndecker seine Professur, seine Forschungsarbeiten und seine Beratertätigkeit auf und erwarb Crittenden Hall, ein Pflegeheim mit 90 Betten unweit Coburn, südlich von Albany im Staate New York. Crittenden bestand aus mehreren Gebäuden und einem weitläufigen Park, aber das Pflegeheim steckte schon seit einigen Jahren in den roten Zahlen, als Thorndecker es kaufte. Das mochte seinen Grund darin haben, daß es recht abgelegen lag oder daß einfach schlecht gewirtschaftet wurde.

Wie dem auch sei, Thorndecker legte ein unerwartet großes Geschick als Organisator an den Tag. Keine zwei Jahre vergingen, und die Gebäude waren modernisiert, das Personal gegen neue, jüngere Kräfte ausgetauscht, und Crittenden Hall warf einen wenn auch noch geringen Profit ab. Und das alles bei gleichzeitiger Reduzierung der Bettenzahl auf fünfzig und obwohl eines der Häuser zu einem Forschungslabor, das ganz unabhängig von dem Pflegeheim geführt wurde, ausgebaut worden war.

Thorndecker gelang dies Wunder, indem er Mitgliedern vermögender Familien, die entweder Alkoholiker, schwachsinnig oder unheilbar krank waren, eine sichere Zukunft bot. Seine Tagessätze gehörten zu den höchsten, die in Anstalten dieser Art verlangt wurden. Die Küche unterstand einem qualifizierten Schweizer Koch, auf jeden Patienten kam eine Pflegeperson, und die Insassen hatten die Wahl zwischen allen erdenklichen Zerstreuungen – neue Filme, Fernsehgeräte auf den Zimmern, Kostümfeste, Tanzveranstaltungen, Vorführungen reisender Theatergruppen. Das übliche Korbflechten und Malen mit Fingerfarben waren in Crittenden Hall jedenfalls unbekannt.

Dr. Thorndecker zahlte sich selbst als Leiter dieser Anstalt das relativ bescheidene Jahresgehalt von 50000 Dollar. Der Profit aus dem Pflegeheim wanderte ausnahmslos in das Forschungslabor, das sich, dem Prospekt zufolge, der an potentielle Geldgeber versandt wurde, mit »der Erforschung der Biologie des Alterns unter besonderer Berücksichtigung der zellularen Morphologie und deren Rolle bei der Verlängerung der Lebensdauer« befaßte.

Im Bericht von Lifschultz hieß es abschließend, das Forschungslabor von Crittenden existiere von den Gewinnen aus dem Pflegeheim, von Spenden auswärtiger Geldgeber und von Schenkungen, teilweise auch Legaten ehemaliger Pfleglinge von Crittenden Hall.

Dr. Thorndecker hatte sich da was Hübsches ausgedacht, fand ich. Gewiß nichts Ungesetzliches. Nicht einmal etwas Unmoralisches oder gegen die Standesehre Verstoßendes. Aber etwas recht Hübsches.

Ich drehte die Platte um, setzte die letzte Zigarette aus Päckchen Nr. 1 in Brand und machte mich an die Lektüre des eigentlichen Antrages, den das Crittenden Forschungslabor bei der Bingham-Stiftung eingereicht hatte.

Der Antrag war gut durchdacht und logisch gegliedert. Gleich zu Beginn wurde dem Leser klargemacht, daß zwischen dem Labor und dem Pflegeheim zwar eine Namensgleichheit, weiter aber keinerlei Verbindung bestehe. Beide Einrichtungen verfügten über getrennte Gebäude, getrenntes Personal. Die Laborangestellten wurden in keiner Weise ermuntert, Umgang mit dem Personal des Pflegeheimes zu haben, sie aßen sogar in einem eigenen Speiseraum. Es wurde unmißverständlich betont, daß kein Pfennig aus Bingham-Mitteln (falls zugeteilt) in die Bewirtschaftung des Pflegeheimes gehen würde, das ja ohnehin Gewinne abwerfe, sondern alles einzig und allein im Forschungslabor Verwendung finden solle, ein Unternehmen, das keine Gewinne machen dürfe und wertvolle und eigenständige Arbeiten zur Erforschung der Grundstruktur der Säugetierzellen leiste.

Die Million wurde für ein fest umrissenes Programm beantragt: Drei Jahre lang sollten die Wirkungen von elektromagnetischen Strahlungen auf die Zellen menschlicher Embryos *in vitro* untersucht werden. Darunter fiele praktisch alles: Radiowellen und Lichtwellen, Infrarotstrahlung und Röntgenstrahlen, Ultraviolett- und Gammastrahlen. Auch sollte die Reaktion der Zellen auf Ultraschall, auf Laser- und Maserstrahlen untersucht werden.

Es hieß weiter, erste Versuche hätten ergeben, daß menschliche Zellen, die für eine bestimmte Dauer elektromagnetischer Strahlung bestimmter Wellenlänge ausgesetzt werden, ihr Reproduktionsverhalten wesentlich ändern, doch eben die Art dieser Änderung gelte es noch zu erforschen. Die grundlegende Untersuchung, für welche Geld von der Stiftung beantragt wurde, könne möglicherweise zu einem besseren Verständnis der Alterungsvorgänge in Säugetierzellen beitragen. Das Projekt lief, mit einem Wort gesagt, darauf hinaus, die den Zellen eingebaute Uhr zu entdecken, welche die normale Lebensdauer des Menschen bestimmt.

Ein hochgestecktes Ziel. Die angeforderten Mittel sollten zur Bezahlung des Personals dienen, das aufgestockt werden müsse, und zum Ankauf kostspieliger Geräte und Instrumente. Das alles war in einer Anlage präzise aufgeführt.

Nun suchte ich den Bericht des Wissenschaftlichen Archivs. Es hieß dort, auf diesem Gebiet sei zwar bereits viel geforscht worden, auch im Ausland, doch die greifbaren Informationen deuteten darauf hin, daß niemand sich je darauf spezialisiert hatte, herauszubekommen, was genau in menschlichen Zellen innerhalb einer bestimmten Frist bewirkt, daß unsere Sehschärfe nachläßt, unsere Muskeln schwach, die Organe schadhaft werden, daß Alter und Tod eintreten.

Und eben dies hatte Dr. Telford Thorndecker sich vorgenommen. Ich glaubte ihm keine Minute. Dieser brillante, einfallsreiche, neuerungssüchtige Kopf konnte unmöglich Gelder in die Wiederholung von Versuchen stecken wollen, die anderswo bereits gemacht worden waren, und hoffen, auf diesem Wege den Ursachen des Alterns in den Zellen von Säugetieren auf die Spur zu kommen. Es wollte mir nicht einleuchten, daß Thorndecker sich ein so beschränktes Ziel setzte. Der Mann war ein Genie, das gaben ja sogar seine Konkurrenten zu, und Genies folgen nicht, sie gehen voran.

Ich glaubte, den geheimen Ehrgeiz von Dr. Thorndecker zu kennen, und er entsprach dem üblichen Forschungsmuster bei den Biologen: entdecken, analysieren, manipulieren. Er würde sich nie damit zufriedengeben, den Faktor zu identifizieren und zu beschreiben, der in den Zellen von Säugetieren Altern und Sterben bewirkt; er hoffte insgeheim, diesen Faktor manipulieren zu können, die siebzig Lebensjahre, von denen die Bibel spricht, zu übertreffen, die naturgegebene Grenze menschlicher Entwicklung hinauszuschieben.

Ich grinste still vor mich hin, überzeugt, das wahre Motiv erkannt zu haben, das Thorndeckers Antrag auf Zuteilung von Mitteln der Bingham-Stiftung zugrunde lag. Was nur beweist, wie blöde ich sein kann, wenn ich mir wirklich Mühe gebe.

Ich nahm Thorndeckers Foto zur Hand und betrachtete es noch einmal.

»Einen schönen guten Tag auch, Senhor Ponce de Leon«, sagte ich laut.

Dann trank ich den Whisky aus – meinen privaten Jungbrunnen.

DER ERSTE TAG

Als der Wecker Montag früh um sieben läutete, streckte ich einen Arm unter der warmen Decke hervor und ließ die Hand matt auf den Abstellknopf fallen. Zum zweitenmal erwachte ich, wie ich aus trüben Augen feststellen konnte, gegen elf.

Das also war der frühe Aufbruch.

32 ist nicht gerade ein reifes Alter, doch war mir kürzlich aufgefallen, daß es länger und länger dauerte, bis ich morgens in Gang kam. Vor zehn, ja noch vor fünf Jahren konnte ich mich die halbe Nacht herumtreiben, in den frühen Morgenstunden heimkommen, nach kurzem Schlaf um sieben aus dem Bett springen, kalt duschen, mich schnell rasieren und munter pfeifend in den neuen Tag hinaustreten.

An jenem Vormittag hingegen bewegte ich mich in Zeitlupe; ich hielt den Kopf möglichst still, als ich dem warmen Bett unzufrieden murrend entstieg. Was mich aus dem Badezimmerspiegel anblickte, sah scheußlich aus. Ich duschte heiß und lange, doch die Spinnweben in meinem Hirn waren offenbar aus rostfreiem Stahl, und ich konnte die Zähne putzen, solange ich wollte: es schmeckte immer noch nach den Zigaretten der Nacht. Mit dem Rasieren versuchte ich es erst gar nicht: ich kann kein Blut sehen.

In der Küche trank ich mit geschlossenen Augen ein Glas Tomatensaft, was aber den Magen nicht beruhigte, in dem der Whisky noch rumorte, den ich zur Akte Thorndecker geschluckt hatte. Zwei Tassen schwarzen Kaffees halfen ebensowenig.

Beim Anziehen sagte ich mir schließlich: Hol's der Henker, und machte mir in der Küche eine mächtige Bloody Mary zurecht, samt Salz, Pfeffer, Tabasco, Worcestersauce und Meerrettich. Dieses Gemisch schüttete ich schaudernd herunter. Zehn Minuten später kam es mir vor, als könnte ich weiterleben, ich war allerdings noch nicht ganz entschlossen dazu.

Der Blick aus dem Fenster ging ins Graue, die Wolken hingen tief, Abfälle und Fußgänger wurden auf der West 71. Street von einem bösen Wind umhergewirbelt. Wer es noch nicht vermutet hat: ich wohne in Manhattan.

Eine übelkeiterregende süßliche Stimme kündigte eine Schlechtwetterfront von Westen her an, der Luftdruck sollte fallen, die Temperatur geradezu stürzen. Schneetreiben oder Eisregen standen bevor und ab dem späten Nachmittag erhöhte Unfallgefahr auf den Straßen. Das klang alles so richtig *gut*.

Ich zog eine Cordhose an, dazu einen schwarzen Pullover mit Rollkragen, knöchelhohe Stiefel und Tweedjacke, darüber einen Trenchcoat aus Leder, ein billiges Ding, das seit dem letzten Regen steif war wie ein Brett, zog meinen irischen Fischerhut tief in die Stirn und schleppte die gepackte Reisetasche runter zu meinem Pontiac Grand Prix.

Jemand hatte in den Dreck auf der Motorhaube geschrieben: »Wasch mich bitte.« Ich schrieb mit der Fingerkuppe darunter: »Wozu?« und fuhr kurz nach zwölf los. Ich möchte nicht sagen, ich war deprimiert. Traurig und gedankenverloren wäre zutreffender. Ich nahm mir vor, nicht mehr zu rauchen, nicht mehr zu trinken, meinen geheiligten Korpus nicht mehr zu mißhandeln. Ich nahm mir vor – ach, was sollte das schon? Schließlich war es *mein* geheiligter Korpus, Behältnis meiner unsterblichen Seele, und wenn ich darauf versessen war, ihn zu malträtieren, wen ging das was an?

Unweit Newburgh hielt ich, aß Steak und Eier und trank zwei Gläser dunkles Bier dazu. Nebenan wurde Schnaps verkauft, und ich besorgte mir eine Flasche Courvoisier. Und obwohl ich sie nicht öffnete, war ihr Vorhandensein im Handschuhfach einfach tröstlich. Ein Sprungnetz.

Die Fahrt das Hudsontal hinauf glich der Fahrt in einen Tunnel. Schlierige Nebelfetzen; zwischen den Bergen tiefhängende, drückende Wolken. Eine Hagelbö. Aus Regen wurde neuer Schnee. Ich stellte die Scheibenwischer an, verminderte die Geschwindigkeit, hörte im Radio, daß Schlimmeres bevorstand.

Auf der Straße war nicht viel los. Hin und wieder ein Personenwagen oder ein Lastwagen, die, schon mit eingeschalteten Scheinwerfern, zügig aber behutsam in die Dunkelheit rollten. Keinem fiel es ein, auf der glitschigen Autobahn zu überholen, jedenfalls nicht, bevor die Sandstreuer an die Arbeit gingen. Ich saß übers Steuer gebeugt, spähte ins Dunkel. Meine Gedanken galten weder dem Schneetreiben noch Dr. Telford Thorndecker, sondern einzig Joan Powell.

Als ich sie drei Jahre zuvor kennenlernte, geschah das bei ähnlichem Wetter. Ich zöge es vor zu behaupten, wir hätten uns auf einer besonnten Hotelterrasse kennengelernt wie die Paare im Fernsehen: Wir sitzen noch an getrennten Tischen, trinken Wein, ich weißen, sie roten, ich hebe andeutungsweise mein Glas gegen sie, sie lächelt ein wenig, und schon sitzen wir miteinander am gleichen Tisch, und unsere Weinflaschen lehnen sich liebevoll aneinander. Das gefällt Ihnen nicht? Wie wäre es dann mit der Szene aus einem Film mit Irene Dunn und Cary Grant: Wir stürzen beide auf dieselbe Taxe los, sie steigt rechts ein, ich links, wir zanken uns wie die Verrückten, bis der krummnasige Fahrer (Allen Jenkins) uns überredet, die Kosten zu teilen. Und siehe, wir haben dasselbe Ziel, wollen auf dieselbe Party. Und wie das ausgeht, weiß man ja.

So war es aber nicht. Am Spätnachmittag eines stürmischen, naßkalten Tages war ich zu meinem Zahnarzt bestellt, Dr. Hockheimer in der West 57. Street. Zwar sollte nur eine Kontrolle gemacht und der Zahnstein entfernt werden, doch fürchte ich mich entsetzlich vor Zahnärzten, und da nützte es auch nichts, daß Dr. Hockheimer seinen Patienten nach der Sitzung einen Dauerlutscher überreichte.

Hockheimer hatte eine Gemeinschaftspraxis mit zwei anderen Zahnärzten, und das Wartezimmer war infolgedessen voll. Ich hängte meinen nassen Trenchcoat auf, stellte den tropfenden Schirm ab und setzte mich neben eine gutaussehende Person, die ich auf Anfang Vierzig schätzte. Sie hielt ein zwei Jahre altes Exemplar des *National Geographic* mit zitternden Fingern, und zwar falsch herum. Da wußte ich genau, wie ihr zumute war.

So saß ich gut fünf Minuten, bis mir peinlich bewußt wurde, daß ich plötzlich in jeder Hand eine brennende Zigarette hielt. Ich drückte die eine gerade aus, als aus einem der Behandlungsräume ein gräßlicher Schmerzensschrei drang.

Mehr war nicht nötig. Ich sprang auf, riß den Mantel vom Haken, packte den Schirm und lief zur Tür. Die nett aussehende Person war mir schon zwei Schritte voraus, und im Fahrstuhl lächelten wir einander matt an.

»Ich bin feige«, sagte sie.

»Da sind Sie in guter Gesellschaft. Hätten Sie Lust auf einen Drink?«

»Und wie!«

Wir wetzten unter meinem Schirm über die Sixth Avenue, von Regenböen gebeutelt, rannten in eine dämmerige Hotelbar und fühlten uns schon wesentlich besser. Wir nahmen einen Tisch, nahe am Fenster, und bestellten Martini.

Ich fragte: »Glauben Sie, daß da eine Frau geschrien hat oder ein Mann?«

»Reden wir lieber nicht davon. Mein Name ist übrigens Joan Powell.« Und sie reichte mir eine kräftige Hand.

»Samuel Todd«, stellte ich mich vor. »Gehen Sie zu Hockheimer?«

Sie nickte.

»Heute keine Dauerlutscher«, sagte ich.

»Das hier ist weit besser.« Sie nippte an ihrem Glas. Dann starrte sie zum Fenster hinaus. Man sah die kalten Böen förmlich die Straße entlangfegen. Es blitzte, dann donnerte es.

Sie trug ein strenges Jackenkleid, wirkte wie eine gehobene Angestellte. Elegante, aber bequeme Schuhe. Hochgeschlossene Bluse. Dazu eine dieser verrückten Brillen mit halben Gläsern. Erstklassiger Teint, geradezu wunderbarer Teint. Ausgeprägte Züge. Eine zierliche, graziöse, kühle Dame.

»Sie sind Verlagsagentin«, riet ich. »Oder arbeiten bei einem berühmten Anwalt. Sie geben eine Frauenzeitschrift heraus. Oder Sie sind Prokuristin einer Bank.«

»Falsch. Ich bin Einkäuferin in einem Warenhaus. Spezialgebiet Haushaltsgeräte. – Sie sind Reporter. Programmierer. Kriminalbeamter in Zivil. Schuhverkäufer.«

»Ich Schuhverkäufer? Herr im Himmel! Nein, ich bin Ermittler bei der Bingham-Stiftung.«

»Wußte ich's doch.« Wir lachten beide.

Das Wetter zeigte keine Neigung, sich zu bessern, das machte mir aber nichts aus. Es war ein Vergnügen, hier drinnen mit ihr zu sitzen. Wir bestellten dasselbe noch mal. Sie flirtete kein bißchen, ich machte keinen Annäherungsversuch. Alles sehr zivilisiert.

Zehn Jahre mochte sie älter sein als ich, und was mir so gut gefiel, war, daß sie kein Hehl aus ihrem Alter machte. Sie vertuschte es nicht durch jugendliche Kleidung, Make-up oder jugendliches Benehmen. Wie gesagt, eine sehr kühle Dame. Mit viel Haltung.

Nach dem zweiten Martini sah sie mich scharf an und sagte: »Mir sind schon besser aussehende Männer begegnet als Sie.«

»Das möchte ich nicht so ohne weiteres hinnehmen. Vergangenes Jahr wurde ich zweite im Wettbewerb um den Titel des schönsten Mädchens von King of Prussia.«

Sie schaute ausdruckslos in ihr Glas.

»King of Prussia heißt eine Stadt in Pennsylvania.«

»Ich weiß sehr wohl, wo das liegt«, sagte sie, »und der Witz war gar nicht übel, nur lache ich selten, meist kichere ich nur lautlos in mich hinein.«

»Und woran merkt man das?«

»Sie müssen Ihre Hand auf meinen Bauch legen. Dann fühlen Sie, wie er bebt.« Doch bevor ich Gelegenheit dazu hatte, fuhr sie fort: »Ich wollte Sie nicht kränken mit dieser Bemerkung. Gutaussehende Männer lassen mich meist kalt. Die glotzen dauernd in den Spiegel und kämmen ihre Haare. Sie hingegen haben ein nettes, offenes, etwas zerfurchtes Gesicht. Sehr männlich.«

»Besten Dank.«

»Und Sie sind höflich. Das schätze ich sehr.«

»Wunderbar. Fahren Sie bitte fort.«

»Ihre Augen sind ebenfalls hübsch – grünlich braun?«

»So etwa. Ja.«

»Haben Sie sich mal das Nasenbein gebrochen?«

»Vor Jahren. Ich dachte, das sieht man nicht mehr?«

»O doch. Und werden Sie Sam gerufen?«

»Ja. Nur höre ich es nicht gern.«

»Das respektiere ich, Todd. Wollen wir noch ein Glas trinken? Jeder zahlt für sich. Sind Sie verheiratet?«

»Nein – Sie, Powell?«

»Nicht im Moment. Vor Jahren mal. Ein Irrtum. Waren Sie je verheiratet?«

»Nein. Ich war bis über beide Ohren verliebt in ein Mädchen, mit dem ich im Sand gespielt habe, aber sie ging mit einem Löwenbändiger auf und davon.«

»Und mein Jugendliebster war tatsächlich Löwenbändiger. Ist das nicht ulkig? Könnte der ...?«

Aus Regen war Schnee geworden, der sich auf den Bürgersteigen allmählich häufte. Kein vernünftiger Grund, hier wegzugehen. Also aßen wir im Restaurant des Hotels, nicht besonders gut, doch erträglich.

Dabei plauderten wir geruhsam über dies und das. Sie stammte aus Virginia, ich aus Ohio. Sie war direkt nach dem Schulabschluß hergezogen; ich war zwei Jahre in Vietnam gewesen, bevor ich nach New York kam.

»Beim Heer?« fragte sie.

»Nicht bei der Infanterie«, klärte ich sie eilig auf. »Nicht an der Front. Nichts dergleichen. Ermittler bei der Heeresjustiz. Und zu ermitteln gab es allerhand.«

»Kann ich mir vorstellen.« Sie starrte auf ihren Teller.

»Mein jüngster Bruder ist dort gefallen. Er war bei der Marineinfanterie. Und ich verabscheue Gewalttätigkeit. Aus ganzem Herzen.«

Darauf sagte ich nichts.

Zum Essen tranken wir Wein, anschließend Wodka, und wir waren wohl beide etwas beduselt, jedenfalls fingen wir an, uns gegenseitig zu frotzeln, ohne dabei eine Miene zu verziehen. Sehr formell. Ob sie innerlich kicherte, weiß ich nicht – ich machte nicht den Bauchtest –, aber daß ich kicherte, weiß ich genau. Was für eine reizende, reizende Dame.

»Haben Sie ein Haustier?« fragte sie. »Einen Hund? Eine Katze?«

»Ich habe einen ungemein anhänglichen Spießbock, genauer gesagt, ein Weibchen. Cynthia heißt sie, und sie kann Männchen machen.«

»Und ich habe eine Meerkatze namens Pete«, sagte sie. »Ein Männchen. Der rollt sich auf den Rücken und stellt sich tot. Das macht er nun schon seit einer Woche.«

»Nahmen Sie je Koks?«

»Jeden Winter 50 Zentner. Für die Zentralheizung. Sind Sie gay?«

»Nein. Meist bin ich mürrisch.«

Und so weiter und so fort. Das klingt vielleicht albern und war es wohl auch, doch der Abend verlief höchst wohltuend, und mehr als ›wohltuend‹ darf man in dieser Welt nicht verlangen.

Nach einer Weile zahlten wir – sie bestand auf ihrer Hälfte – und verließen unsicheren Schrittes das Hotel. Eine geschlagene halbe Stunde warteten wir auf ein Taxi und wurden fast weggeblasen. Doch bei solchem Wetter fahren die New Yorker Taxen in den nächsten U-Bahnschacht und werden nicht mehr gesehen.

Da standen wir also zitternd unter der Markise des Hotels, bekamen erst kalte, dann auch noch nasse Füße und sahen das x-te Taxi besetzt vorüberrauschen. Dann schaute Joan Powell mich an.

»Hol's doch der Henker, Todd«, sagte sie. »Wir nehmen hier im Hotel ein Zimmer.«

Ich starrte sie an und fragte mich, ob sie wohl jetzt innerlich kicherte.

»Wir haben kein Gepäck«, klärte ich sie auf.

»Na und? Wir wohnen außerhalb und waren hier im Theater. Jetzt können wir nicht mehr heim, weil die Züge ausgefallen sind. Probieren Sie's. Sie werden sehen, es geht wie geschmiert.«

So war es.

Ich schaute sie im Fahrstuhl bewundernd an. Der Page, den Zimmerschlüssel in der Hand, starrte die Decke an.

»Bitte ruf sofort den Babysitter an, sobald wir auf dem Zimmer sind«, sagte ich. »Sie soll über Nacht bei den Kindern bleiben. Sie tut es bestimmt, sie ist sehr hilfsbereit.«

»Ah ja, willig möchte ich sie geradezu nennen. Jedenfalls, wenn du sie abends heimfährst, nachdem sie bei uns eingehütet hat«, gab Powell ätzend zurück.

Der Page bekam das große Husten.

Das Zimmer war wie das Abendbrot – erträglich. Hohe Dekke, zugig, scheunenartig. Ein falscher Kamin, in dem eine Gasflamme brennen sollte, aber nicht brannte. Statt dessen zischte ein riesiger Heizkörper in der Ecke unentwegt vor sich hin. Ein altertümliches Bad mit gesprungenen Kacheln. Und ein riesiges Bett mit einer Kuhle in der Mitte.

Ich gab dem Pagen fünf Dollar, und dafür war er so dankbar, daß er es unterließ zu blinzeln. Er machte die Tür hinter sich zu, und ich schob den Riegel vor. Dann drehte ich mich zu Joan Powell um und sagte:

»Nun, da wären wir. Frisch vermählt.«

Wir hörten gedämpft den Lärm der Stadt. Regen prasselte gegen die Fenster. Der Wind jammerte. Donner krachte. Scheiben klirrten, die Luft schien zu beben, wir aber waren wie unter einem Glassturz, warm und trocken. Wir beide ganz allein an einem heimlichen, wenn auch schäbigen Ort. Ich wünschte mich nirgendwo anders hin.

Sie entkleidete sich wie eine Schauspielerin, die das Kostüm wechselt. Zuerst die Brille, danach das Jackenkleid, die Schuhe von Gucci, die undurchsichtige Strumpfhose. Ein Büstenhalter, so winzig wie zwei Zwergenhalbmonde.

»Welche Größe?« fragte ich heiser und stierte diesen eleganten Busen an.

»Teetasse.«

Als ich sie mit Lippen und Zähnen berührte, kamen schnurrende Laute aus ihr. Kein Grübchen, festes Fleisch überall, glatt, muskulös. Adrett, o ja, schmuck und adrett. Kraftvoll und energisch. Eine Herausforderung. Diese hielt ich für die echte Powell, die andere für Fassade. Sie brannte darauf, sich nicht mehr verstellen zu müssen.

Was haben wir damals gemacht oder besser, was haben wir nicht gemacht? Unser Stöhnen übertönte den Wind, unsere Schreie das Zischen der Heizung. Sie machte keinen Versuch, sich zurückzuhalten, und nach einer Weile auch ich nicht mehr.

Ich war mindestens einen ganzen Kopf größer als sie, und das kann durchaus spannend sein. Ich durfte auf diese kühle Person herunterblicken, die so ganz bei der Sache war. Es war ihr sehr ernst, für sie war das nicht belanglos, o nein. Es bedeutete ihr etwas. Und das war bezeichnend für sie. Ich merkte es und reagierte entsprechend.

Schmiegsame Schenkel schlossen sich um meine Hüften. Sie zog mich tiefer in sich hinein, grub ihre Fingernägel in meine Haut. Die Augen standen offen, doch die Pupillen waren glasig.

»Samuel. Samuel Todd.«

»Ganz recht, der bin ich«, antwortete ich und schoß meinen besten Pfeil ab.

Ich glaube, der reichte. Ich hoffe, er reichte. Doch war das nicht leicht zu sagen. Für eine Frau, die Gewalttätigkeit verabscheute, immerhin ein starkes Stück.

Der beste Teil kam, als wir gesättigt einer in des andern Armen lagen. Halb schlafend. Unverständliches murmelnd und knurrend. Es war schön, so innig und warm beieinander zu liegen, einander zu streicheln, hin und wieder flüchtig zu küssen. Draußen toste das Unwetter, aber wir merkten nichts davon. Alles war friedvoll, und es roch so gut.

Drei Jahre später erinnerte ich mich jener ersten Nacht mit Joan Powell. Noch immer toste das Unwetter draußen, doch jetzt war ich allein. Nun ja, ich hatte es gewollt – oder etwa nicht?

Die Scheinwerfer rissen ein Schild aus dem Schneegestöber: *Coburn – 1 Meile.* Ich lehnte mich noch weiter vor, spähte durch die Windschutzscheibe ins Dunkel, suchte die Abfahrt. Da war sie. Eine lange, gewundene Rampe führte von der Autobahn herunter. Ein Blechschild, das Löcher aufwies, als hätte jemand aus nächster Nähe mit Schrot darauf geschossen, verkündete: *Willkommen in Coburn.*

Ich war schon im Ort, bevor ich es recht merkte. Später hörte ich, daß schon eine Stunde zuvor der Strom ausgefallen war, es gab in ganz Coburn keine Elektrizität, die Straßenbeleuchtung und die Verkehrsampeln brannten nicht. Hinter einigen Fenstern flackerten Kerzen oder Petroleumlampen, doch im übrigen war dieses gottverlassene Nest duster. Ich fuhr sehr langsam, und als ich einen vermummten Fußgänger mit einer Taschenlampe entdeckte, hielt ich neben ihm, kurbelte das Fenster runter und schrie:

»Coburn Inn?«

Er deutete nach vorn, in meine Fahrtrichtung. Ich nickte danke schön, machte mein Schneckenhaus zu und fuhr weiter. Das heißt, zunächst drehten die Räder leer, und ich dachte schon: Du sitzt fest. Doch nach einigem Vor und Zurück griffen die Reifen wieder, und ich pflügte voran. Das *Coburn Inn* war spärlich mit Gaslampen beleuchtet. Im Hof standen massenhaft Autos kreuz und quer durcheinander – sie gehörten Touristen, die sich entschlossen hatten, ihre Fahrt zu unterbrechen und die Nacht im warmen trockenen Hafen zu verbringen.

Als ich die Halle betrat, kam es mir vor, als wollten die meisten dieser gestrandeten Reisenden die Nacht in der Bar verbringen. Sämtliche Tische waren besetzt, und an der Bar drängten sich die Gäste. Zwei Bartender hatten alle Hände voll zu tun.

Am Empfang brannte eine Petroleumlampe.

»Tut mir leid«, sagte der glatzköpfige Mensch dahinter, »die Zimmer sind vergeben. Wegen des Schneetreibens. Sie dürfen aber gern in der Halle sitzen. Wir haben reichlich zu essen und zu trinken. Machen Sie sich's gemütlich.«

»Mein Name ist Todd, Samuel Todd«, erklärte ich ihm geduldig, »und ich habe ein Zimmer vorbestellt.«

»Alles besetzt«, grinste er, »tut mir leid. Wer zuerst kommt, mahlt zuerst.«

»Ich komme auf Empfehlung von Dr. Thorndecker von Crittenden Hall«, beharrte ich, langsam verzweifelnd. »Er hat mich gebeten, in Ihrem Hotel zu wohnen. Morgen habe ich eine Verabredung mit ihm.«

Er grinste unverändert, mit breiten Lippen, gut sichtbaren Zähnen, aber alle Munterkeit war mit einem Schlag aus seinem Gesicht verschwunden. Er nahm mich offenbar nicht mehr wahr, sondern schaute durch mich hindurch auf etwas anderes, tausend Meter hinter mir.

»Todd ist der Name«, wiederholte ich, um ihn aus seiner Verträumtheit aufzuschrecken. »Vorbestellung. Verabredet mit Dr. Thorndecker.«

Er schüttelte den Kopf, doch war es mehr ein Erschauern, und nun sah er doch tatsächlich ins Gästeverzeichnis.

»Warum haben Sie das nicht gleich gesagt?« murmelte er. »Mr. Samuel Todd, da haben wir's schon. Ein schönes großes Eckzimmer. Bitte unterschreiben Sie hier. Haben Sie Gepäck?«

»Draußen im Wagen.«

»Sie müssen es leider selber holen. Das Personal ist heute abend zur Hälfte ausgeblieben.«

»Das schaffe ich gerade noch.«

Er drehte sich um und entnahm einem der Postfächer den Schlüssel zu 3-F, der an einem Medaillon aus Messing hing. Er reichte ihn mir, dazu einen weißen Umschlag, der daneben auf mich gewartet hatte.

»Eine Nachricht für Sie«, sagte er dabei gewichtig. »Sehen Sie? An Sie persönlich adressiert: ›Bitte bis zur Ankunft aufbewahren‹ steht drauf.«

»Wer hat die hinterlassen?«

»Das kann ich nicht sagen.«

»Und wann wurde sie abgegeben?«

»Tja, wenn ich das wüßte! Als ich heute abend zum Dienst kam, lag sie schon dort. Fragen Sie doch morgen meine Ablösung.«

Ich nickte, stopfte den Umschlag in die Manteltasche, ging wieder raus in das scheußliche Wetter und holte meine beiden Koffer samt der Mappe mit der Akte Thorndecker. Und die Flasche aus dem Handschuhfach.

Der einzige Fahrstuhl war außer Betrieb. Der Glatzkopf wies mich zur Treppe, und ich erklomm die steilen Stufen, auf jedem Treppenabsatz nach Luft schnappend. Die Korridore waren von Petroleumlampen erhellt. Ich fand Zimmer 3-F und nahm eine der Funzeln mit hinein. Soweit sich im ungewissen Lampenschein erkennen ließ, war es in der Tat ein geräumiges Eckzimmer, ganz wie versprochen. Nicht herrschaftlich, augenscheinlich aber sauber. Das mußte reichen; schließlich hatte ich nicht die Absicht, mich für den Rest meiner Tage in Coburn anzusiedeln.

Als ich mich aus dem nassen Trenchcoat pellte, stieß ich auf den Umschlag. Ich betrachtete ihn im gelblichen Schein der Lampe. »Mr. Samuel Todd. Bitte bis zur Ankunft aufbewahren.« Sehr adrett getippt.

Ich riß den Umschlag auf, entfaltete das darin enthaltene Blatt Papier und las zwei Wörter:

»Thorndecker tötet.«

DER ZWEITE TAG

Im Laufe der Nacht verzog sich das Unwetter heulend in Richtung New England. Als ich am Dienstag um halb acht erwachte, gab es wieder Strom, ich konnte also den elektrischen Rasierapparat benutzen, den ich auf Reisen mitführte. Vorher konstatierte ich, daß ich gut drei Fingerbreit Brandy in der Flasche gelassen hatte – ein Zeichen großer Charakterstärke.

Bei Tageslicht wirkte das Zimmer altmodisch, doch freundlich, die Decke ziemlich hoch, ein Flickenteppich, bequeme, wenn auch etwas ramponierte Sessel. Ein kleiner Schreibtisch, die Platte voller Brandlöcher. Zwei Kommoden. Die Matratze war hart, doch das ist mir gerade recht. Das Bad war das größte, das ich je in einem Hotel gehabt habe, der Waschtisch stand auf einem Sockel, die gelbliche Wanne auf Klauenfüßen. Ein Klosett mit Spülkasten, an dem eine grünspanbezogene Messingkette baumelte. Nicht gerade ein Hilton, doch gab es reichlich Handtücher, und die Dampfheizung knackte eifrig.

Ich blickte zum Fenster hinaus. Totale Depression. Der Himmel schiefergrau, tauende Haufen von rußigem Schnee, nirgendwo der kleinste Farbtupfer, kein Fußgänger, kein Zeichen von Leben. Zwei meiner fünf Fenster boten Ausblick auf etwas, das ich für Coburns Hauptstraße hielt. Ich wettete im stillen, daß sie Broadway hieße (sie hieß in Wahrheit Main Street). Ich erblickte die üblichen kleinstädtischen Ladengeschäfte: Schuhsalon Ideal, Samson's Drugs, ein Supermarkt, Bill's 5 & 10 Cent Store, Knowlton's Damen- und Herrenmoden, das Büro des Coburn Sentinel, Sandy's Wein- und Spirituosenhandlung.

Ehe ich mich ins Großstadtgewühl stürzte, überlegte ich ein Weilchen, was ich wohl mit dem anonymen Liebesbriefchen tun sollte, das da lautete »Thorndecker tötet«.

Ich bin schon als Schnüffler auf die Welt gekommen und habe mich mein Lebtag mehr für die Motive der Menschen interessiert. Zwar war ich als Ermittler ausgebildet worden, aber das richtige Schnüffeln lernt man nicht aus Büchern, ebensowenig wie das Schwimmen, das Lieben oder das Nachbauen des Eiffelturmes aus den Stielen von Dauerlutschern.

Nichts braucht der Ermittler so sehr wie Erfahrung. Ferner eine Portion Skepsis hinsichtlich der menschlichen Natur und die Bereitschaft, dem Geschwätz uralter Polypen zu lauschen und aus deren Erfahrungen zu lernen.

Darüber hinaus habe ich noch eine weitere Eigenschaft, die mich zum Schnüffler prädestiniert: Ich kann es nicht leiden, an der Nase herumgeführt zu werden. Meine Selbstachtung ist nicht so monumental, daß ich es vertrüge, wenn man daran herumkratzt – einerlei wer es tut.

Und diese dramatische Mitteilung – Thorndecker tötet – sah mir ganz nach versuchter Irreführung aus.

In Akademikerkreisen trifft man auf ebensoviel Ehrgeiz, Bosheit, Neid, Hinterlist und Klatsch wie unter Kommunalpolitikern. Und unter den Kapazitäten geht es zu wie in einer Schlangengrube. Die Konkurrenz um staatliche oder private Forschungsmittel ist mörderisch. Man publiziert übereilt Ergebnisse, die auf denkbar schwachen Füßen stehen, denn nur wer als erster etwas veröffentlicht, kommt in den Genuß von Ruhm, Ehre, Geld. Man ist entweder ein Entdecker und geht in die Lehrbücher ein, oder man ist ein schwerfälliger Epigone, den das Nobelpreiskomitee nicht zur Kenntnis nimmt.

Sehr wahrscheinlich war also der Verfasser dieser Botschaft ein neidischer Konkurrent oder ein unzufriedener Untergebener, der sich nicht genügend gewürdigt fühlte. Das alles war für mich nicht neu: Anonyme Briefe, abträgliche Gerüchte, selbst Sabotage und vorsätzliche Verfälschung von Forschungsergebnissen waren mir nur allzuoft begegnet.

Und die Anschuldigung – »Thorndecker tötet« – war gar nicht so abwegig. Alle Biologen, die Forschung betreiben, töten – von Pantoffeltierchen bis zu Schimpansen. Das verlangt nun mal ihre Tätigkeit. Hätte es geheißen: »Thorndecker mordet«, wäre ich womöglich wachsamer gewesen, so aber schob ich das Blatt bloß in einen an Donner & Stern adressierten Umschlag und bat Nate Stern auf einem beigelegten Zettel, er möge prüfen, auf welcher Sorte Schreibmaschine es getippt worden war. Ich fügte die Telefonnummer des Coburn Inn hinzu – er solle anrufen, sobald er das herausbekommen habe. Daß diese Auskunft für die Akte Thorndecker von Wichtigkeit sein könnte, glaubte ich keine Minute. Das war bereits der zweite Fehler an diesem jammervollen Tag. Daß ich überhaupt aufgestanden war, der erste.

Ich wartete unendlich lange auf den gebrechlichen Fahrstuhl, den Blick auf dem Anzeiger, der sich bewegte, als wäre er mit Patentleim geschmiert. Als der ächzende Käfig endlich hielt – er kam aus dem obersten Stockwerk –, zeigte sich, daß der Liftboy genau ein Jahr jünger war als der liebe Gott – ein farbiger alter Herr mit runzligem Gesicht. Er trug eine schwarze Jacke aus glänzendem Alpakastoff, dazu ein Käppchen, nicht unähnlich einer Jarmulke, und saß auf einem Küchenhocker. Den Fahrstuhl hielt er einen knappen halben Meter unter Bodenhöhe an und schob sehr langsam das knarrende Gitter zurück. Ich trat abwärts und hinein.

»Nicht übel«, bemerkte ich dabei, »aber eine Zigarre ist das nicht wert. Und wie behandelt Sie das Leben an diesem wunderschönen Morgen?«

»Hart, aber nicht ungerecht.« Er schloß das Gitter, legte den Hebel um. »Reisen Sie ab?«

»Ich bin eben erst angekommen.«

»Ach. Ich hielt Sie für einen Vertreter, den das Wetter hierher verschlagen hat.«

»Ganz falsch. Ich bleibe ein paar Tage, wenn nicht gar Wochen.«

»Das höre ich gern. Wir können jeden Gast brauchen, der uns beschert wird. Mein Name ist Sam. Sam Livingston.«

»Ich heiße ebenfalls Sam. Sam Todd. Freut mich sehr, Sam.«

»Ganz meinerseits, Sam.«

Wir schüttelten einander feierlich die Hände, und in etwa diesem Moment krochen wir am ersten Stock vorüber.

»Wir kommen schon runter, keine Sorge«, sagte er tröstend. »Wenn Sie klingeln oder sonstwas brauchen, vielleicht eine Flasche spät in der Nacht oder ein Sandwich, dürfen Sie auf mich rechnen.«

»Gut zu wissen. Wann haben Sie Dienst?«

»Immer. Ich wohne hier. Habe meine Bude im Keller.«

»Und wo waren Sie gestern abend, als ich Sie dringend brauchte?«

»Wahrscheinlich habe ich an der Bar ausgeholfen.«

»Sind viele Gäste im Haus?«

»Sie und ein halbes Dutzend ständige Bewohner. Jetzt ist keine Saison.«

»Und wann ist Saison?«

Er zeigte starke, gelbe Zähne. »Wir haben keine.«

Wir lachten beide, und ich schaute hinunter in die Halle, der wir uns sachte näherten.

Der Fußboden war schachbrettartig mit weißen und schwarzen, noch schmutzigen Fliesen ausgelegt. Hier und dort lag eine Brücke, so abgewetzt, daß man das Grundgewebe sah. Sofas und Sessel waren mit ehedem glattem Leder bezogen, das unterdessen rissig geworden war. Hinter den Polstern ahnte man die Sprungfedern. Neben einigen Sesseln standen Spucknäpfe aus Messing auf runden Kautschukmatten und dienten als Behälter für Farne aus Plastik.

Die gewölbte Decke ruhte auf Holzpfeilern, deren Anstrich Marmor vortäuschte. Aufzugschacht und Kasse wurden von schmiedeeisernen Gittern geschützt. Abseits in einem Winkel befand sich ein Glastresen mit Tabakwaren, dahinter eine strahlende Blondine in einem Rollkragenpullover, der zwei Vorsprünge aufwies, die an Raketensprengköpfe denken ließen.

Der Fahrstuhl kam hüpfend zum Stehen. Das Gitter ging

quietschend auf. Ich stieg aus und kam mir vor, als träte ich in die Vergangenheit ein, eine Szenerie von vor fünfzig Jahren, die damals versteinert war. Alte Männer starrten mich aus ihren Sesseln über den Rand der Zeitung an, am Empfang stand ein anderer Glatzkopf und sortierte Post; auch er blickte auf. Der süße Fratz hinter dem Tresen hielt im Aufreißen einer Stange Zigaretten inne und hob die schattierten Lider.

Eine Erinnerung konnte es nicht sein, denn ich war zu jung, mich solch antiker Hotelhallen zu entsinnen, die nach Desinfektionsmitteln und tausend Zigarrenstummeln rochen. Vermutlich hatte ich so was im Kino gesehen, und jeden Moment mochte Humphrey Bogart hereinschlendern, bei der emaillierten Blondine eine Packung Fatima kaufen und nuscheln: »Behalt das Wechselgeld, Süße.«

Ich schüttelte mich. Die Vision verschwand, ich starrte in die schäbige Halle des Hotels einer Kleinstadt, die einst bessere Zeiten gesehen hatte, an die keiner ihrer Bürger sich erinnern konnte. Ich ging zum Empfang.

»Mein Name ist Samuel Todd ...«

»Ja, Mr. Todd? Zimmer 3-F. Alles zu Ihrer Zufriedenheit?«

Er ähnelte dem Nachtportier, doch Glatzköpfe sehen immer so aus, als wären sie miteinander verwandt.

»Durchaus«, versicherte ich. »Als ich gestern abend ankam, lag hier eine Nachricht für mich. Wissen Sie, wer die hinterlassen hat?«

Er schüttelte den Kopf. »Könnte ich nicht sagen. Ich war ein Weilchen im Büro, und als ich wieder rauskam, lag der Umschlag hier auf dem Tisch. War der Brief denn nicht unterschrieben?«

»Ich kann den Namen nicht entziffern«, log ich. »Wo bekomme ich Briefmarken?«

»Im Automaten neben dem Zigarettenstand. Briefkasten rechts am Ausgang. Sie können auch zur Post gehen, wenn Sie mögen, gleich um die Ecke in der River Street. Von dort gehen die Briefe sehr viel schneller ab, denn hier wird nicht vor drei oder vier am Nachmittag geleert.«

Ich bedankte mich, ging zum Zigarettenstand. Der Automat verlangte 20 Cent für eine 15-Cent-Marke. Hübscher Profit.

»Guten Morgen, Sir«, grüßte die metallene Schöne mit kehliger Stimme. »Sie wohnen im Hotel?«

Sie war ein lohnender Anblick: messingfarben glänzendes Haar, umwölkte Augen mit Wimpern wie tintige Tausendfüßler, ein blutroter Mund, bleich gepuderte Wangen. Der rote Pullover wurde von einem Ledergürtel mit Nieten zusammengeschnürt, breit genug für einen Motorradfahrer. Der rotkarierte Rock saß so eng, daß die Trägerin von der Seite an eine Karte von Afrika erinnerte. Kniehohe weiße Plastikstiefel. Mandarinenfarbige Fingernägel, halb Klauen, halb Krallen.

»Guten Morgen«, grüßte ich zurück. »Ganz recht, ich wohne bei *Ihnen.*« Das ›Ihnen‹ betonte ich stark, worauf sie kicherte und tief Luft holte. Das zu ignorieren wäre grausam gewesen. Es wäre unmöglich gewesen. Also kaufte ich eine Schokoladenstange, nach der ich keinerlei Verlangen hatte. »Behalten Sie das Kleingeld, Süße«, sagte ich dabei.

Die Verwahrlosung wirkte ansteckend. Mir fehlte bloß noch ein Zahnstocher im Mundwinkel und eine Zigarette hinterm Ohr. Als ich der Tür zustrebte, über der in Leuchtschrift *Bar und Restaurant* stand, rief sie mir nach: »Mein Name ist Millie!«

Ich winkte lässig, ohne stehenzubleiben. Solche Frauen machen mir angst. Ich habe Visionen, in denen sie meine Knochen aufknacken und mir das Mark aussaugen.

Ein Blick auf Bar und Restaurant erklärte, wie das *Coburn Inn* auch ohne Saison überlebte. Alle zwanzig Tische waren besetzt, vor der Theke nur zwei Hocker frei. Nebenan in der Bar standen bereits drei Kunden, die den Tag damit begannen, daß sie aus dem Horn des Bullen tranken, der sie abends zuvor kampfunfähig gemacht hatte.

Einige Frauen, doch überwiegend Männer. Vermutlich lauter Einheimische. Händler, Versicherungsagenten, Verkäufer, auch mehrere Arbeiter, Farmer in Gummistiefeln und karierten Hemden. Alle schienen einander zu kennen, es wurde laut gesprochen, johlend gelacht. Dies war offenbar das bevorzugte Lokal am Ort, wenn nicht gar das einzige.

Das Frühstück war denn auch sehr reichhaltig: Schweinswürstchen, Grütze aus Maismehl, Schinkensteaks, Bratkartoffeln und ähnliches. Ich sah mich um und kam zu dem Ergebnis, daß das Wort Cholesterin bis nach Coburn nicht vorgedrungen war. Ich bestellte ein Glas Orangensaft (der frisch ausgepreßt wurde), ein Westernomelette, Bratkartoffeln, ferner Gebäck und Kaffee. Mit den Wölfen muß man heulen ...

Während ich beim Frühstück saß, wurde es allmählich leer, es war gegen neun, also Zeit, die prächtigen Geschäfte zu öffnen, den Tag mit Handelseifer zu nutzen. Ich stellte mir vor, daß der Verkauf eines Miststreuers aus zweiter Hand in Coburn als Sensation galt.

Als ich die zweite Tasse Kaffee in Angriff nahm, merkte ich, daß jemand an meinem Tisch stand – ein Polizist in Khaki, darüber eine Rancherjacke mit Pelzkragen. Am Aufschlag sah man den Stern, der Revolvergurt war eng geschnallt. Ein sehr großer, sehr drahtiger Mann.

»Mr. Samuel Todd?« fragte er mit ausdrucksloser Stimme.

»Ja, der bin ich. Habe ich vielleicht falsch geparkt?«

»Nein, Sir.« Er verzog keine Miene. »Ich bin Konstabler Ronnie Goodfellow.« Er bot mir nicht die Hand. »Darf ich mich zu Ihnen setzen?«

»Aber gern. Möchten Sie Kaffee?«

»Nein, Sir. Danke.«

»Im Dienst wird nicht getrunken, was?« Wieder verzog er keine Miene, und ich gab es nun auf.

Er legte Pelzmütze und Revolvergurt ab, zog die Jacke aus und schnallte den Revolvergurt gleich wieder um. Mütze und Jacke hängte er an einen Haken, dann setzte er sich neben mich auf einen Hocker. Ich sah ihm im Spiegel hinter der Bar dabei zu, wie er dieses Ballett gleichsam in Zeitlupe und sehr nachdenklich aufführte. Er hatte wohl Indianerblut. Schlank wie eine Klinge, dunkle Haut, pechschwarzes Haar, der Nasenrükken scharf genug zum Käseschneiden. Er bewegte sich locker und anmutig, aber mich konnte er nicht täuschen; ich bemerkte sehr wohl die schmalen Lippen, die verstohlen blickenden Augen. Und der Revolver steckte in einem gut geölten und gewienerten Halfter.

Mir waren auch früher schon Männer wie dieser begegnet: Sie bebten vor Stolz. Meist sind das Schwarze, Chicanos und andere Benachteiligte. Manche Weiße haben diese Eigenschaft allerdings ebenfalls, Weiße aus den ärmsten Gegenden des Landes oder aus den Slums der großen Städte, Männer, so überempfindlich, daß sie töten, wenn sie sich beleidigt fühlen, wenn man sie auslacht, ja nur versehentlich anrempelt. Nicht aus Jähzorn und auch nicht, weil sie arrogant sind; es ist ihr Verhängnis, daß sie keine Bedrohung ihrer Selbstachtung ertragen, um keinen Preis. Solche Männer frotzelt man nicht, man weicht vor ihnen auf die andere Straßenseite aus.

»Ich bin hier«, eröffnete er mir mit seiner steinernen Stimme, »weil Dr. Thorndecker wissen möchte, ob Sie gut untergebracht sind. Ob es an nichts fehlt.«

»Das ist ja reizend von Ihnen und Dr. Thorndecker, und ich weiß Ihr Interesse zu schätzen. Ja, ich bin mit allem sehr zufrieden. Ein Westernomelette wie hier habe ich noch nirgendwo bekommen.«

»Falls Sie wünschen, mache ich Sie mit den Bürgern bekannt. Ich kenne alle.«

Ich pustete auf meinen Kaffee, um ihn abzukühlen.

»Hat Thorndecker Ihnen gesagt, weshalb ich hier bin?« fragte ich beiläufig und sah ihn gleich darauf an. Die teerfarbigen Augen zeigten keinen Ausdruck.

»Reden Sie von der Subvention?« fragte er.

»Ich rede von dem Antrag auf Subvention«, antwortete ich.

»Er hat es erwähnt.«

»Welche Überraschung. Für gewöhnlich schweigen Antragsteller sich darüber aus, denn wenn ihr Antrag abgelehnt wird – und das ist meist der Fall –, ist mit der Ablehnung wenigstens kein Gesichtsverlust verbunden.«

Er betrachtete seine Hände, drehte an seinem schmalen Ehering. »Für Coburn«, sagte er, »bedeutet Crittenden Hall so was wie ein Großunternehmen, Mr. Todd. Etwa hundert Leute sind dort beschäftigt, das Personal im Forschungslabor mitgerechnet. Dr. Thorndecker ist der bedeutendste Arbeitgeber weit und breit. Sein Personal stammt ausnahmslos aus der Gegend und kauft hier ein. Sie verstehen, daß Crittenden Hall für uns wichtig ist?«

»Gewiß, ohne weiteres.«

»Und eben weil so viele Einheimische dort arbeiten, wäre es für Dr. Thorndecker nicht leicht zu verheimlichen, daß er Gelder beantragt hat. Er hat das gar nicht erst versucht. Vor einem Monat etwa berichtete der *Sentinel* auf der ersten Seite darüber, und alle Einwohner wissen Bescheid. Alle hoffen, daß der Antrag durchgeht. Eine Million Dollar. Für die Stadt würde das sehr viel bedeuten.«

»Heißt das: alle stehen hinter Thorndecker?«

»So gut wie alle. Die anständigen Leute ausnahmslos. Wir hoffen sehr, Ihr Bericht fällt günstig aus und er bekommt das Geld. Es ist für Coburn sehr wichtig.«

»Die Entscheidung liegt nicht bei mir. Ich gebe nur eine Empfehlung, dafür oder dagegen. Eine Menge anderer Faktoren spielen eine Rolle, und ja oder nein sagen schließlich die Oberen.«

»Das alles wissen wir sehr gut«, versetzte er geduldig, »wir möchten nur, daß Sie wissen, wie die Einheimischen zu Dr. Thorndecker und seiner Arbeit stehen.«

»Alle anständigen Leute jedenfalls.«

»Ganz recht«, bestätigte er ernst. »Wir sind alle für ihn. Dr. Thorndecker ist ein großer Mann.«

»Haben Sie das auch von ihm?« fragte ich und leerte meine Tasse.

Die schwarzen Augen wandten sich mir zu, und ihr Blick war alles andere als freundlich. Und nicht die Spur belustigt.

»Nein«, sagte er. »Ich habe das nicht von ihm. Ich sage, Dr. Thorndecker ist ein großer Mann, der hervorragende Arbeit leistet.«

»Ich habe Ihre Meinung gehört und zur Kenntnis genommen, Konstabler Goodfellow. Wenn Sie mich jetzt bitte entschuldigen wollen – ich möchte einen Brief einstecken.«

»Die Post ist gleich um die Ecke in der River Street.«

»Weiß ich.«

»Ich zeige Ihnen gern den Weg.«

»Gut denn«, seufzte ich, »zeigen Sie mir den Weg.«

Goodfellow hatte nicht übertrieben, als er sagte, er kenne alle Bewohner von Coburn. Er begrüßte jeden, dem wir begegneten, meist redete er die Leute beim Vornamen an. Wir blieben ein paarmal stehen, und ich wurde führenden Persönlichkeiten des Gemeinwesens vorgestellt. Der Konstabler erklärte jedesmal umständlich, was mich hierherführt, und die Folge war, daß man mir Dr. Thorndecker als einen wahren Edelmann schilderte, eine Kreuzung zwischen Jesus Christus und Albert Schweitzer.

Wir steckten den Brief ein, und ich hoffte, meine Polizeieskorte nun loszuwerden. Doch da hatte ich ihn unterschätzt.

»Ich würde Ihnen gern noch was zeigen, wenn Sie die Zeit erübrigen können«, sagte er.

»Aber gern.« Ich gab mir Mühe, Begeisterung an den Tag zu legen. »Ich habe keinen festen Plan.«

Die River Street war genau, was der Name sagte. Sie kreuzte die Main Street und führte hinab zum Hudson. Wir standen an der höchsten Stelle; von hier aus wand die Straße sich abwärts, voller Schlaglöcher, beiderseits gesäumt von verlassenen Häusern und Läden, zerfallenden Schuppen, baufälligen Lagerhäusern, unbebauten Grundstücken, auf denen sich der Müll häufte.

Der schieferfarbene Himmel drückte immer noch aufs Gemüt; Gott hatte die Sonne augenscheinlich ins Exil geschickt. Es war naßkalt, die Luft roch nach Asche. Über dem Fluß Nebelschlieren. Gewiß hatte er eine kräftige Strömung, ich sah aber bloß ein Meer aus Abfällen und Öllachen, leeren Obstkisten, Grapefruitschalen, toten Fischen. Ich glaube, selbst Reiseveranstalter würden nicht wagen, einen Aufenthalt in Coburn als *14 sonnige, erholsame Tage und romantische Nächte voll Überraschungen* anzupreisen.

Konstabler Goodfellow blieb stehen, stemmte die Hände in die Hüften. Unter der tief in die Stirn gezogenen Pelzmütze nahmen die rauchfarbigen Augen finster diesen Anblick in sich auf.

»Meine Leute leben hier seit zweihundert Jahren. Der Strom war ehedem ein Juwel. Es gab mehr Fische, als man fangen konnte, Lachse und Barsche, was Sie wollen. Der Strom lebte. Kähne fuhren stromauf und stromab. Reger Handelsverkehr. Die Menschen arbeiteten schwer und hatten ihr Auskommen. Wer von New York nach Albany wollte, kam hier mit dem

Raddampfer vorüber. Damals gab es weder Bahnen und Busse noch Flugzeuge. Der Strom war also wichtig. Wir verschickten unsere Ernten auf dem Wasser in die Städte. Heute geschieht das alles auf Lastwagen, soweit überhaupt noch was geerntet wird. Es gab hier Kaianlagen, da drüben können Sie noch die alten verrottenden Pfosten sehen. Kurzum, die Stadt stellte was dar. Das alles ist vorbei, alles ist anders geworden, sogar das Wetter. Mein Vater erzählte, daß der Strom im Winter zufror und daß man rübergehen konnte nach Harrick. Oder auf Schlittschuhen laufen. Harrick existiert nicht mehr. Früher gab es eine Menge kleine Farmen. Man erntete gute Äpfel, gute Trauben. Außerdem gab es Kleinindustrie, Möbeltischler, Silberschmiede, Glasbläser. Wußten Sie, daß es eine ganz besondere Glasfarbe gibt, die Coburn-Blau heißt? Das hat was mit dem Sand zu tun, der hier gefunden wurde. Vasen und Teller wurden damit gefärbt. Coburn-Blau war in der ganzen Gegend begehrt. Man kann sich das kaum noch vorstellen. Hier lebten etwa fünfmal so viele Menschen wie jetzt. Die jungen Leute blieben am Ort, hier war ihr Zuhause. Jetzt aber ...«

Seine Stimme klang belegt, und er wurde mir ganz sympathisch.

»Wissen Sie«, sagte ich, »das geht nicht nur Coburn so. In New York, überall in den USA ist es dasselbe. Die Welt verändert sich. Und das ist das einzige, womit man fest rechnen kann – daß alles sich verändert.«

»Sie haben recht, und ich bin ein Narr«, gab er zu.

»Ein Narr sind Sie nicht. Mag sein, ein Romantiker, aber das ist ja nicht verboten.«

»O doch, ein Narr bin ich«, beharrte er, und ich widersprach ihm nicht.

Wir schlenderten zur Main Street zurück.

»Sind Sie verheiratet?« fragte ich.

Darauf antwortete er nicht.

»Haben Sie Kinder?«

»Nein. Keine Kinder.«

»Und gefällt es Ihrer Frau hier?«

»Sie verabscheut Coburn«, sagte er dumpf. »Kann es gar nicht abwarten, hier wegzukommen.«

»Hmmm . . . ?«

»O nein. Wir bleiben.«

Wir redeten nicht mehr, bis wir wieder beim *Coburn Inn* angelangt waren. Er schaute über meinen Kopf hinweg und bemerkte: »Sie sind meiner Frau womöglich schon begegnet. Millie heißt sie und verkauft hier im Hotel Zigarren.«

Ich nickte zum Abschied und marschierte stracks ins Hotel. Sollte ich Dr. Thorndecker anrufen? Nun, das würde Goodfellow bereits besorgen. Um die Wahrheit zu sagen, ich war etwas pikiert. Nicht nur hatte Thorndecker kein Geheimnis daraus gemacht, daß er Geld von der Bingham-Stiftung erwartete – so was gehört sich einfach nicht –, er hatte auch einen Beauftragten abgesandt, mich zu empfangen. Dagegen hätte ich normalerweise nichts einzuwenden gehabt, dieser aber trug einen Revolver Kaliber 38 und verursachte in mir den Eindruck, als wolle man Druck auf mich ausüben. So was habe ich nicht gern.

Es ging jetzt auf elf, und in der Bar war nur ein einziger Gast, ein ältlicher Knabe mit einer karierten Jägermütze, einer verschmutzten Windjacke und altmodischen, bis zu den Knien geschnürten Lederstiefeln. Bei uns daheim nannte man so was »Langschäfter«; man bestellte sich beim Versandhaus *Sears & Roebuck* ein Paar, sobald die Füße aufhörten zu wachsen, und die reichten einem dann fürs Leben, wenn man gelegentlich Spitzen und Absätze erneuerte und nicht an Gänsefett oder Sattelseife sparte, bevor man sie im Frühjahr in den Schuppen stellte. Der alte Kauz hockte über einem Glas Bier und schaute nicht auf, als ich reinkam.

Hinter der Bar stand wieder mal ein Glatzkopf, der zu den Kerlen am Empfang paßte. Für eine Kleinstadt eine Menge Glatzköpfe auf einem Haufen. Vielleicht war das Wasser schuld. Ich bestellte einen Wodka Gimlet, und er wußte tatsächlich, wie man den mixt – man rührt nicht, sondern schüttelt die Mischung. Meist halten die Bartender sich an das Rezept auf der Wodkaflasche und geben soviel Limonensaft daran, daß es einem das Arschloch zukneift, aber der hier sparte nicht am Wodka und fügte nur eben gerade genug Limone zu, um das Aroma rauszubringen. Wer Gimlets trinkt, ist gegen Skorbut gefeit. Das ist mein Motto und meine Entschuldigung.

Der Bartender hatte ein Ansteckschild an der Jacke mit der Aufschrift ›Nennen Sie mich Jimmy‹.

»Ausgezeichnete Mischung, Jimmy«, sagte ich.

»Freut mich, Sir. Meist habe ich frische Limonen da und gebe noch eine Scheibe drauf, aber gestern abend haben die Gäste alles ratzekahl abgeräumt. Falls Sie morgen noch hier sind, habe ich wahrscheinlich wieder welche.«

»Ich bleibe noch.«

»Ach, wollen Sie sich hier niederlassen?«

»Vorübergehend.«

Der Greis schwang sich auf seinem Hocker herum und wäre dabei fast heruntergefallen.

»Wozu, in Dreiteufelsnamen?« krächzte er. »Wie kann ein vernünftiger Mensch in diesem Pißpott von einer Kleinstadt bleiben wollen?«

»Aber, aber, Mr. Coburn«, mahnte der Bartender.

»Laß das aber, aber Mr. Coburn gefälligst«, knurrte der Greis. »Ich kenne dich, seit du die Schweine gefüttert hast, und was machst du jetzt? Immer noch dasselbe.«

Ich schaute ihn mir an.

»Mr. Coburn?« fragte ich. »Waren Ihre Vorfahren die ersten Siedler hier?«

»Die verarmte Seite meiner Familie, ja.« Er lachte schroff. »Die anderen hatten Geld und Verstand genug, sich davonzumachen.«

»Aber, aber, Mr. Coburn«, sagte Jimmy wieder besorgt.

Ich sah, das Bierglas war beinahe leer. »Darf ich Sie zu einem Glas einladen, Mr. Coburn?« fragte ich respektvoll.

»Warum nicht?« Er schob Jimmy sein Glas hin. »Und diesmal weniger Schaum, wenn ich bitten darf. Ich sage schon Bescheid, wenn ich ein Glas Schaum will.«

Jimmy zapfte seufzend Bier.

»Haben Sie was dagegen, wenn ich mich neben Sie setze, Mr. Coburn?«

»Nur zu.« Er deutete auf den leeren Hocker neben seinem. Als ich den Platz wechselte, bemerkte ich, daß neben ihm an der Bar ein altes Flintenfutteral aus Segeltuch lehnte, die Nähte mit Leder verstärkt.

»Waren Sie auf der Jagd?« fragte ich und deutete mit dem Kopf darauf.

»Ja, bloß nach dem Schneetreiben ist es zu naß draußen. Außerdem lohnt sich's nicht mehr hier in der Gegend. Man könnte höchstens noch Jagd auf ein paar Zweibeiner machen, ich will aber keine Namen nennen. Was suchen Sie hier in der Stadt, Junge?«

Kein Grund, meinen Auftrag geheimzuhalten, schon gar nicht nach der Ortsbesichtigung mit dem Konstabler.

»Ich bin mit Dr. Thorndecker von Crittenden Hall verabredet.«

Er sagte nichts darauf, doch irgendwas ging in seinem runzligen Gesicht vor. Er zog die raupendicken Brauen zusammen, preßte die Lippen aufeinander, daß das Blut daraus wich, die Wangen fielen ein, das starke Kinn sprang noch betonter vor, und mir war, als sähe ich ein Funkeln in den verwaschen blauen Augen.

Dann hob er das Glas und leerte es auf einem Zug; nur der runzlige Adamsapfel war dabei in Bewegung. Er knallte das leere Glas auf die Bar. »Noch eins, Jimmy«, keuchte er.

Ich nickte Jimmy zu und deutete dabei auf mein eigenes Glas. Dann saßen wir schweigend. Als die Gläser kamen, schaute ich mich um. Die Bar war bis auf uns leer. Weiter hinten standen Tischchen für zwei Personen und Nischentische für vier.

»Wir könnten eigentlich gemütlicher sitzen«, schlug ich vor. »Die Beine ausstrecken.«

»Meinethalben«, grunzte er.

Er nahm sein Bier und seine Flinte und ging voran. Mir fiel auf, daß er hinkte, das rechte Bein nachzog. Dabei war er offenbar noch gut beisammen, wenn auch etwas langsam. Er wählte eine Nische für vier Personen und glitt auf eine der Bänke. Ich setzte mich ihm gegenüber und stellte mich vor: »Samuel Todd.«

»Al Coburn.« Seine Hand fühlte sich trocken an, wenn auch nicht allzu kräftig. »Wohl nicht verwandt mit den hiesigen Todds?« fragte er.

»Glaube ich kaum, Sir, ich stamme aus Ohio.«

»Da war ich nie. Ich bin überhaupt nie aus dem Staat New

York rausgekommen, um die Wahrheit zu sagen. Einmal war ich in der Stadt.«

»Hat's Ihnen gefallen?«

»Nein.« Er blickte zur Bar, wo Jimmy anscheinend ganz mit Gläserpolieren beschäftigt war und es vermied, zu uns herzuschauen. »Was haben Sie mit Thorndecker zu schaffen?«

Ich erzählte ihm, weshalb ich hier war, und er nickte.

»Hab' ich in der Zeitung gelesen. Glauben Sie, er kriegt das Geld?«

»Darüber habe ich nicht zu entscheiden«, sagte ich achselzuckend. »Kennen Sie ihn?«

»Und ob ich ihn kenne«, antwortete er erbittert. »Er sitzt auf meinem Land.«

»Auf Ihrem Land?«

»Land, das ursprünglich den Coburns gehört hat und beim Tode meines Vaters auch noch gehörte. Mir hat er die Farm vererbt und meiner Schwester den Berg.« Wieder änderte sich sein Gesichtsausdruck, die Augen funkelten wütend. »Ich dachte, ich habe das große Los gezogen, denn die Farm rentierte sich, wohingegen meine Schwester ein Stück Urwald bekam und Sumpfland.«

»Und dann?«

»Sie heiratete einen Sonntagsjäger aus Albany, einen Ausländer, ich hab' den Namen vergessen. So was auf i oder o.«

Ich sah ihn scharf an. Vergessen hatte er den Namen gewiß nicht. Der vergaß überhaupt nichts.

»Der hat sie überredet, das Land an eine Siedlungsgesellschaft zu verkaufen. Zum Parzellieren. Verstehen Sie – sie hat Land verkauft. Land, das mein Vater ihr hinterlassen hat.«

Ich sah zu, wie er mit bebender Hand sein Glas ansetzte. Land – für die Alten hat das noch Bedeutung. Nicht der Geldwert des Landes reizt sie, sondern der Gedanke, einen Teil der Welt zu besitzen.

»Und wie ging es weiter?«

»Der Grundstücksfritze entwässerte den Sumpf und holzte den Wald ab. Dann stellte er Häuser drauf. Den Berg verkaufte er an einen Burschen namens Crittenden, und der setzte das Pflegeheim dahin.«

»Crittenden Hall«, bestätigte ich.

»Das war in den zwanziger Jahren, vor der großen Wirtschaftskrise. Da warst du noch nicht geboren, Junge. Land erbrachte damals einen guten Preis, und meine Schwester hat sich gesund gestoßen. Gleich anschließend ist sie mit ihrem Ausländer auf und davon.«

»Und wo ist sie jetzt?«

»Wer soll das wissen, und wen kümmert es schon«, grollte er.

»Und Ihre Farm?«

»Ah ja, meine Farm. Meine Söhne hatten keinen Spaß daran. Die sind weggezogen, nach Florida, nach Californien. Dann hab' ich mir das Bein kaputtgemacht und konnte nicht mehr richtig arbeiten. Meine Frau starb an Krebs. Ich habe das Land jetzt verpachtet und komme gerade so durch. Aber dieser Thorndecker, der sitzt auf Coburn-Land. Nicht, daß nicht alles ganz rechtmäßig und einwandfrei zugegangen wäre – ich sage nur, er sitzt auf Coburn-Land.«

Ich nickte, winkte eine weitere Runde herbei. Sie wurde von einer Kellnerin gebracht; an der Bar standen jetzt drei Gäste, und im Restaurant rüstete man sich offenbar zum Mittagessen.

»Kennen Sie Dr. Thorndecker persönlich, Mr. Coburn?« fragte ich.

»Ich habe ihn mal kennengelernt«, sagte er knapp.

»Und wie ist Ihr Eindruck von ihm?«

Die schuppigen Lider klappten langsam auf und er starrte mich an. Antworten allerdings wollte er nicht.

»Von Konstabler Goodfellow höre ich, daß die anständigen Leute ausnahmslos hinter Thorndecker stehen«, drängte ich. »So hat er sich ausgedrückt: Alle anständigen Leute.«

»Na, zu denen gehöre ich nun nicht, und ich würde mir von diesem Quacksalber nicht mal die Fußnägel schneiden lassen.«

Nach einem Moment des Schweigens fragte er barsch: »Goodfellow? Dieser Indianer? Wie kommen Sie an den? Mein Großvater hat hier noch Indianer umgelegt.«

»Er sagte, Thorndecker hat ihm aufgetragen, sich zu überzeugen, daß mir nichts fehlt. Er fragte, ob ich ein paar von den Einwohnern kennenlernen wollte.«

Coburn starrte in sein fast leeres Glas und schwieg lange.

Dann trank er aus, kam schwerfällig auf die Füße und packte sein Flintenfutteral. Ich rührte mich nicht. Er blieb am Tisch stehen und schaute auf mich herab.

»Paß auf, wo du hintrittst«, sagte er mit seiner rauhen, krächzenden Altmännerstimme.

»Tue ich immer.«

Er entfernte sich nickend ein paar Schritte, blieb stehen und kam wieder zurück.

»Kann sein, daß Goodfellow nicht von Thorndecker geschickt worden ist«, sagte er überraschend. »Thorndecker ist zwar ein falscher Fünfziger, aber blöd kann man ihn nicht nennen.«

»Wer kann ihn geschickt haben, wenn nicht Thorndecker?«

Er starrte mich an.

»Vermutlich seine Frau«, versetzte er ingrimmig. »Die hat heiße Hosen.« Er blieb schweigend stehen und fuhr fort, mich anzustarren. Offenbar überlegte er, ob er es dabei bewenden lassen oder mehr sagen sollte. Ich wartete geduldig. Schließlich kam er zu einem Entschluß:

»Wissen Sie, was da draußen in dem Laboratorium gemacht wird?«

»Biologische Forschungsarbeiten vermutlich«, sagte ich achselzuckend. »Irgendwas mit menschlichen Zellen.«

»Teufelswerk!« platzte er so wütend heraus, daß sein Speichel mich im Gesicht traf. »Teufelswerk, sage ich.«

Ich richtete mich auf.

»Was meinen Sie damit?« fragte ich schroff. »Was soll das heißen – Teufelswerk?«

»Ich weiß es, und Sie müssen es raten. Vielen Dank für das Bier.«

Tatsächlich lüftete er die karierte Jagdmütze eine Spur, und ich sah ihn davonhinken.

Ich trank ebenfalls aus und stolzierte hinaus. Nach Mittagessen war mir nicht zumute, das ländliche Frühstück hielt noch vor. Unweit vom Zigarrentresen hingen Zeitungen; ich blätterte darin herum und wartete, bis außer mir niemand in der Halle war, denn ich wollte allein mit ihr reden.

»Tag Millie.«

»Tag auch!« Sie bewegte die Wimpern wie Staubwedel. »Gefällt es Ihnen in Coburn, Mr. Todd?«

Sie hatte also am Empfang nach meinem Namen gefragt. Vielleicht auch nach meiner Zimmernummer?

»Ein elendes Nest«, sagte ich und beobachtete sie scharf.

»Das dürfen Sie zweimal sagen.« Ihr Gesicht umwölkte sich. »Es ist seit fünfzig Jahren tot, nur hat keiner genügend Geld für ein anständiges Begräbnis. Kann ich Ihnen irgendwie gefällig sein? Zigaretten vielleicht? Eine Zeitschrift? Sonst etwas?«

Das sonst etwas kam mit kehliger Stimme heraus, sie ahmte Marilyn Monroe nach, machte ein Schmollmündchen, bukkelte schnurrend wie eine Katze. Gott helfe Konstabler Goodfellow!

»Vielleicht eine Auskunft«, sagte ich hastig. »Wie komme ich nach Crittenden Hall? Zu Dr. Thorndecker?«

Ich gab mir wirklich Mühe zuzuhören und mir zu merken, was sie da beschrieb: ostwärts auf der Main Street bis Oakland Drive, hier nach Norden abzweigen. Bei Mikes Tankstelle auf den Ford Peabody Drive und so weiter, doch war ich ganz in ihren Anblick vertieft und fragte mich, was einen stolzen jungen indianischen Polizisten wohl bewogen haben mochte, eine stark abgenutzte Frau zu heiraten, die mindestens fünf Jahre älter war als er, und deren höchstes Glück vermutlich darin bestand, mit einer Pralinenschachtel vorm Fenster zu sitzen und zum zehnten Mal *I Love Lucy* zu sehen.

Als sie verstummte, sagte ich wie ein Tropf: »Heute morgen bin ich Ihrem Mann begegnet.«

»Dem begegne ich jeden Morgen«, gab sie zurück, fügte aber an: »Fast jeden Morgen.«

Sie sah mich an, plötzlich sehr ernüchtert, sehr ernsthaft. Herausfordernd geradezu.

Ich versuchte ein Lächeln, wandte mich ab, ging. Ob das nun vernünftig war oder bloß feige, weiß ich nicht. Ich wußte nur, daß ich die Dame falsch beurteilt hatte. Ihr höchstes Glück war jedenfalls nicht die Glotze und ein Pfund Pralinen. Weit entfernt.

Ich setzte mich in meinen Wagen, ließ den Motor warmlaufen und kratzte die Windschutzscheibe frei von Eis. Dann fuhr ich zum Städtchen hinaus.

Mir kam in den Sinn, was unser Ausbilder in Fort Benning uns eingeschärft hatte:

»Ihr könnt auf Landkarten und Luftaufnahmen starren bis euch die Augen rausfallen, aber nichts ersetzt eine Ortsbesichtigung. Karten und Luftaufnahmen sind schön und gut, aber tausendmal besser ist es, das Terrain in Augenschein zu nehmen, wenn möglich abzugehen. Ihr müßt das Terrain kennen, müßt wissen, was euch erwartet. Falls ihr vor dem Gefecht das Terrain erkundet, kommt ihr womöglich lebend wieder raus.«

Darum nahm ich mir vor, Dr. Thorndeckers Terrain zu erkunden.

Mit Hilfe von Millie Goodfellows Direktiven und einigen unfreundlich gegebenen Auskünften an Mikes Tankstelle, fand ich Crittenden Hall ohne große Mühe. Das Gelände befand sich eine knappe Meile östlich vom Strom, die Gebäude aber standen auf der Anhöhe, die ehemals Al Coburns Vater gehört hatte.

Auf dem Weg zu der Anlage passierte man ein paar kleinere Farmen. Das Land trug noch Stoppeln, die Häuser sahen verwahrlost aus. Durch die Ritzen von Scheunen und Außengebäuden drang Licht, lose Dachpappe knatterte gespenstisch im Wind, verzogene Türen hingen in rostigen Angeln. Landwirtschaftliche Maschinen standen ungeschützt im Freien, nicht alle Felder waren abgeerntet, die Frucht verfaulte auf dem Halm. Es war kalt, trostlos, trübe, und, schlimmer noch, nirgendwo war eine Menschenseele zu sehen. Mir begegnete kein Fußgänger, kein Wagen, niemand arbeitete auf den Feldern, keiner schleppte Abfälle vor die Tür. Die Gegend schien völlig verlassen, als hätte die Pest gewütet, als wäre eine Neutronenbombe detoniert. Kahle Bäume stachen in einen zinnfarbigen Himmel. Aber nirgendwo Menschen. Kein Leben. Wenn doch wenigstens ein Hund gebellt hätte!

Ein großes Schild trug die Aufschrift: *Crittenden Hall*, und darunter sah man ein kleineres Schild *Crittenden Forschungs-*

Laboratorium. Ein hübsches, gut zwei Meter hohes Gitter aus Schmiedeeisen endete an einem zweiflügligen, kunstfertig verzierten Tor, das sich nach innen öffnete. Dahinter eine Hütte, die gerade dem Wächter Platz bot und ihm erlaubte, die Füße an einem Gasofen zu wärmen.

Ich fuhr langsam vorüber. Aus dem schmiedeeisernen Gitter wurde ein Maschendrahtzaun, der das gesamte Areal einfaßte. Schmale Straßen ermöglichten es, das gesamte Gelände zu umfahren. Ich kam durch dichte Waldbestände und Wiesen, vorbei an einem Bach, einem Tennisplatz, einem überraschend großen Friedhof, der gut gehalten war. Recht hübsch. Offenbar ließ man sich dort gern beisetzen. Endlich sah ich auch einen Menschen, einen untersetzten Kerl in schwarzer Regenjacke, eine Schrotflinte überm Arm, in der Hand eine Leine, und am Ende der Leine einen zerrenden Schäferhund.

Dann war ich wieder auf der großen Straße, die am Tor vorbeiführte. Ich hielt auf dem Sommerweg, von der Wächterhütte aus nicht zu sehen, stieg zähneklappernd vor Kälte aus, nahm ein Fernglas aus dem Kofferraum, setzte mich wieder in den Wagen und kurbelte die Scheibe soweit wie notwendig runter. Ich hatte einen recht guten Überblick, allerdings war das Licht nicht gut und die Linsen beschlugen immer wieder. Trotzdem sah ich, was ich sehen wollte.

Ich suchte nicht etwa etwas Verdächtiges oder gar Bedrohliches, sondern wollte mir nur einen ersten Eindruck verschaffen. Waren die Gebäude in gutem Zustand? War der Park gepflegt? Sah das Ganze wohlhabend und nach guter Bewirtschaftung aus, oder hatte ich es mit einem Abbruchunternehmen zu tun, das demnächst unter den Hammer kam?

Dr. Thorndeckers Institut verdiente die beste Note. Ich sah keine einzige gesprungene Fensterscheibe, Fensterrahmen und sonstige Holzteile waren frisch lackiert, der Rasen geschnitten, die Blätter zusammengeharkt. Die Bäume sahen aus, als würden sie regelmäßig gestutzt, das Mauerwerk wirkte sauber. Bepflanzung und Garten waren für den Winter hergerichtet, Doppelfenster schon eingehängt.

Das alles deutete auf Pflege und Tüchtigkeit, sah ordentlich und gut geleitet aus. Die Verwaltung hielt offenbar auch in dieser elenden Jahreszeit auf schmuckes Aussehen und einwandfreien Bauzustand.

Das Hauptgebäude, das auch das größte war, erwies sich auf den ersten Blick als das älteste. Vermutlich das ursprüngliche Pflegeheim Crittenden Hall. Ein zweistöckiger Backsteinbau auf der Anhöhe. Zwei eingeschossige Flügel waren später etwas weiter unten angefügt worden, das Mauerwerk von Efeu berankt, der noch grün war. Die Dächer mit grünspanüberzogenem Kupferblech gedeckt. Vor den Fenstern schmucke Ziergitter, keineswegs ungewöhnlich bei Gebäuden, die zum Aufenthalt von Alten, Kranken, Invaliden und/oder Verrückten bestimmt sind.

Auf halber Höhe stand ein Neubau, ebenfalls aus Backstein, aber nicht mit Efeu berankt. Und mit einem Schieferdach. Auch hier waren Gitter vor den Fenstern, doch keine Ziergitter, sondern nüchterne Stäbe. Dieses Haus, das ich für das Forschungslabor hielt, war weniger gefällig anzusehen als Crittenden Hall, ein Kasten mit Erdgeschoß und einem Stockwerk darauf, nüchternen Fenstern, und nur den Eingang hatte man durch einen Säulenvorbau halbherzig gefälliger zu machen versucht. Vom Pflegeheim zum Labor führte ein Plattenweg mit Stufen, überdacht aber ohne Seitenwände.

Es gab noch einige kleinere Häuser zu sehen, die Küchen, Labors, Vorratsräume oder sonstwas beherbergen mochten; das ließ sich nicht ohne weiteres ausmachen, doch alles wirkte gut ausgedacht, schmuck, sauber, gepflegt.

Warum aber überkam mich bei diesem Anblick ein so trostloses Gefühl?

Es mag an dem ausgesprochen unfreundlichen Tag gelegen haben; der Boden war noch matschig, der Himmel niederdrückend. Es mag auch an dem trüben Licht gelegen haben, das eigentlich kein Licht war, sondern blinkte wie nasser Stahl. Vielleicht war es auch nur Coburn und meine Stimmung.

Als ich das Glas absetzte, wurde mir jedenfalls klar, daß nichts von allem, was ich da sah, gegen Dr. Telford Gordon

Thorndecker und sein Ersuchen um Gewährung von Mitteln aus der Bingham-Stiftung sprach.

Ich starrte die winterlich abweisenden Gebäude auf der Höhe an und versuchte dahinterzukommen, was mich so bedrückte. Auf der Rückfahrt nach Coburn kam ich endlich drauf: Es war nicht eigentlich Angst, es war eine Bedrohung.

Nach diesem kleinen Ausflug ins Hinterland erschien Coburn mir geradezu heimelig und aufgeputzt. Ich zählte mindestens vier Passanten auf der Main Street. Und siehe da: Ein Hund hob das Hinterbein an einem Hydranten. Welch ein Wunder!

Ich stellte den Wagen ab und schloß ihn. Mein dringendstes Bedürfnis war – ach, was wünschte ich mir nicht alles! Einen Wodka-Gimlet; einen guten Cognac; Kaffee und Gebäck; ein Club-Sandwich und dunkles Bier; heiße Pastrami und Selleriesaft. Und Joan Powell auf Schwarzbrot. Ich überquerte also die Straße und betrat die Redaktion des *Coburn Sentinel.*

Eigentlich war das ein Laden, und das Ladenfenster zeigte in abgeblätterten Goldbuchstaben die Inschrift: *Das größte kleine Wochenblatt im ganzen Staat!* Gleich wenn man reinkam, stand man vor einem fleckigen Holztresen, an dem man ein Abonnement bestellen, Anzeigen aufgeben oder sich darüber beklagen konnte, daß in dem Bericht über das Jubiläum von Guleks Fettverarbeitung der Nachname falsch geschrieben worden war.

Dahinter sah man einige altersschwache Tische, Schreibmaschinen, Drehstühle. Milchglasscheiben trennten ein kleines Büro ab. Weiter hinten stand die Setzmaschine, altmodisch auch sie. Die Miete wurde wahrscheinlich mit dem Druck von Geschäftskarten, Briefpapier und Handzetteln verdient.

Es summte hier drinnen nicht gerade wie in einem Bienenstock. Hinter dem Tresen saß eine ältliche Person auf einem hohen Hocker und schnitt mit einer großen Schere Anzeigen aus alten Ausgaben des *Sentinel* aus. In ihrem grauen Haarknoten staken zwei Bleistifte, und der hohe gerüschte Kragen ihrer Bluse wurde von einer Kammee gehalten. Hinter ihr saß an einem der altersschwachen Tische eine geschmeidige Nymphe, volle achtzehn Jahre alt, wie mir scheinen wollte. Typ

Sportskamerad, so blond, vollbusig, gesund und strahlend, daß ich gleich die Schultern zurücknahm und den Bauch einzog. – Eitelkeit, dein Name ist Mann –. Diese Grübchennymphe hackte behutsam auf eine uralte Maschine Marke Underwood ein, die Zungenspitze im Mundwinkel. Ich hätte meinen Grand Prix gegeben, wenn ich nur ein einziges Mal – genug, dieser Weg führt ins Verderben.

Weiter hinten am Setzkasten stand ein dürrer Typ und setzte mit der blitzartigen Geschwindigkeit eines Faultiers, das sich von Valium ernährt. Er trug eine mit Druckerschwärze beschmierte Schürze und eine Papiermütze, wie Maler sie sich aus einem Stück Papier falten. Seine Brille hatte Gläser so dick wie Flaschenböden, und ich fragte mich, wieviele Druckfehler der *Sentinel* wohl pro Zeile aufzuweisen haben mochte ...

Der gesamte Laden hätte wie er ging und stand in ein Museum gehört mit der Legende: *Amerikanische Zeitungsredaktion, circa 1930.* Tatsächlich hätte ganz Coburn ins Museum gehört, mit einer ähnlichen Erläuterung. Die Zeit war hier stehengeblieben. Ich war in eine Zeitverwerfung geraten, und jeden Moment würde jemand ein Radio Marke *Atwater Kent* anstellen, und Gene Austin würde *My Blue Heaven* singen.

Die alte Dame sah von ihrem Schnitzelwerk auf und fragte: »Kann ich Ihnen behilflich sein?«

»Ich hätte gern den Herausgeber gesprochen«, sagte ich.

»Die Herausgeberin, bitte. Agatha Binder heißt sie.«

»Bitte tausendmal um Vergebung«, sagte ich demutsvoll. »Dürfte ich also mit Miss oder Mrs. Binder sprechen?«

»Weshalb?« fragte sie argwöhnisch. »Wollen Sie was verkaufen? Sich beschweren?«

Der *Coburn Sentinel* bekam offenbar häufig Beschwerden.

»Nein, nein, nicht beschweren.« Ich schenkte ihr mein gewinnendstes Lächeln, ohne den geringsten Eindruck zu machen. »Mein Name ist Samuel Todd, von der Bingham-Stiftung. Ich hätte gern mit der Herausgeberin über Dr. Thorndecker gesprochen.«

»Oh, deshalb! Bitte warten Sie hier.«

Sie glitt von ihrem Hocker und trottete nach hinten, ins Büro. Gleich darauf kam sie wieder und winkte gebieterisch mit dem Zeigefinger. Ich ging an der knusprigen Sportskameradin vorbei. Sie hackte immer noch auf der Maschine herum, die Zungenspitze lugte unverändert aus einem Mundwinkel.

»Ich liebe dich«, sagte ich im Vorbeigehen und sie schaute entsetzt auf.

Das Büro war ein wüstes Durcheinander. Die Frau, die sich hinter einem überladenen Schreibtisch im Sessel fläzte, war ungefähr in meinem Alter, nur einen halben Zentner schwerer. Zu einem rotkarierten Hemd, offenbar aus dem Tischtuch eines italienischen Restaurants gefertigt, trug sie einen Overall mit reichlich Druckerschwärze, die Füße steckten in unverschnürten Kampfstiefeln aus dem Zweiten Weltkrieg und lagen auf dem Tisch. Neben ihr auf dem Boden stand ein mit schwarzem Kaffee gefüllter Pappbecher, und sie verdrückte soeben das dickste Sandwich, das mir je vor Augen gekommen ist: Es war mit Hamburgers belegt.

Alles an ihr war massig: Kopf, Nase, Kinnpartie, Schultern, Busen, Hüften, Oberschenkel. Die Hände, in denen sie das Sandwich hielt, glichen Schinken, ihre Handgelenke hatten den Umfang meiner Fußgelenke. Und doch wirkte sie nicht wie ein Ungeheuer, denn alles paßte gut zueinander, war auf monumentale Weise geradezu angenehm zu betrachten. Hart und rauh wie Fels, auch die Augen wie Granit, mit Einschüssen von Glimmer.

»Guten Tag, Miss Binder«, sagte ich.

»Setzen Sie sich, Todd.«

Ich setzte mich.

Die Stimme paßte zu ihrer Erscheinung, dickliche, männliche Knurrlaute. Während der Dauer der Unterhaltung hörte sie keinen Moment auf, an ihrem elenden Hamburgergebirge herumzukauen, das sie mit Kaffee hinunterspülte. Das behinderte sie aber nicht im Reden, und die Hamburger beeinträchtigten auch nicht ihre Aussprache. Jedenfalls nicht sehr.

»Kriegt Thorndecker seinen Zaster?« wollte sie wissen.

»Darüber entscheide nicht ich.« Wie oft würde ich das wohl in Coburn noch wiederholen müssen? »Ich bin bloß gekommen, um etwas herumzustochern. Kennen Sie Thorndecker? Persönlich, meine ich?«

»Klar kenne ich ihn. Ich kenne jeden in Coburn. Er ist ein eingebildeter, verbohrter, scheinheiliger, aufgeblasener Fatzke. Aber er hat den schärfsten Verstand, dem ich je begegnet bin. Der ist so schlau, daß man es mit der Angst kriegt. Ein Genie ist er, kein Zweifel möglich.«

»Haben Sie je Nachteiliges über sein Pflegeheim da oben gehört? Mißhandlung von Patienten, schlechtes Essen, etwas in dieser Art?«

»Sie sind wohl blöd! Mann, ich wollte, ich wäre eine seiner Patientinnen. Kaviar zum Frühstück. Die neuesten Filme. Der beste Weinkeller weit und breit. Und warum auch nicht? Die zahlen doch für alles! Machen Sie sich mal klar, Todd, es gibt hierzulande haufenweise Leute mit Geld zum Verbrennen. Die Alten und die Kranken dieser Sorte kommen nach Crittenden Hall, um hier im gewohnten Stil zu sterben, und genau das dürfen sie auch. Ich kenne fast alle Einheimischen, die da oben arbeiten, Pfleger, Küchenpersonal, Zimmermädchen und so fort, und alle sagen übereinstimmend: Das Ding ist ein Palast. Wenn schon sterben, dann da. Und wenn sie schließlich abkratzen, und das tun die meisten, bringt er sie noch mit aller Pracht unter die Erde, oder läßt sie verbrennen. Das kostet natürlich extra.«

»Hm. Der Friedhof ist mir aufgefallen. Recht hübsch.«

»Ach, haben Sie schon einen Besuch in Crittenden Hall gemacht?«

»Bloß mal Umschau gehalten«, sagte ich ausweichend. »Und wie steht es mit dem Labor?«

»Was soll sein damit?«

»Haben Sie eine Ahnung, woran dort gearbeitet wird?«

Sie kaute ohne innezuhalten an ihrem Hamburger, doch ihre Miene änderte sich, ihr Blick ging ins Weite, sie bekam den Tausendmeterblick, wie ich das nenne. Was bedeutet, sie schaute mich an, durch mich hindurch, irgendwo in die Ferne: Der Blick des Nachtportiers im Coburn Inn, als ich mein Zimmer verlangte und den Namen Thorndecker nannte.

Beim Militär hatte ich genügend Verdächtige vernommen, um zu wissen, was dieser Blick bedeutet. Er bedeutete nicht unbedingt, daß der Befragte lügt oder schuldig ist, er bedeutete im allgemeinen nur, daß er überlegte, ob und wie weit er auspacken und was er verschweigen will und wie. Ein Symptom eifrigen Nachdenkens, des Überschlagens der eigenen Interessen, ein Abschätzen der eigenen Schuld.

»Nein«, sagte sie schließlich. »Woran dort gearbeitet wird, weiß ich nicht. Irgendwas mit menschlichen Zellen und der Lebensspanne. Aber dieser wissenschaftliche Kram ist mir unverständlich.«

Sie wählte diesen Moment, um sich zur Seite zu beugen und nach dem Kaffeebecher zu angeln. Damit ich ihr Gesicht nicht sah und merkte, daß sie log?

»Die Familie von Thorndecker kennen Sie? Frau? Tochter? Sohn? Können Sie mir darüber was sagen?«

»Die Frau ist nicht mal halb so alt wie er. Eine richtige Schönheit. Seine zweite selbstverständlich. Manchmal kommt sie in die Stadt. Toll angezogen. Kauft ihre Sachen auf der Fifth Avenue. Nicht gerade die typische Coburner Hausfrau.«

»Hält sie sich für was Besseres?«

»Das habe ich nicht gesagt«, korrigierte sie mich flink. »Bloß gesellig ist sie nicht. Das ist alles.«

»Führt sie mit dem Doktor eine gute Ehe?«

Wieder lehnte sie sich zur Seite, diesmal um den Kaffee abzustellen.

»Soweit ich weiß schon«, brummelte sie. »Sie stellen ziemlich indiskrete Fragen, was?«

Darauf erwiderte ich nichts.

»Was ist mit der Tochter, ist die vielleicht geselliger?«

»Gesellig? In Coburn?« höhnte sie. »Zwei Glas Bier im Coburn Inn? Nein. Von Mary ist kaum je was zu sehen. Sie müssen begreifen, es liegt nicht daran, daß Thorndeckers eingebildete Pinsel sind, aber sie halten sich zurück. Und warum sollten sie nicht? Was könnten sie in diesem Rattenloch schon anfangen?«

Sie blinzelte mich an, offenbar hoffte sie, ich fände ihre Ausdrucksweise unpassend. Aber ich war schlimmeres gewöhnt.

»Und der Sohn«, fragte ich weiter, »Edward?«

»Na, jeder weiß, daß er aus zwei Schulen rausgeflogen ist. Wegen schlechter Leistungen, soviel weiß ich. Jetzt kriegt er daheim Privatunterricht und wird auf die Prüfung in Yale oder Harvard oder was weiß ich wo vorbereitet. Ich bin ihm ein paarmal begegnet. Netter Junge. Sieht blendend aus. Ganz der Papa. Aber eher schüchtern. Reden tut er nicht viel.«

»Sie würden also sagen, die Familie Thorndecker ist eine nette amerikanische Familie, und jeder kann jeden gut leiden?«

Sie schaute mich mißtrauisch an. Sie meinte wohl, ich nähme sie auf den Arm. Das tat ich selbstverständlich auch, aber meinem Gesicht war das sicher nicht anzusehen.

»Tja ... so ungefähr«, sagte sie. »Bestimmt haben sie Probleme miteinander wie alle Leute, aber falls Sie auf Klatsch oder Skandal hinauswollen – Fehlanzeige.«

»Thorndeckers Frau, Julie heißt sie wohl, ist mit Konstabler Goodfellow befreundet, wie ich höre?«

Die Kampfstiefel kamen mit einem Ruck krachend auf die Dielen und Agatha Binder richtete sich auf. Ihr Mund stand so weit offen, daß ich ein Stück von dem Hamburger sehen konnte.

»Wo haben Sie das denn aufgeschnappt?«

»Nur so.« Ich zuckte die Achseln.

»Quatsch. Das ist bloß üble Verleumdung.«

»Eben haben Sie noch gesagt, es gäbe keinen Klatsch über Thorndeckers?«

Sie lehnte sich zurück, kaute und schluckte.

»Sie sind ein Schlaumeier, Todd, was?«

Ich blieb stumm.

Sie schob den Rest ihrer Mahlzeit beiseite, lehnte sich über den Tisch und faltete die schinkengroßen Hände. Nun wirkte sie sehr ernst, sehr aufrichtig. Anscheinend sah sie mir direkt ins Auge, das ist aber auch dann ganz einfach, wenn man nicht die Wahrheit sagt. Der Trick besteht darin, auf den Nasenrükken zu sehen, genau zwischen die Augen.

»Lieber Freund«, knurrte sie basso profundo, »Sie werden einen Haufen bösartige Gerüchte über Thorndeckers zu hören bekommen. Sie sind nicht die Reichsten hier herum, aber es fehlt ihnen an nichts, und wo Geld ist, da schwirrt es auch von neidischem Klatsch. Nehmen Sie das nicht so wichtig.«

»Ich werde mich bemühen«, sagte ich verbindlich. »Jetzt

kommen wir zu Thorndeckers führenden Mitarbeitern. Kennen Sie da welche?«

»Ich kenne Stella Beecham, approbierte Krankenschwester, sie beaufsichtigt das Pflegepersonal in Crittenden Hall. Gute Freundin von mir. Und Dr. Draper kenne ich flüchtig. Der ist Thorndeckers Assistent, Vertreter, oder wie man das nun nennen will, aber im Forschungslabor. Ich bin auch noch anderen begegnet, aber die Namen habe ich mir nicht gemerkt.«

»Das sind kompetente Leute?«

»Die Beecham allemal. Ein wahres Juwel. Draper ist der pedantische Forschertyp. Mit dem verbindet mich nichts, aber angeblich ist er ein blitzgescheiter Bursche. Und ich nehme an, das Personal im Labor ist ebenfalls erstklassig. Ich sagte doch, Thorndecker ist ein Genie. Nebenbei auch ein guter Verwaltungsfachmann. Der stellt keine Nieten ein. Und das Personal im Pflegeheim tut seine Arbeit gewissenhaft. Das sind fast lauter Einheimische.«

»Thorndecker hat also mit dem Personal keine Schwierigkeiten?«

»Absolut keine. Es ist schwer, hier Arbeit zu finden, und er zahlt Spitzenlöhne, Krankengeld, Urlaubsgeld, Altersversorgung ... alles, was man verlangen kann. Ich würde selbst gern dort angestellt sein.«

»Das erzählen Sie jemand, der die Hose mit der Kneifzange anzieht.«

»Na ja«, sie lächelte matt. »Natürlich nicht.«

»Kennen Sie Al Coburn?«

»Den alten Furzer? Verrückt wie ein Eichkater, seit seine Frau gestorben ist«, brach es aus ihr hervor. »Hören Sie bloß nicht auf den.«

»Na, auf irgendwen muß ich schon hören, vorzugsweise auf Leute, die Thorndecker kennen. Bei welcher Bank hat er seine Konten?«

»Hier kann er nur bei der First Farmers & Merchants Bank sein. Es gibt nur eine. Neben der Post. Fragen Sie nach Arthur Merchant, das ist der Direktor. So heißt er wirklich; daß die Bank auch so heißt, hat mit ihm nichts zu tun. Die Bank –«

»Danke, das reicht, ich begreife schon. Ein tückischer Zufall.

Das Leben wimmelt nur so davon. Was wissen Sie über sein Verhältnis zur Kirche? Ich meine, geht Thorndecker in eine Kirche?«

»Er und seine Frau gehören der Episkopalischen Kirche an, aber sehr eifrige Kirchgänger sind sie nicht.«

Ich bewunderte sie: »Sie sind eine wandelnde Enzyklopädie von Coburn. Sie sagten: er und seine Frau. Wie steht es mit der Tochter? Und dem Sohn?«

»Wo Eddi dazugehört, ahne ich nicht, wahrscheinlich zu den Pfadfindern.«

»Und die Tochter? Mary?«

»Tja, die ...« sagte sie zurückhaltend.

»Was heißt tja die?«

Sie tippte mit einem Fingerknöchel an die Nasenspitze.

»Was hat das damit zu tun, ob Thorndecker seine Subvention kriegt oder nicht?«

»Wahrscheinlich nichts«, gestand ich. »Aber ich bin nun mal neugierig.«

»Kann man wirklich sagen«, knurrte sie. »Wenn Sie es denn unbedingt wissen wollen: Mary Thorndecker besucht angeblich eine kleine Kirche fünf Meilen südlich von hier, eine Sektenkirche, Sie wissen schon, Wiedergeburt im Herrn und so. Sie schwenken die Arme und schreien: Herr, ich komme!«

»Und reden in Zungen.«

Sie schaute mich neugierig an.

»So blöd sind Sie gar nicht, was?«

»Blöd schon, aber so ganz doch nicht«, bestätigte ich. Ein Weilchen überlegte ich. »Na, mir fallen weiter keine Fragen ein. Ich danke Ihnen für Ihre bereitwillige Hilfe, Sie haben mir sehr genützt.«

»Ach was!« Sie war überrascht. »Ich hoffe nur, ich habe geholfen, Thorndecker seinen Zaster zu verschaffen. Erstens hat er ihn verdient, und zweitens kann es der Stadt nicht schaden.«

»Das habe ich schon anderswo gehört. Könnte ich noch mal reinschauen, wenn ich was zu fragen habe?«

»Jederzeit.« Sie stand auf, und ich sah, daß sie ebenso groß war wie ich. Eine mächtige Person. »Fragen Sie Art Merchant in der Bank. Der gibt Ihnen jede Auskunft. Der ist übrigens auch Bürgermeister von Coburn.«

»Phantastisch.«

Wir standen noch herum, schüttelten einander die Hand und grinsten idiotisch, als es zaghaft klopfte.

»Herein!« grollte Agatha Binder und ließ meine Hand los.

Die Tür ging zögernd auf und herein trat die Grübchennymphe. Im Stehen sah sie noch leckerer aus. Minirock, schwarze Plastikstiefel, ein Pullover aus Angorawolle, schmiegsam wie Butter. Beim Militär sagte man zu solchen Erscheinungen: »Da braucht man weiter nichts als einen Löffel und einen Strohhalm.« Sie hatte einen Stoß Papier in der Hand.

»Ja, was ist, Sue Anne?« fragte die Binder.

»Ich bin mit dem Bericht über die Beerdigung von Kenner fertig, Miss Binder«, stotterte die Kleine.

»Sehr schön, Sue Anne. Leg ihn da hin. Ich nehme ihn mir heute nachmittag vor.«

Die Sportskameradin legte ihr Häufchen Papier auf den Schreibtisch und entschwand eilig. Sie machte die Tür zu, ohne mir einen Blick zu gönnen. Agatha Binder bemerkte aber schlau: »Die gefällt Ihnen wohl?«

»Schon, schon.« Ich wedelte mit der Hand. »Nicht geradezu sensationell aber sehr passabel.«

»Finger weg, Bürschchen, die gehört mir!« Ihre Stimme war noch rauher, und in ihren Augen glitzerte es.

Angenehm zu hören. Schon ging es mir besser. Das Gefühl, in Coburn in eine Zeitverwerfung geraten zu sein, verflüchtigte sich. Ich lebte wieder in den 70er Jahren, und als ich hinausging, machte mein Gemüt Sprünge wie ein übergeschnappter Hirsch.

Als ich in die Hotelhalle kam, winkte der Glatzkopf am Empfang mir aufgeregt zu. »Wo stecken Sie nur«, jammerte er.

»Tut mir leid, daß ich unentschuldigt gefehlt habe. Nächstes Mal bringe ich einen Zettel von daheim mit.«

Er hörte aber gar nicht zu.

»Dreimal hat Dr. Thorndecker schon angerufen. Sie sollen sofort zurückrufen. Hier ist die Nummer.«

Auf dem Zimmer pellte ich mich aus dem Trenchcoat, schlenkerte die Stiefel ab, legte mich auf das harte Bett. Das Telefon stand auf einem wackeligen Tisch daneben. Man wurde durch den Klappenschrank des Hotels verbunden; ich sagte die Nummer und wartete.

»Crittenden Hall.«

»Hier Samuel Todd. Bitte Dr. Thorndecker.«

»Einen Augenblick bitte.« Klick, klick, klick.

»Crittenden Forschungslabor.«

»Hier Todd. Dr. Thorndecker bitte.«

»Einen Moment bitte.«

Klick, klick, klick.

»Labor.«

»Bitte Dr. Thorndecker. Hier Todd.«

Diesmal klickte es nicht. »Bitte bleiben Sie am Apparat.«

»Mr. Todd?«

»Ja. Dr. Thorndecker?«

»Nein, tut mir leid, Mr. Todd, aber im Moment kann Dr. Thorndecker nicht ans Telefon kommen. Hier spricht Dr. Draper, sein Assistent. Wie geht es Ihnen, Sir?«

Eine Stimme wie eine gestopfte Trompete, ohne Resonanz.

»Wenn es mir noch eine Spur besser ginge, verlöre ich das Bewußtsein. Danke der Nachfrage. Dr. Thorndecker hat mir ausrichten lassen, ich möchte ihn anrufen.«

»Ich weiß, Sir, er hat den ganzen Nachmittag über versucht, Sie zu erreichen, aber im Moment ist er mitten in einem kniffligen Experiment.«

Ich war dabei, die Socken mit den Zehen abzustreifen.

»Ich ebenfalls«, sagte ich daher.

»Wie bitte?«

»Kindische Scherze. Achten Sie nicht darauf.«

»Dr. Thorndecker läßt fragen, ob es Ihnen paßt, hier in Crittenden zu Abend zu essen. Mit der Familie. Cocktails um sechs, Abendbrot um sieben.«

»Ich bin entzückt. Meinen ganz besonderen Dank.«

»Wissen Sie, wie Sie herfinden, Mr. Todd? Sie biegen –«

»Ich finde den Weg schon«, schnitt ich ihm hastig das Wort ab. »Bis heute abend denn. Danke Ihnen, Dr. Draper.«

Ich legte auf und streifte die Socken auf herkömmliche Weise ab, ließ mich aufs Bett zurückfallen, entschlossen, ein Schläfchen zu machen, dann zu duschen, mich zu rasieren und mich umzuziehen. Der Schlaf wollte aber nicht kommen. In meinem Hirn brodelte es.

Vermutlich kennen Sie aus dem Fernsehen oder aus einem Krimi folgenden Dialog:

Kriminalbeamter: »Der Kerl ist schuldig, da fresse ich einen Besen.«

Streifenpolizist: »Wie kommen Sie darauf?«

Kriminalbeamter: »Reine Instinktsache.«

Manchmal sagt der Kriminalbeamte auch »Gefühlssache« oder »Eingebung«. Aber gemeint ist jedesmal Intuition, eine Art unterbewußter Inspiration, die ihn die Wahrheit erkennen läßt.

Als ich mal einen altgedienten Plattfuß danach fragte, lautete die Antwort: »Alles Blödsinn.«

Und dann sagte er: »Ich will nicht bestreiten, daß man in manchen Fällen so was wie Instinkt oder Eingebung hat, aber die kommt nicht aus heiterem Himmel. Wenn man so eine Eingebung mal analysiert, stellt sich raus, in Wahrheit ist es eine logische Folgerung aus Sachen, die man gehört und gesehen hat. Ich will sagen, dieses instinktive Gefühl, von dem immerzu die Rede ist, das beruht auf handfesten Beweisen. Instinkt hat nichts damit zu tun.«

Was den Fall Thorndecker angeht, so sagte mein Instinkt mir nichts. Ich verspürte ein gewisses Unbehagen. Das wollte ich nun analysieren, wollte herausbekommen, auf welchen handfesten Beweisen es beruhte und weshalb es mir den Schlaf raubte. Ich machte eine Liste:

1. Kommt eine unvermögende Frau überraschend zu Tode, schnalzen die Leute zweimal mit der Zunge und sagen: »Gott, wie traurig.«

Fällt eine reiche Frau einem Unfall zum Opfer, schnalzen sie einmal mit der Zunge, sagen »Gott, wie traurig« und heben fragend die Brauen. Thorndeckers erste Frau hinterließ ihm eine Million, und er konnte sein Leben total ändern.

2. Thorndecker hatte die Lokalpresse wissen lassen, daß er

bei der Bingham-Stiftung um eine Subvention nachsuchte. Das verstieß nicht gegen die Standesehre, es war aber sehr ungewöhnlich. Die Behauptung, in einem kleinen Ort wie Coburn könne nichts geheim bleiben, nahm ich Konstabler Goodfellow nicht ab. Thorndecker konnte den Antrag selber aufsetzen, schlimmstenfalls mit Hilfe eines Vertrauten, und kein Mensch in Coburn mußte davon erfahren. Er gab dem *Sentinel* diese Neuigkeit also in einer bestimmten Absicht. Wollte er die Stadt hinter sich haben, weil er wußte, daß eine Untersuchung bevorstand?

3. Jemand ließ mich durch einen bewaffneten Polizisten in Coburn begrüßen. Das war ein ziemlich dummer Schachzug. Warum empfing er mich nicht persönlich oder schickte seinen Assistenten? Goodfellows Rolle war mir völlig unverständlich.

4. Agatha Binder mochte Al Coburn ja für einen »alten Furzer« halten, mir kam er vor wie ein bärbeißiger Mummelgreis, der aber noch alle Tassen im Schrank hat. Warum also hatte er gesagt: »Paß auf, wo du hintrittst?« Weshalb das? Und was, zum Henker, verstand er unter dem »Teufelswerk«, das da im Labor angeblich betrieben wurde?

5. Agatha Binder hatte Thorndecker einen »aufgeblasenen Fatzke« genannt, und sich als abgebrühte, zynische Journalistin aufgespielt, doch sehr wohl darauf geachtet, nichts zu sagen, was die Chancen für die Zuteilung der Subvention an Thorndecker mindern könnte. Ihre Antworten auf meine Fragen waren ein großartiges Beispiel von Manipulation, ausgenommen als sie die Fassung verlor, weil ich die Verbindung Julie Thorndecker–Ronnie Goodfellow erwähnte. Was mochte da in Wahrheit vorgehen?

6. Und wozu brauchten das Pflegeheim Crittenden Hall und das Forschungslabor einen bewaffneten Hundeführer, der das Gelände patroullierte? Um zu verhindern, daß jemand aus dem Friedhof entwischte?

7. Der anonyme Hinweis: »Thorndecker tötet«.

Das waren im wesentlichen die Gründe, die ich dafür anführen konnte, daß mein *Instinkt* mir sagte, irgendwas mit Thorndekkers Antrag auf Forschungsmittel sei nicht koscher. Daneben gab es noch diese und jene Kleinigkeit, etwa Mrs. Cynthias Bemerkung im Korridor: »Ich kannte seinen Vater . . . es war alles so traurig . . . ein reizender Mann.« Ferner der Umstand, daß das Labor von Crittenden jedenfalls teilweise von Legaten ehemaliger Patienten des Pflegeheims existierte.

Ich gebe zu, einige oder alle diese Umstände mochten auf ganz harmlose Art zu erklären sein, doch beunruhigen sie mich, hindern mich am Einschlafen. Ich stand schließlich auf, grub mein Notizbuch aus dem Koffer und stellte die Liste zusammen, die Sie eben gelesen haben.

Geschrieben nahmen sich diese Dinge noch erheblich besorgniserregender aus. Von allem stieg ein Gestank in die Nase des Rechtschaffenen. Und woher der stammte, ahnte ich nicht. Ich löste die Aufgabe also wie gewohnt rasch und entschlußfreudig.

Das heißt, ich duschte, rasierte mich, kleidete mich um, ging in die Bar und trank zwei Wodka-Gimlets.

Gegen halb sechs machte ich mich auf den Weg nach Crittenden Hall. Um diese Jahreszeit war es bereits dunkel, und als ich die trüben Laternen von Coburn mit ihren matten Lichtkreisen hinter mir hatte, schloß sich das Dunkel um mich. Ich schien in eine Grube zu sacken, und die Abblendlichter meiner Scheinwerfer reichten nicht bis auf den Boden. Kahle Bäume huschten vorüber, eine gemauerte Böschung, ein Abzugskanal, eine Bohlenbrücke. Und doch fühlte ich mich fallen, beugte mich tief übers Steuer, wartete auf den Moment des Aufpralls.

Selbstverständlich kam der nicht. Statt auf den Boden der Grube stieß ich auf Crittenden Hall, hielt vor dem schmucken schmiedeeisernen Tor. Der Wächter kam aus seiner Hütte, beschien mich mit einer Taschenlampe, ich rief meinen Namen, er schwang beide Torflügel auf, und ich fuhr hinein. Hinter mir fiel das Portal klirrend zu.

Ich hielt mich an die bekieste Auffahrt, die sich durch den Rasen schlängelte, der an diesem mondlosen Abend schwarz aussah. Die Auffahrt endete an einem geräumigen Parkplatz vor dem Pflegeheim. Als ich ausstieg, ging die Außenbeleuchtung an, jemand öffnete die Haustür und trat heraus.

Ich verhielt einen Moment vor der Mitte des Gebäudes, des

alten Hauses. Die beiden neueren Flügel verloren sich im Dunkeln. Aus der Nähe gesehen wirkte das Haupthaus größer als erwartet, die Stockwerke hoch, Fensterrahmen in der Mitte unterteilt, die Simse aus behauenem Stein. Im Stil etwa georgianisch, die tiefen Fensterleibungen ließen aber auch an eine Burg denken, die den Überfällen sarazenischer Bogenschützen standhalten sollte.

Als ich mich dem Haus näherte, kam mir eine Dame entgegen und bot mir eine Hand zum Gruße an, die fast unter den gerüschten Seidenmanschetten ihres Abendkleides verschwand.

»Willkommen in Crittenden, Mr. Todd. Ich bin Mary Thorndecker.« Und sie lächelte dabei etwas verkrampft.

Ich schüttelte der Tochter des Hauses die Hand und murmelte irgend etwas; dabei beäugte ich sie prüfend. Sie wirkte wie die unverheiratete Tante von Alice im Wunderland, angetan mit einem langen Gewand, mit einem Gänseblümchenmuster. Es reichte bis zu den Knöcheln, war sehr voluminös und strotzte von Schleifchen und Borten. Der hochgeschlossene, gerüschte Kragen paßte zu den Seidenmanschetten. Um die Taille wurde dieses Gebilde locker von einem breiten Samtgürtel gehalten. Sollte Mary Thorndecker Brüste, Hüften und ein Gesäß haben, so wurden die jedenfalls wirkungsvoll verborgen.

Im Haus nahm mir ein Diener Hut und Mantel ab. Vielleicht war es auch ein Pfleger, denn er trug einen kurzen weißen Kittel über schwarzen Hosen. Oder es war der Butler, allerdings hatte er den Körperbau eines Athleten. Als er mir den Rücken kehrte, gewahrte ich in seiner hinteren Gesäßtasche eine Ausbeulung. Der Bursche trug also einen Schlagstock. Nun ja, schließlich war ich hier in einer Anstalt, deren Insassen nicht alle ganz richtig im Kopf waren.

Mary Thorndecker schwätzte drauflos: »Hier sind wir im Erdgeschoß, weiter hinten befinden sich der Speisesaal, die Küche, Gesellschaftsräume und so fort, eine Bibliothek, ein Spielzimmer, ein Wintergarten, alles zur Benutzung durch unsere Gäste. In den Anbauten sind die Zimmer, ferner Räume für Ärzte und Pflegepersonal. Wir gehen jetzt in den ersten Stock hinauf. Dort ist unsere Wohnung, bestehend aus Wohnzimmer, Eßzimmer, einer eigenen Küche, Papas Arbeitszimmer, einem Salon ... und so fort.«

»Und im zweiten Stock?« fragte ich höflich.

»Sind Schlafzimmer.« Dabei zog sie eine Grimasse, als wäre das Wort obszön.

Das Treppenhaus war sehr ansehnlich, die breiten Stufen führten in einem anmutigen Bogen aufwärts, das Treppengeländer bestand aus geschnitzter Eiche. Ich erwartete eine Ahnengalerie in vergoldeten Rahmen an den Wänden zu sehen, die wohl ehedem da auch gehangen haben mochte. Statt dessen bildeten Blumenstücke in schmalen schwarzen Rahmen den Wandschmuck – Pegonien, Rosen, Mohn, Geranien, Lilien, kurz alles, was man will.

Diese Bilder vibrierten geradezu vor Leben. Ich blieb stehen und betrachtete einen Fliederzweig in einer durchsichtigen Vase, ein Ölgemälde.

»Diese Bilder sind ja ganz wunderschön«, bemerkte ich aufrichtig.

Mary Thorndecker war mir etliche Schritte voraus, drehte sich nun mit einem Ruck herum und schaute auf mich herunter.

»Finden Sie wirklich?« fragte sie atemlos. »Ist das wirklich Ihre Meinung? Das heißt, ich habe sie gemalt. Gefallen sie Ihnen?«

»Sie sind hervorragend, sie bersten ja schier vor Leben«, bestätigte ich.

Das längliche, düstere Gesicht belebte sich, die Wangen bekamen Farbe, die schmalen Lippen verzogen sich zu einem warmen Lächeln, und hinter der unkleidsamen altmodischen Stahlbrille leuchteten die Augen.

»Ach, das freut mich aber«, sagte sie mit bebender Stimme. »Sie glauben nicht, wie mich das freut. Manche Leute ...«

Sie brach ab, und wir setzten den Weg schweigend fort. Auf dem Treppenabsatz des ersten Stockes kam uns stolpernd ein Mann mit ausgestreckter Hand entgegen, einen gehetzten, wachsamen Eindruck im Gesicht.

»Ah, Mary«, sagte er mechanisch und dann zu mir: »Sie sind

Mr. Todd? Mein Name ist Draper. Kenneth Draper, Dr. Thorndeckers Assistent. Welch eine ...«

Auch er beendete seinen Satz nicht. Ich fragte mich bereits, ob das bezeichnend sei für den Konversationsstil in Crittenden Hall – halbe Sätze, nicht zu Ende gedachte Gedanken, angedeutete Meinungen.

Agatha Binder hatte Draper beschrieben als den »pedantischen Forschertyp ... blitzgescheit«, und das mochte ja zutreffen. Er war aber auch ein rastloser, nervöser Typ, den man leicht für bescheuert hält. Er konnte sich von meiner Hand nicht trennen, als er sie geschüttelt hatte, kicherte albern, als ich sagte: »Sehr erfreut, Sie kennenzulernen«, und brachte es fertig, mir auf die Hacken zu treten, als er mich in den Salon von Thorndeckers Privatwohnung dirigierte.

Mir fiel sogleich die gewölbte, hohe Decke auf, die üppige Ausstattung – massenhaft Brokat und Porzellan – der mächtige mit Marmor verkleidete Kamin, in dem ein Feuer prasselte. Auch, daß ich bis zu den Knöcheln in einem butterweichen Teppich watete. Mehr konnte ich nicht wahrnehmen, denn Draper schob mich in Richtung Kamin; hier saßen zwei Personen auf einem mit Wildleder bezogenen Sofa vor dem Feuer.

Edward Thorndecker stand zur Begrüßung auf. Er war siebzehn, sah aber aus wie zwölf, ein von Boticelli gemalter Prinz, blaue Augen, schwarze Locken und eine Haut wie Emaille; gewiß hatte er sich noch nie rasiert. Die Hand, die er mir reichte, fühlte sich weich an wie die eines Mädchens und ebenso kraftlos. Als er sagte: »Es ist mir ein Vergnügen, Sie kennenzulernen, Mr. Todd«, klang ein fast unmerkliches Lispeln an, doch was wollte das schon besagen: er war so schön anzusehen, daß es einen schier umwarf.

Auch seine Stiefmutter war eine Schönheit, wenn auch von anderer Art. Edwards war die der Jugend, in sein glattes, makelloses Gesicht hatten weder Jahre noch Erfahrungen Spuren eingegraben, während Julie Thorndecker ausgeprägte Züge hatte und ihr Liebreiz teilweise ein Kunstprodukt war. Wenn Mary Thorndecker sich an ihrer Kunst begeisterte, so begeisterte Julie sich an sich selbst.

Ich erinnere mich an diese erste Begegnung noch gut. Anfangs starrte ich fasziniert auf einen Hosenanzug aus Satin, champignonfarbig, die Hosen weit geschnitten, das Oberteil mit einer mokkafarbenen Schärpe gerafft. Es war tief ausgeschnitten, und irgendwas an diesem glitzernden, raschelnden Kostüm erweckte in mir die Überzeugung, sie sei darunter nackt, und wenn ich nur aufmerksam genug lausche, müsse ich das sanfte Geräusch hören, das weiche Seide auf noch weicherer Haut verursacht. Dazu trug sie hochhackige Sandalen aus silbernem Leder, eigentlich waren es nur schmale Riemchen. Die nackten Zehen waren lang, die Nägel tiefrot gefärbt wie getrocknetes Blut. Um ein schmales Fußgelenk hing eine Kette, wie sie ehedem Sklavinnen tragen mußten, allerdings aus dünnen goldenen Gliedern.

Man ließ mich in einem Sessel niedersitzen, der mich schier verschluckte. Mary Thorndecker und Dr. Draper wählten Stühle – nahe beieinander, wie ich bemerkte –, und es begann eine etwas hektische Unterhaltung über Nichtigkeiten. Hauptsächlich wurden Fragen an mich gerichtet – ja, ich sei aus New York mit dem Wagen gekommen; jawohl, Coburn komme mir vor wie ein hübscher, geruhsamer Ort –, nein, ich wisse nicht, wie lange ich bleiben werde – ein paar Tage womöglich. Das Zimmer im Hotel sei nicht gerade luxuriös zu nennen, doch ausreichend bequem, das Essen bemerkenswert gut. Nein, Arthur Merchant habe ich noch nicht kennengelernt. Und das Unwetter sei in der Tat sehr lästig gewesen, noch dazu durch den Stromausfall.

»Sie haben für solche Pannen gewiß einen eigenen Generator, Dr. Draper?« fragte ich.

»Wie?« fragte er zurück, augenscheinlich überrascht, daß jemand das Wort an ihn richtete. »O ja, selbstverständlich haben wir einen.«

»Das dachte ich mir, denn gewiß haben Sie in Ihrem Labor wertvolle Kulturen angesetzt, die gleichbleibende Temperaturen verlangen?«

»Sie sagen es! Wenn die Kühlanlage auch nur ...« er hatte eifrig zu reden begonnen, doch Julie unterbrach ihn träge: »Bitte Kenneth, heute abend möchte ich mal nichts davon hören. Wir wollen plaudern, weiter nichts. Das wäre Ihnen doch auch lieber, Mr. Todd?«

Ich erinnere mich, darauf heftig bejahend genickt zu haben, ihre Stimme verschlug mir nämlich die Sprache.

Es war eine kehlige, rauhe, beinahe bebende Stimme, die von fern an einen Knaben mit Stimmbruch erinnerte. Eine einmalige Stimme, erregend, anbetungswürdig. Sie erweckte in mir den Wunsch, sie murmeln und flüstern zu hören. Allein die Vorstellung jagte mir einen Schauer über den Rücken.

Bevor ich mich unsterblich blamieren konnte, indem ich sie bat, mir aus dem Telefonbuch von Coburn vorzulesen, rettete mich der Gorilla, der mir Hut und Mantel abgenommen hatte, indem er ein Wägelchen hereinschob, das mit Eisbehältern, Flaschen, Zutaten und Gläsern beladen war.

Mary Thorndecker eröffnete uns: »Papa kommt gleich. Er hat gesagt, wir sollen schon anfangen.«

Das war mir sehr recht, ich brauchte dringend eine, möglichst zwei Stärkungen zugleich. Ich spürte in diesem Raum deutlich Unterströmungen, Liebe, Abneigung, Konflikte, auf die ich nur aus Blicken schließen konnte, aus den Stimmen, daraus, wie jemand jemandem die Schulter zukehrte, die Gesichtsausdrücke, die zu entziffern ich nicht imstande war.

Julie und Edward Thorndecker nahmen jeder ein Glas Weißwein, Mary eine Cola mit Schuß, Dr. Draper unverdünnten Bourbon, was ihm von Mary einen traurig tadelnden Blick eintrug. Da ich auf dem Wägelchen keinen Limonensaft entdeckte, entschied ich mich für einen Wodka-Martini und sah dem Pfleger beim Mixen zu. Er goß mir großzügig ein – es war mindestens ein Doppelter –, und ich fragte mich, ob er entsprechende Weisungen hatte.

Während dies stattfand, hatte ich Gelegenheit, aus der Tiefe meines Federbettes den Salon genauer in Augenschein zu nehmen. Der erste Eindruck bestätigte sich: es war ein prachtvoller Raum. Die Polstermöbel waren mit braunem Leder, beigem Leinen, schokoladefarbigem Wildleder bezogen, Stühle und Tische aus hellem Holz in rustikaler französischer Manier. Jedes Museum hätte sich darum gerissen. Der Cocktailtisch war aus Messing, die Platte aus rauchfarbigem Glas, die Draperien gebatikt, an den Wänden ungerahmte Abstrakte in leuchtenden Grundfarben.

Ein Innenarchitekt von schlechtem Geschmack hätte aus diesem Ensemble eine Katastrophe machen können, doch so, wie es sich darbot, war alles aufeinander abgestimmt, tat dem Auge wohl und war geradezu sündhaft behaglich. Das lag, wie mir schien, zum Teil an den wirklich ausgewogenen Proportionen des Raumes mit seiner hohen gewölbten Decke und dem richtigen Verhältnis von Länge zu Breite. Manche Zimmer sind schon unmöbliert ein Genuß, und dieses gehörte dazu.

Ich machte eine entsprechende Bemerkung, und Julie und Edward wechselten einen Blick, mit dem sie einander gegenseitig beglückwünschten. Falls der Salon ihren Geschmack widerspiegelte, hatten sie Grund dazu. Mary Thorndecker hingegen preßte puritanisch mißbilligend die Lippen zusammen, und ich ahnte bereits, daß da ein Familienstreit im Gange war.

Wir waren bei der zweiten Runde angelangt, die Unterhaltung wurde lauter, wir lachten häufiger, als die Tür aufgerissen wurde und Dr. Thorndecker hereinrauschte. Anders kann man es nicht bezeichnen. Er rauschte herein, ganz wie man sich vorstellt, daß der Präsident ins Ovale Arbeitszimmer rauscht. Dr. Draper sprang mit einem Ruck auf, Edward erhob sich recht langsam, ich kämpfte mich aus meinem Nest hoch, und selbst Mary stand auf, um den Vater zu begrüßen. Einzig Julie blieb sitzen.

»Guten Abend allerseits«, sagte er forsch, und ich freute mich, seine Stimme richtig taxiert zu haben: ein volltönender, tiefer Bariton. »Entschuldigt die Verspätung. Eine kleine Krise. Ganz unbedeutend. Darling ...« Er beugte sich rasch herunter, um seiner Frau die Wange zu küssen. »Und Sie sind Mr. Todd von der Bingham-Stiftung. Willkommen in Crittenden. Es ist mir ein wahres Vergnügen. Verzeihen Sie, daß ich Sie nicht selbst in Empfang nehmen konnte, doch sind Sie augenscheinlich in guten Händen. Sehr schön, sehr schön. Und wie befinden Sie sich, Mr. Todd? Mir bitte einen kleinen Scotch, John. Also dann. Das ist wirklich ganz reizend.«

Ich kenne Roosevelt aus alten Wochenschauen, und dieser Mann besaß die Lebhaftigkeit, die Energie, die ungekünstelte

Überschwenglichkeit Roosevelts. Ich habe Politiker, Generale und Großunternehmer kennengelernt und bin nicht leicht zu beeindrucken, aber Thorndecker überwältigte mich. Richtete er das Wort an mich, glaubte ich, er spreche einzig zu mir, und zwar nicht etwa bloß, um die eigene Stimme zu hören. Stellte er eine Frage, hatte man das Gefühl, er sei wirklich an der Antwort interessiert, er achtete auf jedes Wort, und war er anderer Meinung, konnte er einem immer noch den Eindruck vermitteln, als respektiere er Klugheit und Aufrichtigkeit.

Das Foto, das ich von ihm kannte, war sehr ähnlich, er sah wirklich sehr gut aus. Und doch hatte das schwarz-weiße Hochglanzporträt mich auf seine Erscheinung nicht vorbereitet. Ich konnte nichts weiter denken als: der Mann ist gescheiter, ansehnlicher, stärker als du. Das erweckte in mir befremdlicherweise keine Abneigung. Darin bestand sein besonderes Talent: Man bewunderte ihn neidlos. Wie hätte man auch eine Urkraft beneiden sollen?

Er ergriff sogleich die Zügel. Wir sollten austrinken und ins Eßzimmer hinüber gehen. Die Tischordnung sei so und so, zum Essen gebe es das und das, diese Weine würden uns ausgezeichnet schmecken, und so weiter und so fort. Und das alles ohne den geringsten Anstrich von Hochmut. Er kommandierte mit Humor, er konnte über sich lachen, er war bereit, auf die Launen eines jeden einzugehen, einerlei wie abwegig er sie finden mochte.

Sollte der Tisch in dem eher düsteren Eßzimmer in der Absicht gedeckt worden sein, Eindruck auf mich zu machen, so gelang das. Platten und Schüsseln aus Zinn, vor jedem Gedeck vier kristallene Weingläser, barockes Silberbesteck, frische Schnittblumen, schlanke weiße Wachskerzen in einem Kandelaber.

Ich saß rechts von Thorndecker, neben mir Dr. Draper. Julie saß am anderen Ende des Tisches, rechts von ihr Edward, mir gegenüber, Thorndecker zur Linken, saß Mary.

Kaum hatten wir Platz genommen, traten zwei Bedienerinnen in gestärkten weißen Schürzen über schlichten schwarzen Kleidern auf und servierten. Es gab geräucherten Lachs mit gehackten Zwiebeln und Kapern; Hummersuppe; ein riesiges

Beef Wellington, am Tisch tranchiert; dazu Kartoffelbällchen, offenbar eine Mischung von gewöhnlichen und Süßkartoffeln, in Butter überbacken; frische, grüne Bohnen; in Butter geschwenkte Schalotten; Endiviensalat mit Palmenherzen; Stachelbeereis; Espresso oder den üblichen Kaffee.

Ich habe schon besser gegessen, doch nur in Feinschmeckerlokalen. Die Bohnen waren zu lange gekocht und die Kruste des Bratens war etwas weich, doch das alles spielte keine Rolle angesichts der Weine, die Thorndecker selbst entkorkte. Kaum war der Wein in meinem Glas auf den Notpegel gesunken, wurde mir von einem der Mädchen oder von dem Gorilla-Butler nachgeschenkt. Weiße Wecken und süße Butter wurden immer wieder herumgereicht. Mir kam es vor, als brauche ich mir nur stumm noch einige der köstlichen Kartoffelbällchen zu wünschen, und schon lagen sie auf meinem Teller.

»Essen Ihre Patienten ebenso gut?« fragte ich Thorndecker.

»Besser«, versicherte er mir lächelnd. »Eine alte Dame läßt sich regelmäßig aus Südfrankreich Trüffeln kommen, und vor zwei Jahren hatten wir hier einen alten Herren, der seinen eigenen Koch mitbrachte. Der Koch war ein Genie! Ich wollte ihn gern dabehalten, er weigerte sich aber, für mehr als vier Personen gleichzeitig zu kochen.«

»Und was ist aus ihm geworden? Ich meine, aus dem alten Herren, nicht aus dem Koch?«

»Verstorben«, sagte Thorndecker locker. »Schmeckt es Ihnen?«

»Vorzüglich.«

»Wirklich?« Er schaute mich prüfend an. »Ich finde, die Bohnen haben zu lange gekocht und die Bratenkruste ist nicht resch genug. Freut mich, daß ich mich irre.«

Dr. Thorndecker beherrschte die Unterhaltung bei Tische, oder besser gesagt, er dirigierte sie, denn er selbst sagte wenig. Er fragte Frau und Kinder, wie sie den Tag verbracht hatten, machte einige trockene Anmerkungen dazu, erkundigte sich nach ihren Plänen für den folgenden Tag. Mir kam es so vor, als folge er damit einem Brauch, als finde jeden Abend ein solches Verhör statt. Plante er, ein Bild von häuslichem Glück zu repräsentieren, so gelang ihm dies bewundernswert.

Zwischen den einzelnen Gängen und während dieser Befragung durch Thorndecker hatte ich Gelegenheit, die Menage gründlicher zu beobachten. Und da wurden mir einige interessante Einzelheiten offenbar, die ich für späteres Überdenken registrierte:

Edward Thorndecker war bis zum Erscheinen seines Vaters einigermaßen aufmerksam und munter gewesen; seither war er gedrückt, man könnte sagen, er schmollte.

Julie trug das Haar sehr kurz, es war sehr feines, silbrig glänzendes Haar, es lag dicht am Schädel an, und wirkte wie zu ihrem Hosenanzug gehörig, so, als trage sie einen Helm aus dem gleichen Material.

Dr. Draper trank viel zu schnell viel zu viel Wein und schaute immer wieder zu Mary Thorndecker hin, ob sie es wohl bemerke.

Thorndecker hatte ein auffallend gebräuntes Gesicht. Um diese Jahreszeit mußte es entweder geschminkt sein, oder er lag regelmäßig unter der Höhensonne. Als ich ihn im Profil sah, kam es mir vor, als habe er sich eine Schönheitsoperation machen lassen.

Die Serviererinnen waren geschickt, lächelten aber nicht. Zwischen ihnen und der Familie fiel kein unnötiges Wort. Mary Thorndecker erteilte die Anweisungen. Ich hatte das sonderbare Gefühl, als sei sie die Hausherrin. Dem Aussehen nach hätte sie sehr wohl Thorndeckers Frau sein können, Julie und Edward ihre gemeinsamen Kinder.

Thorndeckers Liebenswürdigkeit war nicht unbegrenzt. Als eine Serviererin ihn versehentlich anstieß, sah ich, wie seine Augen zornig aufblitzten. Er knurrte etwas, was ich aber nicht verstand.

Nach seinem vierten Glas Wein stierte Dr. Draper mit einem Ausdruck auf Mary, den ich nur hoffnungslose Verliebtheit nennen kann. Der arme Kerl war ihren Reizen offensichtlich voll erlegen. Worin diese aber bestanden, blieb mir rätselhaft.

Es schien zwar nicht gut möglich, doch wäre ich nicht erstaunt gewesen, hätten Julie und Edward unter dem Tisch Händchen gehalten.

Dr. Thorndecker benutzte ein Toilettenwasser oder Rasierwasser, das ich zu schwer fand, ja, das mir leichte Übelkeit verursachte.

Mary Thorndecker mit den schmalen, mißbilligenden Lippen schien die demonstrative Zurschaustellung üppiger Gerichte und starker Getränke nicht gutzuheißen. Sie aß wenig und trank nur Mineralwasser. Sehr lobenswert – allerdings war das Mineralwasser teure Importware.

Julie wirkte ausgesprochen burschikos und verfügte über ein unbegrenztes Repertoire an Gesichtsausdrücken: sie schmollte, lächelte, runzelte die Stirn, machte ein Kußmündchen, grinste breit, ja, ausgesprochen verworfen. Im Ruhezustand war ihr Gesicht dreieckig, eine bemalte Maske, hohe Jochbeine, schwellende Lippen. Gelegentlich biß sie mit den scharfen Oberzähnen in die volle Unterlippe, ein stimulierender Anblick.

Mary redete Julie während des Essens nicht ein einziges Mal direkt an; umgekehrt galt dasselbe. Sie wichen sich offenbar auch mit den Blicken aus. Das etwa, nahm ich wahr und prägte es mir ein. Es reichte auch.

Ich war bei meiner zweiten Tasse Espresso, zum Platzen gesättigt und brauchte dringend einen Cognac, als der Butler-Gorilla eilig hereinkam. Er ging geradewegs auf Dr. Draper zu und flüsterte ihm etwas ins Ohr. Ich sah, wie Drapers Rotweintrinkergesicht plötzlich fahl wurde. Er blickte Thorndecker an, doch falls zwischen beiden ein Signal ausgetauscht wurde, entging es mir. Draper stand gleich auf, wenn auch etwas unsicher; er entschuldigte sich, dankte Thorndeckers für das ›derbare Essen‹, wobei er sich ausdrücklich an Mary wandte. Dann war er verschwunden, ohne daß jemand eine Bemerkung darüber verlor.

»Ein Cognac gefällig, Mr. Todd?« fragte Thorndecker. »Oder lieber Armagnac? Ich habe auch einen Calvados, der Ihnen bestimmt zusagt. Gehen wir doch wieder nach nebenan. Dann kann hier abgeräumt werden, und die Leute kommen zu einer vernünftigen Zeit heim. Also, bitte ...«

Wir wanderten wieder in den Salon: Julie, Edward, Thorndecker und ich. Mary blieb zurück, vermutlich hausfraulicher Pflichten wegen. Sie paßte wohl auf, daß keiner eine Scheibe von dem matschigen Beef Wellington in die Tasche steckte.

Der Calvados war gut. Nicht großartig, aber gut. Julie nahm

einen Fingerhut grünen Chartreuse. Edward kriegte eins mit dem Knüppel: »Du hast wohl keine Schularbeiten zu erledigen, junger Mann?« fragte Thorndecker streng.

»Doch, Papa«, erwiderte der junge Mensch kratzbürstig und verdrossen.

Immerhin sagte er höflich Gute Nacht, küßte Vater und Stiefmutter auf die Wange und bot mir noch einmal seine schlaffe Hand. Wir sahen ihm nach.

»Gut aussehender Junge«, bemerkte ich, um etwas zu sagen.

»Stimmt«, bestätigte Thorndecker knapp. »Aber nun sehen Sie sich mal das hier an, Mr. Todd. Ich könnte mir denken, es gefällt Ihnen.«

Julie rollte sich wie eine Katze auf dem mit Wildleder bezogenen Sofa zusammen, die Zungenspitze im Likörglas. Thorndecker zeigte mir mehrere Miniaturen aus dem 18. Jahrhundert, Porträts auf Elfenbeinscheiben gemalt. Außer diesen bewunderte ich sein Sèvres, ein herrlich gearbeitetes altes Mikroskop in glänzender Messingfassung, ein Paar auf silbernem Sockel befestigte Duellpistolen mit Steinschloß, eine prunkvolle italienische Kaminuhr, der man Tag, Stunde, Datum, Mondphase, Sternkonstellationen, Ebbe und Flut, womöglich auch ablesen konnte, wann es Zeit war, den Braten aus dem Herd zu nehmen.

Thorndecker legte gegenüber diesen Stücken eine sonderbare Haltung an den Tag. Er kannte die Geschichte aller Gegenstände, die ihm gehörten. Er war stolz darauf, aber mir kam es vor, als habe er keine Freude daran. Es waren wertvolle Besitztümer, sie befriedigten sein Verlangen, sich mit schönen, kostbaren Dingen zu umgeben. Aber er hätte auch Duesenbergs oder phönizische Münzen sammeln können. Das wäre alles dasselbe gewesen für ihn.

»Ein prachtvoller Raum«, sagte ich.

Er schaute sich um und nickte. »Ja. Einige dieser Stücke habe ich geerbt, aber das meiste hat Julie ausgewählt. Sie hat ihn eingerichtet. Sie und Edward. Einen solchen Raum habe ich mir immer schon gewünscht.«

Dazu sagte ich nichts.

Wir schlenderten zurück zum Sofa. Seine Frau stand auf, als

wir herantraten, trank ihren Likör aus und stellte das Glas auf dem Wägelchen ab. Dann tat sie etwas Unglaubliches.

Sie hob die schlanken Arme über den Kopf, reckte sich und gähnte. Ich sah sie verblüfft an. Ihr Körper wirkte wie eine Kamee, zierlich, perfekt, das Gewicht ganz auf ein Bein verlagert, eine Hüfte vorgereckt, die Füße auseinander, den Kopf zurückgelegt, die Kehle straff, der Mund zum Gähnen weit geöffnet, die Lippen feucht und glänzend.

Thorndecker und ich standen wie erstarrt, stierten auf diesen festen Leib, auf die harten Brustwarzen, die sich deutlich durch die Seide abzeichneten. Dann wurde ihre Haltung locker und sie lächelte mir zu.

»Verzeihen Sie«, sagte sie mit ihrer kehligen Stimme. »Der Wein ... ich möchte schlafengehen.«

Wir wechselten noch einige höfliche Worte, und ich hielt die straffe Hand, die sie mir bot, einen Moment in der meinen.

Sie strich ihrem Mann mit den Fingerspitzen über die Wange: »Bleib nicht zu lange auf, Darling.«

»Nein, nein«, stammelte er.

Wir sahen ihr nach, als sie aus dem Raum glitt; die glänzende Seide machte keine Wellen.

»Noch einen Calvados?« fragte Thorndecker heiser.

»Ich trinke gern noch ein Glas, aber wenn es Ihnen recht ist, nehme ich lieber einen Cognac.«

»Selbstverständlich, selbstverständlich«, murmelte er.

»Und dann will ich mich auf den Weg machen. Sie haben morgen bestimmt einen schweren Tag.«

»Keineswegs«, sagte er dumpf und goß uns ein.

Wir setzten uns auf das Sofa und starrten in die verlöschende Glut.

»Sie wollen doch sicher unsere Einrichtungen sehen?« fragte er.

»Ja. Das Pflegeheim und das Labor, wenn es recht ist.«

»Paßt Ihnen morgen vormittag? Sie könnten dann den Lunch mit uns nehmen.«

»O nein, nach diesem Abendbrot lasse ich den Lunch ausfallen. Wäre Ihnen ein Uhr angenehm? Am Vormittag habe ich noch anderes zu erledigen.«

»Durchaus. Ich werde Sie vielleicht nicht selbst führen können, doch Dr. Draper soll sich bereithalten. Der kann Ihnen alles zeigen. Ich werde ihm einschärfen, daß Sie alles zu sehen bekommen, was Sie wollen.«

»Sehr freundlich von Ihnen, Sir.«

Wir saßen bei dieser Unterhaltung einer dem anderen halb zugekehrt. Nun schaute er mich voll an.

»Nennen Sie mich bitte nicht Sir«, sagte er.

»Wie Sie wünschen«, antwortete ich verbindlich.

»Sollten Sie Fragen haben, wird Draper sie beantworten. Weiß er etwas nicht, gebe ich selbst Ihnen Auskunft.«

»Sehr schön.«

Wir nippten schweigend an unseren Gläsern.

»Es kann ja auch sein, daß Sie mir die eine oder andere persönliche Frage stellen wollen.«

Ich überlegte einen Moment.

»Nein, das glaube ich nicht.«

Das schien ihn zu überraschen, vielleicht sogar etwas zu enttäuschen.

»Ich meine, was mein Privatleben betrifft. Ich weiß, wie die Überprüfung von Antragstellern vor sich geht. Sie müssen sich ein genaues Bild von mir machen.«

Ich sagte so schonend wie möglich: »Wir haben schon ein recht gutes Bild von Ihnen, Dr. Thorndecker.«

Er seufzte und ließ sich ins Sofa zurücksinken, wobei es schien, als schrumpfe er. Man sah ihm seine vierundfünfzig Jahre an, und mir wurde plötzlich klar: dieser Mann ist körperlich erschöpft. Sterbensmüde. Seine jugendliche Lebhaftigkeit war wie weggeblasen. Er hatte einen anstrengenden, arbeitsreichen Tag hinter sich und keinen anderen Wunsch, als neben seiner warmen jungen Frau ins Bett zu kriechen, die Decke über den Kopf zu ziehen und zu schlafen. Um die Wahrheit zu sagen: mir war sehr ähnlich zumute.

Er sagte leise und versonnen: »Sie finden es sicher sonderbar, daß ein Mann meines Alters mit einer Frau verheiratet ist, die seine Tochter sein könnte, ja, die jünger ist als seine Tochter.«

»Durchaus nicht sonderbar. Sehr verständlich. Vor fünfzig,

ja noch vor dreißig oder zwanzig Jahren hätte man das befremdlich gefunden, doch heutzutage nicht mehr. Alte Vorurteile gelten nicht mehr. Das alles ist ganz anders als früher.«

Er hörte diese Binsenweisheiten gar nicht.

»Sie bedeutet unendlich viel für mich. Unendlich viel. Sie ahnen nicht, wie sie –«

Sein Geständnis war beunruhigend und peinlich. Ich trank aus und erhob mich.

»Ich möchte Ihnen und Ihrer Frau sehr für Ihre Gastfreundschaft danken, Dr. Thorndecker. Es war ein ganz reizender Abend, und ich hoffe, wir –«

In genau diesem Moment flog die Tür auf und Dr. Draper stand auf der Schwelle. Er trug einen blutverschmierten weißen Laborkittel, lockerte mit einem Ruck den Schlips und machte den Kragen auf. Dabei machte er ein wütendes Gesicht, blinzelte fortgesetzt und sah aus, als wolle er weinen.

»Bitte, Dr. Thorndecker, können Sie gleich kommen? Sofort? Es handelt sich um Petersen.«

Thorndecker leerte gemächlich sein Glas, setzte es ebenso langsam ab. Er sah nun älter aus als vierundfünfzig und sehr niedergeschlagen. »Sie entschuldigen mich? Ein Patient, dem es nicht gut geht. Vermutlich wird er die Nacht nicht überleben. Wir tun, was wir können.«

»Selbstverständlich. Ich finde schon allein hinaus. Und nochmals tausend Dank, Doktor.«

Wir gaben einander die Hand, er lächelte mühsam, schleppte sich zur Tür. Er und Draper verschwanden. Ich blieb allein. Also goß ich noch einen kleinen Cognac ein und trank ihn auf einen Zug aus, sah mich ein letztes Mal in diesem prachtvollen Raum um und wanderte hinaus auf den Flur. Mir war ganz wohl zumute.

Ich hatte gerade den Fuß auf die Treppe gesetzt, als ich jemand laufen hörte. Ich drehte mich um. Mary Thorndecker kam hinter mir hergerannt.

»Hier, nehmen Sie«, sagte sie außer Atem. »Lesen Sie es später, nicht jetzt.«

Sie drückte mir einen gefalteten Zettel in die Hand, machte kehrt und lief weg, das lange Gewand wirbelte um ihre Knöchel. Ich fragte mich ernstlich, ob sie wohl übergeschnappt sei, steckte den Zettel in die Jackentasche und schritt so aufrecht und würdevoll die Treppe hinab, wie ich es vermochte. Unten erwartete mich der Butler-Gorilla bereits mit meinem Hut und Mantel.

»Gut's Nächtle«, sagte ich.

»Ha«, machte er.

Ich fuhr sehr sehr langsam die gewundene Ausfahrt hinab zum Tor, das wie von Zauberhand geöffnet, vor mir aufging. Einige hundert Meter entfernt rollte ich auf den Sommerweg und hielt. Motor und Scheinwerfer stellte ich ab. Es war elend kalt, und ich verkroch mich in meinen Trenchcoat und wünschte, ich hätte noch die Flasche Brandy im Handschuhfach. Die hätte mich am Leben erhalten. So konnte ich nur warten. Und das tat ich denn auch. Fragen Sie nicht, worauf. Ich wußte es nicht. Vielleicht wollte ich in meinem alkoholisierten Zustand nicht auf einer mir fremden Straße fahren, vielleicht war ich auch bloß schläfrig. Ich weiß nicht mehr, welches Motiv mich leitete, ich berichte einfach die Tatsachen.

Ich erwachte fröstelnd und blickte auf die Uhr: Beinahe zwei. Als ich Crittenden Hall verließ, war es noch nicht zwölf gewesen. Jetzt war ich nüchtern, hatte aber Kopfschmerzen, daß mir der Schädel zu zerspringen drohte. Ich setzte eine Zigarette in Brand und versuchte, mich zu erinnern, ob ich im Laufe des Abends irgendwas falsch gemacht, jemanden beleidigt, der Bingham-Stiftung Schande gemacht hatte? Mir fiel aber nichts ein. Abgesehen davon, daß es mich ungeheuer nach Julie Thorndecker gelüstete – und das konnte außer ihr selber niemand bemerkt haben –, dürfte ich mich einwandfrei benommen haben.

Ich drückte gerade den Stummel aus, als ich die Lichter gewahrte. Eine, zwei, drei Lampen schwankten aus dem Hintereingang von Crittenden Hall, hinaus ins nachtschwarze Gelände.

Ich schlüpfte aus dem Wagen, ließ die Tür offen, lief außen am Zaun entlang, bemüht, die Lichter nicht aus dem Auge zu verlieren. Sie bewegten sich rhythmisch auf und ab: marschierende Männer mit Taschenlampen.

Der Zaun machte einen Bogen, ich legte einen Schritt zu, froh darüber, daß die Schutzmaßnahmen für Crittenden Hall auch einen begehbaren Streifen längs des Zaunes einschlossen. Hier gab es weder Gebüsch noch Bäume. Ich rannte über halbgefrorene Stoppeln, der Boden war erst hart, dann gab er nach.

Bald war ich auf gleicher Höhe mit den Laternenträgern, und hielt eine Hand vor den Mund, damit mein dampfender Atem mich nicht verriet.

Nun wurde eine weitere Laterne angeknipst, diesmal ein sehr starker Batteriescheinwerfer. Ich blieb fast auf gleicher Höhe, nur ein wenig hinter ihnen, zwischen uns der Zaun und die kahlen Bäume des Parkes.

Ich schätzte, daß es vier Männer waren, doch gleich darauf sah ich beim Licht der Laternen, daß es noch mehr sein mußten, sechs waren es, dick vermummt wegen der Kälte. Drei zogen einen Karren, darauf eine schwarze Last, klobig, eine Kiste, ein Sarg.

Als sie anhielten, blieb auch ich stehen, duckte mich, legte mich der Länge nach in das vom Frost silbrige Gras. Die Lichtkegel der Lampen fielen jetzt alle zugleich auf einen Punkt – ein offenes Grab. An einer Seite lose aufgehäufte Erde. Während meiner nachmittäglichen Erkundung war mir das nicht aufgefallen.

Die Last wurde vom Karren gehoben – eine schlichte Kiste. Ich hörte die Männer keuchen, die sie hoben. Der Sarg glitt in das offene Grab, ein Ende voran, dann ließen sie ihn einfach plumpsen. Zwei Männer mit Schaufeln schippten lockere Erde in die Grube, nicht hastig aber stetig. Die ersten Krumen polterten auf den Kistendeckel, dann füllte sich die Grube und es war nichts mehr zu hören. Ich sah nur den Lichtschein der Laternen, die Bewegung der Schaufeln. Dann fiel das Licht auf leere Schaufelblätter.

Die Grube war gefüllt, Erde wurde festgestampft, Grasboden daraufgelegt, und die Prozession trat immer noch schweigend den Rückmarsch nach Crittenden Hall an. Ich sah ihr nach, und es fror mich innerlich wie äußerlich. Die Lampen entfernten sich schwingend und verloschen eine nach der anderen.

Ich blieb liegen, solange ich es ertragen konnte; meine Zähne klapperten, Hände und Füße waren froststarr. Dann lief ich, so gut es gehen wollte, zum Wagen zurück, spreizte im Laufen die Finger, um die Hände zu wärmen, befühlte die Nase. Ja, sie war noch da.

Ich stellte die Heizung an, hielt die Hände vor die Auslaßschlitze und stellte nach ein paar Minuten erleichtert fest, daß ich wohl am Leben bleiben würde. Ich fuhr langsam an und hoffte, weder der Wächter noch der patrouillierende Hundeführer (falls er unterwegs war) würden meine Lichter sehen.

Ich hielt mir vor, daß sowohl Draper als auch Thorndecker approbierte Ärzte waren, die einen Totenschein ausstellen durften. Ich redete mir ein, die vermummten Männer mit den Laternen könnten zugelassene Bestattungsunternehmer sein. Ich stellte mir vor, das lautlose Begräbnis um zwei Uhr früh sei von dem Verstorbenen ausdrücklich gewünscht worden. Ich dachte mir allen möglichen Unfug aus: Der Leichnam war mit einem tödlichen Bazillus infiziert und mußte sogleich verscharrt werden. Alle Bestattungen fanden um diese Stunde in dieser Form statt, um den übrigen Insassen des Pflegeheimes jede Aufregung zu ersparen. Der Tote oder die Tote war arm wie die Kirchenmaus, hatte keine Verwandten, keine Freunde, und diese verstohlene Bestattung stellte ein diskretes Armenbegräbnis dar.

Und glaubte mir kein Wort. Die Prozession vermummter Laternenträger erfüllte mich mit Angst. Ich hatte die größte Lust, Dr. Telford Thorndecker eine saftige Empfehlung zu schreiben und schnurstracks in das lebensgefährliche Milieu der Großstadt zurückzukehren. New York war gräßlich, aber immerhin bestattete man die Toten dort bei Tageslicht.

Der Anblick der Hotelhalle hob meine Lebensgeister nicht im mindesten, ließ nicht auf ein besseres Morgen hoffen. Es war fast drei Uhr früh, und nur am Empfang glomm eine winzige Nachtlampe. Im übrigen gähnende Leere. Der Nachtportier schnarchte wohl im Büro, und Sam Livingston pennte in seiner Bude im Keller.

Ich betrachtete den immer noch schmutzigen Fußboden, die schäbigen Brücken, die ramponierten Sessel und Sofas. Sogar der Plastikfarn in den alten Spucknäpfen wirkte verwelkt. Es roch durchdringend nach Muff, Alter, Zerfall und Zigarrenasche. Coburn Inn: *Mäßige Preise, prompte Senilität.*

Ich hatte nicht das Herz, Livingston aufzuwecken, damit er mich im Lift nach oben fahre, trottete also die Treppen hinauf, immer noch durchkältet bis ins Mark, mit schmerzenden Muskeln, benommenem Kopf. Keine Seele weit und breit, doch der Flur war immerhin beleuchtet, und ich konnte sehen, daß die Tür zu meinem Zimmer etwas offen stand. Ich hatte abends abgeschlossen.

Adrenalin schoß in meinen Blutkreislauf; ich bewegte mich behutsam. Das Zimmer war dunkel. Ich trat die Tür etwas weiter auf, langte um die Türfüllung, knipste das Licht an. Jemand hatte mir einen Besuch abgestattet, Koffer und Mappe umgestülpt und ihren Inhalt auf dem Boden verstreut. Was ich in der Kommode verstaut hatte, war herausgeholt, geschüttelt, hingeworfen worden. Nicht mal mein Waschzeug hatte man verschont. Die harte Matratze war angehoben und umgedreht worden, Stühle waren umgeworfen, die Sitzpolster aufgeschlitzt, die wenigen jämmerlichen Bilder von den Wänden genommen, aus ihren Rahmen entfernt, die Pappe dahinter aufgerissen worden.

Ich nahm eine rasche Bestandsaufnahme vor. Offenbar fehlte nichts. Auch mein Notizbuch nicht, Brieftasche und Kreditkarten waren unangetastet. Warum also die Durchsuchung? Ich gab es auf, die Rätsel dieser schwarzen Nacht lösen zu wollen, ich wollte nur schlafen.

Also richtete ich das Bett notdürftig her, ließ aber alles andere, wie es war. Am liebsten wäre ich mitsamt den Stiefeln ins Bett gegangen, so zerschlagen fühlte ich mich, doch zog ich mich aus und stieß dabei auf den Zettel, den Mary Thorndecker mir zugesteckt hatte, als ich Crittenden Hall verließ.

Ich entfaltete ihn bedachtsam, als wäre er eine Bombe, doch

handelte es sich nur um eines jener billig gedruckten Traktätchen, die einem an Straßenecken von Wanderpredigern zugesteckt werden. Die Überschrift lautete WO WIRST DU DIE EWIGKEIT VERBRINGEN?

Im Coburn Inn jedenfalls nicht, hoffte ich.

DER DRITTE TAG

Konstabler Ronnie Goodfellow musterte das Chaos in meinem Hotelzimmer, die Hände in die Hüften gestützt.

»Scheiße«, bemerkte er.

»Sie nehmen mir das Wort aus dem Mund«, sagte ich, »aber groß ist der Schaden nicht. Nichts wurde gestohlen. Ich habe Sie nur benachrichtigt, damit Sie prüfen können, ob dieser Einbruch ähnlichen Einbrüchen in Hotelzimmern ähnelt. Denn das ist doch wohl nicht der erste?«

Der Kopf mit dem glatten schwarzen Haar wandte sich mir zu, die dunklen Augen betrachteten mich nachdenklich.

»Sind Sie ein Polyp?«

»Nein. Aber ich habe die Ausbildung. Bei der Militärjustiz.«

»Tja, es gibt nichts Vergleichbares. Hin und wieder wird was in der Küche gestohlen, aber ein Einbruch ist nicht vorgekommen, seit ich hier Dienst mache. Wozu auch? Was gibt es hier schon zu klauen? Die ständigen Gäste sind allesamt Rentenempfänger und rechnen mit Pfennigen.«

Er wanderte durchs Zimmer, hielt Umschau.

»Auch das Bett?« fragte er.

»Stimmt. Das habe ich hergerichtet, weil ich meinen Schlaf brauche.«

Er nickte, ohne aufzuhören sich umzublicken. Plötzlich bückte er sich, hob einen jener billigen Drucke auf, die die steingraue Tapete verziert hatten und musterte die zerrissene Pappe auf der Rückseite.

»Der Kerl hat was Bestimmtes gesucht«, sagte er. »Etwas, was man zwischen dem Bild und der Pappe verstecken könnte. Ein Photo, ein Dokument, einen Brief. Irgendwas der Art.«

Ich betrachtete ihn achtungsvoll. Kein Dummkopf.

»Ahnen Sie, was das sein könnte?« fragte er beiläufig.

»Nicht im mindesten«, antwortete ich ebenso beiläufig. »Ich besitze nichts, was es zu verstecken lohnt.«

Er nickte wieder, und nichts in diesem glatten, düsteren Gesicht ließ erkennen, ob er mir glaubte.

»Na, dann werde ich mal ein Wörtchen mit Sam Livingston reden.«

»Sie meinen doch nicht –«

»Ach was«, entgegnete er schroff. »Sam ist so ehrlich wie der Tag lang ist. Kann aber sein, daß er jemand umherstreichen gesehen hat. Der ist ja zu jeder Tages- und Nachtzeit auf den Beinen. Sie sind spät heimgekommen sagten Sie?«

Ich hatte nichts dergleichen gesagt und hoffte nur, er merkte das Zögern nicht, bevor ich antwortete.

»Kurz nach Mitternacht«, log ich. »Ich war bei Thorndeckers zum Abendessen.«

»Ach. War es nett?«

»Sehr. Gutes Essen, angenehme Gesellschaft.« Dann fügte ich etwas boshaft an: »Mrs. Thorndecker ist ja eine Schönheit.«

»Ja«, antwortete er beinahe zerstreut, »eine höchst attraktive Frau. Nun, ich will sehen, was sich hier machen läßt, Mr. Todd, und ich bedauere sehr, daß dies einem Besucher von außerhalb widerfahren ist.«

»Das kommt überall mal vor. Es ist ja weiter nichts passiert.«

Ich machte hinter ihm zu und verschloß die Tür. Das Schloß hatte er nicht untersucht, aber ich. Kein Anzeichen für gewaltsames Öffnen. Ein Pluspunkt für mich. Sein Pluspunkt war, daß er begriffen hatte, es war etwas gesucht worden, das sich in einem Bilderrahmen verstecken ließ.

Ich wußte selbstverständlich, was das war. Mein Besucher wollte die anonyme Warnung »Thorndecker tötet« mausen.

Weil außer mir im Hotel nur noch ein halbes Dutzend ständige Gäste hausten, fand man es überflüssig, ein Zimmermädchen zu beschäftigen. Der alte Sam Livingston wechselte Bettwäsche und Handtücher, sammelte leere Flaschen ein, trug Papierkörbe weg, ging mit dem Staubsauger rum, sobald die Wollmäuse knöchelhoch lagen.

Ich war noch mit Aufräumen beschäftigt, als er anklopfte. Ich ließ ihn rein.

»Lassen Sie mich aufräumen und frühstücken Sie erst mal.«

»Schönen Dank auch, Sam.« Ich gab ihm fünf Dollar und er glotzte die Banknote an.

»Abraham Lincoln«, bemerkte er. »Ein gut aussehender Mensch. Tadelloser Bart.« Er reichte mir die Banknote zurück. »Nehmen Sie die wieder, Mr. Todd. Aufräumen müßte ich sowieso, das müssen Sie nicht extra bezahlen.«

»Ich weiß, daß ich das nicht muß. Müssen muß ich nur Steuern zahlen und sterben. Ich möchte es aber.«

»Das ist was anderes.« Er steckte das Geld weg. »Ich danke Ihnen herzlich.«

Ich sah ihn mir genauer an: ein eigenwilliger alter Kauz in seiner Alpakajacke mit der Jarmulke auf dem Kopf. Darunter sah man graue Locken, und das Gesicht war zerfurcht wie ein Wurzelknorren. Er hatte überhaupt Ähnlichkeit mit dunklem Hartholz: gemeißelt, geschnitzt, geschmirgelt, geölt, und dann so viele Jahre in Gebrauch, daß die Politur auf Händen und Gesicht dunkel glänzte, was nur bedeuten konnte, daß er schon sehr abgenutzt war.

»Haben Sie schon immer hier gewohnt?« fragte ich.

»Meistens.«

»So an die fünfundsiebzig Jahre?« riet ich.

»Dreiundachtzig.«

»So alt werde ich nicht.«

»Oh, doch, wenn Sie nur die Finger vom Suff und von den Weibern lassen.«

»Wozu sollte ich dann so alt werden? Ich möchte Sie gern

mal in Ihrer Bude im Keller besuchen, Sam. Auf einen kleinen Plausch.«

»Jederzeit willkommen. Ich bin immer hier. Heute früh ist der gebackene Toast sehr zu empfehlen.«

Mir braucht man nicht mit dem Zaunpfahl zu winken. Ich ließ ihn also allein und ging frühstücken. Auf den in Eierteig gebackenen Toast allerdings verzichtete ich und nahm statt dessen Grapefruitsaft, Toast ohne Butter und schwarzen Kaffee. Sehr tugendhaft. Auf dem Rückweg schaute ich in die Bar, doch war Al Coburn nicht dort, nur Jimmy der Bartender. Er las den *Sentinel.* Ich winkte ihm zu, ging in die Halle, kaufte Zigaretten. Ich brauchte wirklich welche.

»Guten Morgen, Millie.«

»Ach, Mr. Todd, ich habe schon gehört! Es tut mir ja so leid.«

Ich stierte sie an, ungewiß, was sie meinen könnte.

Sie trug das gleiche Make-up wie am Vortag, das wahrscheinlich unter der Bezeichnung *Picassos Clown* im Handel ist, doch ein anderes Kostüm. Heute früh war sie in einen voluminösen Kaftan gehüllt, orangenfarbig, mit grünen Blättern bedruckt. Am Hals war er mit einer Schnur geschlossen, die Ärmel lang, die Manschetten eng. Der billige Kunststoff reichte ihr bis auf die Knöchel und war so bauschig, daß Hamlets Onkel sich dahinter hätte verstecken können.

Sonderbar, doch dieser Aufzug wirkte irgendwie aufreizender als der Pullover und der hautenge Rock vom Vortag. Der am Hals zusammengenommene Stoff bedeckte ihren Vorbau und fiel von da wie ein Wasserfall quirlend und fältchenschlagend bis auf die Füße. Sie war total bedeckt, verborgen. Das war geradezu feuergefährlich.

»Sie wissen schon – der Einbruch.«

»Es steht gar nicht fest, daß es einer war – die Tür wurde nicht aufgebrochen.«

»Das sagt Ronnie auch. Er meint, wer da eingedrungen ist, hatte einen Schlüssel.«

Der Indianer hatte das also doch bemerkt. Diese verteufelte Rothaut hielt immer noch einen Trumpf in der Hinterhand. Ich nahm mir vor, ihn nicht noch einmal zu unterschätzen.

Millie Goodfellow winkte mich mit einem schlanken gekrümmten Finger näher zu sich. Zwischen uns stand der gläserne Zigarrentresen, ich mußte mich also darüber beugen, und das dürfte recht lächerlich ausgesehen haben. Ich ertappte mich dabei, daß ich den Nagel des Fingers betrachtete, der mir da winkte. Dunkelbrauner Nagellack.

»Der Hauptschlüssel«, flüsterte sie. »Bestimmt hat jemand einen Hauptschlüssel benutzt. Es gibt nämlich Dutzende. Das habe ich auch zu Ronnie gesagt.« Sie kicherte. »Ich habe übrigens selbst einen, ist das nicht schlimm?«

Ich fühlte mich auf eine Traumwolke versetzt und fragte:

»Sie haben einen Hauptschlüssel, Millie? Wozu denn das?«

»Damit schließe ich die Damentoilette auf«, antwortete sie züchtig. Dann fiel sie zurück in die Rolle der Cleopatra. »Und andere Türen selbstverständlich auch.«

Ich glaube, mir gelang noch ein halbes Grinsen, bevor ich davontaumelte. Meine erste Reaktion war ganz richtig gewesen: Die Dame war furchteinflößend.

Und das an einem Mittwochmorgen in Coburn, New York ...

Nun kam wenigstens die Sonne heraus. Sie strahlte nicht gerade, aber sie war wenigstens vorhanden. Sie glomm trübe und beschlagen hinter einem Wolkenvorhang und tauchte alles in bleiernes Licht: Helligkeit, doch ohne Schatten. Die Menschen bewegten sich schwerfällig, die Luft war kalt, ohne belebend zu wirken, und ich hoffte, endlich mal jemand laut lachen zu hören. Vergeblich.

Nun in der River Street, zur First Darmers & Merchants Bank. Sie hatte die prächtigste Fassade im ganzen Ort, graue Marmorverkleidung zwischen großen Fenstern, drinnen massenhaft Spiegelglas und Kunststoffbelag auf dem Fußboden. An Zwangsversteigerungen war offenbar kein Mangel.

Es gab zwei Kassenschalter, dahinter drei abgeteilte Ställchen, gekennzeichnet als Neueröffnungen, Privatdarlehen und Hypotheken. Ich wandte mich an einen Wachmann, der aussah wie Konstabler Goodfellow, nur fünfzig Jahre älter und einen halben Zentner schwerer. Sein Revolver stak in einem grünlich angelaufenen Halfter, offenbar war es schon bemoost.

Ich nannte meinen Namen und sagte, ich wünsche den Direktor Arthur Merchant zu sprechen, sei allerdings nicht angemeldet. Er nickte gewichtig und verschwand für circa fünf Minuten, währenddessen hätten zwei Burschen der Nachwuchsmafia bequem die Bude ausplündern können.

Zurückgekehrt führte er mich in ein abgeteiltes Büro, dessen Wände aus einer besseren Sorte Sperrholz bestanden. Eine Dame mit Pferdegebiß nahm mir Hut und Mantel ab und hängte beides auf einen Garderobehaken, und zwar tat sie das mit spitzen Fingern, was ich ihr nicht verdenken konnte. Dann endlich wurde ich ins Allerheiligste geführt, wo Arthur Merchant, Bankdirektor und Bürgermeister von Coburn, sich zu meiner Begrüßung erhob. Er drückte meine Hand eifrig in seiner feuchtheißen Pfote und ließ mich in einem Ledersessel neben seinem Schreibtisch Platz nehmen. Im Stehen war ich nämlich fünfzehn Zentimeter größer als er. Als wir saßen – er auf seinem drehbaren Bürosessel –, war er fünfzehn Zentimeter größer als ich. Offenbar lief der Sessel auf dreißig Zentimeter dikken Rollen.

Für einen Bankdirektor und Bürgermeister war er erstaunlich jung. Auch war er klein, dicklich, hatte ein rosiges Gesicht und schwitzte stärker, als es die hier herrschende Temperatur rechtfertigte. Jung wie er war, wies er bereits gewisse Mangelerscheinungen auf: das dünne schwarze Haar war seitlich über den Schädel gebürstet, um den Kahlschlag zu verbergen. Das Gesicht war schwammig. Man kennt das: quellende Fleischmassen, so als hätte ein Amateurbildhauer mit einem Straußenei als Kopf begonnen und es mit Ton beworfen, aus dem er dann Stirn, Nase, Wangen, Mund und Kinn formt. Ich will sagen, dies alles war irgendwie angepappt und schien jederzeit abfallen zu können. Dann würde nur das glatte Straußenei übrigbleiben.

Wir plauderten eingangs in der üblichen Weise übers Wetter, meinen Eindruck von Coburn, die Unterbringung im Hotel, Sehenswürdigkeiten der Umgebung: die Stelle, wo 1777 ein britischer Spion aufgehängt worden war; die Klippe über dem Hudson, von wo junge Liebespaare in den Tod zu springen pflegten, neunzehn Fälle waren belegt. Ferner der Ort, an dem erst im vergangenen Jahr ein veritabler Braunbär aus dem Unterholz gebrochen war und eine 68 Jahre alte Frau verletzt, ja angeblich zu vergewaltigen versucht hatte, als sie Walderdbeeren sammelte.

Ich sagte, dies alles sei für mich von höchstem Interesse, doch wisse Mr. Merchant zweifellos, daß ich nicht als Tourist gekommen sei, vielmehr in der Absicht, Erkundigungen über Dr. Telford Thorndecker einzuholen. Und nun stellte sich heraus, daß Arthur Merchant ein zwangshafter Pedant war.

Die Patschhändchen rückten die Schreibtischunterlage gerade, richteten Bleistifte, Löschblatt, Tischkalender aus. Er rückte seinen Schlips zurecht, glättete das Haar an den Schläfen, musterte seine Fingernägel. Er schlug die Beine übereinander, erst so herum, dann anders herum, zupfte an der Weste, wischte nichtvorhandene Fussel vom Ärmel. Dann sprang er auf, ging erregt hin und her, schloß die Tür seines Bücherschrankes, die einen spaltbreit offenstand, setzte sich wieder an den Tisch, ordnete sein Schreibgerät nach neuen Gesichtspunkten aber streng parallel und rechtwinklig zueinander. Das alles mit fahrigen Bewegungen der rosigen, saugnapfähnlichen Hände.

Und während er diesen Affentanz aufführte, beteuerte er pausenlos, ein wie prächtiger Mensch Dr. Thorndecker sei. Das Salz der Erde. Lebte getreu den Gelöbnissen, die er als Pfadfinder abgelegt hatte. In Geldangelegenheiten vorbildlich. Führend in Wohltätigkeit. Und welch ein Segen für Coburn! Nicht nur sei er der größte Arbeitgeber hier, nein er verschaffe Coburn auch einen gewissen Ruf als Wohnsitz eines der bedeutendsten Wissenschaftler der Welt.

»Einer der größten, Mr. Todd«, schloß Merchant etwas atemlos. Kein Wunder nach diesem zehnminütigen Monolog.

»Ich bin stark beeindruckt«, sagte ich darauf, so kalt ich konnte. »Wissen Sie, was er in Crittenden treibt?«

Das war ein kleiner Tiefschlag, auf den Merchant reagierte, als hätte ich ihm das Knie in den Unterleib gerammt.

»Was? Wie? Ah ...« er geriet ins Stammeln. Dann nahm er

sich zusammen. »Er betreibt ein Pflegeheim, das wissen Sie wohl? Betten für fünfzig Patienten, jeder Komfort –«

»Ich weiß über Crittenden Hall Bescheid«, unterbrach ich ihn, »was ich wissen möchte, betrifft das Labor. Was wird dort gemacht?«

»Nun, Sie wissen schon«, und er wedelte verzweifelt mit seinen schlaffen Händchen. »Wissenschaftliche Forschungen eben. Sie dürfen nicht erwarten, daß ich davon was verstehe. Ich bin bloß ein Kleinstadtbankier. Aber gewiß wertvolle Arbeit, daran zweifle ich nicht. Der Mann ist ein Genie, das sagen alle. Und relativ jung. Der wird noch Wunder vollbringen. Sie werden sehen.«

Er fuhr in dieser Tonart fort, pries Thorndecker als einen glänzenden Administrator, einen Mann von größter Umsicht in Geldsachen. Wie selten sei es doch, alle diese Eigenschaften in einem Arzt, Professor und Naturforscher vereint zu finden! Ich hörte aber nicht mehr zu.

Allmählich kam ich mir paranoid vor. Im allgemeinen halte ich nichts von der Theorie, welche in der Menschheitsgeschichte eine einzige große Verschwörung erblickt, glaube zum Beispiel nicht, daß der Tod der Brüder Kennedy, der von Martin Luther King, das Verschwinden von Jim Hoffa und das anhaltend scheußliche Wetter Resultat großangelegter Intrigen sind.

Meine Theorie ist vielmehr die des einsamen Irren, ich meine, der Lauf der Menschheitsgeschichte kann dadurch verändert werden, daß ein Verrückter eine Bombe legt oder einen gutgezielten Schuß abgibt. An Verschwörungen glaube ich darum nicht, weil sie die reibungslose Zusammenarbeit von zwei oder mehr Personen voraussetzt, genauer gesagt von einem Komitee. Und mir ist kein Komitee bekannt, daß je mehr bewirkt hätte als endloses Gezänk und ein Protokoll der letzten Sitzung, das einzig den Nutzen hat, als wiederverwendetes Altpapier zum Muttertag Grußpostkarten abzugeben.

Immerhin, ich empfand, wie gesagt, die ersten Symptome eines Verfolgungswahnes. Ich meinte, Agatha Binder habe mich belogen und Arthur Merchant sei dabei, mich zu belügen. Diese beiden, und überdies Thorndeckers, Dr. Draper, womöglich Ronnie Goodfellow und die anständigen Bürger von Coburn schienen alle was zu wissen, was mir unbekannt war und bleiben sollte. Das gefiel mir nicht; ich sagte ja schon, ich kann es nicht leiden, an der Nase herumgeführt zu werden.

Nun merkte ich, daß Merchant verstummt war und mich anstierte, offenbar in Erwartung einer Antwort.

Ich stand auf. »Nun, was Sie mir da gesagt haben, ist eine höchst eindringliche Empfehlung, Mr. Merchant. Man könnte sagen, Dr. Thorndecker hat Glück, Sie und die anderen Bürger der Stadt zu Freunden und Nachbarn zu haben!«

Das war wohl die richtige Antwort, denn die fahlen Wangen röteten sich ein wenig, und der ängstliche Ausdruck verschwand aus seinen Augen.

Er präludierte: »Und es ist ein rechtes Glück für uns, Dr. Thorndecker zum Freund und Mitbürger zu haben. Das kann ich Ihnen versichern, Mr. Todd. Sollten Sie noch Fragen haben, scheuen Sie sich nicht, jederzeit vorbeizukommen, ich meine Fragen, welche die finanziellen Angelegenheiten von Dr. Thorndecker betreffen. Er hat mich angewiesen, Ihnen seine Bücher offenzulegen. Sie sollen alles erfahren, alles.«

Ich ging zur Tür. »Die Firma Lifschultz hat das schon erledigt. Es scheint, daß Dr. Thorndeckers finanziellen Verhältnisse glänzend sind.«

»Glänzend? Das sollte ich meinen!« Merchant war augenscheinlich im Begriff, einen Luftsprung zu machen. »Der Mann versteht hervorragend mit Geld umzugehen. Hervorragend. Und nebenbei ist er einer der bedeutendsten Wissenschaftler unserer Tage.«

»Ganz recht. Übrigens höre ich, daß Sie auch Bürgermeister von Coburn sind, Mr. Merchant?«

»Ach das ...« er zuckte die Achseln und wedelte abschätzig mit den Händchen, »diesen Posten hat wohl niemand sonst haben wollen. Es ist ein unbezahltes Ehrenamt.«

»Ich frage, weil ich bislang noch keine öffentlichen Gebäude bemerkt habe, kein Rathaus, kein Gericht, kein Gefängnis.«

»Nun, es gibt ein sogenanntes Bürgerhaus, das 1936 im Zuge des Arbeitsbeschaffungsprogrammes erbaut wurde. Da ist jetzt die Feuerwehr untergebracht – bloß ein alter Spritzenwagen übrigens – ferner der Gendarmerieposten, ein Gefängnis mit zwei Zellen, und die eigentliche Stadtverwaltung, die nur aus einem großen Büroraum besteht. Es gibt hier einen Friedensrichter, aber Prozesse werden vor dem Gericht der Bezirksstadt verhandelt.«

»Bürgerhaus, sagen Sie? Das würde ich mir gern mal ansehen. Wie finde ich es?«

»Die Main Street runter bis zum Oakland Drive, dann einen Häuserblock in südlicher Richtung, direkt neben dem geschlossenen Supermarkt. Sie können es nicht verfehlen. Aussehen tut es nach nichts, wir hätten es gern durch ein modernes Gebäude ersetzt, aber so wie die Dinge derzeit liegen ...«

Er beendete den Satz nicht, ganz nach Art so vieler Bewohner Coburns. Man hatte den Eindruck von Hilflosigkeit: Sie meinten, es lohne nicht, einen Satz zu Ende zu sprechen. Wozu auch, wenn doch der Weltuntergang bevorsteht?

Ich dankte ihm für seine Hilfsbereitschaft und schüttelte die Saugnäpfchen, nahm Hut und Trenchcoat und machte, daß ich wegkam. Kein einziger Kunde in der Bank, und die drei Herren an ihren Tischen in den Ställchen schienen zu dösen. Ich begriff nun, was ein Konto wie das von Thorndecker für diese Bank und für die Stadt überhaupt bedeutete.

Da mir bis zu meinem Besuch in Crittenden noch eine Stunde Zeit blieb, wanderte ich im Ort umher. Wäre ich rasch gegangen, ich hätte in einer halben Stunde den gesamten Ort besichtigen können. So aber schlenderte ich durch das Ladenviertel, das hauptsächlich vernagelte Schaufenster und Schilder mit der Aufschrift: AUSVERKAUF WEGEN GESCHÄFTSAUFGABE zu bieten hatte, von da in die Wohnviertel, und kam unvermeidlich auch am Bürgerhaus vorbei. Ich ging weiter, vorüber an unbebauten Grundstücken, die sich endlich in Ackerland und Baumbeständen verloren.

Als ich alles gesehen hatte, was es zu sehen gab, kehrte ich ins Hotel zurück, die Hände tief in den Manteltaschen, den Kragen hochgeschlagen zum Schutze vor dem feuchtkalten Wind, der vom Strom her blies. Ich bedachte, was ich da eben gesehen hatte.

Die Stadt lag im Sterben – doch war das wirklich wichtig?

Seit Erschaffung der Welt sind unzählige Städte und Siedlungen verfallen. Die Bewohner ziehen weg, die Gebäude zerbröckeln, Gras, Wald, Dschungel oder Wüste kehren zurück. Ich hatte ja schon zu Goodfellow bemerkt, daß Geschichte eben Veränderung bedeutet. Man kann dem nicht Einhalt gebieten, man kann nur darauf achten, nicht überfahren zu werden.

Nicht der Verfall von Coburn deprimierte mich, sondern die Anordnung der Häuser. Zweistöckige victorianische Villen standen unmittelbar neben zusammengenagelten Hütten mit ungepflegten Hinterhöfen und einer Garage aus Wellblech. Wenn man nach der Lage der Häuser urteilte, gab es in Coburn kein Wohnviertel der Begüterten, die wohnten Seite an Seite mit ihren unterprivilegierten Mitmenschen.

Man hätte das egalitär und bewundernswert nennen können, mir kam es nur unglaubhaft vor. Es gibt keine Stadt, in der die Reichen sich nicht in einem eigenen Viertel absondern und die Armen zwingen, sich anderswo anzusiedeln.

Des Rätsels Lösung brachte ein Schild, das ich im Erdgeschoß einer der Villen im Fenster sah ZIMMER ZU VERMIETEN, TAGEWEISE, WÖCHENTLICH, MONATLICH. Nun begriff ich: Das gesamte Coburn war ein einziges Getto. Als ich mich dem Hotel zuwandte, bezog sich der Himmel; Schnee lag in der Luft, und ich war sicher, dieser Ort könnte sehr wohl die Hauptstadt der Düsternis genannt werden.

In der Bar ließ ich mir von dem lahmen Kellner eine Flasche Bier und ein Sandwich bringen. Bis es kam, sah ich mich müßig um. Die Mittagszeit rückte heran, und mit ihr die Mittagsgäste. Und nun wurde mir noch eine Eigentümlichkeit von Coburn bewußt, etwas, das ich zwar beobachtet, aber nicht wirklich wahrgenommen hatte.

Es gab im ganzen Ort keine jungen Leute. Zwar traf man auf der Straße Schulkinder, aber die Altersgruppe zwischen sagen wir achtzehn und fünfundzwanzig war nicht vertreten. In der Redaktion des *Sentinel* saß die Grübchennymphe, zugegeben, doch das war auch der einzige junge Mensch, dem ich hier begegnet war. Auch die Tankwarte bei Mike schienen Veteranen aus dem spanisch-amerikanischen Krieg.

Das hatte selbstverständlich gute Gründe. Kein aufgeweckter, wißbegieriger, einigermaßen gescheiter Welteroberer von zwanzig Jahren würde in Coburn bleiben wollen. Ich bestimmt nicht. Ich würde machen, daß ich wegkäme. Und eben das hatten die jungen Leute hier sichtlich getan. Albany, New York, Miami, Los Angeles, Paris, Rom, Amsterdam, Karatschi – alles mußte verlockender sein als Coburn.

An der Bar, auf dem Weg nach draußen, trank ich einen Wodka-Gimlet, kein guter Einfall nach dem Bier, wie ich wohl wußte, doch seit mir klargeworden war: Jeder andere Ort ist besser als Coburn, brauchte ich eine Stärkung.

Wieder fuhr ich durch die trostlose Gegend nach Crittenden hinaus und wurde vom Torhüter eingelassen. Er hielt ein Transistorradio ans Ohr und strahlte, als hätte er gerade gehört, daß er das große Los gezogen hatte. Gesehen hat er mich, glaube ich, überhaupt nicht, aber er ließ mich jedenfalls rein, und ich fuhr die kiesbestreute Auffahrt zum Pflegeheim hinauf.

Dr. Draper begrüßte mich. Ich betrachtete ihn genauer. Aus der Fernsehwerbung kennt man ja den bebrillten ernsten Mann im weißen Kittel, der gewichtig in die Kamera blickt und fragt: »Haben Sie je Verdauungsbeschwerden gehabt?« Genau das war Draper. Er sah übrigens aus, als litte er selber daran, die Stirn in Falten gelegt, tiefe Kerben auch von den Nasenflügeln zu den Mundwinkeln, bleiche Haut, dazu die Angewohnheit, verstohlen über die Schulter zu blicken in der Erwartung, von der Peitsche des Sklavenhalters getroffen zu werden.

»Im Erdgeschoß«, plapperte er nun los, »befinden sich die Räume für Ärzte und Pflegepersonal, das Archiv der Krankenblätter, die Aufnahme. Röntgenapparate und Bestrahlungsräume. Ambulante Klinik und Apotheke. Alles, was Sie hier sehen, gibt es in gleicher Ausführung im Ostflügel.«

»Ziemlich viel Aufwand für fünfzig Patienten, wie?«

»Die können es sich leisten«, sagte er tonlos. »Ich mache Sie jetzt mit Oberschwester Stella Beecham bekannt. Die wird

Sie durchs Pflegeheim führen und anschließend ins Labor bringen. Ich überlasse Sie jetzt ihr und geleite Sie dann selber durchs Forschungslabor.«

»Sehr schön.« Ich mühte mich, etwas wie Enthusiasmus an den Tag zu legen.

Stella Beecham glich einem weißen Baumstumpf, vorn gehobelt, hinten wie ein Brett. Sie trug Schwesternkleidung mit kurzen Ärmeln, und ich sah die Muskeln am Oberarm und an den Unterarmen und die dicken Handgelenke. Doch Krankenschwestern sind meist kräftig, andernfalls könnten sie keinen Zweizentnerpatienten im Bett herumdrehen, keinen Gelähmten von der Trage in den Rollstuhl befördern.

Die Beecham allerdings war nicht gerade der hübscheste Engel der Barmherzigkeit, der mir je vor Augen gekommen ist. Sie hatte grobe, fast männliche Gesichtszüge, trug kein Make-up, die Haut war gerötet, grobkörnig, in Wangen und Nase zeigten sich geplatzte Äderchen, für mich ein Hinweis darauf, daß sie eine schwere Trinkerin war. Sie hatte die Andeutung eines Schnurrbartes, und links am Kinn, gleich unter dem Mundwinkel, eine Warze, aus der zwei schwarze Stoppelhaare wuchsen. Ich vermied es, genauer hinzusehen.

Draper sagte mit gespielter Munterkeit: »Wir haben für Sie die große Tour vorgesehen. Wir beginnen mit dem Pflegeheim. Sehen Sie sich alles an, was Sie interessiert. Sprechen Sie mit dem Personal, wenn Sie wollen. Anschließend das Labor, und da gilt das gleiche. Machen Sie sich mit unseren Mitarbeitern bekannt. Wenn wir damit fertig sind, möchte Dr. Thorndecker Sie gern noch sprechen. Wie finden Sie das?«

»Großartig.« Der arme Tropf sah so angstvoll drein, daß ich befürchtete, er wäre in Tränen ausgebrochen, hätte ich gesagt: »Beschissen.«

Wir wandten uns nach links, und Draper holte ein Schlüsselbund aus der Tasche.

»Die Flügel sind praktisch identisch. Es wäre Zeitverschwendung, Ihnen beide zu zeigen, also sehen wir uns den Westflügel an. Die Tür ist aus Sicherheitsgründen immer verschlossen. Wir haben nämlich auch Gestörte unter unseren Patienten, und zu deren Schutz bleiben die Türen zu.«

»Und wohl auch zu Ihrem eigenen.«

»Wie? Ah ja, das wohl auch, wenngleich die wenigen gewalttätigen Patienten, die wir haben, in einem einigermaßen ... nun ... friedlichen Zustand gehalten werden.«

Wir betraten einen breiten, gefliesten Anstaltskorridor mit Türen an beiden Enden.

Draper verabschiedete sich nun, und die Beecham übernahm die Führung. Sie sprudelte unermüdlich Zahlen, und das mit einer Stimme, die einem Drillmeister Ehre gemacht hätte:

»Fünfzig Betten. Heutiger Bestand neunundvierzig. Achtunddreißig Personen auf der Warteliste. Derzeit sieben Süchtige. Fünf Alkoholiker, zwei Drogenabhängige. Sechs Geistesgestörte, Prognose: negativ. Alle anderen sind todkrank. Krebs, multiple Sklerose, Emphyseme, Herzschäden, Myasthenie und so weiter. Ihre Ärzte haben sie aufgegeben. Wir können auch nicht mehr tun, als ihre Schmerzen lindern. Hundertfünfzig Mahlzeiten werden pro Tag in der Hauptküche zubereitet, nicht gerechnet die für das Personal. Nebenher besondere Mahlzeiten auf Wunsch. Manche Gäste bestellen nachmittags Tee, spät abends noch einen Imbiß. Die Küche ist täglich vierundzwanzig Stunden besetzt. Hier die Räume für das Pflegepersonal. Gegenüber sind die der Ärzte.«

»Sie haben also mehrere Ärzte hier?« fragte ich, nicht, weil mich das so brennend interessierte, sondern mehr um zu zeigen, daß ich zuhörte.

»Zwei für jeden Flügel. Dazu Dr. Thorndecker und Dr. Draper. Eine Apothekerin für jeden Flügel. Pfleger und Schwestern arbeiten in drei Schichten. Insgesamt kommt auf jeden Gast mehr als eine Hilfskraft. Hier die Röntgenstation. Wir beschäftigen einen Radiologen. Röntgentherapie nebenan. Ein Psychotherapeut befaßt sich mit den Süchtigen, besonders mit den Alkoholikern. Geistlicher Zuspruch erfolgt auf Wunsch durch Reverend Peter Koukla von der episkopalischen Kirche. Ferner steht uns in Albany ein Rabbiner zur Verfügung. Hier das Untersuchungszimmer. Die Apotheke. Der Friseursalon, gleichzeitig Schönheitspflege. Ist verpachtet. Hier die Diätberatung. Wäsche und Reinigung außer Haus. Das wäre so etwa das Erdgeschoß.«

»Und was ist im Keller?« fragte ich so liebenswürdig wie möglich.

»Abstellräume. Vorräte. Wollen Sie sie sehen?«

»Nein, das ist unnötig.«

Ein kurzer barscher Wortwechsel – von ihrer Seite barsch. Ihre Augen waren vom blassesten Blau, beinahe farblos wie Wasser und ebenso ausdrucksvoll. Sie glitzerten bloß, zu lesen war nichts darin. Warum hatte ich dann den Eindruck, ich hätte einen Nerv berührt, als ich den Keller erwähnte? Mir kam es vor, als versteife sich ihr kräftiger Körper.

»Jetzt gehen wir nach oben. Die freigewordene Suite befindet sich in diesem Flügel. Sie können sich darin also nach Herzenslust umsehen.«

Bislang war uns nur Personal begegnet, niemand, der mir aussah wie ein Patient.

»Wo stecken denn Ihre Gäste nur?« fragte ich daher. »Es sieht hier ja leer aus wie in der Wüste.«

Darauf gab sie eine einleuchtende Erklärung:

»Mittagszeit. Der Speisesaal liegt hinter der großen Halle im Hauptgebäude. Die meisten Gäste sind jetzt dort, ausgenommen die, die auf ihrem Zimmer essen. Ärzte und Pflegepersonal essen meist auch im Saal. Dr. Thorndecker meint, das stärke das Verhältnis zwischen Personal und Patienten.«

»Ich hoffe nur, ich bringe Sie nicht um Ihre Mahlzeit?«

»Nicht im mindesten. Ich halte Diät und esse um diese Zeit nichts.«

Das klang wie eine freundliche private Äußerung – eine willkommene Abwechslung nach den hergebeteten Zahlen –, und ich griff sie auf.

»Ich habe eine Bekannte von Ihnen kennengelernt, Agatha Binder. Wir haben uns gestern miteinander unterhalten.«

»So? Ihnen ist vielleicht aufgefallen, daß wir keine Fahrstühle haben. Dr. Thorndecker hat beim Umbau darauf geachtet, daß außer den Treppen auch Rampen angelegt wurden, man kann also Rollstühle und fahrbare Tragen ohne große Mühe von oben nach unten bringen und umgekehrt. Aber ist nur selten notwendig. Patienten, die nicht gehen können, sollten doch möglichst auf dem Zimmer bleiben. – Wie gefällt Ihnen Crittenden Hall?«

Diese Frage kam so unerwartet, daß sie mich verwirrte.

»Hm ... ja ... ich bin beeindruckt, muß ich sagen. Alles wirkt sehr ordentlich und blitzsauber. Es sieht fast so aus, als hätten Sie sich auf meinen Besuch vorbereitet – wie Matrosen vor der Besichtigung durch den Admiral klar Schiff machen.«

Ich sagte das scherzhaft, doch fehlte ihr jeglicher Humor, ausgenommen vielleicht Schadenfreude.

»Keineswegs«, sagte sie. »So wie jetzt ist es immer. Dr. Thorndecker besteht auf einwandfreien hygienischen Verhältnissen. Selbst die Putzfrauen haben eine Ausbildung erhalten, und bei den behördlichen Inspektionen schneiden wir von allen Instituten am besten ab. Ich sorge schon dafür, daß sich daran nichts ändert.«

Das war eine grimmige Verheißung, aber sie war auch eine grimmige Person. Auf keinen Fall wünschte ich von Schwester Beecham eine Spritze zu bekommen, sie hätte mich wahrscheinlich damit ans Bett genagelt.

»Von den belegten Zimmern zeige ich Ihnen keines. Dr. Thorndecker meint, das könnte unsere Gäste unnötig verstören.«

»Selbstverständlich.«

»Doch die leere Suite sollen Sie sehen. Morgen früh kommt der neue Gast.«

»Hat dort jemand namens Petersen gewohnt?« fragte ich.

Warum ich das tat, weiß ich nicht. Mir ging einfach die Zunge durch, ich dachte mir nichts dabei. Die Reaktion der Beecham war verblüffend. Sie stand auf dem Treppenabsatz drei Stufen über mir, und als ich »Petersen« sagte, fuhr sie herum, richtete sich stocksteif auf und verzerrte das ohnehin häßliche Gesicht zu einer Grimasse, einer Mischung aus Angst, Wut und Tücke.

»Warum sagen Sie das?« fragte sie scharf.

»Ich weiß es wirklich nicht.« Ich starrte ihre Warze an. »Als ich gestern abend bei Dr. Thorndecker zum Essen war, wurde er von Dr. Draper hinausgebeten, und ich hatte den Eindruck, daß bei einem Patienten namens Petersen eine Krise eingetreten war. Dr. Thorndecker sagte mir, er fürchte, Petersen werde die Nacht nicht überleben.«

Die Grimasse verschwand von ihrem Gesicht, und sie holte tief Luft.

»Das hat er auch nicht. Er ist gestorben. Die leere Suite ist gleich hier. Kommen Sie mit.«

Sie schloß auf und ließ mich eintreten. Tatsächlich handelte es sich um eine Suite: Wohnraum, Schlafzimmer, Bad. Es gab sogar eine kleine Einbauküche samt Kühlschrank, doch keinen Herd. Die Fenster boten Ausblick auf die brachliegenden Felder von Crittenden.

Die Räume waren sauber und heiter eingerichtet. Bezüge und Vorhänge aus Chintz, an den warm getönten hellen Wänden hingen harmlose nette Gemälde. Auf dem Boden ein neuer ovaler Flickenteppich. Die Fenster geputzt, die Polster fleckenlos, auf dem kleinen Sekretär eine neue Schreibunterlage, Briefpapier, ein Kugelschreiber und eine Bibel. Das Bett war frisch bezogen. Im Bad schneeweiße Handtücher. Die Schranktür stand offen, leere Bügel hingen an der Kleiderstange.

Oberschwester Beecham wartete geduldig im Korridor, während ich mir das alles ansah. Eine stille, unpersönliche Suite. Von Petersen keine Spur mehr, auch von keinem seiner Vorbewohner. Keine Zigarettenkippen, keine Pantoffeln, keine zerdrückten Kissen. In der Schreibtischplatte keine eingeschnitzten Initialen. Es roch schwach nach einem Desinfektionsmittel.

Ich stellte mich ans Fenster und betrachtete die öden Felder. Hier ließ es sich gewiß recht gut sterben. Warm, hell. Man hatte sich seiner angenommen, ihm Schmerzen erspart. Immerhin, die Atmosphäre glich der in einem gut geführten ländlichen Motel, alles sah aus wie vom Fließband, zwar sauber, aber auf eine sterile, abweisende Art.

Ich wandte mich an die Beecham: »Woran ist Petersen gestorben?«

»Unterleibkrebs. Nicht zu operieren. Chemotherapie hat nicht angeschlagen. – Gehen wir weiter.«

Ich folgte ihr stumm die Treppe hinunter und wurde unterwegs drei Mitarbeitern vorgestellt: einem Arzt, dem Radiologen und einer Krankenschwester. Dabei wurde gelächelt, nichtssagende Redensarten wurden gewechselt. Wie die drei hießen, weiß ich nicht mehr.

Die Beecham blieb vor dem Hinterausgang des Westflügels stehen.

»Zum Labor müssen wir ein paar Schritte ins Freie. Wollen Sie Ihren Mantel haben?«

»Nein, der kann hier hängen bleiben. Vielen Dank für die Begleitung. Das ist für Sie gewiß sehr langweilig.«

»Das macht mir nichts aus«, versetzte sie zurück.

Wir traten hinaus auf den überdeckten Plattenweg zum Forschungslabor. Der Tag war scheußlich, die Sonne hatte sich verzogen, die Luft war beißend kalt, der Wind schneidend. Die Beecham hatte es aber nicht eilig, schien an den bloßen Oberarmen auch nicht zu frieren. Sie trollte gemächlich bergab.

Der Seiteneingang zum Labor war verschlossen, und den Schlüssel dazu hatte sie an einem riesigen Schlüsselbund in der Tasche. Hinter uns schloß sie zweimal um.

»Warten Sie bitte hier.« Sie stapfte den breiten, gebohnerten, mit Linoleum belegten Korridor hinunter. Ich wartete und schaute mich um. Es gab nichts Aufregendes zu sehen, es sei denn, man findet geschlossene Türen reizvoll. Gleich darauf erschien Draper; er rieb im Gehen die Hände und gab sich Mühe, entspannt und freundlich zu wirken.

»Nun, da wären wir also! Haben Sie im Pflegeheim alles gesehen, was Sie sehen wollten?«

»Ich glaube schon. Es macht einen ausgezeichneten Eindruck.«

»Da treffen Sie den Nagel auf den Kopf. Erstklassige Versorgung der Patienten. Falls Sie sich für die Qualität der Speisen interessieren, kommen Sie jederzeit unangemeldet zum Essen. Ich glaube, Sie werden angenehm überrascht sein.«

»Daran zweifle ich nicht. Aber das ist auch nicht notwendig. Oberschwester Beecham macht auf mich einen vorzüglichen Eindruck, Doktor. Wie lange ist sie schon hier?«

»Vom ersten Tag an. Sie ist mit Dr. Thorndecker gekommen. Soweit ich weiß, hat sie seine erste Frau lange Zeit gepflegt, bevor der ... der Unfall sich ereignete. Ohne die Beecham wären wir einfach hilflos. Sie ist nicht gerade die Verkörperung von Schönheit und Liebenswürdigkeit, aber sie leitet das Pflegeheim so reibungslos, daß Dr. Thorndecker und ich unsere Zeit größtenteils dem Labor widmen können.«

»Und da liegen denn wohl auch Ihre eigentlichen Interessen?« deutete ich an.

»Nun ja ... das könnte man sagen.« Er zögerte, fürchtete anscheinend, zuviel zu sagen. »Selbstverständlich steht das Pflegeheim an erster Stelle, aber hier im Labor führen wir sehr interessante Versuche aus, und da ist es nur natürlich ...«

Wieder einer, der seine Sätze in der Luft hängen ließ. Wie machten diese Menschen wohl eine Liebeserklärung? Sagten sie einfach »Ich liebe ...« und damit Schluß?

»Hier unten finden Sie die Büros«, begann er, »das Archiv, die Handbibliothek, einen kleinen Aufenthaltsraum, Duschen und Umkleideraum und nebenan ein Zimmer, in dem Mitarbeiter schlafen können, die längere Versuchsreihen zu überwachen haben und im Labor bleiben müssen. Möchten Sie sich das näher ansehen?«

»Ich sähe gern die Bibliothek, wenn es Ihnen recht ist.«

»Selbstverständlich. Hier entlang bitte.«

Hier war entschieden mehr Betrieb als im Pflegeheim. Ich hörte Stimmen hinter geschlossenen Türen, es wurde gelacht, irgendwo war ein heftiger Streit im Gange, und ich hörte jemand rufen: »Sie haben ja Scheiße im Hirn!«

Draper stellte mich mehreren Mitarbeitern vor, alle schienen zu wissen, wer ich war und begrüßten mich herzlich. Es waren wohl ebenso viele Frauen wie Männer, alle wirkten jung und eifrig. Ich machte eine entsprechende Bemerkung zu Draper.

»Erstklassige Leute samt und sonders«, bestätigte er stolz. »Dr. Thorndecker hat sie in Harvard, Duke, Berkeley, Johns Hopkins, Chicago, vom MIT geholt. Außerdem haben wir zwei Japaner, einen Schweden und einen jungen Menschen aus Mali, der geradezu unglaublich gescheit ist. Und sie bekommen hier nur die Hälfte dessen, was sie in der chemischen Industrie verdienen könnten.«

»Warum ...« ich litt nun bereits selber an der Unfähigkeit, ganze Sätze zu bilden.

»Thorndeckers wegen, einzig und allein seinetwegen. Die

Gelegenheit, mit ihm zu arbeiten, von ihm zu lernen, ist ein sehr starker Anreiz.«

»Ah, er hat sie also bezaubert«, lächelte ich.

Er sagte plötzlich ernüchtert: »Ja, das kommt wohl dazu. Hier ist die Bibliothek. Klein aber gut bestückt.«

Das Zimmer war etwa sechs Meter breit und zwölf Meter lang, die Wände voller Regale. In der Mitte ein Konferenztisch, in den Ecken Tischchen mit je einem Stuhl davor. Ein Kopiergerät. Übermäßig aufgeräumt sah das alles nicht aus; volle Aschbecher, überquellende Papierkörbe, Zeitschriften in ungeordneten Haufen. Nach Petersens steriler Suite war es aber geradezu eine Wohltat zu sehen, daß hier Menschen hausten.

»Offenbar viel benutzt«, bemerkte ich umherwandernd.

»Hier ist eigentlich immer wer«, bestätigte Draper. Manche unserer Mitarbeiter vertiefen sich in ein Thema, lesen die halbe Nacht, schlafen dann nebenan. Die Arbeitszeit ist flexibel, Stechuhren haben wir nicht. Wer anständige Arbeit leistet, darf sich seine Zeit nach Belieben einteilen. Die Atmosphäre ist sehr entspannt. Dr. Thorndecker glaubt, daß das die Produktivität steigert.«

Ich betrachtete unterdessen die Titel von Büchern und Zeitschriften, doch sagten sie mir nichts darüber, wonach speziell hier im Labor geforscht wurde. Es waren die üblichen wissenschaftlichen Hand- und Lehrbücher, vornehmlich solche über Humanbiologie und die Morphologie von Säugetierzellen. Ein Stapel jüngst erschienener Arbeiten über Geschwülste. Ein ganzes Regal mit amtlichen Statistiken demographischer Art. Nicht ein einziges Buch, mit dem ich mir gern einen Winterabend am warmen Ofen vertrieben hätte.

»Sehr schön. Und nun? Gehen wir in die Labors?«

»Ja. Im ersten Stock. Rechts und links vom Korridor sind die großen Laboratorien zum allgemeinen Gebrauch, dann gibt es kleinere für die führenden Mitarbeiter.«

»Und wie viele sind das?«

»Nun ...« Er wurde rot. »Genau genommen nur Dr. Thorndecker und ich. Doch sobald wir die Subvention bekommen – falls wir sie bekommen – meine ich, vermehren wir das

Personal. Dafür sind Raum und Einrichtungen vorhanden. Nun, Sie werden selber sehen.«

Anders als Pflegeheime und Krankenhäuser müssen Forschungslabors nicht unbedingt blitzsauber und so behaglich sein wie U-Bahnstationen. Zwar kenne ich welche, die aussehen wie Operationsräume, weißgekachelt und mit Apparaturen wie aus *Frankenstein und seine Bräute*, aber ich kenne auch welche, die kaum größer sind als ein Besenschrank und nichts enthalten als einen fleckigen Spülstein und einen Bunsenbrenner.

Die Subventionierung von wissenschaftlichen Forschungsprojekten ist in gewisser Weise ein Glücksspiel. Man gibt einem nach dem letzten Schrei eingerichteten Labor eine Million, und dabei kommt nichts raus als die Erkenntnis, daß Käse schimmelt, wenn man ihn lange genug der Luft aussetzt, während in Kleinstlabors, wo die Kakerlaken sich ungestört in schmutzigen Behältern vermehren, Entdeckungen gemacht werden können, die die Welt verändern.

Die Arbeitsräume im ersten Stock des Labors von Crittenden lagen etwa auf der Mitte zwischen diesen Extremen. Raum war reichlich vorhanden, nämlich die gesamte Breite und Tiefe des Gebäudes, nur durch den Korridor in der Mitte unterteilt. Die beiderseits liegenden Großlabors endeten jeweils an einem mit Milchglas abgeteilten Privatlabor. Diese konnten, wiederum durch Milchglastüren, sowohl vom Korridor als auch vom Großlabor aus betreten werden und waren, wie ich bemerkte, verschließbar.

Die Großlabors wurden durch Neonleuchten an der Decke und Punktstrahler nahe dem Arbeitsgerät beleuchtet. An den Wänden entlang zogen sich Arbeitstische, in der Mitte ebenfalls. Es gab reichlich Wasseranschlüsse und Spülbecken, Laborhocker, Abfallbehälter, Material und Gerät.

Was mich verwirrte, war die Menge von technischen Apparaturen.

»Ich erkenne ein Oszilloskop, wenn ich eins sehe, und das da ist eins. Da drüben steht ein Oberflächenelektronenmikroskop. Aber all dies andere Zeug, was ist das?«

»Ach ... lauter so Apparate«, sagte Draper ausweichend.

»Das große Meßgerät kontrolliert automatische Zellenkulturen, analysiert Gewebe und Blut. Es liefert sehr umfassende Ergebnisse, und schneller als man sie auf andere Weise erhalten könnte. Neben unserer eigenen Arbeit machen wir hier übrigens auch alle einschlägigen Analysen für das Pflegeheim, also Blut und Urin, Sputum, Stuhl, Biopsien, kurz alles, was anfällt. Zu unseren Mitarbeitern gehören auch Pathologen.«

Im ersten Großlabor, das wir betraten, arbeiteten etwa ein halbes Dutzend Leute, im anderen ungefähr ebenso viele. Manche schauten auf, als wir hereinkamen, die meisten ließen sich nicht stören.

Im zweiten Labor waren drei Wände mit Arbeitstischen versehen, an einer Längswand standen Kühlschränke aus rostfreiem Stahl und mit Klimaanlagen versehene Großbehälter. Durch die Glasscheiben in den Türen sah man unzählige Reagenzgläser in Gestellen.

»Sind das Zellkulturen?«

»Überwiegend. Aber auch Schnitte von Organen und Tumoren. Wir haben hier einige sehr alte, sehr wertvolle Kulturen, manche einzigartig. Wir bekommen aus aller Welt Anforderungen.«

»Sie verschicken also Proben?«

»Manchmal tauschen wir auch – wir bieten dies, was habt ihr zu bieten? So nach diesem Muster. Das ist zwischen Forschungslabors durchaus üblich.«

»Haben Sie auch Bakterienkulturen?«

»Etliche.«

»Viren?«

»Einige.«

»Tödliche?«

»Durchaus, darunter einige ganz seltene afrikanische. Die sind in den Behältern mit Vorhängeschlössern. Dazu haben nur Dr. Thorndecker und ich den Schlüssel.«

»Was machen die Leute da?« Ich deutete auf die emsigen Hilfskräfte. »Woran arbeiten sie gerade?«

»Nun, das fragen Sie lieber Dr. Thorndecker. Er wünscht ausdrücklich, Sie mit den laufenden Arbeiten selber vertraut zu machen. Sobald wir hier fertig sind ...«

»Mir reicht es.« Das Forschungslabor in Tätigkeit zu sehen, bedeutete überhaupt nichts. Hätte man mir gesagt, man stelle Nudelsuppe her während man in Wahrheit die Beulenpest ausbrütete, ich hätte den Unterschied nicht bemerkt.

»Jetzt bleibt nur noch der Keller«, sagte Draper.

»Und was gibt es dort zu sehen?«

»Die Versuchstiere. Einen Sezierraum. Das heißt, hauptsächlich für Tierkadaver. An Verstorbenen führen wir nur auf Ersuchen der Angehörigen eine Obduktion aus.«

»Kommt das vor?«

»Manche möchten die genaue Todesursache erfahren. Vor zwei Jahren wurde ein Geistesgestörter obduziert, dessen Witwe wissen wollte, ob seine Krankheit vererbbar ist; sie haben einen Sohn.«

»Und haben Sie das festgestellt?«

»Ja. Auch kommt es vor, daß die Patienten eine Obduktion nach ihrem Tod verlangen und bestimmen, daß die tauglichen Organe an Organbanken vergeben werden – Nieren, Hornhaut der Augen, Herzen und so fort. Das kommt aber nur selten vor, denn unsere Patienten sind meist alt, und ihre Organe daher nicht sehr gefragt.«

Unter solch munteren Reden stiegen wir die Treppe in den Keller hinab. Draper blieb vor einer Stahltür stehen, die überdies gepolstert war, und wandte sich mir zu, augenscheinlich verlegen. Auf seinen Wangen zeigten sich rote Flecke, und er zog eine Grimasse, die seine Zähne sichtbar werden ließ.

»Was wir hier haben, sind meist Mäuse, Hunde, Katzen, Schimpansen und Meerschweinchen«, sagte er.

»Ja, und?« fragte ich, um ihm Mut zu machen.

»Sie sind nicht zufällig ein Gegner der Vivisektion, Mr. Todd?« fragte er nervös.

»Mir ist lieber, es wird an Tieren experimentiert als an mir«, versetzte ich und gab seinen Blick zurück, doch schaute er bereits weg.

Als wir eintraten, begriff ich, warum die Tür gepolstert war. Der große Keller war wie der Alptraum eines Hi-fi-Fanatikers: Quieken, Heulen, Jaulen, Bellen, Brüllen, Röhren. Ich sah mich benommen um.

»Daran gewöhnen Sie sich!« schrie Draper.

»Nie!« brüllte ich zurück.

Wir machten einen raschen Rundgang an den Käfigen vorbei. Der Gestank störte mich weniger als der Lärm. Ich bin in Wahrheit ein sentimentaler Tropf und dachte immer wieder, die eingesperrten Viecher machten diesen Krach nur, weil sie litten und aus ihren Käfigen wollten. Das war zugegebenermaßen wenig objektiv, denn die meisten sahen gut genährt und wohl aus. Ich mag eben keine eingesperrten Tiere sehen, verabscheue zoologische Gärten. Ich sehe mich dann immer selber hinter Käfigstäben und daran ein Schild: »Samuel Todd, Homo Americanus, bewohnt New York City. Eine seltene Gattung, ernährt sich von Wodka-Gimlets und mit Anchovispaste gefüllten Selleriestangen.«

Etliche beschürzte Tierpfleger grinsten uns an. Einer trug Kopfhörer. Vielleicht dienten sie ihm als Schallschutz, vielleicht hörte er Mahlers Fünfte.

Nach all den fauchenden Katzen, heulenden Hunden, blökenden Schimpansen und quiekenden Mäusen war es eine Erlösung, den nächsten, ebenfalls mit einer gepolsterten Tür verschlossenen Raum zu betreten. Auch hier gab es Käfige, doch die darin lebenden Tiere wurden für die laufenden Experimente benutzt und waren vergleichsweise ruhig. Manche lagen auf der Seite, offenbar in einem Dämmerschlaf. Manche trugen Verbände, andere Sensoren am Körper und am Kopf, deren Kabel an Meßgeräte angeschlossen waren.

Und einige – insbesondere ein junger Schimpanse – waren ganz und gar mit Tumoren bedeckt, großen monströsen Geschwülsten, blühendes wildes Fleisch, rot, blau und gelb. Ein Blütenmeer von rohem Gewebe. Es roch fürchterlich.

Der junge Schimpanse war unter diesen tödlichen Blüten kaum zu erkennen, die Geschwüre bedeckten Gliedmaßen, Rumpf und Kopf. Er lag auf dem Rücken, alle viere von sich gestreckt, und atmete mühsam. Ich sah die glänzend schwarzen Augen an die Decke starren.

»Bindegewebskrebs«, erklärte Dr. Draper. »Von den Tieren dieser Testreihe hat er es bislang am längsten ausgehalten.«

»Sie haben ihn also infiziert?« Ich wußte die Antwort schon.

»Ja. Wir prüfen eine Droge, auf die wir große Hoffnungen setzen.«

»Und die Hoffnungen sind nun nicht mehr ganz so groß, wie?«

»Nicht mehr«, sagte er und schrumpfte sichtlich.

Ich kam mir wie ein Schwein vor.

»Verzeihen Sie, Doktor. Ich weiß sehr wohl, daß diese Dinge gemacht werden müssen, ich weiß, wie wichtig sie sind. Bloß zusehen möchte ich dabei nicht.«

»Das verstehe ich gut. Wir alle geben uns Mühe, Distanz zu wahren, Tierpfleger wie Wissenschaftler, aber das gelingt nicht immer. Manchen Tieren geben wir Namen, und wenn sie sterben, trifft uns das, glauben Sie mir.«

»Ich glaube Ihnen.«

Ich schaute noch in den Sezierraum, sah zwei Tische aus rostfreiem Stahl, Spülsteine, Gefäße für herausgenommene Organe. Ungefähr wie in der Küche eines Feinschmeckerlokals.

Wir nahmen den Rückweg durch den Keller mit den Tieren, und ich war froh, draußen zu sein. Das Treppenhaus war erholsam still.

»Danke Ihnen, Dr. Draper. Sie sind gewiß sehr beschäftigt und werden meinetwegen noch Überstunden machen müssen.«

»Es war mir ein Vergnügen.«

Das glaubte ich ihm natürlich nicht.

»Jetzt also soll, wenn ich Sie recht verstanden habe, noch eine Besprechung mit Dr. Thorndecker stattfinden?«

»Richtig.« Er war augenscheinlich sehr befriedigt davon, daß alles gut abgelaufen war und keiner seiner jungen Mitarbeiter mir zum Spaß die Milz eines verseuchten Meerschweinchens unter den Kragen gesteckt hatte. »Ich rufe von hier aus im Pflegeheim an, und wenn Sie denselben Weg zurückgehen, auf dem Sie gekommen sind, nimmt Sie dort jemand in Empfang.«

»Noch einmal: Vielen Dank.« Ich gab ihm die Hand.

Mir schien er ein guter Zweiter Mann, gescheit aber labil, dabei ehrgeizig und besessen von der Idee, ganz nach oben zu kommen. Seine Einstellung zu Thorndecker war ambivalent, ich kam nicht recht dahinter. Seine Arbeit im Crittenden Forschungslabor verrichtete er aber mit offenkundigem Enthusiasmus. Er telefonierte und machte mir auf. Einem Impuls folgend fragte ich ihn: »Sind Sie eigentlich verheiratet?«

Seine Reaktion erinnerte mich an den Computer, den ich im Labor gesehen hatte; Lichter zuckten, Blasen blubberten, Piepser piepsten. Ich konnte beinahe sehen, wie er auszudenken versuchte, ob seine Antwort Reaktionen seitens der Bingham-Stiftung auslösen könnte, und wenn ja, welche.

»Nein«, sagte er schließlich. »Ich bin nicht verheiratet.«

»Ich ebenfalls nicht«, sagte ich, in der Absicht, ihn zu beschwichtigen. Wer weiß, er faßte vielleicht eine Neigung zu mir, nannte mich Sam oder gab mir einen anderen Namen, wie diesen unseligen Tieren, mit denen in der Schreckenskammer experimentiert wurde, die ich soeben besichtigt hatte.

Ich nahm den Plattenweg zurück nach Crittenden Hall. Es war kalt, doch fühlte ich mich plötzlich wie befreit – zum erstenmal allein, und wäre es nur für Minuten. Seit ich gekommen war, hatte ich Begleitung gehabt, und nun schien mir, daß ich auch in den Momenten, als die Beecham Dr. Draper holte, unter Beobachtung gestanden haben könnte.

Über diese paranoide Wandlungen konnte man nur den Kopf schütteln, doch war es wohl unmöglich, nicht auf solche Ideen zu verfallen, wenn man den trostlosen Tag und die brachliegenden Felder um Crittenden in Betracht zog.

Die Hintertür von Crittenden Hall wurde mir von einer kleinen stupsnasigen Schwesternhelferin aufgehalten, die mich den Korridor entlangführte und dem Muskelmann in der weißen Jacke in der Halle übergab. Er sagte mir, Dr. Thorndecker befinde sich in seinem Arbeitszimmer, und winkte mich die Treppe hinauf. Halbwegs oben, bemerkte ich, daß ich da schon von einem beschürzten Dienstmädchen erwartet wurde, und ein Blick nach unten belehrte mich, daß der Muskelmann mich von dort beobachtete. Also konnte von Verfolgungswahn keine Rede sein, man behielt mich im Auge. Jede Minute. Ich sollte nicht auf eigene Faust umherwandern. Ich hätte vielleicht geschlossene Türen geöffnet.

Dr. Thorndeckers Arbeitszimmer machte den Eindruck eines unaufgeräumten Möbelspeichers, Möbel, für Crittenden Hall nicht gut genug, aber zu schade für die Heilsarmee. Nichts paßte zusammen. Ein schäbiger, zerkratzter Schreibtisch, Lampen mit Stoffschirmen samt Perlenfransen, ein großes aber durchgesessenes Sofa, auf dem Boden Stöße von Zeitschriften, teils umgefallen, dazwischen Notizhefte, Spiralblökke und ähnliches. Über dies Durcheinander mußte ich buchstäblich hinwegsteigen.

Thorndecker entschuldigte sich nicht für das Chaos, und ich bewunderte ihn deshalb. Er wies mir einen mit Cretonne bezogenen Sessel an, aus dessen Armlehnen die Federn hervorstachen. Ich setzte mich behutsam hinein, darauf bedacht, nicht von diesen Dingern aufgespießt zu werden. Thorndecker lag mehr in seinem Drehstuhl, als daß er darin saß.

»Hat Ihre Frau dieses Zimmer ebenfalls eingerichtet?« fragte ich höflich.

Er lachte: »Um ganz ehrlich zu sein, so wie es ist, fühle ich mich wohl darin. Es ist mein eigenes Zimmer, meine Zuflucht, wenn Sie so wollen. Hier kommt nie jemand her, ausgenommen die Putzfrau.«

»Etwa alle fünf Jahre einmal, egal ob geputzt werden muß oder nicht?«

Er lachte wieder. Daß ich ihn frotzelte schien ihm zu behagen. Als ich hereinkam, hatte er die Brille abgenommen, doch konnte ich gerade noch feststellen, daß er damit erheblich älter wirkte, nicht älter als vierundfünfzig, aber geradeso alt. Ohne die Brille sah er jünger aus.

Dazu trugen seine Sonnenbräune bei und auch das gute Gebiß, kein künstliches, sondern wohl Jacketkronen. Das Haar war füllig, keine graue Strähne darin, die Wangen straff, auch an Kinn und Hals alles fest und schön gebräunt, die Augen klar und wachsam. Seine Bewegungen schienen geschmeidig, voller Energie. Hätte er sich für vierzig ausgegeben, ich hätte stillschweigend fünf Jahre zugelegt. Aber vierundfünfzig? Das schien ausgeschlossen.

Seine Kleidung trug übrigens auch dazu bei. Rehfarbene Hosen, eine teure Tweedjacke, im offenen Kragen ein gemusterter Schal, an den zierlichen Füßen weiche glänzende Mokassins.

Kurzum, ein flott aussehender Herr. Hörte man seine volltönende Baritonstimme, konnte man sich leicht vorstellen, daß er der chemischen Industrie talentierte junge Leute zum halben Gehalt abwarb. Er besaß Charme, und der wirkte auch, wenn man wußte, daß er ein Kunstprodukt war.

Mir kam plötzlich der Verdacht, nicht nur der Charme, sondern der ganze Mann konnte ein Kunstprodukt sein – das jugendliche Aussehen, die Sonnenbräune, die helle Garderobe, die eher nach Kalifornien paßte, das volle Haar ohne einen Flecken Grau. Das alles mochte ihm von der Natur geschenkt worden sein, ebensowohl konnte es aber auch das Werk künstlicher Bräunung, teurer Zahnärzte, Schönheitsoperateuren und Coiffeuren sein. Und der etwas zu jugendlichen Kleidung. Ich erwartete von Thorndecker nicht, daß er sich anzog wie ein Leichenbitter, aber als jugendlichen Liebhaber gekleidet sah ich ihn auch nicht so gern.

Angenommen, mein Verdacht traf zu, was war dann sein Motiv? Das, was mir zunächst einfiel, genauer das einzige, was mir einfiel, war, daß dieser Nobelpreisträger, dieser hochbegabte Wissenschaftler, dieses Genie alles daransetzte, seiner jungen Frau attraktiv und begehrenswert zu erscheinen. Für sie der gepflegte Körper, für sie die elegante Kleidung. Selbst die hier herrschende Unordnung mochte darauf angelegt sein, ihr zu demonstrieren, daß er über solche Lappalien erhaben war, daß er mit jugendlichem Elan darüber hinwegsehen konnte. Er spielte den Mann, der über sich lachen kann, die originelle Persönlichkeit, das Gegenteil eines altmodischen Greises.

War das nun aberwitzig? Nein, es war einfach menschlich – ich meine, nicht mein Argwohn, sondern Thorndeckers Aufführung. Ich hatte ja am gestrigen Abend mit angesehen, wie blitzartig sein lebhafter Überschwang zerstob, kaum, daß seine Frau den Raum verlassen hatte. Der Mann tat mir mit einemmal leid, und ich fand ihn deshalb nur um so sympathischer.

Er schaute mich prüfend an. »Hat der Anblick der Versuchstiere Sie verstört?«

»Warum fragen Sie?«

»Das ist meist der Fall. Nur geht es nicht ohne.«

»Ich weiß.«

»Ich habe hier einen Cognac – möchten Sie einen Schluck mit mir trinken?«

Ich nickte, und er goß uns aus der Flasche in seinem Schreibtisch ein, in kleine Pappbecher, und wieder hielt er es für unnötig, sich dafür zu entschuldigen. Er nahm eine Zigarette von mir, und wir rauchten.

»Ich würde gern hören, wie Ihr Eindruck ist, Mr. Todd«, begann er. »Ihr ganz persönlicher, oder der, den Sie in Ihrer Eigenschaft als Beauftragter der Stiftung haben, das ist einerlei.«

»Nun, ich will Ihnen nichts vormachen. Was Sie von mir zu hören bekommen ist genau, was ich berichten werde. Das Pflegeheim scheint mir ausgezeichnet geführt. Das hat mit Ihrem eigentlichen Antrag nichts zu tun, es kann Ihnen aber nicht schaden, wenn man weiß, daß Sie ein solches Heim auf exemplarische Weise leiten, sowohl was Unterbringung und Ernährung, als auch was die sozialen Aktivitäten der Heimbewohner und alles übrige betrifft.«

Er sagte mit unveränderter Miene: »Ganz recht – und alles übrige.«

»Ich weiß dank der uns vorliegenden Auskünfte, daß Crittenden Hall einen geringen Überschuß erwirtschaftet, der in das Forschungslabor gesteckt wird – stimmt das?«

Er deutete auf den Haufen Papier vor sich: »Stimmt. Damit beschäftige ich mich heute nachmittag, und deshalb hatte ich auch keine Zeit, Sie selbst zu führen. Ich stecke bis über die Ohren in dem Papierkrieg, der mit der Verwaltung des Pflegeheims zusammenhängt. Selbstverständlich haben wir einen Buchhalter, der kommt einmal im Monat. Aber der tägliche Kram bleibt an mir hängen. Daran bin ich selbst schuld, ich könnte das alles auch Draper, dem Buchhalter oder der Beecham überlassen, doch ich möchte nun mal wissen, wo jeder Pfennig herkommt und wo er bleibt. Aber im Grunde verabscheue ich das, Mr. Todd, ich hasse diesen Papierkram und wäre lieber jede Minute mit Draper im Labor und machte die Arbeit, die mir liegt, und auf die ich mich verstehe.«

Das klang so richtig schön: genialer Wissenschaftler ohne Hang zum Gelderwerb, sondern einzig auf reine Forschung versessen. Zum Wohle der Menschheit. Was bin ich doch für ein zynischer Lump!

»Sie geben mir das Stichwort für meine nächste Frage«, fuhr ich fort. »Um was für eine Arbeit handelt es sich dabei? Ihre Leute im Labor machten allesamt einen sehr enthusiastischen und emsigen Eindruck. Aber womit beschäftigen die sich eigentlich? Ich meine, jetzt? Nicht, wenn und falls Sie die Subvention unserer Stiftung bekommen, sondern im Moment?«

Er lehnte sich zurück, verschränkte die Hände hinterm Kopf und starrte an die Decke, wo der Putz bröckelte. Er verzog das Gesicht flüchtig zu einer Grimasse, es war wie ein Tic, der sofort wieder verschwand.

»Verstehen Sie was von Humanbiologie? Insbesondere von Zellen?« fragte er.

»Nicht viel, aber doch etwas. Ich habe Ihren Antrag gelesen und die Beurteilung unseres Wissenschaftlichen Archivs. Ausgebildeter Naturwissenschaftler bin ich aber nicht.«

»Sagen wir: informierter Laie?«

»Ja, das könnte man sagen.«

»Steht in unserem Antrag etwas, was Sie nicht verstanden haben?«

»Ich glaube, das Wesentliche habe ich begriffen, falls es zutrifft, daß Sie sich für den Vorgang des Alterns interessieren.«

Er senkte langsam den Blick und schaute mich voll an.

»Ja, so könnte man es zusammenfassen. Warum altert der Mensch? Warum verliert die Haut ihre Straffheit, wenn er fünfunddreißig ist? Warum erschlaffen mit den Jahren die Muskeln, läßt die Sehkraft nach? Warum wird er schwerhörig? Warum schrumpft der Penis, werden die Gesäßbacken faltig und verschwinden praktisch? Warum welken die Brüste der Frau, wird ihr Schamhaar spärlich und unansehnlich? Warum verliert der Mann das Haupthaar, werden die Schenkel der Frau runzlig? Warum bilden sich Falten, verändern sich der Muskeltonus und Hautfarbe? Ist Ihnen bekannt, daß manche Menschen tatsächlich schrumpfen? O ja, das kommt vor, Mr. Todd. Sie schrumpfen, und zwar nehmen sie nicht nur an Gewicht ab, das Skelett schrumpft. Von ausfallenden

Zähnen, starkem Auswurf, üblem Hautgeruch, einer Verhärtung der Eingeweide nicht zu reden.«

»Jesus Maria«, unterbrach ich erschrocken, »das alles kann ich kaum erwarten. Geben Sie mir noch einen Cognac?«

Er füllte lachend meinen Becher. Und seinen eigenen, wie ich bemerkte. Wieder überkam ihn der flüchtige Tic, es war, als zucke er unter einem plötzlichen Schmerz zusammen.

»Was ich Ihnen da sage, wissen Sie selbst sehr gut. Sie mögen nur nicht daran denken. Das will niemand. Es bedeutet nämlich Sterblichkeit, und das ist eine schwer zu fassende Vorstellung. Möglicherweise unvorstellbar. Nun hat sich die Wissenschaft sonderbarerweise mit dem Prozeß des Alterns als einem biologischen Phänomen erst in den, sagen wir, letzten fünfzig Jahren ernstlich beschäftigt, Mr. Todd. Wer im Mittelalter das reife Alter von dreißig, vierzig Jahren erreichte, durfte sich glücklich preisen; es gab selbstverständlich auch Alte von, sagen wir, fünfzig oder sechzig Jahren, doch die meisten Menschen starben bei der Geburt oder kurz darauf. Wer überlebte, hatte gute Aussichten, von Krankheiten oder Kriegsereignissen weggerafft zu werden, bevor er erwachsen war. Nun plötzlich, dank der wunderbaren Fortschritte der Medizin, des öffentlichen Gesundheitswesens, verbesserter Ernährung und so fort werden immer mehr Menschen sechzig, siebzig, ja neunzig Jahre alt, und niemand findet es besonders bemerkenswert. Das ist es auch nicht. Bemerkenswert hingegen ist, daß trotz aller Verbesserungen in der ärztlichen Versorgung, der Ernährung, gesünderen Lebensführung und hygienischer Vorkehrungen so wenig Menschen hundert Jahre alt werden. Wie erklären Sie sich das, Mr. Todd?«

»Ich habe keine Ahnung.«

»O doch«, tadelte er mich milde. »Sie wissen, daß alte Leute nicht unbedingt an Krankheiten sterben, an Typhus, Pocken, Pest, TB. Sie verfallen einfach. Nicht nur entwickelt sich der Körper nicht mehr weiter, er hört einfach auf mitzumachen. Das geht nicht von heute auf morgen, es ist ein Prozeß, der beim Gesunden über dreißig oder vierzig Jahre abläuft, doch wir beobachten diesen Vorgang, er ist deutlich zu erkennen an all den Symptomen, die ich vorhin aufzählte. Und wir können dem auf keine Weise Einhalt gebieten. Der menschliche Körper verfällt. Herz, Leber, Magen, Eingeweide, Hirn, Blutkreislauf, Nervensystem – das alles ist einem Prozeß der Rückbildung unterworfen. Der Körper schwindet dahin. Und wenn Sie die Statistiken der Lebensversicherungen lesen, erkennen Sie deutlich eine mathematische Progression. Nach dem dreißigsten Lebensjahr verdoppelt sich die Wahrscheinlichkeit des Sterbens alle sieben Jahre. Wie finden Sie das? Und doch hat sich die Wissenschaft erst vor etwa fünfzig Jahren die Frage gestellt: warum? Warum verfällt der menschliche Körper? Warum geht das Haar aus, wird die Haut runzlig? Die Lebensspanne haben wir verlängert, das stimmt, die meisten Menschen leben länger als während des Mittelalters, doch nun stehen wir vor einer Mauer. Warum werden wir nicht hundert, zweihundert, dreihundert Jahre alt? Das ist unerklärlich. Einerlei, wie sehr wir die Lebensumstände verbessern, irgendwas im Körper des Menschen, in der Gattung Mensch scheint zu befehlen: Bis hierher und nicht weiter. Über die Jahrhundertgrenze können wir offenbar nicht hinaus, Mr. Todd. Es ist schon wahr, hin und wieder schafft jemand noch ein paar Jährchen mehr, doch ganz allgemein scheint hundert für Homo sapiens das äußerste zu sein. Warum aber? Wer oder was zieht hier den Schlußstrich? Etwas in uns? In unserem Körper? Etwas, das bestimmt: Jetzt ist es Zeit zu sterben? Was könnte das sein? Und genau das möchten die enthusiastischen emsigen jungen Leute, die Sie im Labor beobachtet haben, herausbekommen, Mr. Todd.«

Ich gebe zu, er machte Eindruck auf mich. Er sprach so ernst, so eindringlich, lehnte sich gegen mich vor, die Hände auf der Tischplatte verschränkt, daß ich den Blick nicht von ihm wenden konnte, an jedem seiner Worte hing, denn ich glaubte, er werde im nächsten Satz das Wunder der Schöpfung enthüllen und mir könnte was entgehen, paßte ich nicht scharf auf.

Als er eine Pause machte, lehnte ich mich zurück und nahm einen Schluck Cognac. Ich starrte ihn über den Rand des Pappbechers an. Diesmal packte ihn der Tic heftiger als zuvor. Er saß stocksteif, dann lockerte sich der Krampf sichtlich. Daß man dies bemerken könnte, wußte er wohl nicht, denn er erwähnte es mit keiner Silbe und seine Miene blieb unverändert.

»Donnerschlag«, bemerkte ich, »das kann einen schon schwindlig machen, selbst einen informierten Laien. Ich meine jetzt nicht den Cognac. Soll das heißen, die siebzig Jahre der Bibel bedeuten nicht unbedingt die Grenze? Man könnte sie womöglich hinausschieben?«

Er sah mich abwägend an.

»Sie haben eine rasche Auffassungsgabe. Genau das meine ich. Siebzig muß nicht das Ende bedeuten. Nicht, wenn wir herausbekommen, wo die Ursache für diese Grenzziehung liegt. Finden wir die Ursache, können wir sie womöglich in den Griff bekommen, und dann mögen es hundert Jahre werden oder zweihundert. Oder mehr. Soviel wir wollen.«

Das warf mich um, und zwar beinahe buchstäblich. Hätten mich die Armlehnen nicht festgehalten, ich wäre ins Wanken geraten. Nach Lektüre seines Antrages hatte ich angenommen, Thorndecker wolle Geld von der Stiftung, weil er den Born der ewigen Jugend suche und alles, was ich bislang von ihm gesehen hatte, bestärkte mich in dieser Vermutung. Ältlicher Mann – junge Frau. Gepflegter Körper, unpassend jugendliches Gebaren. Gekünstelter Enthusiasmus und die Energie eines Lichtbogens. Das alles war menschlich verständlich.

Begriff ich ihn jetzt aber richtig, so war nicht von einem Jungbrunnen die Rede, davon, uns in die Lage zu versetzen, in fortdauernder Jugend glatthäutig durch blühende Wiesen zu tollen, sondern von Unsterblichkeit – oder jedenfalls von etwas, das dem sehr nahe kam. Ich traute meinen Ohren nicht.

»Lassen Sie mich das bitte rekapitulieren, Dr. Thorndecker, damit kein Irrtum unterläuft ... Sie meinen, es gibt irgendwo in unserem Körper einen Faktor, der das Altern bewirkt. Entdeckt man diesen Faktor – nennen wir ihn mal den X-Faktor –, und lernt man ihn handhaben, modifizieren, könnte man das Lebensalter des Menschen bis ins Unendliche verlängern?«

Er legte die Füße auf den Tisch und nippte am Cognac. Dann nickte er.

»Genau das wollte ich sagen.«

Ich lehnte mich zurück, zündete eine Zigarette an, schlug die

Beine übereinander. Ansehen konnte ich ihn nicht, denn ich fürchtete, ich würde aus dem Fenster springen, sollte er sagen: »Springen Sie mal eben aus dem Fenster.«

Ich kann gar nicht beschreiben, wie überzeugend dieser Mensch wirkte. Das lag nicht nur an seiner Erscheinung, der eindrucksvollen Stimme, dem festen Blick, sondern mehr noch daran, daß er den Anschein erweckte, er lege ein persönliches Bekenntnis ab, enthülle ein Geheimnis, das er tief im Herzen bewahrte, eines, das er außer mir noch nie jemandem offenbart hatte und mir nur darum, weil er glaubte, ich werde ihn verstehen. Es war so ergreifend wie eine geflüsterte Liebeserklärung und ebenso unwiderstehlich.

»Gesetzt den Fall«, brachte ich endlich fertig zu fragen, »ich nehme Ihnen diese Theorie ab, derzufolge im menschlichen Körper ein Agens vorhanden ist, das die Lebensdauer bestimmt – denn es ist doch wohl nur eine Theorie?«

»Selbstverständlich. Allerdings untermauert durch gesicherte Statistiken.«

»Also gut. Gesetzt den Fall, ich nehme Ihnen diese Theorie ab – was könnte dann der X-Faktor sein?«

»Sie haben meinen Antrag gelesen und sind über meine wissenschaftliche Laufbahn orientiert?«

»Ja.«

»Dann wissen Sie auch, daß ich vermute, der X-Faktor, wie Sie ihn nennen, muß in der Zelle zu finden sein. In den Zellen des menschlichen Körpers.«

»In den Keimzellen? In den Geschlechtszellen?«

»Nein. Wir arbeiten derzeit mit den Zellen von Haut, Lunge, Herz.«

»Warum ausgerechnet mit Zellen? Der X-Faktor könnte doch auch eine Erbanlage sein?«

Er lächelte glasig.

»Sie sind wirklich ein informierter Laie. Es stimmt, viele tüchtige, auf diesem Gebiet tätige Forscher nehmen an, daß das Altern genetische Ursachen hat, daß die Lebensdauer der Gattung, überhaupt aller Arten, von einer genetischen Uhr bestimmt wird.«

»Das leuchtet doch auch ein«, pflichtete ich bei. »Falls meine

Vorfahren achtzig und neunzig Jahre alt geworden sind, besteht Aussicht, daß auch ich so alt werde – Unfälle und ähnliches mal ausgenommen. Jedenfalls gehen die Lebensversicherungsgesellschaften davon aus.«

»Denkbar wäre es«, gab er zu, »und die Vererbungsforscher vermuten das auch. Der X-Faktor mag in der DNA enthalten sein und die Dauer eines jeden Menschenlebens bestimmen. Was aber, wenn man den in der DNA enthaltenen X-Faktor isolieren könnte?«

Ich schüttelte den Kopf. »Jetzt kann ich Ihnen nicht mehr folgen. Sie sprachen davon, den X-Faktor zu manipulieren, falls man ihn in den menschlichen Zellen isolieren kann. Warum könnte man nicht das gleiche tun, falls er ein Teil des genetischen Code ist? Angeblich sind doch Genverbindungen heutzutage der letzte Schrei?«

»Stimmt. Sie sind der letzte Schrei«, sagte er, ohne eine Miene zu verziehen, »aber womit sollte man in diesem Fall den X-Faktor verbinden? Angenommen, Sie isolieren das Alterungsgen – wollen Sie es mit dem der Schildkröte verbinden? Die wird hundert oder hundertfünfzig Jahre alt, wie Sie wissen. Mein Sohn Edward würde dazu sagen: ›Na und?‹ Ich meine damit, Mr. Todd, Genverbindungen bieten nicht mehr als die Möglichkeit, die Lebensspanne um, sagen wir, die Hälfte zu verlängern. Ich finde, meine Zellentheorie hat wesentlich mehr zu bieten. Sehr viel mehr. Sie fragen, ob es sich um reine Theorie handelt, und ich antworte, ja. Fragen Sie, ob die Zellentheorie des Alterns vielversprechend ist, so antworte ich Ihnen, einiges deutet darauf hin, daß der X-Faktor sich in den Zellen des menschlichen Körpers findet, nur entdeckt ist er bislang nicht. Fragen Sie, ob ich außer meiner Überzeugung, daß der X-Faktor entdeckt, isoliert und manipuliert werden kann noch anderes vorzuweisen habe, dann sage ich Ihnen ganz offen: Nein, ich habe einzig diese meine Überzeugung.«

Ich holte tief Luft.

»Ich weiß Ihre Offenheit zu würdigen, Dr. Thorndecker. Warum nur haben Sie das alles nicht in Ihrem Antrag ausgeführt? Warum stützen Sie den ausschließlich darauf, daß Sie die Zellen menschlicher Embryos elektromagnetischen Strahlungen aussetzen wollen?«

»Zum ersten, weil das zutrifft. Bei unseren Bemühungen, den X-Faktor zu isolieren, werden wir genau dies tun. Zum zweiten hätte die Bingham-Stiftung meinen Antrag unweigerlich in den Papierkorb geschmissen, hätte ich ihn damit begründet, daß ich den Menschen unsterblich machen will. Oder?«

»Sie kennen die Antwort darauf. Hätten Sie dargelegt, weshalb Sie die Subvention in Wahrheit beantragen, wäre ich nicht hier.«

»Sehen Sie.«

Ich staunte ihn an.

»Warum aber verraten Sie mir das dann jetzt? Befürchten Sie nicht, daß ich meine Zelte abbreche und heimfahre?«

»Damit muß ich rechnen. Sie können Ihren Auftraggebern berichten, daß ich die Stiftung irregeführt habe. Das ist nicht der Fall, doch meine Begründung war nicht ganz so umfassend, wie sie hätte sein können, das gebe ich zu. Aber zutreffend ist sie. Sie enthält keine Irreführung.«

Ich starrte das eindrucksvolle, ernste Gesicht ein Weilchen an. »Sie ziehen da eine sehr feine Grenze. Und Sie legen ein Geständnis ab. Sind Sie meiner so sicher?« Ich staunte immer noch.

»Das bin ich nicht im mindesten«, entgegnete er, eine Spur gereizt. »Ich halte Sie bloß für einen gescheiten Menschen. Ich mache Ihnen ein Kompliment, indem ich Sie nicht zu täuschen versuche. Sie können Ihren Vorgesetzten über unser Gespräch berichten oder nicht, das bleibt ganz Ihnen überlassen.«

»Ihnen ist es einerlei?«

»Mr. Todd, mir ist es ganz und gar nicht einerlei, im Gegenteil. Für mich wäre der Zuschuß der Stiftung ein wahrer Segen, ja, ich muß ihn unbedingt haben! Daß dieses Geld auch für Coburn ein Segen wäre, wissen Sie. Aber wie schon gesagt, die Entscheidung liegt bei Ihnen.«

Ich leerte den Pappbecher und stemmte mich aus dem Sessel.

»Sie sind also davon überzeugt, daß der X-Faktor, der das Altern verursacht, nicht im genetischen Code zu suchen ist, sondern in den Zellen?«

Er lächelte offen: »Ich bin überzeugt davon. Außer mir aber niemand.«

»Dr. Thorndecker, Sie sagten vorhin, es gebe handfeste Statistiken, die ihre Vermutung erhärten?«

»Stimmt. Die gibt es.«

»Könnte ich die sehen?«

»Selbstverständlich. Sie sind nicht nur in meinen eigenen Arbeiten enthalten, sondern auch in denen anderer Forscher auf diesem Gebiet. Ich lasse das Material gern für sie zusammenstellen. In ein, zwei Tagen können Sie es haben.«

»Gut. Bis dahin lassen wir die Sache mal ruhen. Sie haben mir heute genügend Stoff zum Nachdenken geliefert.«

Er begleitete mich bis zur Treppe, eine Hand auf meiner Schulter und munter plaudernd. Er hielt mich förmlich auf, redete Belanglosigkeiten, und ich fragte mich: wozu das? Dann sah ich, daß er verstohlen nach unten blickte und richtig, dort erschien jetzt der Muskelmann in der weißen Jacke. Thorndekker ließ mich los, schüttelte mir die Hand, sagte, wie sehr ihn unser Palaver gefreut habe – dies sein eigener Ausdruck – und schenkte mir sein charmantes Lächeln. Dagegen wurde ich allmählich unempfindlich; Charme nutzt sich nach einer Weile ab; wird man ihm länger ausgesetzt, gleicht das einer Zwangsernährung mit großen Mengen Schokolade.

Ich schlenderte die Treppe hinab, nahm Hut und Mantel entgegen, wurde zum Hause hinausgeleitet.

Einen Moment blieb ich vor der Haustür stehen, schnallte den Gürtel zu, schlug den Kragen hoch. Dieser Tag wurde mehr und mehr gespenstisch; nun ging auch noch kalter Sprühregen nieder, und weiße Nebelschwaden zogen vom Strom herauf.

Da vernahm ich plötzlich ein unheimliches Röcheln, kehrte mich diesem Geräusch zu, aus dem nun plötzlich ein Hufschlag wurde, hörte ein Pferd wiehern, und aus dem Sprühregen tauchte Julie Thorndecker auf, rasch trabend, auf einem großen braunen Wallach. Sie ritt auf mich zu, und ich wich erschreckt ein paar Schritte zurück, denn das Pferd ging mit stieren Augen auf mich los. Sie beruhigte es, tätschelte seinen Hals, redete ihm zu, und ich trat vorsichtig näher.

Offenbar war Julie galoppiert, denn das Tier dampfte mächtig, sein Atem war eine weiße Wolke. Auch schien es vom Galopp noch ganz erregt, denn es konnte nicht stillhalten, bewegte die Hufe, den Kopf. Mrs. Thorndecker indessen fuhr fort, ihm zuzusprechen, und saß unerschütterlich auf ihrem englischen Sattel. Ein wahrer Satan von Gaul, jedenfalls aus meiner Sicht: Er wirkte riesenhaft, der Hals ein Muskelpaket, das Maul voller Zähne, groß wie Klaviertasten.

Julie trug braune Reitstiefel, eine Reithose aus Whipcord, ein cremefarbiges Flanellhemd, Wildlederjacke, Handschuhe. Um den Hals einen rotseidenen Schal, der einzige Farbfleck in dieser düsteren Szenerie. Ihr Kopf war bloß, der Nieselregen hatte ihr Haar durchnäßt.

Noch ehe ich sagen konnte: »Guten Tag, beißt er?« glitt sie aus dem Sattel und kam federnd neben mir auf die Füße. Sie zog dem Gaul die Zügel über den Kopf und wickelte sie um die Hand.

»Reiten Sie oft im Regen aus?« fragte ich.

»Es regnet nicht, es ist bloß feucht. Sobald der Boden gefriert, reite ich nicht mehr. Heute war es besonders schön.«

»Freut mich zu hören.«

»Das Pferd muß sich abkühlen. Gehen Sie ein paar Schritte mit?«

»Gern, vorausgesetzt, Sie halten sich zwischen mir und dem Gaul.«

»Fürchten Sie sich vor Pferden?«

»Liebe Dame, ich fürchte mich vor Pudeln.«

Und so schlenderten wir denn los, das große Pferd hinter uns wie ein Leibwächter.

»Hat sich ihr Besuch gelohnt?« fragte sie.

Ich hatte die kehlige, fast vibrierende spröde Stimme nicht vergessen, die alles zu versprechen schien, was ein Mann sich wünschen kann und mehr. Mir wurde warm unter dem Trenchcoat.

»Ihr Hut gefällt mir«, bemerkte sie.

»Freut mich.« Ich tippte an die Krempe. »Er kommt aus Irland, ist also wohl mit solchem Wetter vertraut. Wie lange dauert es, bis die Bestie sich abgekühlt hat?«

»Nur ein paar Minuten. Langweilen Sie sich schon mit mir?«

»Nein, nie!« schwor ich.

Sie lachte, ein tiefes gurrendes Lachen.

»Wie reizend Sie das sagen.«

»Ich bin auch reizend«, bestätigte ich.

Mir kam es vor, als bewegten wir uns auf einem schmalen Weg; der Boden war offenbar harter Lehm. Beiderseits schwammen im Nebel die schwarzen Stämme kahler Bäume, deren Äste ineinander griffen. Es war als ginge man in einem Tunnel aus Dunst, alles grau in grau.

»Hat sich ihr Besuch gelohnt?« wiederholte sie ihre Frage.

»Sehr.«

»Das freut mich. Sie haben auch mit meinem Mann gesprochen?«

»Ja, lange. Es war eine anregende Unterhaltung.«

»Gut. Dann wird er mir vielleicht verzeihen.«

Ich schaute sie an. »Ihnen? Wofür?«

»Dafür, daß ich Ronnie Goodfellow zu Ihrem Empfang geschickt habe. Es war nämlich ich, die ihn geschickt hat, und zwar aus lautersten Motiven.«

»Das bezweifle ich nicht.«

»Haben Sie sich etwa geärgert?«

Sie blieb stehen, ich blieb stehen, das Pferd blieb stehen. Sie legte eine Hand auf meinen Arm, trat einen halben Schritt näher, sah zu mir auf.

»Das wird Telford doch nicht schaden?« flüsterte sie. »Ich meine, unsere Aussichten, die Subvention zu bekommen, haben sich doch nicht verschlechtert, bloß weil ich Ronnie zu Ihnen geschickt habe?«

Das junge Gesicht war so feucht wie mein eigenes, ich sehe noch die silbrigen Tropfen an ihren langen schwarzen Wimpern. Ihre Wangen waren vom Reiten gerötet, die üppigen Lippen schienen stets ein wenig geöffnet, erwartungsvoll. Sie wirkte ganz und gar willfährig und voll Verlangen. Nur die Augen nicht. Die Augen glichen nassen Steinen.

Warum kommt sie dir nur so besonders verletzlich vor, trotz dieser Augen? fragte ich mich. Es muß an der Stimme liegen, an der Knabenfigur, an der Wärme ihrer Hand auf deinem Arm, an ihrer lockeren, entspannten Haltung, an dem Eindruck, sie sei bereit, sich zu verschenken.

»Selbstverständlich nicht. So schlimm war das nun nicht. Goodfellow gefällt mir übrigens gut. Keine Sorge also.«

»Tausend Dank«, hauchte sie. »Ich fühle mich sehr erleichtert.«

Sie kam noch einen halben Schritt näher. »Sie müssen verstehen, das ist alles sehr wichtig für uns, für mich, für Telford.«

Hätte sie mich in diesem Moment angeschaut, mit den Wimpern geklimpert und gemurmelt: »Ich bin bereit, alles zu tun, damit wir das Geld bekommen – buchstäblich alles«, ich hätte wohl laut herausgelacht. So dick trug sie nun aber doch nicht auf. Nur die warme Hand auf meinem Arm, die zwei halben Schritte auf mich zu, die Intimität des nahen Beieinanders im windigen Dunst, die schattenhaften Bäume, das dampfende Pferd, das hinter uns schnaubte und ungeduldig zu stampfen begann.

Wir kehrten um, gingen minutenlang schweigend. Sie zerrte mit beiden Fäusten an den Zügeln, bis der Kopf des Gauls ihr praktisch über die Schulter schaute, langte nach oben und streichelte die samtenen Nüstern.

»Du Lieber«, sagte sie dabei, »du Lieber.«

Meinte sie den Gaul oder mich? Mir kam vor, ich könnte glücklich sein, falls sie mich meinte.

Wir waren nicht mehr weit vom Haus, als wir »Julie! Julie« rufen hörten. Es war fast ein Wehgeschrei, gedämpft vom Nebel und der Entfernung. Wir blieben stehen. Es schien von überall zugleich zu rufen: »Julie! Julie!« Wir schauten uns um, um festzustellen, woher gerufen wurde. »Julie! Julie!« Das klang schon lauter.

Dann erschien Edward Thorndecker, erst als schwankendes Dunstgebilde, dann als dunkler Umriß, schließlich deutlich zu erkennen, keuchend, außer Atem, stemmte er die Hände in die Hüften und glotzte uns vorwurfsvoll an.

»Wo warst du nur?« verlangte er von seiner Stiefmutter zu

wissen. »Du müßtest längst von diesem Ausritt zurück sein! Ich habe mir entsetzliche Sorgen gemacht, ich dachte schon, du bist abgeworfen worden, verletzt, tot vielleicht! Julie, du mußt unbedingt –«

»Edward«, unterbrach sie ihn liebevoll und legte eine Hand auf seinen Arm (ebendieselbe, die bislang auf meinem gelegen hatte!). »Sag Mr. Todd guten Tag.«

»Tag, Mr. Todd«, nuschelte er, ohne sich die Mühe zu machen, mich anzusehen. »Du ahnst nicht, wie besorgt ich war, Julie, ich war drauf und dran, die Polizei zu alarmieren!«

»Ach wirklich, Lieber?« Sie lachte kehlig. »Wenn du die Polizei alarmieren wolltest, mußt du wirklich schon sehr besorgt gewesen sein.«

Das war wohl ein nur ihnen beiden bekannter Scherz, denn sie lachten, er anfangs widerstrebend, dann hemmungslos. Der Witz entging mir, doch fand ich Gelegenheit, Edward näher zu betrachten.

Er trug Internatskleidung: dunkelblauer Blazer zu grauer Hose, schwarze Halbschuhe, schwarzer Strickschlips. Keinen Mantel, nichts auf dem Kopf. Er war ein wunderschöner Knabe, die glatten Wangen vom Lauf gerötet, ein Funkeln in den klaren blauen Augen. Und die Locken glänzten von Feuchtigkeit.

»Julie, ich muß unbedingt mit dir reden. Weißt du, was Vater –«

Sie beugte sich vor und drückte einen behandschuhten Finger auf seine Lippen. Hätte sie das mit mir gemacht, ich wäre – ach, was soll's.

Sie lächelte mit dem Munde, aber nicht mit den Augen. »Still, Edward, wir haben einen Gast, und kleine Familienkrisen interessieren Mr. Todd nicht. Sie entschuldigen uns bitte?«

Beide schauten mich an, er zum erstenmal. Da keiner von beiden von der Stelle wich, schloß ich, daß ich aufgefordert wurde, mich zu trollen.

»Aber selbstverständlich.« Ich lüftete den durchnäßten irischen Hut. »Mrs. Thorndecker. Edward. Leben Sie wohl.«

Ich setzte den Hut wieder auf, machte kehrt, stapfte von dannen, meinem Wagen entgegen, fest entschlossen, mich nicht umzusehen. Der Entschluß hielt ganze zwanzig Schritte vor, dann schaute ich mich um.

Ich sah sie, wenn auch nicht deutlich. Sie standen im ziehenden Nebel von den Bäumen mit den ineinandergreifenden kahlen Ästen wie eingerahmt. Die Gestalten schienen zu schwanken. Ich rieb die Augen, in der Hoffnung, schärfer zu sehen, doch wurde das Bild nicht klar. Schatten und Dunst. Und doch kam es mir vor, als hielten sie einander umschlungen. Eng umschlungen.

Unterwegs nach Coburn hielt ich an, ließ Motor und Heizung laufen. Ein Fenster kurbelte ich weit genug herunter, um nicht in den langen Schlag ohne Ende zu fallen. Ich setzte eine Zigarette in Brand und grübelte. Darin bin ich gut. Keine Schlußfolgerungen, bloß einfach grübeln. In diesem Fall war es ein rechter Mischmasch: objektive Urteile über meine Eindrücke von Dingen, die ich beobachtet hatte, vermischt mit subjektiv gefärbten Erinnerungen an leicht geöffnete Lippen, eng anliegendes, silbrig schimmerndes Haar, kehliges Lachen, lockere, anschmiegsame Bewegungen.

Und Schlußfolgerungen? Das würden Sie nie raten. Festzustehen schien einzig, daß Al Coburn ein weiser alter Kauz war. Er hatte vermutet, daß Julie Thorndecker den Konstabler auf mich angesetzt hatte, und damit lag er richtig. Ergebnis: Pflege die Beziehungen zu Al Coburn und profitiere von weiteren Einsichten, die der alte Knabe womöglich noch von sich gibt.

Im übrigen: totales Chaos. Aber wer das nicht erträgt, sollte kein Schnüffler sein. Hat man Glück, schälen sich im Laufe der Zeit Motive, Querverbindungen, Handlungen heraus und bekommen Sinn. Das muß kein logischer Sinn sein, ich habe schließlich mit Menschen zu tun, und wer wagt zu behaupten, daß Menschen logisch handeln? Ich nicht. Und ich habe da meine Erfahrungen mit mir gemacht.

Eines allerdings konnte und mußte ich klarstellen. Ich drückte die Zigarette aus, warf den Stummel in den einsetzenden Schneeregen und fuhr nach Coburn. Es war jetzt etwa halb fünf und ich hoffte, noch rechtzeitig vor Dienstschluß anzukommen.

Dies gelang, wenn auch knapp. Arthur Merchant hatte

recht, als er sagte, das Bürgerhaus sei keine Attraktion für Touristen. Ein Ziegelbau, der schon bröckelte, dem Grundriß nach etwa eine Eierkiste. Im Erdgeschoß nach vorne raus hauste die Feuerwehr, nach hinten raus die Polizei. Im Oberstock war das Rathaus, ein einziges großes Büro. An der Mauer eine Bronzeplakette mit der Inschrift: *Erbaut 1936 unter dem Arbeitsbeschaffungsprogramm des Präsidenten Franklin D. Roosevelt.* Es sollte sich doch wohl ein loyaler Demokrat finden, der das Ding in die Luft sprengte!

Ich erklomm die staubige Holztreppe. Die Treppenhauswand wies hohe schmale Fenster auf, die einen prächtigen Ausblick auf die vernagelten Schaufenster des Supermarktes boten. Die Treppe endete vor einer Milchglastür mit der Aufschrift: *oburn ity all.* Die Schrift war schwarze Ölfarbe und dauerhaft; die Großbuchstaben waren vermutlich ehedem in Blattgold ausgeführt worden und im Laufe der Zeit abgeblättert.

In dem riesigen Büro saß eine ältliche Person, die aus einer mächtigen Sprühdose Gift auf ihre Frisur spritzte.

»Geschlossen!« schrie sie mir durch die Weite des Büros zu.

Ich schaute umständlich auf die Uhr.

»Das werden Sie mir doch nicht antun?« lächelte ich gewinnend. »Sie müssen erst noch ihr wunderhübsches Haar besprühen, dann die Nägel polieren, mit Ihren Freundinnen telefonieren, und es ist erst viertel vor fünf. Was ich vorhabe, dauert keine zwei Minuten, ich schwöre es. Drei im Höchstfall und äußerstenfalls fünf. Sehen Sie mich an – ich komme von weither, ein müder Reisender, der dringend eine Auskunft braucht. Sie bringen es doch nicht übers Herz, mich abzuweisen?«

Ich entschuldigte mich für dieses Bla-bla nicht.

»Haben Sie was mit Grundstücken zu tun? Der Kataster ist drüben links, und wenn Sie –«

»Nein, nein, es ist alles viel trauriger. Vergangene Nacht ist mein Onkel hier gestorben, der Ärmste, und ich brauche seine Sterbeurkunde in mehreren Ausfertigungen. Sie wissen schon – Versicherung, Bank, Finanzamt und so weiter. Zehn Stück im ganzen ungefähr.

»Bedauere!« schrie sie mir zu – wir standen immer noch meilenweit entfernt voneinander, »aber Sterbeurkunden bekommen Sie nur auf dem Bezirksgericht. Dort gibt es feuersichere Aktenschränke.«

»Ach«, machte ich niedergeschlagen. »Immerhin – vielen Dank.«

»Örtliche Todesfälle haben wir hier selbstverständlich auch registriert, aber nur Fotokopien. Da, rechts von Ihnen in der Schublade, zwischen PLEITEN und UNAUFFINDBARE SCHULDNER.«

»Darf ich mal eben einen Blick hineinwerfen, Madam? Nur, um ganz sicher zu gehen, daß es eine Akte über meinen Onkel gibt?« fragte ich höflich.

»Meinethalben. Ich muß noch telefonieren, anschließend mache ich zu. Trödeln Sie also nicht.«

»Nur eine Minute«, versprach ich.

Sie nahm den Hörer ab, und ich zog die Schublade TODESFÄLLE auf. Petersens fotokopierter Totenschein war leicht gefunden, er lag obenauf. Chester K. Petersen, 72 Jahre alt, letzter Wohnort Crittenden Hall. Unterzeichnet von Dr. Draper.

Was ich suchte, war die Todesursache, und da stand sie schon. Herzkongestion.

Ich warf einen Blick auf die Blauhaarige – sie kicherte ins Telefon. Mit äußerster Schnelligkeit prüfte ich die Sterbeurkunden der letzten zwei Jahre. Dreiundzwanzig betrafen Bewohner von Crittenden Hall, alle unterzeichnet entweder von Dr. Kenneth Draper oder anderen Ärzten – wohl den Hausärzten des Pflegeheimes.

Item: Im Vorjahr waren sechs Urkunden ausgestellt worden, von vier verschiedenen Ärzten, darunter Draper. Todesursachen unterschiedlicher Art.

Item: Von den achtzehn Sterbeurkunden des laufenden Jahres, darunter die von Petersen, waren vierzehn von Draper ausgestellt, vier von anderen Ärzten.

Item: Von diesen vierzehn gaben elf Herzkongestion als Todesursache an. Ein Tod entfiel auf akuten Alkoholismus, einer auf Emphysem, einer auf Leukämie.

Auf keiner einzigen Sterbeurkunde stand der Name Thorndeckers.

»Erledigt?« fragte die Blauhaarige.

»Ja, tausend Dank.«

»Haben Sie gefunden, was Sie suchten?«

Ich grinste nur, winkte, machte, daß ich rauskam. Hatte ich gefunden, was ich suchte? – Was suchte ich?

Auf der Fahrt zum Coburn Inn fielen mir wörtlich meine Frage und Stella Beechams Antwort ein.

Ich: »Woran ist Petersen gestorben?«

Sie: »Unterleibskrebs. Nicht zu operieren. Chemotherapie hat nicht angeschlagen.«

Irgendwer log da, die Beecham oder Draper, der ja als Todesursache Herzkongestion angegeben hatte.

Und all die anderen Sterbeurkunden ...

Ich brauchte was zu trinken.

Das schien auf die halbe Stadt zuzutreffen, denn an der Bar standen die Kunden drei Reihen tief, sämtliche Nischen waren besetzt. Ich setzte mich an einen der kleinen Tische, bekam den gehetzten Kellner lange genug zu fassen, um Wodka-Gimlet und Kartoffelchips zu bestellen, dazu Käsecreme zum Einstippen. Mein Hirn war in Aufruhr, sollte der Magen es besser haben?

Ich war ganz mit meinem Glas und den Chips beschäftigt, als jemand atemlos fragte:

»He, Sie, zahlen Sie einem durstigen Mädchen einen Drink?«

Ich stemmte mich in die Höhe.

»Ah, Millie.« Ich erstickte fast an meinen Chips. »Jederzeit. Setzen Sie sich. Was wollen Sie?«

»Wie immer: Chivas Regal und 7-Up.«

Ich glaubte, sie merkte nicht, wie es mich schüttelte. Ich rief dem vorbeieilenden Kellner die Bestellung zu und sah mich dann nervös um. Ich lasse mich nicht gern mit der Angetrauten eines Polypen in der Öffentlichkeit sehen, was nichts mit Moral zu tun hat, es geht nur ums Überleben. Zum Glück lief im Fernsehen über der Bar ein alter Film mit John Wayne, und die meisten Gäste waren abgelenkt.

»Keine Sorge«, lachte Millie. »Ronnie hat heute zwölf Stunden Dienst, bis früh um vier.«

Ich schaute sie mit Hochachtung an und änderte mal wieder

mein Urteil über sie. Ich schob ihr das Schüsselchen mit der Käsecreme hin, und sie langte kräftig zu.

»Außerdem ist es ihm scheißegal, mit wem ich einen trinke«, fuhr sie fort.

»Auch wird es ihn gewiß freuen, wenn er hört, daß Sie mir den Aufenthalt in Coburn angenehm machen; er möchte, daß ich mich so recht wohlfühle.«

Sie strahlte: »Trage ich wirklich was dazu bei?«

»Und wie! Das Zelt, das Sie da anhaben, ist zauberhaft.«

Sie sah an ihrem geblümten Muumu herunter.

»Finden Sie? Dieses alte Ding? Zeigen tut es nicht gerade viel –«

»Deshalb ist es ja gerade so aufregend. Alles bleibt der Phantasie überlassen.«

Sie lehnte sich vor und flüsterte: »Wissen Sie, was ich da drunter trage?«

Ich wußte es, brachte es aber nicht über mich, ihr die Freude zu verderben.

»Was?«

»Bloß Parfüm!« rief sie, ließ sich zurückfallen und lachte wie eine Irre.

Ihr Drink wurde gebracht, und sie nahm einen großen Schluck, immer noch prustend vor Lachen. Dabei konnte ich sie eingehender betrachten.

Das Gesicht wirkte älter als die Figur. Fältchen um die Augen und in den Mundwinkeln. Unter dem dick aufgetragenen Make-up sah die Haut müde aus und schwammig. Auf ihrem Gesicht stand so etwas wie *Beinahe besiegt*. Der Hals indessen war kräftig und glatt, der Busen stach aggressiv hervor, die Handrücken waren fleckenlos. Der Körper jedenfalls war alles andere als besiegt.

»Wo wohnen Sie und Ronnie eigentlich?« fragte ich müßig.

»Draußen auf dem Fort Peabody Drive«, antwortete sie verstimmt, »auf halbem Weg zur Hölle.«

Ich dachte einen Moment nach.

»Richtung Crittenden Hall?«

»Ganz recht. Sozusagen nebendran«, sagte sie säuerlich. »Der Zaun ist unsere hintere Grundstücksgrenze.«

»Und was steht drauf? Haus? Hof? Wohnwagen?«

»Ein Trümmerhaufen. Wir wohnen in einem Trümmerhaufen. Kann ich noch was zu trinken haben?«

Ich bestellte für uns beide.

»Sagen Sie mal, Millie, wo gehen die anständigen Bürger von Coburn hin, wenn sie mal richtig einen draufmachen möchten? Die wollen doch nicht immer bloß Fernsehen?«

»Oh, da gibt es schon Lokale.« Sie belebte sich. »Fernfahrerkneipen. An der alten Poststraße nach Albany. Nichts besonderes, aber sie haben Musikautomaten, und es wird getanzt. Manchmal spielt samstags auch eine Band in Bettys Red Dog.«

»Bettys Red Dog?«

»Hmm. Weil, die hat über der Einfahrt einen Pudel, in roten Leuchtröhren. Da ist ziemlich was los, massenhaft Fernfahrer. Aber man kann sich toll amüsieren.«

Sie schaute mich erwartungsvoll an, doch mir war jetzt nicht nach so was. Für Betty und ihren roten Pudel war ich nicht betrunken genug.

»Erzählen Sie mal, wo Sie so in New York hingehen.«

Ich sagte nicht, wo ich hingehe, das hätte sie sterbenslangweilig gefunden, sondern erzählte, was sie gern hören wollte, beschrieb teure Lokale, Kneipen, die von Swingern besucht werden, Diskos, Cafés, wo man im Freien sitzt, Strandrestaurants, Bars, in denen man jemand aufgabeln kann oder sich aufgabeln läßt.

Ihr Gesicht wurde jünger und sehnsüchtig. Sie fragte eifrig, wollte wissen, was die Frauen tragen, wie sie sich benehmen, was es kostet, in New York zu leben, wie man eine Wohnung findet, einen Job.

»Wäre das nichts für mich?« fragte sie.

Ich hätte am liebsten geweint.

»Sie könnten sich da schon wohlfühlen, vielleicht nicht gerade jede Minute am Tage. New York kann sehr einsam sein, aber ja, Sie könnten sich amüsieren.«

»Nee, das endet bloß damit, daß ich auf die Straße gehe«, sagte sie kummervoll.«

Wieder eine Offenbarung. Millie war keineswegs dumm.

Ich hatte sie unterschätzt. Die Clownmaske und das Hurenkostüm, das sie trug, als ich sie zum erstenmal sah, hatten mich irregeführt. Sie mochte nicht übermäßig intelligent sein, aber sie war gewitzt genug zu wissen, wer sie war und was sie war.

In Coburn stellte sie was vor; man kaufte bei ihr Zigarren und Zigaretten, Zeitschriften und Zeitungen, bloß um mit ihr herumzublödeln, um sich die hübschesten Lungenflügel westlich des Hudson anzusehen, zu flirten und zu träumen. Millie, die femme fatale von Coburn. Keine geringere Sehenswürdigkeit als der Ort, wo der Spion erschossen worden war, die Klippe, von der Liebespaare in den Tod sprangen. In New York hingegen würde sie sich auf der Eights Avenue verkaufen müssen, in Konkurrenz mit Fünfzehnjährigen aus Minneapolis, und das war ihr klar.

Sie wußte es, doch bedeutete das nicht das Ende ihrer Träume, ihrer Phantasien. Die wilde, irre, lärmende, gewalttätige Stadt zog sie an, lockte, verführte. Wie könnte man sich dort amüsieren!

Die Bar leerte sich, die Kunden gingen mißmutig heim auf die Farm, in die Wohnung, was weiß ich wohin. Mehrere Nischen waren unbesetzt.

»Essen Sie doch mit mir, Millie, ich habe es allmählich satt, allein zu essen und –«

»Aber gern. Wir können gleich hier essen, okay? Angeblich ist der Hackbraten heute abend besonders gut.«

Das war er wirklich. Ich glaube, es war eine Mischung aus Schwein, Rind und Lamm, sehr saftig, gerade richtig gewürzt. Dazu gab es gebackene Kartoffeln, die anschließend frittiert waren. Spinat in Sahnesauce, zum Nachtisch warmen Apfelkuchen mit Vanilleeis. Sollte der Fall Thorndecker sich in die Länge ziehen, würde ich eine komplette neue Garderobe brauchen, drei Nummern größer.

Zum Essen tranken wir Rotwein, zum Kaffee einen Brandy. Millie Goodfellow stützte das Kinn in die Hände und lächelte selig, und ich gebe zu, ich fühlte mich etwa so, wie sie aussah: ermattet, befriedigt, freundlich gestimmt. Die Erinnerung an elf Herzkongestionen in Crittenden Hall kam mir in den Sinn und verflüchtigte sich so schnell, wie sie gekommen war.

»Sie sagten vorhin, Sie hätten Lust, nach New York zu ziehen. Mit Ihrem Mann oder allein?«

»Ja, glauben Sie etwa, der könnte sich je von diesem Dreckloch trennen?« fragte sie empört. »Dem gefällt es hier.«

»Nun ja, er ist hier schließlich daheim. Er sagte, seine Familie lebt hier schon seit Generationen.«

»Das ist aber nicht der Grund, weshalb er hier kleben bleibt«, deutete sie geheimnisvoll an.

»Ach nein. Was sonst könnte es sein?«

Mit Zeigefingern und Daumen deutete sie eine karoförmige Öffnung an, schaute darauf und dann mich an.

»Sie verstehen?«

»Ich glaube, ich verstehe«, sagte ich.

Wir saßen einander an einem jener Nischentische gegenüber, und die karierte Tischdecke reichte beinahe bis zum Fußboden. Milli rutschte etwas hin und her, und bevor ich mich's versah, fühlte ich ihren bestrumpften Fuß im Schoß.

»Guten Tag«, strahlte sie mich an.

»Ah ... heda!« ich umfaßte ihren Knöchel, nicht leidenschaftlich, sondern angstvoll. Ein kräftiger Tritt, und ich hätte für den Rest meiner Tage Sopran gesungen.

»Also das hält ihn hier fest?« fragte ich.

Sie blinzelte mir zu.

»Das haben Sie gesagt, nicht ich.«

»Lassen Sie mich raten. Julie Thorndecker?«

Sie blinzelte wieder.

»Auf den Kopf gefallen sind Sie nicht. Die hält ihn in Trance. Er ist unentwegt scharf auf sie, läuft ihr mit hängender Zunge hinterher, und macht noch andere Sachen, die eine Dame einfach nicht aussprechen darf. Er kann nicht mehr denken. Spielt den Laufburschen für sie. Er springt glatt in den Fluß, wenn sie es verlangt. Verrückt ist er nach ihr. Bei Tag und Nacht treibt er sich da draußen rum. Ich glaube, sie machen es in seinem Streifenwagen, vielleicht auch bei uns daheim, wenn ich auf Arbeit bin. Bestimmt macht sie das besonders geil: meinen Mann in meinem eigenen Bett vögeln.«

»Sie wissen das genau, Millie?«

»Klar weiß ich das«, versetzte sie schroff. »Aber Sie glauben doch nicht etwa, ich mache mir was draus? Es ist nämlich richtig komisch.«

»Was ist komisch?«

»Komisch ist, daß er meint, er ist der einzige, aber er ist bloß einer von vielen. Die läßt sich von allen aufs Kreuz legen, was Hosen trägt. Womöglich sogar von Agatha Binder, diesem kessen Vater, oder dem Waschlappen Edward, ihrem Stiefsohn. Überraschen täte mich das nicht. Ich sage Ihnen, Konstabler Ronald H. Goodfellow dürfte eines Tages ein rauhes Erwachen beschert sein. O ja. Und das macht mir nicht soooo viel. Kratzen tut mich was ganz anderes.«

»Und das wäre?«

»Kratzen tut mich, daß ich den schlechten Ruf habe, daß alle sagen, ich treibe mich rum, betrüge meinen Mann mit jedem Fernfahrer und Vertreter, der hier durchkommt. So denken die Leute von mir, während sie als die feine Dame gilt, Gattin des großen Wissenschaftlers, die Erste Dame von Coburn. Dabei ist sie nichts als eine heiße Hündin; die übervögelt mich jederzeit drei zu eins. Ich heure mir einen Privatdetektiv an und lasse die beiden fotografieren – splitterfasernackt, wenn sie so richtig im Gange sind. Dann lasse ich mich von Ronnie scheiden, und ihr Bild kommt in alle Zeitungen.«

»Nein, Millie«, ermahnte ich sie. »Das werden Sie nicht tun.«

»Nein«, stimmte sie stumpf zu, »ich tue es nicht. Ich kann nicht. Weil Ronnie, der weiß alles über mich. Namen und Ort und Zeit, das hat er alles in seinem elenden kleinen Notizbuch. Er weiß alles von mir, und ich alles von ihm. – Mann, was ist denn aus unserem lustigen Beisammensein geworden?« Ihr bestrumpfter Fuß klopfte einen schnellen Wirbel auf meinen Hoden. »Komm, wir gehen auf deine Bude. Du zeigst mir, wie es in New York gemacht wird, und ich zeige dir, wie es in Coburn geht.«

»Und wie geht's in Coburn?«

»In der Hängematte, im Stehen.«

»Ach«, lachte ich. »Ich weiß nicht mal, wie's in New York gemacht wird. Da leben lauter Impotente. Du mußt mich entschuldigen, Millie, ich schätze dein gütiges Anerbieten, aber ich bin erledigt, reichlich angetrunken und möchte dich nicht enttäuschen. Ein anderes Mal. Wenn ich wirklich in Form bin.«

Die Zehen gruben tiefer.

»Versprichst du es?« hauchte sie.

»Ich verspreche es.«

Ich zahlte, wir sammelten unsere Sachen ein, ich begleitete sie zu ihrem Ford auf dem Parkplatz. Sie war ganz hübsch besäuselt, ging aber aufrecht und redete zusammenhängend, also glaubte ich ihr, als sie sagte, sie komme gut allein nach Hause.

»Ich bin praktisch stocknüchtern und es kann sein, daß ich noch bei Betty im Red Dog reinsehe. Vielleicht ist da heute abend was los.«

»Bitte, tu das nicht, Millie«, drängte ich, »fahr nach Haus, geh schlafen und träum von mir. Ich gehe auch gleich rauf und träume von dir. Wir werden wunderbar voneinander träumen.«

»Okay, machen wir es so. Du bist so süß, ich könnte dich fressen. Komm, setz dich einen Moment zu mir, bis die Heizung geht.«

Sie zog mich neben sich auf den Sitz, ließ den Motor und die Heizung laufen. Ich tastete nach einer Zigarette, doch schon fiel sie über mich her, stülpte ihren Mund über meinen, und ihre Zunge suchte nach meinen Plomben.

Ich wußte, daß ich dies nicht meinen männlichen Reizen zu danken hatte, nicht einmal ihrer Begierde, sondern sie fühlte sich einsam, elend und verletzt. Es war die reine Verzweiflung, und die konnte sie nur ertragen, indem sie sich an einen warmen Körper schmiegte, einen beliebigen Körper. Und ich war nun mal am nächsten.

Sie keuchte: »Halt mich fest, bitte halt mich bloß fest.«

Ich umfaßte sie und hoffte, sie zöge Trost daraus. Sie nahm meine Hand und führte sie unter den Mantel, unter das zeltähnliche Kleid und wirklich, sie trug darunter nichts als Parfüm. Ich fühlte einen glatten Schenkel, gegen den sie meine Hand drückte. Ich ließ sie reglos dort liegen, und sie schloß die Augen.

»Ach, wie süß das ist«, wisperte sie, »so süß.«

»Ja. Millie, ich muß –«

»Weiß ich doch«, sie ließ meine Hand los und lächelte tapfer. »Du mußt gehen. Okay. Bleibst du noch eine Weile hier?«

»Mindestens noch einige Tage.«

»Wir treffen uns doch?« fragte sie drängend.

»Ganz gewiß.«

»Du, was ich da über Julie Thorndecker gesagt habe – das ist alles Quatsch. Kein Wort wahr. Sie ist so schön, und ich bin bloß eifersüchtig.«

»Und jung ist sie auch«, sagte ich, Idiot der ich bin.

»Ja«, stimmte sie fast unhörbar zu. »Jung ist sie auch.«

Ich küßte ihre Wange und stieg aus. Ich winkte ihr nach, als sie in die Main Street einbog, doch hat sie das, glaube ich, nicht gesehen. Ich hoffte, sie werde nicht bei Betty im Red Dog halt machen. Ich hoffte, es werde ihr nichts zustoßen. Ich hoffte, sie könnte noch glücklich werden. Ich hoffte, ich wachte am folgenden Morgen ohne Kater auf. Ich hoffte, wenn ich sterbe, komme ich in den Himmel.

Und wußte, aus alledem wird nichts.

Also ging ich in die Bar zurück und trank zwei Brandy, denn ich dachte, die beruhigen den Magen und du brauchst keine Tabletten. Irgendwas ließ mir keine Ruhe. Eine Erinnerung plagte mich, ohne daß ich sagen konnte, welche. Mit Thorndeckers hatte sie nichts zu tun, eher schon mit Millie.

Es dauerte eine Stunde, bevor mir einfiel, was es war. Ich hockte auf dem Bett, die Stiefel und eine Socke am Boden, und da traf es mich. Benommen saß ich da, eine Socke in der Hand. Die Erinnerung lähmte mich, das heißt, nicht die Erinnerung selbst, sondern der Umstand, daß ich geglaubt hatte, der Vorgang werde sich mir unvergeßlich einprägen, geradezu mein Leben ändern. Und nun brauchte ich eine Stunde, ihn ins Bewußtsein zu holen. Soviel zum Schnee vom vergangenen Jahr ...

Geschehen war folgendes: Vor etwa zwei Jahren – meine Beziehung zu Joan Powell war gerade in einer besonders guten Phase – hatte ich in Gary, Indiana zu tun, nicht gerade Amerikas Blumenparadies.

Es gab dort eine zweitklassige technische Hochschule, und

einer der Dozenten hatte einen sehr bescheidenen Zuschuß bei uns beantragt. Sein Spezialgebiet war Sonnenenergie, und er beschäftigte sich mit Solarzellen. Das sind Blöcke aus Arsenmetallverbindungen, die Sonnenlicht direkt in Elektrizität umwandeln. Die Dinger, die in der Raumfahrt verwendet wurden, waren ungeheuer kostspielig und nicht sehr effektiv.

Der Professor behauptete, eine Methode der Energieumwandlung entwickelt zu haben, die für die halben Kosten von fossilem Brennstoff erheblich mehr Energie liefere als dieser. Nun verstand nicht nur ich nichts von seinen mathematischen Arbeiten und Diagrammen, sondern auch das Wissenschaftliche Archiv, das sein Projekt prüfte, erklärte sich geschlagen: »Die hier dargelegte Theorie basiert auf einer absolut neuen Auffassung des Problems, und nirgendwo findet sich Material, auf Grund dessen die Vorschläge des Antragstellers gebilligt oder verworfen werden können.« Anders ausgedrückt: »Wir haben leider keine Ahnung.«

Lifschultz berichtete, der Professor sei in jeder Hinsicht ein kleiner Mann. Kleine Lebensversicherung, kleine Hypothek, kleines Bankguthaben, kleine Raten fürs Auto, kleine Anlage in Wertpapieren. Ein Jedermann.

Donner & Stern wußten ebenfalls kaum etwas zu berichten: der Professor war seit sechsundzwanzig Jahren verheiratet, hatte zwei Kinder im College, fuhr einen fünf Jahre alten Wagen, trank nicht, spielte nicht, jagte keine Schürzen, war Nachbarn und Kollegen eine Spur rätselhaft, höflich, zurückhaltend, ohne nähere Freunde, und hatte nur ein Laster: er spielte in einem örtlichen Streichquartett von Amateuren die Bratsche.

Ich besuchte ihn also in Gary, und es war ziemlich schlimm. Er hatte sich daheim im Keller ein Labor eingerichtet, das mir vorkam wie eine simple Bastelstube. Reden tat er kaum, seine pummelige Frau war noch stiller. Ich entsinne mich, daß ich Erdbeerwein vorgesetzt bekam und dazu kleine Stücke scheußliches Konfekt.

Mir kam er vor wie der typische Verlierer – alles um ihn hatte diesen Anstrich –, und ich vermute, das war aus meinem Bericht herauszulesen. Sein Antrag wurde jedenfalls abgelehnt, und er bekam dies in einem höflichen Bescheid mitgeteilt.

Ein paar Tage später erschoß er sich in seinem Bastelkeller.

Ich weiß nicht, warum mich das so mitgenommen hat. Der Antrag war ja nicht bloß aufgrund meines Berichtes abgelehnt worden; jeder, der damit zu tun hatte, war wenig begeistert gewesen, und doch konnte ich mich nicht von dem Gedanken freimachen, daß es meine Schuld sei. Ich hatte ihn umgebracht. Wäre ich ein kleines bißchen freundlicher gewesen, teilnehmender, verständnisvoller, er hätte seine lächerlich geringe Subvention bekommen und seine verflixte Erfindung hätte sich womöglich als Weltwunder erwiesen. Vielleicht war der Bursche ein zweiter Edison. Aber das würde man nun nicht mehr erfahren.

Nachdem ich von seinem Tod gehört hatte, ging ich abends mit Joan zum Essen in die West 55th Street in ein Lokal, das auf norditalienische Küche spezialisiert ist. Meist fand ich das Essen hier besonders gut, aber an jenem Abend schmeckte alles wie Pappe. Powell kennt meine Stimmungen besser als ihre eigenen, und sie fragte, was los sei. Ich erzählte also vom Selbstmord des Professors in Gary.

»Und sag jetzt nicht, ich kann nichts dafür«, warnte ich sie. »Sag nicht, ich habe keinen logischen Grund, mir Vorwürfe zu machen. Logik ist bei mir heute abend nicht drin.«

»Ich wollte dir auch keine empfehlen.«

»Das geht weit über Logik hinaus, es ist völlig irrational, ich weiß das, bloß komme ich mir vor wie ein Scheißkerl, so ist das.«

»Mußt du unbedingt solche Ausdrücke gebrauchen?«

»Tust du das etwa nicht?«

»Nicht beim Essen«, versetzte sie von oben herab. »Alles zu seiner Zeit und an seinem Ort.«

Ich stocherte im Essen und sie starrte mich an.

»Es geht dir wirklich nahe, Todd, wie?«

Ich ächzte. »Er war ein so trübseliger Schlumpf, ein kleiner Mann. Seine Frau so unansehnlich. Ich meine, sie hatte nichts, nichts, keinen Humor, keine Persönlichkeit, nicht mal gut aussehen taten sie. Meinst du nicht, daß das mein Urteil beeinflußt hat?«

»Sehr wahrscheinlich.«

»Schöner Trost.«

»Willst du meinen Rat oder mein Mitgefühl?«

»Keines von beiden. Fünf Minuten Ruhe ist alles, was ich will.«

»Fick dir bloß nicht ins Knie«, sagte sie.

»Mußt du solche Ausdrücke gebrauchen?«

»Ich sage doch, alles zu seiner Zeit und an seinem Ort.«

»Was soll ich bloß machen, Powell?«

»Machen kannst du nichts, es ist alles schon gemacht.«

»Wie lange, glaubst du, werde ich mich so beschissen fühlen? Den Rest meiner Tage?«

»Na, sagen wir eine Woche. Kann sein, einen Monat. Es geht vorüber.«

Gescheit war sie ja.

»Was du auch redest«, knurrte ich. »Los, laß uns gehen.«

»Wohin?«

»Egal, aber raus hier.«

»Meinethalben. Aber du schuldest mir ein halbes Kalbschnitzel mit Parmesan.«

»Setz es auf meine Rechnung.«

»Da steht schon eine Menge drauf, Freundchen, ich weiß nicht, ob du noch Kredit hast.«

In besserer Stimmung hätte ich den Abend genossen: später September, milde Luft, die aber schon den kommenden Frost ahnen ließ. Wie lange wir fuhren, weiß ich nicht mehr, mag sein eine Stunde – nein, bestimmt länger.

Über die Washington Bridge, dann zurück zur Battery, nicht gerade eine geruhsame, bukolische Ausfahrt, doch der dichte Verkehr lenkte mich ab. Ich glaube nicht, daß wir auf dieser Fahrt ein dutzend Worte wechselten. Immerhin saß sie neben mir, schweigend. Das half.

Wir sahen eine Fähre nach Staten Island anlegen und wieder ablegen – das ist so interessant wie Gras wachsen sehen. Dann fuhr ich zur East, wo Powell wohnt, in einem jener absurd hohen luxuriösen Appartementhäuser, die aussehen wie Hospitäler, Bürotürme oder auch bloß ein vierzig Stockwerke hoher Aktenschrank.

Es gibt zwei Tiefgaragen dort. Powell hat keinen Wagen, kann auch nicht fahren – doch überredete ich sie, einen Abstellplatz zu mieten, als wir uns immer häufiger sahen und ich oft bei ihr in der Wohnung blieb, auch übers Wochenende. Die fünfzig Piepen im Monat zahle ich mit Vergnügen, denn so brauchte ich nicht dauernd die ganze Umgebung nach einem Parkplatz abzugrasen. Und meine Radkappen waren einigermaßen sicher.

Unser Abstellplatz war in der untersten Garage, es war als parke man im Lincoln Tunnel. Ein gespenstischer Ort – Kreise grellen Lichtes wechselten mit Tümpeln schwärzester Dunkelheit. Autos, schwer, blinkend, lautlos. Betonsäulen, Ölflecke. Ich stellte den Motor ab, wir rauchten und waren sehr allein.

Noch einmal kaute ich alles durch. Der unselige Professor. Sein verrücktes Projekt. Die mausgraue Gattin. Der Erdbeerwein und das scheußliche Konfekt. Der Bastelkeller. Mein Nichtbegreifen, als er mir seine Gleichungen vortrug, seine Geräte demonstrierte, einen elektrischen Ventilator mit Strom laufen ließ, den eine 100-Wattbirne erzeugte, deren Licht auf eine weiße, glasartige Substanz fiel. Joan Powell ließ mich reden. Sie saß in ihre Ecke gelehnt, die Arme vor der Brust verschränkt, denn hier unten war es kühl. Die Zigarette verbrannte ihr fast die Lippen, sie hatte den Kopf zurückgelegt, damit der aufsteigende Rauch ihr nicht ins Auge biß. Kein einziges Wort sagte sie, während ich meinen Klagegesang anstimmte, meine Schuld bekannte.

Als ich geendet hatte, wartete ich auf ihre Reaktion. Nichts.

»Na?«

»Weißt du, was du jetzt brauchst?« fragte sie.

»Was?«

»Einen erstklassigen Fick.«

»Nun hör sich einer die Dame an«, sagte ich empört.

Wir drückten die Zigaretten aus, wandten uns einander zu. Powell schaute mich fest an, und in ihrem Gesicht sah ich etwas, was ich so noch nie wahrgenommen hatte: Kraft und Verständnis und ruhiges Hinnehmen. Mag sein, vor Gott und dem Gesetz sind alle Menschen gleich, doch gibt es Qualitätsunterschiede. Der menschliche Charakter reicht vom Lumpen bis zum Heiligen, und zum erstenmal wurde mir klar, daß ich es mit einer überlegenen Persönlichkeit zu tun hatte.

Und weil ich das so deutlich empfand, daß es mir schon peinlich war, wollte ich unbedingt eine schnoddrige Bemerkung machen. Die brachte ich aber nicht heraus, sie blieb mir im Halse stecken, und statt dessen fing ich an zu heulen. Ich bitte deshalb nicht um Nachsicht, es hatte sich vorbereitet, seit ich wußte, der Professor war tot, und ich trauerte nicht nur um ihn, sondern um all die kleinen Leute weit und breit, die geborenen Verlierer um uns alle.

Powell nahm mich in die Arme und hielt mich fest, während ich schluchzend alles das sagen wollte, aber nicht konnte.

»Sch, sch, sch«, machte sie. »Sch, sch.«

Sie strich mir übers Haar, küßte meine Finger, meine Lippen. Sie hielt mich so, bis ich aufhörte zu zittern, meinen Kopf an ihrer warmen Brust. Sie wiegte mich wie eine Mutter ihren Säugling, sie roch gut, warm und duftend, ich stupste die Nase in ihren Ausschnitt, küßte die weiche Haut.

Das alles geschah sehr langsam, und nach einer Weile auch lautlos. Ich hatte das Empfinden – und ich glaube, auch sie –, daß wir auf der Welt allein wären, eingeschlossen in ein Auto in einer Tiefgarage, über uns das erdrückende Gewicht des Gebäudes, unter uns der ganze Erdball. Wir waren in einem Sarg in einer Kaverne in einem Bergwerk. Nie zuvor hatte ich eine so umfassende süße Abgeschiedenheit verspürt.

Und auch nie eine derartige Nähe, auch nicht nackt auf durchschwitztem Laken. Wortlos öffneten wir uns füreinander. Ich fühlte die Strömung zwischen uns; Joans Kraft mischte sich in meine Angst, und sie nahm wohl etwas von meinem Schmerz in sich auf. So teilend, verringerten wir das Leid, und als ich sie küßte, war es fast, als küßte ich mich selber. Ein sonderbares Erlebnis, aber so war es. Sie war ich und ich war sie. Es war der Friede. Anders kann ich es nicht ausdrücken: es war der vollendete Friede.

Nun ja, zwei Jahre war das jetzt her, und damals war ich überzeugt, diese Erfahrung werde mein Leben ändern, ich würde hinfort lieb und sanft sein, voller Verständnis und Güte. Selbstverständlich änderte ich mich nicht. Schon tags darauf war ich der Scheißkerl, der ich immer bin, eine Woche später hatte ich den toten Professor vergessen, und noch eine Woche später, auch die Stunde vollendeten Friedens mit Joan Powell in der Tiefgarage, als wir weiter nichts taten als einander im Arm halten und teilen. Falls ich überhaupt daran dachte, so nur, um mich zu fragen, weshalb wir nicht gevögelt hatten?

Nun also, hier auf dem Hotelbett in Coburn, kam diese Erinnerung zurück und ich wußte auch wieso: In den wenigen Augenblicken mit Millie Goodfellow im Wagen hatte ich etwas Ähnliches verspürt, das alles andere ausschließende Gefühl der Nähe, als wären wir die letzten überlebenden Menschen, die sich gegenseitig behüten und trösten.

Daß ich mich als der Tröster gefühlt hatte, war Selbsttäuschung, auch sie hatte mir Trost gespendet, und als ich ihr nachwinkte, die Rücklichter im Dunkeln verschwinden sah, wurde ich traurig. Denn nun war ich ganz allein mit mir. Und ich fürchtete mich.

Ich weiß auch weshalb. Das alles hatte mit Thorndecker zu tun. Ich hörte den Namen im Orgelton am Tage des Gerichtes: »Thorn-dek-ker! Thorn-dek-ker!« Dumpf wie ein Glockenton. Und auch noch als ich im Bett lag, ungeduldig den Schlaf herbeisehnte, hörte ich diesen gedehnten Grabgesang, sah einen dunklen Trauerkondukt über gefrorenen Boden dahinwallen.

DER VIERTE TAG

Ich erwachte mit einem Ruck, starrte an die Decke, wo der Putz Risse hatte, und fragte mich, wie lange ich mich eigentlich schon in Coburn vergraben hatte?

Ein typischer Fall von schöpferischer Krise. So ist das immer; bei jeder Überprüfung häufen sich Tatsachen und Beobachtungen, die nicht zueinander passen wollen, es ist ein totaler Wirrwarr, und man täte nichts lieber, als sich unbekümmert pfeifend davonstehlen und eine abgezogene Handgranate hinter sich werfen. Man macht die Tür zu und – Wum – alles geht hoch.

Ich starrte mich mürrisch im Badezimmerspiegel an und wußte, die Untersuchung Thorndecker hat kein Happy-End. Das bekümmerte mich, denn keiner der Betroffenen war mir unsympathisch. Leute wie die Beecham und der Bankier Merchant ließen mich kalt, doch die meisten anderen waren mir sympathisch, mindestens erkannte ich in ihnen fehlbare Menschen in den Klauen eines Geschickes, dem sie nicht zu entrinnen vermochten.

Ausgenommen Dr. Telford Gordon Thorndecker. Den konnte ich nicht als schlichtes Opfer sehen. Dieser Mensch war Herr seiner Seele, soviel stand denn doch fest. Seine Motive allerdings waren undurchsichtig. Ich dachte an das Abendessen bei ihm – waren diese jugendliche Lebhaftigkeit, dieser Überschwang gespielt? Und spielte er in seinem Arbeitszimmer den ernsten, hingebungsvollen Forscher, gerieben wie ein Politiker, insgeheim entzückt über seine Fähigkeit, andere zu manipulieren? Wer von diesen beiden war der echte Thorndecker? Oder gab es noch einen und noch und noch einen? Lauter Spielkarten, Bube, Dame, König und endlich der Joker?

Ich nahm eine Dusche, rasierte mich, zog mich an und verspürte die allergrößte Lust Joan Powell anzurufen, diese vollkommene Frau. Es würde mir schon reichen, sie »Hallo?« sagen zu hören, sprechen wollte ich gar nicht unbedingt mit ihr. Selbstverständlich tat ich es nicht, und ich erwähne es auch nur, um zu zeigen, in welchem Zustand ich mich befand. Noch war ich nicht ganz vom Baum gefallen, ich schwang noch an einem Ast.

Sam Livingston beförderte mich in seinem jämmerlichen Fahrstuhl abwärts. Wir murmelten Begrüßungen, augenscheinlich waren wir alle beide schlecht gelaunt. Hätte ich ihm ein fröhliches »guten Morgen, Sam« entboten, er hätte mir in die Eier getreten, und hätte er mir einen »schönen sonnigen Tag« angedient, ich hätte ihn mit einem Karateschlag hinters linke Ohr erlegt. Zum Glück begnügten wir uns mit einem Knurren. So ein Morgen war das.

Millie Goodfellow stand an ihrem Zigarrentresen, und es freute mich zu sehen, daß sie noch am Leben war. Heute trug sie wieder eines ihrer Nuttenkostüme, gerüschte Bluse mit einem Ausschnitt, der den Nabel freiließ, breiter schwarzer Ledergurt, kurzer Rock, da, wo bei uns der Hosenschlitz ist, mit einem Lederriemen verschnürt. Dazu sehr dunkle Sonnengläser.

Ich kaufte Zigaretten von ihr, die ich nicht brauchte.

»Heute ganz inkognito, Millie?« erkundigte ich mich lässig.

Sie schob die Sonnenbrille in die Stirn und ich bemerkte das Veilchen. Da hatte sie sich ja hübsch eine gefangen. Der Puder, den sie aufgetragen hatte, konnte das Schwarz, Purpur und Gelb der Schwellung nicht verdecken.

»Sehr hübsch. Hast du dir das in Bettys Red Dog geholt?«

»Nein.« Sie rückte die Brille wieder zurecht. »Hausgemacht. Ich hab ihm gesagt, was ich von ihm und seiner feinen Dame halte.«

Ich mochte davon nichts hören, was war hier Lüge, was Wahrheit? Und an diesem erbärmlichen Morgen wollte ich es nicht wissen.

»Na, wir sehen uns später«, sagte ich bloß und trollte mich.

»Du hast doch dein Versprechen nicht vergessen?« flüsterte sie und packte dabei meinen Arm. Ich hatte es nicht vergessen, aber das war gestern abend gewesen, in einer ganz anderen Stimmung, als ich noch nicht wußte, daß ihr Mann gewalttätig war.

»Wie?« fragte ich und spielte den Ahnungslosen. »Ach, das. Nein, ich hab's nicht vergessen.«

Ich starrte dabei in dunkles Glas, ohne die Augen erkennen zu können, und war mehr denn je entschlossen, sobald wie möglich in die zivilisierte Welt zurückzukehren.

Ich verzehrte wieder ein mächtiges Frühstück, Kraftfutter für den Landmann, diesmal samt Pfannkuchen und Schweinswürstchen. Was das meinem Cholesterinspiegel antat, ahnte ich nicht, doch ich nahm mir vor, sogleich nach der Rückkehr in die Stadt mit einer Diät zu beginnen, regelmäßig Leibesübungen zu machen, einem Sportclub beizutreten. Mein Magen würde wieder hart werden wie ein Brett, meine Wangen rosig erglühen. Hört man denn nie auf, sich was vorzumachen?

Auf dem Weg nach draußen schlug ich einen Haken durch die Bar. Jimmy stand an seinen Zapfhähnen, sonst war niemand zu sehen, und doch rief mich eine krächzende Stimme: »Heda, Sie, Todd!« Al Coburn saß einsam an einem Nischentisch, vor sich ein Bier. Ich trat heran.

»Haben Sie was dagegen, wenn ich Ihnen Gesellschaft leiste, Mr. Coburn?«

»Das ist nicht verboten.« Eine so liebenswürdige Einladung war mir bislang noch nicht zuteil geworden. Ich rutschte also neben ihn, rief Jimmy, deutete auf Coburns Bier und hielt zwei Finger hoch. Während wir auf das Bier warteten, fragte ich: »Wie sieht's draußen aus? Scheint etwa die Sonne?«

»Irgendwo bestimmt.«

Damit war dieses Thema erledigt. Ich stierte ihn an. Wer je kahles Land nach einer Dürre gesehen hat, ein trockenes Flußbett oder ein leeres Wasserreservoir, der kann sich ein Bild von Als Gesicht machen, nichts als Falten und Runzeln, wie mit dem Messer eingeschnitten, Fleisch ohne Saft.

Die ausgewaschenen blauen Augen allerdings blickten alles andere als saftlos, vielmehr war einem, als schaue man von einer karibischen Insel ins Meer. Je länger man hinsah, desto tiefer drang der Blick, und man gewahrte huschende Schatten, gerinnende Formen, endlich den reinen, kühlen Boden. Etliche Muscheln, hier und da harte Korallen.

Mag sein, die Schweinswürstchen gaben mir keine Ruhe, jedenfalls war mir unbehaglich. Offenbar steckte auch hinter Al Coburn mehr, als ich vermutet hatte, ebenso wie Millie Goodfellow mehr war als bloß eine frustrierte Hausfrau, die Emma Bovary von Coburn. Ähnliches mochte auch auf Agathe Binder zutreffen, die Arthur Merchant, den Konstabler Goodfellow, auf die Beecham und Mr. Draper, mit einem Wort auf alle.

Ich gab mich womöglich einem fatalen Irrtum hin, der mir diese Gestalten – ausgenommen immer Dr. Thorndecker – als zweidimensional erscheinen ließ, als Stereotypen, als Pappfiguren. Doch je länger ich mich hier aufhielt, je tiefer ich schürfte, desto mehr kam ihre dritte Dimension zum Vorschein. Ich gewahrte Hinweise auf versteckte Motive, auf geheime Leidenschaften. Daß in diesem Provinznest Charaktere lebten, die zwar nicht ganz an die Gestalten der griechischen Tragödie heranreichten, aber doch wesentlich subtiler waren als alles, was einem im Fernsehen geboten wurde, war schon ein umwerfender Gedanke.

Wir schlürften unser Bier und schauten einander lauernd an.

»Na, wie kommen Sie voran?« fragte Al schließlich krächzend.

»Womit?«

Er glotzte angeekelt.

»Spiel nicht mit mir, Kleiner. Mit Thorndecker natürlich, was sonst?« grollte er.

»Ah das. Nun, es geht. Ich rede mit den Leuten, höre dies und das.«

Er leerte grunzend sein Glas und griff nach dem frischen. »Dem geht's gut auf meinem Land. Einen schönen Laden hat er da.«

»Dem Anschein nach recht profitabel, ganz recht«, stimmte ich widerwillig zu. »Ich habe mir alles angesehen!«

»Glauben Sie.«

»Was wollen Sie damit sagen?«

»Die Welt bleibt keinen Moment stehen, bloß weil einer stirbt«, bemerkte er.

Ich schüttelte verwirrt den Kopf, griff nach einem Strohhalm, der aber keiner war.

»Reden Sie von Petersen?«

»Von wem?«

»Chester K. Petersen.«

»Nie gehört.«

»Na, dann nicht. Ich kann Ihnen nicht folgen«, seufzte ich.

Wir tranken ein Weilchen schweigend. Er starrte wütend in sein Bier, knurrte das Glas an. Was für ein streitsüchtiger Greis! Ich sah ihn schweigend an, entschlossen, nicht meinerseits noch einmal das Gespräch aufzunehmen. Hatte er was zu sagen, sollte er es gefälligst tun.

»Noch einer?« fragte er schließlich.

»Petersen? Was heißt da, noch einer?«

»Herzversagen?«

»Er starb an Herzkongestion.«

»Behauptet wer?«

»Der Totenschein.«

Er lächelte mich an, und einem solchen Lächeln möchte ich nicht wieder begegnen: Kaufhausgebiß und bleiche Lippen. Ein Skelett hätte wärmer lächeln können.

»So, Sie glauben also, was auf dem Totenschein steht?«

Ich bin kein Einzelfall, ich weiß im Gegenteil sehr gut, daß die Frage: »Sie glauben also, was in der Zeitung steht?« für einen Amerikaner zu den schwersten Beleidigungen zählt, und Coburns Frage tat die gleiche Wirkung. Ich wehrte reflexhaft ab: »Ah ... nein, ... keinesfalls ... durchaus nicht.«

»Ich erzähle Ihnen mal was.«

Ich winkte noch zwei Gläser Bier herbei, machte es mir bequem auf der Bank, denn zu verlieren hatte ich nichts außer meinen Verstand.

»Ich kannte mal einen gewissen Scoggins, Ernie Scoggins. Jugendfreund von mir. Seine Eltern hatten unten am Fluß 'ne Sägemühle, aber die ging später pleite. Einen Eisschuppen hatten sie übrigens auch, das war noch vor den Kühlschränken. Sägemehl war ja reichlich vorhanden. Sägten die Blöcke aus dem Loonsee raus, packten Sackleinwand drauf und Sägemehl. Ernie und ich, wir haben da als Kinder im Sommer Eissplitter geklaut und gelutscht. Wir waren schon zwei Nummern, wir beide ...«

Ich fühlte, wie meine Augen starr wurden, und hätte gern gebrüllt! »Los, mach endlich!«, aber Al Coburn gehörte nicht zu den Leuten, die man antreiben kann, der würde einfach das Maul zuklappen, und ich würde nie erfahren, was er mir erzählen wollte. Also ließ ich ihn drauflosschwatzen.

»Ernie war ein Pechvogel. Sein Sohn fiel in Korea, die beiden Töchter machten sich aus dem Staub. Die Frau starb ihm im gleichen Jahr wie meine Martha, und damit hatten wir noch was gemeinsam. Na, wie ich schon sage, die Sägemühle geht pleite, das Eisgeschäft natürlich auch, und Ernie versucht dies und das, bloß alles geht ihm schief. Probiert es mit 'ner Farm, und prompt verhagelt ihm die Ernte. Dann so 'n Geschäft mit Haushaltswaren, aber da macht er auch pleite. Das Geld, was er noch hat, steckt er in Grundstücke in Florida, aber die stehn unter Wasser.«

»Pech«, sagte ich und wiederholte damit nur, was er selber schon gesagt hatte, aber nun widersprach er.

»Kann sein, aber Ernie war eben nicht sehr helle. Manchmal wußte er das selber. Da oben hatte er nicht viel drin. Aber er war ein guter Freund, das können Sie mir glauben. Der Beste. Letztes Hemd und so. Immer fidel. Kannte jede Menge Witze und immer ein gutes Wort für jeden. Überall beliebt, das wird Ihnen jeder bestätigen. Ernie Scoggins ...«

Er verstummte, schaute grübelnd in sein Bierglas. Ich nahm das als einen Wink und bat Jimmy, noch zwei zu bringen.

»Und was ist nun mit Ernie Scoggins?« fragte ich, »wo steckt er?«

Coburn antwortete erst, als Jimmy die Gläser gebracht hatte und wieder abgezogen war.

»Das weiß ich eben nicht«, flüsterte er dann heiser. »Seit einem Monat hab' ich ihn nicht mehr gesehen.«

»Tot?«

Er warf einen Blick auf Jimmy, lehnte sich dann über den Tisch.

»Das weiß keiner«, flüsterte er. »Vielleicht tot, vielleicht auch nicht. Verschwunden ist er.«

»Verschwunden?« fragte ich ungläubig. »Soll das heißen, eines schönen Tages war er einfach weg?«

»Genauso.«

»Und hat keiner nach ihm gesucht? Seine Verwandten?«

»Ernie hat keine, genau genommen. Keiner weiß, wo seine Töchter stecken oder ob sie noch leben. Geschwister hat er auch nicht. Man kann sagen, ich bin sein einziger Verwandter. Und ich habe denn auch rumgefragt, als er verschwunden war. Aber niemand wußte was.«

»Haben Sie ihn nicht bei der Polizei als vermißt gemeldet?«

Coburn schnaufte verächtlich und nahm einen Schluck Bier.

»Klar hab ich es gemeldet. Dem Indianer, diesem Goodfellow. Wir sind rausgefahren zur Dypress Road, da wohnte Ernie nämlich in einem alten Wohnwagen. Goodfellow machte die Tür auf, verschlossen war sie nicht, und drinnen sah alles aus wie immer. Ich meine, es war nicht eingebrochen worden oder so was. Aber Ernies Sachen waren weg, seine guten Sachen heißt das, sein Sonntagsanzug und ein alter Koffer. Goodfellow meinte, es sieht aus, als ob er abgehauen ist, so aus freien Stükken. Eingepackt und abgehauen.«

»So hört es sich an. Hatte er Schulden?«

»Klar, Ernie hatte immer Schulden, solange er lebte.«

»Na ja, dann hat er eben die Kurve gekratzt, hatte die Nase voll und wollte sein Glück anderswo probieren.«

Coburn schnitt mir eine Grimasse, die ich allerdings nicht recht deuten konnte. Eine schöne Portion Verachtung, die mir galt, aber dann noch etwas: Unentschlossenheit, vielleicht auch Furcht.

»Schulden hatte er, schön, aber keine großen. Und die letzten zwei Jahre hatte er reguläre Arbeit. Bei Thorndecker in Crittenden Hall.«

»Ah.«

»Kein toller Job, bloß Wartungspersonal, wie das da genannt wird. Blätter zusammenharken, Bäume beschneiden, das Pferd von der Dame versorgen, so was. Ernie machte das ganz gern, er war dabei meistens an der frischen Luft, und bezahlt wurde er gut. Er hat bestimmt nie Rentenbeiträge gezahlt, er brauchte den Job dringend. Und deshalb glaube ich nicht, daß er ihn einfach hingeschmissen hat. So jung war er nun auch wieder nicht, in meinem Alter ungefähr.«

»Ich machte mit dem Bierglas Ringe auf die Tischplatte.

»Was meinen Sie denn, warum er weg ist, oder was passiert ist?«

Ich verstand seine Antwort kaum und mußte mich weit vorbeugen.

»Ich glaube nicht, daß er abgehauen ist. Wenn er nämlich wäre, hätte er mir auf Wiedersehen gesagt. Das weiß ich genau. Und er hat das einzige nicht mitgenommen, wo sein Herz dran hing, seinen alten Helm. Ernie war nämlich im ersten Weltkrieg bei der Marineinfanterie und hat seinen Helm mit nach Hause genommen. Den hat er gehütet wie einen Schatz und hätte ihn nie zurückgelassen. Aber Goodfellow und ich, wir haben ihn gesehen; er lag auf dem kleinen Fernsehapparat.«

»Seine Sachen waren aber doch weg?«

»Die meisten.«

»Samt einem Koffer?«

»Ja.«

»Und die Tür nicht verschlossen?«

Er nickte.

Ich ließ mich gegen die Wand zurücksinken, drehte mich seitwärts, stellte die Füße auf die Bank und sah Jimmy zu, der Gläser putzte.

»Ich weiß nicht recht«, sagte ich nachdenklich, »ich würde Goodfellow zustimmen. Ernie hat seine Klamotten gepackt und ist verduftet, hat die Tür nicht verschlossen, weil er nicht wiederkommen wollte. Den Helm hat er nicht mitgenommen, weil der nicht in den Koffer paßte. Sollte er ihn etwa aufsetzen?«

Coburn stierte mich an.

»Keine faulen Witze, Sie«, sagte er.

Ich holte tief Luft, stellte die Füße wieder auf den Boden und schaute ihn an.

»Nun lassen Sie mal hören. Sie wissen doch noch mehr als das.«

»Sein Wagen stand auch noch da.«

»Na, dann ist er mit dem Bus weg, mit der Bahn, mit dem Flugzeug.«

»Eben nicht. Das hab ich nachgeprüft.«

»Sie haben das nachgeprüft? Warum denn nicht Goodfellow?«

»Hat er vielleicht, aber ich weiß nichts davon.«

»Scoggins hätte ja auch zu Fuß gehen, einen Wagen anhalten können.«

»Das glauben Sie wohl selber nicht, wo er sein Auto hatte, noch dazu den Tank voller Benzin?«

»Nein. Aber nun mal raus mit der Sprache – was ist Ernie Scoggins passiert?«

Und als er nicht antworten wollte, sagte ich: »Mr. Coburn, ich habe mir diese traurige Geschichte geduldig angehört. Sie glauben anscheinend, sie ist wichtig, und ich sollte davon erfahren. Folglich muß sie was mit Thorndecker zu tun haben. Warum reden Sie nicht offen? Das kann doch nicht alles sein – ein alter Jugendfreund von Ihnen ist verschwunden. Da fehlt doch die Pointe!«

»Trinken Sie aus«, sagte er und trank selber aus.

Er machte mit dem Daumen ein Zeichen, stand auf, humpelte hinaus.

Ich bezahlte und ging ihm nach. Er stapfte durch die Halle, raus auf den Parkplatz, und wir setzten uns in seinen zerbeulten alten Kombi. Unterwegs stellte ich fest, daß es wieder mal ein verhangener Tag war, die Sonne unsichtbar, der Himmel bleiern. Und dabei erbärmlich kalt.

»Ich glaube, Ernie ist tot«, sagte Coburn. »Tot und hier irgendwo in der Nähe verscharrt. Die Klamotten und den Koffer haben sie mitgenommen, damit es so aussieht, als wäre er abgehauen.«

»Sie? Wen meinen Sie mit *sie*?«

Darauf wollte er nicht antworten.

Ich hielt die Luft an; endlich kamen wir an den springenden Punkt. Coburn umklammerte das Steuerrad, seine Knöchel waren weiß, er lehnte sich vor und starrte durch die beschmutzte Windschutzscheibe, ohne etwas wahrzunehmen.

»Außerdem hat er mir vor einem halben Jahr was gegeben zum Aufbewahren. Einen Brief im Umschlag. Wenn mir was passiert, sagte er dabei, machst du den auf. Wenn nicht, läßt du ihn zu. Er wußte, daß er mir vertrauen konnte.«

Jetzt hatte es mich gepackt. Hier im Wagen war es eisig, und doch spürte ich Schweiß unter den Achseln, einen Druck unterm Brustbein.

»Sie haben den Brief also aufgemacht«, fragte ich scharf, »denn Sie glauben ja, ihm ist was passiert?«

Er nickte.

»Gelesen haben Sie ihn auch?«

Wieder nickte er.

»Ja, verdammt noch mal, was stand denn drin!«

Er beugte sich noch tiefer übers Steuer, glotzte unentwegt durch die verdammte Scheibe. Ich sah ihn im Profil. Er wirkte plötzlich sehr verletzlich. Eine Böe konnte ihn umblasen.

»Ich kann mich nicht entschließen«, sagte er mühsam.

»Geht es die Polizei an?« fragte ich.

»Ich kann nicht«, wiederholte er dumpf.

»Dann zeigen Sie mir den Brief, Mr. Coburn. Sagen Sie mir wenigstens, was drinsteht. Ich kann Ihnen womöglich raten, und Rat brauchen Sie offenbar.«

»Ich habe Scheine auf der Bank«, sagte er ganz unerwartet.

»Was haben Sie?« Ich war total verwirrt. »Was für Scheine?«

»Schuldscheine. Merchant hat schon mal die Zahlungsfrist verlängert, und ich brauche noch mal Kredit.«

Jetzt begriff ich.

»Und wenn durch Sie herauskommt, was Ernie Scoggins zugestoßen ist, verlängert er Ihnen die Zahlungsfrist nicht?«

»Kreuzigen werden sie mich.«

»Sie? Wer sind *sie*, in Dreiteufelsnamen!«

»Alle miteinander.«

»Thorndecker?« fragte ich barsch.

Aber mehr war aus ihm nicht herauszuholen. Er sagte nur immer wieder, er müsse sich das noch überlegen. Ich knallte die Wagentür hinter mir zu und ging zurück ins Hotel, wütend auf ihn und wütend auf mich, weil ich ihm zugehört hatte. Nicht mal für das Bier hatte er sich bedankt.

Die Halle sah wieder mal aus wie der Empfangsraum eines Leichenbestatters. Es fehlten nur die offenen Särge. Ich ging zum Empfang; hinter dem Tresen blätterte einer der Glatzköpfe in einem Pornoheft und schnalzte dabei gelegentlich mit der Zunge.

Ich ließ meine schlechte Laune an ihm aus: »Es tut mir leid, Sie in Ihren Studien zu unterbrechen, aber ich würde gern mal die Episkopalkirche besuchen, gibt's hier eine?«

»Aber gewiß doch.« Er war ganz stolz. »Ich gehöre ihr selbst an. Sehr schönes Gebäude. Unser Reverend Pater Koukla ist ein hervorragender Prediger.«

»Und wie finde ich hin?«

»Ganz einfach. Main Street runter, dann in die Cypress Road. Linker Hand, gleich am Anfang. Sind Sie auch Mitglied?«

»Heute ja. Danke für die Auskunft.«

Ich drehte mich um.

»Mr. Todd«, sagte er.

Ich machte kehrt. Er starrte über meinen Kopf weg.

»Darf ich Ihnen einen Rat geben, Mr. Todd?« sagte er hastig und gedämpft.

»Warum nicht? Das tun alle hier.«

»Ich sah Sie vorhin mit Al Coburn, und weil Sie hier fremd sind, möchte ich Sie warnen: Alle wissen, er ist verrückt. Er war seit je verrückt, und an Ihrer Stelle würde ich nicht auf das hören, was er sagt.«

»Herzlichen Dank.«

»Ein Verrückter«, wiederholte er. »Redet lauter dummes Zeug. Das ist allgemein bekannt. Wahrscheinlich senil. Sie kennen das gewiß.«

»Und wie. Besten Dank für den Hinweis.«

»Unsinn redet er«, rief er mir nach, »nichts als Unsinn!«

Ich fuhr langsam die Main Street runter und hielt Ausschau nach dem Straßenschild Cypress Road. Ernie Scoggins hatte in der Cypress Road gewohnt, fiel mir ein. Und die Episkopalkirche war ebenfalls in der Cypress Road. Ein Zufall ohne jegliche Bedeutung.

Ich bezweifle nicht, daß im Laufe des Jahres, an ganz besonderen Tagen, auch auf Coburn die Sonne scheint, aber bestätigen kann ich das nicht. Wir schrieben jetzt Donnerstag, und soweit mir bekannt, lag der Ort wie getarnt unter einer stabilen Wolkendecke. Am Horizont gewahrte man hin und wieder blaue Ränder, und da beschien die Sonne wohl andere Leute, doch über Coburn war eine Schüssel gestülpt. Nieselte es nicht, hatten wir entweder nassen Nebel, Regen oder Schnee. Oder wie heute einfach bloß graue Kälte. Wie mochte es hier wohl im Januar und Februar sein? Schließlich hatten wir erst Anfang Dezember. Scheußlich.

Die Kirche hingegen war ein Lichtblick, kein Neubau, sondern verwitterter Backstein, warm und fest, das Holzwerk weiß lackiert. Auf dem Rasen davor zeigte ein Schild die Zeiten für Gottesdienste und Veranstaltungen der Gemeinde an, und auch schon das Thema der nächsten Sonntagspredigt: DIE ANTWORT HEISST LIEBE. Wie mochte wohl die Frage lauten?

Das Portal war unverschlossen, und ich betrat ein großes, wohl proportioniertes Kirchenschiff. Dieser Bau war der ansehnlichste, den ich bislang in Coburn zu Gesicht bekommen hatte, der Fußboden war blank gebohnert, das Gestühl frisch lackiert, Altar und Chor zeugten von Geschmack, die Orgel war prachtvoll, alles blitzsauber und in bester Verfassung. Ein gepflegtes Gotteshaus, das schwach nach einem Putzmittel roch.

Ich war hier ganz allein, und hätte ich einen guten Hehler für Gesangbücher gekannt, ich hätte jede Menge einsacken können. Während ich im Mittelgang stand, hörte ich von irgendwoher Hämmern, poch, poch, poch, Pause, poch, poch, poch. Ich folgte dem Geräusch, durch eine Seitentür ins Treppenhaus, eine breite Eisentreppe abwärts. Poch, poch, tönte es schon wesentlich lauter. Im Keller befand sich ein Spielzimmer mit zwei Pingpongtischen, an der Wand ein Plakat VERTRAUE AUF JESUS – mehr als auf eine gute Rückhand?

Als ich den betonierten Korridor betrat, brach das Hämmern ab. Er hörte mich wohl kommen, denn als ich die Werkstatt betrat, stand er mit dem Gesicht zur Tür, den Hammer erhoben.

»Entschuldigen Sie«, sagte ich, »ich suche den Reverend Koukla.«

»Der bin ich«, lächelte er erleichtert und legte die Waffe aus der Hand. »Wie kann ich Ihnen behilflich sein?«

»Mein Name ist Todd und ich bin –«

»Mr. Todd!« rief er ganz enthusiastisch und eilte herbei, mir mannhaft die Hand zu schütteln. »Aber ja! Sie kommen wegen Dr. Thorndecker. Ich habe schon gehört, daß Sie hier sind. Was für ein Vergnügen, ja welche Freude!«

Ich weiß nicht, was mir vorgeschwebt hatte, ein mottenzerfressener Moses vielleicht, doch war dieser Gottesmann so alt wie ich, wenn nicht etliche Jährchen jünger. Er war kleiner, mager wie ein Fechter, aufgedreht wie ein Schauspieler. Lange schwarze Haare, wie die des Prinzen Eisenherz, bedeckten seine Ohren. Sorgsam gestutzter Schnurrbart, darunter ein ebenso gepflegter Spitzbart. Er trug ein weißes T-Shirt mit dem Aufdruck ES IST SO SCHÖN EIN CHRIST ZU SEIN, dazu maßgeschneiderte Jeans, die gut ihre hundert Dollar gekostet hatten, samt Mokassins von Gucci. Ohrringe allerdings trug er nicht, das muß ich ihm zugute halten.

Wir plauderten über dies und das, besser, er plauderte, ich hörte zu, nickte und grinste wie einer jener Hunde, die man in Rückfenstern bekloppter Autofahrer sieht. Koukla redete in Zungen.

In einem einzigen Satz erwähnte er Thorndecker, Agatha Binder und den Bankier Merchant, machte Anmerkungen zum Wetter, wobei er versicherte, dieses sei einzigartig, Coburn erfreue sich im allgemeinen tropischer Sonne und kühlender Passatwinde. Er zeigte mir sodann, woran er gehämmert hatte: eine Miniaturkrippe zum Christfest.

»Pingpong ist ja schön und gut«, sagte er dazu, »aber man darf auch die Tradition nicht außer acht lassen. Die älteren Mitbürger finden es erbaulich, auf diese Weise an die Feste ihrer Jugendzeit erinnert zu werden, und die jungen Leute werden dadurch mit den heiligsten Riten ihrer Kirche vertraut gemacht.«

Wunderbar. Mir fiel auf, daß er Wiederholungen vermied, ihm stand jeweils ein neues Wort zu Gebot. Wer jeden Sonntag eine Predigt halten muß, der versteht sich darauf. In der Rechten die Bibel, in der Linken Rogets WÖRTERBUCH DER SYNONYME.

»Und haben Sie denn viele junge Gemeindemitglieder?« fragte ich eine Spur niederträchtig. »Übrigens – wie rede ich Sie an? Vater? Pastor, Reverend?«

»Ach, rufen Sie mich, wie Sie wollen, nur rufen Sie mich nicht zu spät zum Essen«, scherzte er neckisch.

Dabei schaute er mich streng an und entspannte sich erst, als ich pflichtschuldigst lachte.

»Nein«, gab er dann zu, »viele junge Leute kommen nicht zu uns, einfach weil es in Coburn nur sehr wenige gibt. Kaum jugendliche Ehepaare, also auch keine Kinder. Was nicht heißt, daß unsere älteren Mitbürger uns nicht sehr am Herzen liegen. Ach, wie mich diese Unterhaltung freut, wie ich einen solchen Gedankenaustausch genieße!«

Daß ich Gedanken geäußert hätte, war mir nicht bewußt, ich ließ es aber hingehen. Er staubte einen Hocker ab und hieß mich hinsetzen, machte selbst einen Hopser, saß auf der Hobelbank und ließ die Beine baumeln. Daß er in seinen teuren Mokassins keine Socken trug, stimmte mich nachdenklich. Ein sehr fortschrittlicher Geistlicher. In Antibes war das wohl der letzte Schrei, in Coburn dürfte es Anfang Dezember etwas unbehaglich sein.

»Wir sehen uns einer Herausforderung gegenüber. Das Durchschnittsalter unserer Bevölkerung nimmt von Jahr zu Jahr zu. Es gibt immer mehr Menschen über fünfundsechzig. Sollen wir die etwa ignorieren? Sie im Stich lassen? Sie vom Hauptstrom der amerikanischen Kultur, des amerikanischen Denkens abschneiden? Nein, sage ich. Was meinen Sie?«

»Ihre Gedanken sind beachtenswert und geradezu erfrischend.«

»Erfrischend? Ah, das höre ich gern. Nein, rauchen Sie bitte nicht. Im vergangenen Jahr wurde mit Mehrheit beschlossen, das Rauchen von Zigaretten, Zigarren und Tabakspfeifen auf dem Gelände der Kirche zu untersagen. Tut mir leid.«

»Mein Versehen. Es kann mir nicht schaden, ein Weilchen nicht zu rauchen.«

»Wie recht Sie haben!« krähte er melodisch, »wie recht, wie recht!« Und er kehrte das Antlitz himmelwärts.

Ich weiß nicht ... er war vielleicht bloß von seiner Religion besoffen. Wäre er Theateragent gewesen, ich hätte angenommen, er schnupfe Koks, und hätte Hasch vermutet, wäre er in der Werbebranche gewesen. Dieser Bursche aber war offensichtlich high von Einfällen, blödsinnigen Einfällen, mag sein, aber sie ließen ihn schweben.

Er war jetzt dabei, mir zu erklären, wie die zunehmende Überalterung unserer Bevölkerung auf die politische Einstellung der Wähler wirkt, und allmählich hatte ich genug von seinen Wortgarben, die er ausspie wie ein Maschinengewehr.

»Alles sehr interessant«, unterbrach ich ihn daher. »Sehr nützliche Überlegungen. Aber eigentlich bin ich hier, um mit Ihnen über Dr. Thorndecker zu sprechen.«

»Selbstverständlich, selbstverständlich«, trompetete er und legte mitten im Redefluß einen anderen Gang ein, ohne innezuhalten. Und nun ergossen sich die gleichen Lobeshymnen über mich, die ich bereits von Agatha Binder, Goodfellow und Merchant gehört hatte, nur mit anderen Worten. Dr. Thorndecker war ein wahres Juwel, ein Auserwählter des Herrn. Sie alle trugen viel zu dick auf. Der Bursche mußte doch kleine Webfehler haben? Koukla hatte indessen nichts dergleichen bemerkt; der gute Doktor sei »ein wahrer Freund der Kirche«, spendet oft und reichlich, lieh seinen Namen für alle erdenklichen Veranstaltungen her.

»Ich erwähne das nur, um ihm Gerechtigkeit widerfahren zu lassen. Er selbst ist viel zu bescheiden, um davon zu reden. Was wir ohne ihn anfangen sollten, weiß ich nicht.«

»Er kommt also regelmäßig zum Gottesdienst?«

»Häufig«, bestätigte Koukla, und das ist denn doch nicht ganz dasselbe wie regelmäßig.

»Auch seine Frau und sein Sohn?«

»Sie sind Gemeindemitglieder, ganz recht.«

»Seine Tochter aber nicht?«

»Ah ... nein. Die hat ihre ganz eigenen religiösen Ansichten, ... etwas äh ... fundamentalere als wir, soviel ich höre.«

»Und gehört auch Dr. Draper zu Ihrer Gemeinde?«

»Er hat ihr angehört«, versetzte Koukla knapp. »Bis vor einiger Zeit kam er regelmäßig zum Gottesdienst. Wir zählen aber eine Menge seiner Mitarbeiter im Pflegeheim und im Labor zu unseren Gläubigen.«

Er antwortete unweigerlich rasch, gescheit und dem Anschein nach ganz aufrichtig. Nicht einfach, diesen alerten jungen Mann bei einem Fehler zu ertappen. Also ging ich ihn von einer anderen Seite her an ...

»Von Schwester Beecham weiß ich, daß man Sie gelegentlich bittet, Patienten im Pflegeheim geistlichen Zuspruch zu spenden?«

»Nur auf Verlangen. Ich hatte zuvor mit Dr. Thorndecker beraten, ob es angezeigt sei, sonntags nachmittags, wenn ich hier fertig bin, regelmäßig eine Andacht einzurichten, doch sind so viele seiner Gäste bettlägerig, daß sich das schwer arrangieren ließe. An Weihnachten und Ostern allerdings halte ich einen Gottesdienst dort ab.«

»Es hat mich überrascht, daß Crittenden über einen eigenen Friedhof verfügt, Reverend. Lassen denn die Verwandten ihre verstorbenen Angehörigen nicht überführen?«

»Meist, doch keineswegs immer. Manchmal ziehen die Angehörigen eine Bestattung an Ort und Stelle vor. Das ist sehr bequem. Manche Gäste stipulieren das auch ausdrücklich in ihrem letzten Willen.«

»Und walten Sie ... ah ... Ihres Amtes bei solchen Gelegenheiten?«

»Selbstverständlich. Das ist schon mehrfach vorgekommen. Manchmal findet der Trauergottesdienst in unserer Kirche statt, und dann wird der Sarg von hier nach Crittenden geleitet.«

Ich nickte und überlegte, wie weit ich gehen dürfe, wollte vermeiden, daß mein morbides Interesse Dr. Thorndecker hinterbracht wurde. Doch dann dachte ich: Hol's der Henker, soll Koukla ruhig Bericht erstatten. Und ich fragte: »Einen Mann namens Petersen haben Sie nicht zufällig zu Grabe geleitet?«

»Petersen? Nein, ich erinnere mich nicht. Wann ist er hingeschieden?«

»Vorgestern nacht.«

»Nein, ganz gewiß nicht. Den letzten Gast von Crittenden habe ich vor gut einem Monat der Erde übergeben. Es mag sein, daß der Verstorbene kein Protestant war, sondern Katholik oder Jude, dann hätte ...«

Er ließ den Satz nach bewährtem hiesigen Muster hängen, obschon er ihn wie alle seine Sätze zuversichtlich und mit Schwung begonnen hatte; allerdings wurde er immer langsamer und endlich murmelte er nur noch. Ich konnte ihm beinahe ansehen, wie er überlegte, ob er vielleicht zuviel sage, etwas enthülle (ohne es zu beabsichtigen), was »der wahre Freund unserer Kirche« lieber im Dunkeln gelassen hätte.

Ich stand rasch auf, um ihm keine Gelegenheit zu lassen, mich zu fragen, was wohl Petersens Tod mit der Subvention für Thorndecker zu tun habe, bedankte mich und reichte ihm die Hand. »Sie haben mir sehr geholfen, Sir.«

Er hopste gelenkig von der Hobelbank und umklammerte meine dargebotene Hand mit beiden Händen.

»Aber nur zu gern, es war mir eine Freude. Falls Sie Sonntag noch hier sind, wäre es mir ein Vergnügen, Sie bei unserem Gottesdienst willkommen heißen zu können. Ich glaube an die Religion der Freude und verkünde dieselbe auch, und ich könnte mir vorstellen, daß Sie das belebend finden.«

»Durchaus möglich. Nun, Sie möchten gewiß wieder an die Arbeit. Machen Sie keine Umstände, ich finde schon raus. Und vielen Dank nochmals für Ihre Mühe.«

»Keinerlei Mühe, ich versichere Ihnen!«

Ich ging möglichst lärmend den Korridor entlang, erklomm laut trapsend die Eisentreppe, machte die Seitentür ins Kirchenschiff auf und ließ sie zufallen. Dabei blieb ich aber im Treppenhaus stehen und lauschte, ob das Hämmern wohl wieder aufgenommen wurde. Erwarten tat ich es nicht, denn ich hatte sehr wohl den Telefonapparat in der Werkstatt gesehen.

Also schlich ich so leise ich konnte die Treppe wieder runter und brauchte nicht weit im Korridor zu gehen, bevor ich ihn sprechen hörte:

»Hier Reverend Koukla. Ich hätte gern Dr. Thorndecker gesprochen.«

Ich schlüpfte lautlos nach oben, durch die Seitentür in die Kirche und machte sie behutsam hinter mir zu. Was Koukla zu melden hatte, wußte ich ja.

Draußen im Wagen nahm ich drei tiefe Lungenzüge aus meiner Zigarette. Üble Angewohnheit, das Rauchen. Das Trinken übrigens auch. Und Tote gegen zwei Uhr früh bestatten ebenfalls.

Ich kam mir vor wie in einem jener altmodischen Irrgärten, wo man von einer Sackgasse in die andere gerät und immer neue Anläufe macht. Die schön beschnittenen Hecken reichten mir über den Kopf, und ich konnte nur blind draufloswandern in der Hoffnung, die Mitte zu finden, wo ich dann zur Belohnung ein Bonbon bekommen würde, vielleicht auch die Hand der Prinzessin und das halbe Königreich. Ich sagte bereits, ich bin ein unverbesserlicher Romantiker.

Vorerst tappte ich blind umher, dachte verrückte Gedanken und war mir dessen bewußt. Außer meinem Argwohn besaß ich nichts, jeder Verdacht ließ sich auf akzeptable Weise widerlegen. Ich wollte mir einreden, daß mein Mißtrauen unbegründet sei, daß ich Thorndeckers Antrag befürworten und schnurstracks dieses elende Coburn verlassen müsse.

Warum saß ich dann aber im Wagen und fröstelte – und nicht nur vor Kälte? Die Finger mit der Zigarette zitterten, und nie im Leben hatte ich mich so ausgehöhlt gefühlt. Es war eine Vorahnung davon, daß diese Sache mir über den Kopf wuchs, daß ich damit nicht fertig wurde, gegen eine Macht kämpfte, die ich nicht definieren, gegen die ich nichts ausrichten konnte.

Ich fuhr die Cypress Road weiter stadtauswärts, stellte die Heizung ab, machte das Fenster einen Spaltbreit auf, in der Hoffnung, die schneidende Kälte werde meine Gedanken klären, mir die Hirngespinste vertreiben. Nun kamen nur noch vereinzelt Häuser, es folgten baumbestandene Grundstücke und Felder, die aussahen, als wären sie in der Vorwoche rasiert worden.

Vorüber an einem Schild WOHNWAGENABSTELLPLATZ ZUR NEUEN GRENZE. Ich bremste, wendete, fuhr zurück und las darunter: *Standplätze tage-wochen-monatsweise zu vermieten. Jeder Komfort. Mäßige Preise.* In Coburn nannte man das also immer noch Abstellplatz, während es überall sonst in Amerika MOBILHEIMGEMEINDE hieß.

Immerhin, dieser war an der Cypress Road, und Coburn hatte gesagt, sein alter Kumpel Ernie habe dort in einem Wohnwagen gehaust. Ich folgte also dem gebogenen Blechpfeil an einem Baumstumpf und holperte über einen ausgefahrenen Holzweg bis zu einer Lichtung, wo ungefähr zwanzig fahrbare Eigenheime im Kreise standen.

Ich stieg aus und schaute mich um. Oh je, wie trostlos! Keine Seele zu sehen, und der niederträchtig drohende Himmel ließ einen auch gleich an Tod und Vergänglichkeit denken. Womöglich waren hier Mohikaner gewesen, hatten die Männer skalpiert, Frauen und Kinder geraubt? Ein schöner Einfall. Man sah nämlich auch überquellende Abfalleimer und hier und dort ein Licht in diesen Mobilheimen. Also wohnte da auch wer, wenngleich *wohnen* übertrieben sein mochte. Der Platz wirkte wie einer von denen, deren Benutzer sich gegenseitig an die Kehle gehen, sollten die Fernseher alle zugleich ausfallen. Es gibt dann nämlich weiter nichts zu tun.

Schließlich entdeckte ich vor einem Mobilheim im Boden das Schild MANAGER. Rohe Bretter auf Backsteinen führten zur Tür hinauf; sie wackelten und ich nahm mich in acht. Als ich klopfte, hörte ich von drinnen schon heftiges Schießen, Hufgetrappel, wildes Geschrei. Ein Western im Fernsehen.

Ich klopfte noch mal. Der Kerl, der öffnete, war mir bekannt, das heißt, begegnet war er mir nie, aber ich kannte den Typ, schmuddeliges Unterhemd über einem Mollenfriedhof. Drekkige Kordhosen. Arbeitsstiefel ohne Senkel und graue Wollsocken. Feister Kopf und mittendrin eine fette Zigarre. Eine offene Bierdose in der Hand. Daß man ihn vom Fernseher holte, erfreute ihn wenig. Hinter ihm glomm es bläulich, und Gewehrfeuer knatterte ohrenbetäubend.

»Ha?« stierte er mich an.
»Wer is'n da, Morty?« kreischte eine Frau drinnen.
»Du hältst den Rand!« brüllte er zurück, ohne den Kopf zu wenden, so daß ich schon dachte, er meinte mich.
»Hier ist angeblich ein Wohnwagen zu verkaufen, und da wollte ich –«
»Wa?« brüllte er. »Iola, stell die verfluchte Kiste leiser, ich verstehe kein Wort!«
Wir warteten beide, bis das Geschieße leiser wurde.
»Also nun. Sie brauchen einen Abstellplatz. Wir haben die modernsten sanitären Anlagen, Anschlüsse für –«
»Nein, nein«, fiel ich hastig ein. »Ich habe gehört, hier ist ein Wohnwagen zu verkaufen.«
Seine Schweinsäuglein verengten sich wenn möglich noch, und er zog die zerknautschte Zigarre mit hörbarem Plop aus dem Mund.
»Wo hamse denn das her?«
»Jemand an der Bar im Coburn Inn hat es erwähnt, Al Coburn heißt er. Angeblich hat sein Freund Ernie Scoggins hier gewohnt. Stimmt das überhaupt?«
»Mmmja ...« Mißtrauisch bis dort hinaus. »Das stimmt.«
»Scoggins ist angeblich abgehauen, und sein Wagen steht zum Verkauf.«
Er fuhr mit der Bierdose über sein Kinn, und ich hörte die Stoppeln raspeln.
»Das weiß ich nun wieder nicht. Ich weiß nicht mal, ob das Ding ihm gehört hat. Schulden hatte er überall. Mir schuldet er einen Monat Miete, und ich halte sein Zeug fest, bis ich mein Geld kriege.«
»Dann könnten wir vielleicht zu einem Handel kommen. Gehören tut der Wohnwagen der Bank, und Merchant verkauft, wenn ich zahle, was er verlangt. Ich will mir das Ding bloß vorher ansehen.«
Er konnte zu keinem Entschluß kommen. »Wozu wollen Sie denn den Mistkarren von Al? Der ist doch nichts wert.«
»Bloß für den Sommer«, sagte ich eilig. »Sie wissen schon ... Feiertage, Urlaub bei gutem Wetter und so. Billiger als ein Sommerhaus.«

»Für das Ding können Sie nicht mal'n Scheißhaus mieten ... na, Ihre Sache. Der graue Karren da drüben ... neben dem zerbeulten VW. Sehense sich's an, Tür ist offen.«

»Schönen Dank.« Und ich machte behutsam auf der baufälligen Treppe, den gefährlichen Stufen, kehrt.

»He, Sie!« rief er mir nach, »wennse kaufen wollen, müssense einen Monat Miete an mich zahlen!«

»Mache ich als erstes!« versicherte ich und damit schien er zufrieden. Er knallte die Tür hinter sich zu, und gleich darauf schoß es drinnen wieder wie wild.

Zunächst sah ich mir den VW an. Scoggins war entweder ein lausiger Fahrer gewesen oder er hatte den Wagen als Wrack gekauft, jedenfalls sah man dem Ding seine Leidensgeschichte an: Schrammen, Beulen, Rostlöcher. Die Radkappen fehlten. Die vordere Haube war mit Draht an der Stoßstange befestigt.

Durch die verdreckten Fenster sah man zerschlissene Polster, Lappen, Straßenkarten mit Fettflecken, einen Haufen leere Schnupftabaksbüchsen. Ich hätte gern den Draht gelöst und in den Gepäckraum geschaut, fürchtete aber, von Morty beobachtet zu werden.

Scoggins Wohnwagen war ein schlichter Anhänger, uralt, ein Kasten auf Rädern, kurz und leicht genug, um von einem Personenwagen auf steilen, engen Straßen gezogen zu werden. Der Aufbau bestand aus Sperrholz, hatte seitlich eine Tür, beiderseits je ein Fenster, doch waren die Scheiben zerbrochen und durch Pappe ersetzt.

Das Ding stand auf Böcken, die Räder fehlten. Eine Propangasflasche war noch vorhanden und angeschlossen, ein Stromkabel führt zu einem knapp über dem Boden befindlichen Anschluß, wie alle Standplätze einen aufwiesen. Auch ein Wasseranschluß war vorhanden.

Ein Treppchen gab es hier nicht, man machte einen etwas höheren Schritt und war auch schon drinnen. Die Tür war angelehnt. Es roch trotzdem muffig und feucht, nach ungewaschenem Bettzeug, verrottendem Holz. An der Wand ein Schalter, den ich drückte; eine nackte 60-Wattbirne erstrahlte unter der Decke.

Ich sah eine kleine Einbauküche mit winzigem Kühlschrank,

Miniaturspüle, Propangasherd, Küchenregal aus Sperrholz. Keine Toilette, keine Dusche. Die *Neue Grenze* bot hoffentlich dergleichen an.

Das Bett war zum Glück hochgeklappt – ich hatte keinerlei Lust, es zu untersuchen, nach dem, was sich hier dem Auge bot. Ein Sessel stand da, alt, verrottet, das Polster zerschlissen. Ein tragbarer Fernseher auf einem Gestell, ein Küchentisch mit zwei Stühlen, ein offener Schrank mit wenigen Fetzen am Haken, eine zerkratzte Kommode, an deren Schubladen die Knöpfe fehlten.

Das war so etwa alles. Der berühmte Helm lag, wo Al Coburn ihn zuletzt gesehen hatte – auf dem Fernseher. In der Spüle schmutziges Geschirr, bräunliches Wasser tröpfelte aus dem Hahn. Der Holzfußboden knarrte. Als Schmuck diente lediglich ein Kalender von Mikes Tankstelle; das Blatt zeigte eine üppige Blondine im Bikini am Strand, ein Knie neckisch gebeugt, Palmen im Hintergrund. Sie hatte unglaublich viele Zähne und hielt einen Strandball über dem Kopf.

»Bißchen kalt hier, Süße?« fragte ich sie.

Mit diesem Quartier verglichen wohnte ich im Coburn Inn wie im Tadsch Mahal. Ich suchte mir vorzustellen, wie Ernie sich gefühlt haben mochte, wenn er nach einem Arbeitstag in Crittenden Hall in seine Behausung zurückkehrte, Ernie, dessen Frau verstorben, dessen Sohn gefallen war, dessen Töchter an nicht bekannten Orten wohnten. Er kommt in seinem Wrack angefahren, zieht die Stiefel aus, brät einen Hamburger, reißt eine Bierdose auf, versinkt in dem alten Sessel vorm Fernseher, trinkt sein Bier, kaut seinen Hamburger, sieht lauter fröhliche, lachende Menschen auf der Mattscheibe.

Das also suchte ich mir auszumalen, doch gelang es mir nicht; so versucht man wohl, sich den Krieg vorzustellen, wenn man selbst nicht daran teilgenommen hat.

In der Kommode nichts von Belang – zerrissene lange Unterhosen, ungebügelte Taschentücher, ein blaues Arbeitshemd, zerlöcherte Socken. Goodfellow und Coburn hatten wohl die Papiere des Alten an sich genommen, falls überhaupt welche dagewesen waren. Ich fand jedenfalls nichts.

Im Küchenschrank nur Schaben, aber dann doch eine Art

Fund: ein großes Glas Pulverkaffee, in dem nur wenig fehlte. Das Preisschild aus dem Supermarkt lautete über Dollar 5,45. Sonderbar, daß ein so armer Mann einen solchen Schatz zurückließ.

Das Bett ließ ich unberührt, ich brachte es nicht über mich, darin herumzustochern.

Das also wär's, sagte ich mir, null plus null ergibt null. Den Finger am Lichtschalter ließ ich die Blicke noch einmal wandern. Was für ein frostiger Alptraum! An der Wand hing ein kleiner elektrischer Heizkörper, und Ernie dürfte wohl auch mit Propangas geheizt haben, aber dennoch ... Vom Boden stieg unangenehme Kälte auf, meine Zehen erstarrten in den Stiefeln.

Vielleicht hatte der Wagen mal einen Auslegteppich gehabt, jetzt aber lag ein einziges Stück Teppich unter dem Sessel, knapp einen Quadratmeter groß, mit aufgeworfenen Kanten, wahrscheinlich ein Rest, den jemand weggeworfen hatte. Ich starrte den Fetzen an und begriff nicht ganz, weshalb eigentlich. Ein Stück Teppich, kackbraun. Er lag halb unter dem Sessel, ein Stück ragte hervor, ungefähr so breit wie Scoggins Füße lang sein mochten. So hielt er sich wenigstens die Füße ein bißchen warm, während er zusah, wie schöne junge Menschen einen Cadillac gewinnen oder eine Reise nach den Bermudas.

Der Teppich erfüllte dort also einen Zweck. Hm. Doch das Stück, das unter dem Sessel hervorlugte, hätte dreckig sein, Fettflecke, Schmutzspuren aufweisen müssen. Das war nicht der Fall. Es sah unbenutzt aus.

Ich trat zum Sessel, sah darunter, und der Teil unter dem Sessel war wirklich voller Flecken und Schmutzspuren, und abgetreten.

»Scheiße«, sagte ich laut.

Ich schob den Sessel zur Seite. Ernie mochte den Teppich immerhin selbst umgedreht haben. Kurz vor der Abreise entdeckte er, daß sein Teppich Flecke hatte, recht unansehnlich war, und er drehte ihn rum. Künftig würde er dann seine Patschen auf einen schönen sauberen Teppich stellen können, wenn er vorm Fernseher saß. Hmm ...

Der Teil, der unter dem Sessel gelegen hatte, wies allerdings unter anderem auch einige Flecke besonderer Art auf. Weder Fett noch sonstwelche Nahrungsmittel. Rotbraun, verkrustet, mehrere große Stellen, mit Spritzern drumrum. Als hätte etwas von oben getropft.

Ich roch daran. Wissenschaftlich konnte man das nicht nennen, aber mir reichte es. Spaghettisauce war das nicht, soviel stand fest. Ich wußte, was es war.

Ich stellte den Sessel, wie er gestanden hatte, knipste das Licht aus, verdrückte mich, vorbei am Mobilheim des Managers, rein in den Grand Prix und nichts wie weg.

Offenbar war man in Eile gewesen, überlegte ich auf dem Rückweg. Nicht nur in Eile, sondern man hatte auch befürchtet, von Morty oder einem der anderen Bewohner dieses Paradieses beobachtet zu werden. Man führte aus, weshalb man gekommen war, schleppte Ernie weg samt seinem Sonntagsanzug und dem Koffer, damit es aussah, als wäre er abgehauen, und weil das Blut auf dem Teppich vor dem Sessel eine ansehnliche Lache bildete, drehte man den Teppich rum und verbarg den besudelten Teil unter dem Sessel.

Offenbar hatte man keine Zeit gehabt. Mag sein, es war ein Verzweiflungsakt gewesen. Nur mundtot machen wollte man ihn und wegschaffen. Und der Wagen? Vielleicht war der Mörder allein, konnte nicht den eigenen Wagen und den VW zugleich steuern, vielleicht waren es auch zwei Mörder, und einer konnte nicht fahren. Also ließen sie den Wagen stehen und den Helm liegen, denn daß Ernie den Helm über alles liebte, wußten sie nicht. Und den Wohnwagen durchsuchen konnten sie auch nicht mehr, sonst wäre das Glas Pulverkaffee nicht mehr dagewesen. Es fehlte an Zeit, an Planung, an Überlegung. Amateure waren das gewesen, mit einem Wort.

Ich überdachte das ganze mehrmals, bevor ich beim Coburn Inn anlangte und kam zu dem Resultat, daß man auch nichts von dem Brief gewußt haben dürfte, denn andernfalls hätte man den Wohnwagen auf den Kopf gestellt. Al Coburn hatte aber ausdrücklich gesagt: »Eingebrochen oder so was war nicht.«

Ich kam mir großartig vor mit meinen Schlußfolgerungen, ich summte gar vor mich hin, als ich die Halle betrat. Stattdessen hätte ich einen Grabgesang anstimmen sollen. Wie irrte ich mich doch, wie sehr, sehr irrte ich mich!

Im Moment allerdings war ich ganz euphorisch und bewunderte den Widerschein der Leuchtstoffröhre auf der Glatze des Kerls am Empfang.

Noch ein Glatzkopf.

»Oh, bitte, Mr. Todd«, sprach er mich in geziertem Ton an und hob einen manikürten Finger.

In meiner guten Stimmung war ich zu allem bereit, trat also an sein Pult, um zu hören, was es Neues gäbe.

»Der Reverend Koukla hat Sie schon zweimal anrufen wollen«, hauchte er ehrerbietig. »Ein ganz reizender Herr. Ob Sie ihn wohl zurückrufen würden? Sofort, wenn es recht ist?«

»Ich will erst mal essen. Nachher rufe ich ihn an.«

»Bitte, bitte, er sagte, es sei so dringlich! Ich verbinde Sie, Sie können gleich von hier aus sprechen.«

»Na, meinethalben«, sagte ich achselzuckend, »wenn es denn so wichtig ist.«

»Eigentlich dürfen unsere Gäste diesen Apparat nicht benutzen, aber wenn es sich um Reverend Koukla handelt ...«

»Haben Sie ihn schon mal auf dem Wasser wandeln sehen?« fragte ich. »Das schmeißt einen richtig um.«

Er war aber schon im Büro am Klappenschrank und hörte mich wohl nicht mehr.

Koukla meldete sich gleich.

»Ich muß mich bei Ihnen entschuldigen, Mr. Todd«, sagte er forsch.

»Wofür?«

»Oh, doch! Ich habe einen Fremden in unserer Mitte nicht gastfreundlich genug aufgenommen, habe meine Pflichten vernachlässigt. Und weil ich heute abend ein paar Gäste bei mir sehe, lauter liebe Menschen und ganz formlos, nur eine kleine Geselligkeit, wäre es mir lieb, Sie kämen auch, Thorndeckers haben zugesagt, auch Mr. Merchant und Miss Binder, und andere, die Sie schon kennen oder die Sie gern kennenlernen würden. Könnten Sie gegen sechs kommen? Es gibt kalte Platte und Erfrischungen. Das wäre doch reizend.«

Nie zuvor dürfte in Coburn so kurzfristig zu einem kalten

Buffet eingeladen worden sein. Ich vermutete, daß Thorndekker dies arrangiert hatte, und daß ich irgendwann im Laufe des Abends eine Erklärung bekommen würde für die Beisetzung von Chester K. Petersen – ganz beiläufig selbstverständlich.

»Das klingt ja recht verlockend«, sagte ich. »Ich komme gern.«

»Freut mich, freut mich. Ich wohne in dem victorianischen Spukhaus gleich neben der Kirche. Das können Sie nicht verpassen, die Lampen brennen auf der Veranda.«

»Bis sechs also.« Und ich legte auf.

Ich ging etwas gedämpft und nachdenklich in die Bar. Thorndecker, so schien mir, reagiert zu stark. War mit Petersen alles koscher, brauchte er kein Wort zu verlieren, solange ich nicht fragte, und dann konnte er mir Auskunft geben. Stimmte aber etwas nicht, würde er mich zu täuschen versuchen, möglichst in einer geselligen, entspannten Atmosphäre. So nahm ich an, rechnete er, und das ärgerte mich. Man hielt mich also für einen Schwachkopf.

Die Bar war voll, das Restaurant überfüllt. Ich gab auf, bestellte bei Sam Livingston ein Sandwich und Bier aufs Zimmer, was allerdings, wie er meinte, eine halbe Stunde dauern konnte. Er verschwand alsbald in der Küche, ich stiefelte die Treppe rauf, riß mir den feuchten Mantel runter, zog die nassen Stiefel aus, rauchte in Socken am Fenster stehend, starrte auf die Main Street und sah nichts. Ich dachte nach, und es wäre schön, könnte ich behaupten, ich dachte mit System. Es war aber ein wirres Durcheinander in meinem Kopf, und was da herumschwirrte lautete etwa so:

1. Vielleicht haben sie doch versucht, Scoggins Wagen wegzufahren, er war aber verschlossen.

2. Warum haben sie den blutbesudelten Teppich nicht einfach mitgenommen? Dafür konnte es eine Menge Gründe geben. Coburn und andere Freunde Ernies hatten diesen Teppich hundertmal gesehen. Es war einfacher, ihn bloß umzudrehen und kostete weniger Zeit. Niemand würde es merken, und niemand hatte es gemerkt. Nicht der die Untersuchung vornehmende Konstabler Goodfellow, nicht der Busenfreund Al.

3. Weshalb redete ich in Gedanken von *sie*, obgleich ich so wütend auf Al geworden war, weil der das laut tat?

4. Coburns Schulden bei der Bank ... hatte er Angst vor Merchant? Oder hatte er Angst vor Thorndecker, der sich Merchants bediente?

5. Warum sagte die Beecham zu mir, Petersen sei an Krebs gestorben, wenn Dr. Draper auf dem Totenschein Herzkongestion als Ursache angab? Log einer von beiden bewußt, oder steckten sie unter einer Decke und war ihnen bloß ein Irrtum unterlaufen?

6. Welche Farbe hatten die Augen von Mrs. Thorndecker?

In diesem Moment kam Sam Livingston mit Bier und Sandwich. Ich zeichnete die Rechnung ab, drückte ihm einen Dollar in die Hand und verschloß die Tür, stellte mich wieder ans Fenster, kaute heißhungrig auf meinem Sandwich herum und spülte mit Bier nach. Weiter ...

7. Hatte Al Coburn recht damit, daß Ernie »hier in der Nähe verscharrt« worden war, wo wäre der gegebene Ort? Kinderleicht: der Friedhof von Crittenden. Da würde keiner nachbuddeln.

8. Im Labor gehen Sachen vor, die nicht koscher sind, und Ernie ist irgendwie dahintergekommen.

9. Was steht bloß in dem Brief, den er Al Coburn hinterlassen hat? Eine vage Anschuldigung konnte er nicht enthalten, es mußte sich um handfeste Beweise handeln, andernfalls hätte Al nicht so reagiert. Ein Mikrofilm? Hatte er was aus dem Labor geklaut?

10. Trieb Julie Thorndecker es wirklich mit ihrem Stiefsohn?

11. Wie könnte ich Millie Goodfellow davon abbringen, mich auf mein Versprechen festzunageln?

12. Wer hat den Käse zum Bahnhof gerollt?

Ich war mit dem Bier und dem Sandwich fertig und leckte mir gerade Mayonnaise von den Fingern, als das Telefon klingelte. Bevor ich den Hörer abnahm, säuberte ich die Finger am Sesselpolster.

»Hier Todd.«

»Hier Stern.«

»Ah, Nate. Wie geht's? Frau und Kinder gesund?«

»Alle gesund. Wie steht's bei dir?«

Stern, ein Mann von wenig Worten, war der Chef von Donner & Stern, seit Donner von einem Kassierer erschossen worden war, der sich an der Kasse vergriffen hatte. Donner beging den Fehler, einen Teil der Beute wiederbeschaffen zu wollen, bevor er den Burschen der Polizei übergab.

»Ich bin noch am Leben, Nate.«

»Hotelvermittlung?« fragte er.

»Ja«, antwortete ich und wurde so vorsichtig wie er.

»Die Probe ...«

»Ja?«

»Olympia Standard, etwa fünf Jahre alt.«

»Danke.«

»Nützt das was?«

»Viel nicht. Später mehr.«

»Verstanden.«

Wir legten auf.

Falls es jemand vergessen haben sollte: die Rede war von jenem anonymen Briefchen »Thorndecker tötet«. In Crittenden hatte ich im Pflegeheim überhaupt keine, und im Labor nur zwei Maschinen vom Fabrikat IBM gesehen. Und das bedeutete? Nichts.

Nun wollte ich selber noch telefonieren. Bislang hatte ich dies rausgeschoben, weil ich fürchtete, ich könnte den Leuten Kummer machen, die ich anrufen mußte, doch es ließ sich nicht vermeiden. Ich ging also in den Drugstore auf der Main Street und meldete ein R-Gespräch mit Mr. Stacy Besant von der Bingham-Stiftung an. Der würde jetzt im Büro sein, er ging niemals in der Mittagspause zum Essen weg. Statt dessen transportierte er in seiner kostbaren Aktenmappe eine Stulle mit Erdnußbutter.

»Wie kommen Sie voran, Samuel?« fragte er.

»Langsam aber sicher.«

Etwas in meiner Stimme schien ihn zu beunruhigen.

»Schwierigkeiten?«

Der Mann fragte doch tatsächlich, ob ich in Schwierigkeiten steckte!

»Ja, Sir, einige.«

Ich hörte ihn schnaufen und nahm an, daß er seinen Inhalator benutzte.

»Können wir behilflich sein?«

»Ja, Mr. Besant. Sie sagten, Ihre Nichte sei Thorndeckers erste Frau gewesen. War sie älter als er?«

Pause. Dann etwas gedämpft:

»Müssen Sie das für Ihre Beurteilung wissen?«

»Ja, Sir.«

»Nun ... Betty war etwa 10 Jahre älter als Thorndecker.

Ich überlegte und fragte weiter: »Thorndecker hat viel geerbt. Wissen Sie, woher das Vermögen stammte?«

»Aus der pharmazeutischen Industrie. Ererbt. Thorndecker hat Betty kennengelernt, als er in ihrem Betrieb an einem Forschungsprojekt arbeitete.«

»Gut, das wäre das. Können Sie mir Einzelheiten über den Todesfall mitteilen?«

Wieder hörte ich ihn schnaufen.

»Tja ...«, sagte er schließlich, »Betty ... nun, sie trank und –«

»Einen Moment, Sir. Trank sie bereits vor der Ehe oder erst, seit sie mit Thorndecker verheiratet war?«

Schweigen.

»Sind Sie noch da, Sir?«

»Ja. Ich bin noch da. So habe ich die Sache noch nie betrachtet, und ich versuche mich zu besinnen.«

»Lassen Sie sich Zeit, Mr. Besant«, ermunterte ich ihn.

»Keine Frechheiten, Samuel«, tadelte er mich scharf. »So senil, wie Sie glauben, bin ich nicht. Mir scheint, vor ihrer Ehe mit Thorndecker hat Betty etwa so getrunken, wie man das in ihren Kreisen tat. Mir kommt vor, daß das nach ihrer Heirat schlimmer wurde.«

»War sie Alkoholikerin?«

Der alte Mann seufzte. »Ja, sie war eine.«

»Und wie ist sie gestorben?«

»Ertrunken, am Cape Cod. Sie hatte die Angewohnheit, in angetrunkenem Zustand nachts schwimmen zu gehen. Manchmal auch sehr zeitig morgens.«

»Das Meer ist dort sehr kalt, selbst wenn die Sonne scheint.«

»Ganz recht, und man hat sie auch wiederholt gewarnt. Aber einsperren konnte man sie schlecht. So hat sie denn meist jemand begleitet, einerlei, wie spät es war, aber gelegentlich machte sie sich unbemerkt davon.«

»Vorsätzlich?«

»Wie meinen Sie?«

»Ich meine, hat sie bewußt das Risiko in Kauf genommen zu ertrinken?«

Wieder Schweigen und dann ein Seufzen.

»Sie sind ein ziemlich alter junger Mann, Samuel. Auch daran habe ich bisher nicht gedacht, aber Sie mögen recht haben, und sie spielte mit dem Tode. Wie auch immer, sie ertrank. Eines Morgens vermißte man sie im Hause, und ihre Leiche wurde später von der Brandung angespült.«

»Irgendwelche Hinweise auf ... Sie wissen, was ich meine.«

»Nur Schrammen und Abschürfungen, das übliche in solchen Fällen. Keine auffälligen Verletzungen, nichts Verdächtiges. Salzwasser in der Lunge.«

»War sie eine gute Schwimmerin?«

»Eine ausgezeichnete Schwimmerin.«

»Und Thorndecker? Ist er auch ein guter Schwimmer?«

»Samuel, Samuel«, ächzte er, »ich weiß es nicht. Müssen Sie denn so argwöhnisch sein?«

»Ja, Sir, das muß ich. Deutete irgendwas darauf hin, daß er außereheliche Beziehungen hatte?«

Er räusperte sich. »Nein.«

»Sie wissen das genau?«

»Wenn Sie es denn unbedingt hören wollen«, und ich sah förmlich, wie sein Schildkrötenkopf sich abwehrend duckte, »ich habe selbst unter der Hand Nachforschungen angestellt.«

»Ah. Und er war sauber?«

»Absolut.«

»Wo war er, als seine Frau ertrank, daheim im Bett?«

»Nein, auf einem Ärztekongreß in Boston. Er ist abends abgereist, und daß er in Boston war, ist bezeugt.«

»Ach«, sagte ich enttäuscht. »Dann ist er wirklich sauber. Es sei denn ...«

»Es sei denn was, Samuel?«

»Ach nichts, Sir. Sie haben ganz recht, ich bin zu mißtrauisch. Ich malte mir gerade aus, wie er es trotzdem bewerkstelligt haben könnte.«

Nun versetzte der Alte mir einen Schock: »Ich weiß schon. Ein Betäubungsmittel in ihren Schnaps. Er hatte ja leichten Zugang dazu.«

Ich holte scharf Luft.

»Sie haben wieder einmal recht, Sir. Ich neige dazu, Sie zu unterschätzen, und ich bitte ausdrücklich um Entschuldigung dafür. Wurde der Inhalt der Flaschen analysiert?«

»Oh, ja, alles wurde sehr gründlich untersucht, dafür habe ich gesorgt. Gin, ohne Beimengung. Aber als die Leiche gefunden, die Polizei alarmiert und die Untersuchungen in Gang gekommen waren, war auch Thorndecker längst zurück.«

»Mit anderen Worten, er könnte die Flaschen vertauscht haben?«

»Diese entfernte Möglichkeit ist nicht auszuschließen.«

»Und glauben Sie, daß er es getan hat?«

Diesmal währte das Schweigen recht lange und endete mit einem doppelten Schnüffeln: beide Nasenlöcher bekamen ihre Portion.

»Ich versage es mir, eine Meinung zu äußern«, erklärte Mr. Stacy Besant gemessen.

»Nun ja, es wäre ohnehin nicht mehr aufzuklären, es sei denn, wir bekämen ein Geständnis. So aber wird man nie etwas Genaues wissen.«

»Nein, das wird man nicht.«

»Eine letzte Frage, Sir. Die Daten und die Unterschiede im Alter sind mir etwas schleierhaft, vor allem die zehn Jahre zwischen Mary und Edward, den Thorndeckerkindern. Ist das nicht sehr ungewöhnlich?«

»Die Erklärung ist einfach. Betty war Witwe, als sie heiratete, und Mary stammt aus ihrer ersten Ehe. Edward ist Thorndeckers und Bettys Sohn, Mary und Edward sind also Halbgeschwister.«

»Ich danke Ihnen sehr, Sir, das zu wissen ist mir sehr nützlich.«

»Ach?« Er war überrascht.

»Hätten Sie wohl die Freundlichkeit, mich mit Mrs. Cynthia zu verbinden, Mr. Besant, falls sie erreichbar ist?«

»Gern. Bleiben Sie dran.«

Eines muß man ihm lassen: der alte Knabe hätte nie im Traum daran gedacht zu fragen, weshalb ich die Chefin verlangte. Wollte sie ihn über unsere Unterhaltung ins Bild setzen, würde sie es tun.

Mrs. Cynthia war Augenblicke später am Apparat. Wir erkundigten uns nach dem jeweiligen Wohlbefinden (gut) und dem Wetter (schlecht), und dann sagte ich: »Madam, vor meiner Abreise erzählten Sie mir, auf dem Flur, Sie hätten Thorndeckers Vater gekannt.«

»Ganz recht.«

»Sie sagten, er sei ein ganz reizender Mensch gewesen und fügten hinzu: ›Das alles war so sehr traurig‹. Was haben Sie damit gemeint?«

»Ich wollte, ich hätte Ihr Gedächtnis, Samuel.«

»Und ich wollte, ich wäre so schön und so gescheit wie Sie.«

Sie lachte. »Ein Halunke sind Sie, wäre ich fünfzig Jahre jünger ...«

»Oder ich fünfzig Jahre älter«, sagte ich.

»Die gehen schnell rum. Also ja, ich kannte Thorndeckers Vater gut. Gerald hieß er. Gerry wurde er genannt.«

Weiter sagte sie nichts, und ich wollte sie nicht bedrängen. Wir beließen es dabei.

»Aber was war dabei so tragisch, Mrs. Cynthia?«

»Sein Tod. Er kam bei einem Jagdunfall ums Leben. Es war ziemlich scheußlich.«

»Ein Jagdunfall? Wo denn?«

»In Maine, unweit der kanadischen Grenze.«

»Wie alt war damls sein Sohn?«

»Telford? Nun dreizehn, vierzehn.«

»Vielen Dank.« Ich wollte mich schon verabschieden.

»Der war dabei, als es passierte.«

Das begriff ich nicht gleich.

»Was denn, Dr. Telford Thorndecker war anwesend, als sein Vater auf der Jagd verunglückte?«

»Das ist richtig«, sagte sie.

»Erinnern Sie sich an Einzelheiten, Mrs. Cynthia?«

»Selbstverständlich«, versetzte sie scharf, »so etwas vergißt man nicht. Sie hatten einen Bock aufgestöbert und –«

»Sie?« unterbrach ich, »heißt das, Gerald Thorndecker und sein Sohn?«

»Samuel, entweder ich erzähle die Geschichte auf meine Altweiberart oder ich lege auf.«

»Verzeihung, Madam«, sagte ich demütig, »ich verspreche, nicht wieder zu unterbrechen.«

»Gerald, sein Sohn Telford und vier Bekannte bildeten die Jagdgesellschaft. Insgesamt also sechs Personen. Sie stöberten einen Bock auf, bildeten eine Kette und gingen ihm nach, Gerald schneller als die anderen, wie später ausdrücklich protokolliert wurde, das war so seine Art, ungeduldig, übereifrig. Wie auch immer, die anderen blieben hinter ihm zurück. Sie hörten es im Unterholz knacken, glaubten, der Bock wolle durchbrechen und schossen. Gerald war auf der Stelle tot. Nun dürfen Sie fragen.«

»Verbindlichen Dank«, sagte ich ohne alle Ironie. »Wie viele Jäger schossen auf Gerald?«

»Soweit ich weiß drei.«

»Auch der Sohn Telford?«

»Ja.«

»Mit welchem Ergebnis?«

»Er wurde zweimal getroffen.«

»Einmal aus der Büchse seines Sohnes?«

»Ja. Und aus einer anderen.«

Das hätte ich mir ja denken können. Man glaubt immer, sobald man die Tatsachen hat, löst sich alles in Wohlgefallen auf, aber das ist nicht so, denn man bekommt nur halbe Tatsachen, Vierteltatsachen, Achtel- oder Sechzehnteltatsachen. Lauter Winzigkeiten ohne Beweiswert. Nichts ist jemals unwiderlegbar oder komplett.

»Gerald Thorndecker wurde also von zwei Flintenkugeln getroffen, eine davon stammt aus dem Gewehr seines Sohnes. Wissen Sie etwas über die Mutter?«

»Sie hieß Grace und starb an Brustkrebs, als Telford noch

sehr klein war, drei oder vier Jahre. Sein Vater hat ihn aufgezogen.«

»War Vermögen da?«

»So gut wie keines«, sagte sie bedauernd. »Gerald konnte mit Geld nicht umgehen. Er war ein Verschwender, und bildete sich ein, er müßte unter allen Umständen einen bestimmten Standard aufrecht erhalten. Ererbtes Geld ist schnell weg, wenn nichts hinzuverdient wird.«

»Hatte er keinen Beruf?«

»Gerald Thorndecker war Dichter«, sagte sie streng.

»Dichter? Lieber Himmel, da kann man sich gut vorstellen, wo das Geld geblieben ist. Wurde er gedruckt?«

»Privatdrucke auf eigene Kosten. Ich besitze seine Gedichte noch«, fügte sie leise hinzu.

»Und verstand er was vom Dichten?«

»Nein, er verstand sich darauf zu leben.«

»Und Telford war das einzige Kind.«

»Woher wissen Sie das?«

»Er sieht aus wie ein Einzelkind und benimmt sich auch so. Bitte, Mrs. Cynthia, lassen Sie mich alles wiederholen und verbessern Sie mich, wenn nötig. Dr. Thorndecker war ein Einzelkind. Er verlor seine Mutter mit drei oder vier Jahren. Sein Vater, ein erfolgloser Dichter, der sein Erbe mit vollen Händen ausgibt, zieht ihn auf. Der Vater kommt bei einem Jagdunfall um, als der Sohn dreizehn ist.«

»Oder vierzehn«, verbesserte sie.

»Oder vierzehn. So in der Drehe. Was geschah nun mit dem Sohn? Wer nahm sich seiner an?«

»Eine Schwester seines Vaters.«

»Die hat ihm das Medizinstudium bezahlt?«

»Keine Spur. Die war arm wie eine Kirchenmaus. Ohne die Unfallversicherung seines Vaters hätte Telford nicht studieren können. Die reichte für sein Studium und seine Assistentenzeit.«

»Wollte er immer schon Arzt werden?«

»Solange ich ihn kenne. Schon als kleiner Junge.«

»Haben Sie tausend Dank, Mrs. Cynthia, tut mir leid, daß ich Sie so lange aufgehalten habe.«

»Das macht nichts, Samuel. Ich hoffe nur, es hat Ihnen was genützt. Sollten Sie Dr. Thorndecker sehen, grüßen Sie ihn. Er erinnert sich womöglich an mich.«

»Wer könnte Sie je vergessen?« versetzte ich galant.

Sie schnaufte mißbilligend, ich wußte aber, es ging ihr glatt runter. Sie war wirklich eine großartige Person, ich mochte sie sehr und hätte ihr gern Kummer erspart. Deshalb enthielt ich mich jeder abfälligen Bemerkung über den Umstand, daß in Dr. Thorndeckers Leben zwei Todesfälle vorkamen, an denen er sehr wohl mitgewirkt haben mochte, von denen er jedenfalls erheblich profitierte. Vielleicht war daran aber auch nichts Bemerkenswertes, war es purer Zufall, und ich sah schon dunkle Machenschaften, wo es keine gegeben hatte.

Nachdenklich schlenderte ich ins Hotel. Eins muß man Coburn lassen: wer hier gedankenverloren über die Straße geht, hat vom Verkehr nichts zu befürchten.

Mr. Besant und Mrs. Cynthia hatten mir reichlich Stoff zum Grübeln geliefert. Ich wußte jetzt mehr als vorher. Die Überprüfung von Thorndeckers Projekt zerfiel in zwei Teile: Lebensgeschichte, Persönlichkeit und Bestrebungen von Dr. Telford Thorndecker zum einen, und zum anderen die sonderbaren Ereignisse, die im vergangenen Monat in und um Crittenden stattgefunden hatten. Daß beides nach und nach miteinander verschmelzen und einen Sinn, wie abwegig auch immer, ergeben würde, bezweifelte ich keinen Moment, doch wußte ich nicht, was ich nun unternehmen sollte.

Zunächst einmal kaufte ich in Sandys Spirituosengeschäft eine Flasche zwölf Jahre alten Scotch. Der war ganz wunderschön verpackt, und ich verbarg ihn in einer Tüte, die ich in den Coburn Inn trug. Hier hielt ich Ausschau nach Sam Livingston, entdeckte ihn aber nirgendwo. Unter der Lobby herrschte nachmittägliche Schläfrigkeit, selbst Millie Goodfellow schien mehr zu dösen, als ernstlich an ihren Krallen zu feilen.

Ich ging hinunter in den Keller, öffnete eine Stahltür, wanderte den Korridor entlang, über mir ein Gewirr aus Heizungs- und Wasserrohren. Dann sah ich ein Schild SAMUEL LIVINGSTON BITTE ANKLOPFEN. Ich klopfte und wartete.

Er kam an die Tür, wie immer in seinem glänzenden schwarzen Anzug mit dem Käppchen auf dem Kopf. Jetzt trug er eine Halbbrille auf der Nase und ein geschlossenes Buch in der Hand, den Zeigefinger als Lesezeichen zwischen den Seiten. Ich holte den Scotch aus der Verpackung und hielt ihm die Flasche hin.

»Grieche bringt Geschenk«, sagte ich dabei. »Vorsicht.«

Sein dunkles Gesicht überzog ein warmes Lächeln.

»Für mich? Ah, das nehme ich mit Dank. Kommen Sie doch herein, machen Sie sich's bequem, und wir probieren einen Schluck von diesem schönen Whisky.«

Gar keine üble Bude, die er da unten hatte, Wohnzimmer mit eingebauter Küche, kleines Bad, alles blitzblank. Ein Schlafsofa, zwei Sessel, ein Tisch mit Stühlen wie aus dem Caféhaus. Eine Kommode. Kein Fernsehgerät, dafür ein Regal voller Bücher. Ich las flüchtig die Titel – lauter gute Romane, auch älteren Datums.

Er bat mich in einen Sessel und schenkte uns ein.

»Man darf solch einen Whisky nicht mit Wasser verderben«, bemerkte er.

»Mir recht.«

Er ließ sich gemächlich im anderen Sessel nieder, hob mir sein Glas entgegen, nahm einen kleinen Schluck und schloß die Lider.

»Ah, der ist gut.« Er klappte die Lider auf, schwenkte das Glas unter der Nase, sog das Aroma mit sichtlichem Genuß ein. »Und wie gefällt Ihnen Coburn, Sam? Ist es hier ausreichend still und geruhsam für Sie?«

»Es hat ganz den Anschein, nur habe ich so ein Gefühl, als gäbe es ziemliche Turbulenzen unter der Oberfläche.«

»Nicht ausgeschlossen«, bemerkte er. »Wie ich höre, sind Sie eifrig am Schnüffeln?«

»Bislang rede ich nur mit den Leuten. Und ich dachte, Sie können mir helfen.«

»Wie?«

»Nun, Sie leben hier schon recht lange.«

»Dreißig Jahre. Und ich habe die Absicht, mein Leben hier zu beschließen. Sie als gescheiter Bursche werden nicht erwarten, daß ich über Leute, die lebenslang meine Mitbürger sein werden, abträglich rede.«

»Selbstverständlich nicht. Nur – ich habe gegensätzliche Meinungen zu hören bekommen und dachte, Sie könnten mir helfen, die richtig zu bewerten.«

Er starrte mich über die Brillengläser hinweg an; sein Gesicht glich einem verschrumpelten Apfel; ein wahres Geflecht von Fältchen und Runzeln, schwarz und glänzend. Die Zähne groß und gelblich. Die Ohren standen mächtig ab und seine Augen hatten alles gesehen.

»Machen wir's doch so: Sie stellen mir Fragen und ich antworte, wenn ich Lust habe, oder antworte nicht. Wenn ich die Antwort nicht weiß, sage ich's.«

»Ein guter Vorschlag. Die erste Frage betrifft Al Coburn. Kennen Sie den?«

»Klar kenne ich den. Jeder kennt ihn. Seine Vorfahren haben den Ort hier schließlich besiedelt.«

»Halten Sie den für bescheuert?«

Er zeigte seine Zähne, und ich mußte an eine Klaviertastatur denken.

»Coburn bescheuert? Keine Spur. Schlau wie ein Fuchs. Der hat es faustdick hinter den Ohren.«

»Okay. So schätze ich ihn auch ein. Nächster: Mr. Merchant.«

»Der Bankmensch? Der ist bloß ein Bankmensch, was kann man von dem schon erwarten?«

»Glauben Sie, daß der *Sentinel* Profit abwirft?«

Er nahm einen Schluck, sah mich nachdenklich an und meinte: »So gerade eben.«

»Steckt da Geld von der Bank drin?«

»Wie soll ich so was wissen?«

»Sam, ich habe das Gefühl, in Coburn geht so gut wie nichts vor, wovon Sie nichts wissen.«

»Agatha Binder könnte bei der Bank Schulden haben«, gab er zu. »Die meisten hiesigen Geschäftsleute sind da verschuldet.«

»Kennen Sie Thorndeckers?«

»Gesehen hab ich sie schon.«

»Auch mit ihnen geredet?«

»Bloß mit Miss Mary. Wir sind Freunde.«

»Konstabler Goodfellow ist Ihnen bekannt?«

»Aber ja.«

Jetzt nahm ich die erste Kurve.

»Hat er was mit Thorndeckers Frau?«

Schon ging der Vorhang runter.

»Nicht daß ich wüßte.«

»Wird über die Arbeit im Labor von Crittenden was gemunkelt?«

»Ich gebe nichts auf Klatsch.«

»Aber hören tun Sie ihn?«

»Manchmal.«

»Haben Sie je einen Mann namens Petersen erwähnen hören, Chester K. Petersen?«

»Petersen? Nein.«

»Scoggins vielleicht, Ernie Scoggins?«

»Ah ja, den habe ich gekannt. Der hat oft gesessen, wo Sie jetzt sitzen. Kam vorbei, brachte mal was zu trinken mit, manchmal war er auch blank, und ich machte ihm was zu essen. Mit dem hab ich gern geredet. Ein netter lustiger Mensch, immer zum Witzemachen aufgelegt.«

»Der ist angeblich einfach abgehauen?«

»Ja, so heißt es.«

»Glauben Sie das?«

Er dachte nach und sagte endlich: »Was mit Ernie passiert ist, weiß ich nicht.«

»Haben Sie eine Vermutung?«

»Ich kann nichts vermuten.«

»Wann haben Sie ihn zuletzt gesehen?«

»Paar Tage, bevor er verschwunden ist.«

»Da war er hier?«

»Stimmt.«

»Zu welcher Tageszeit?«

»Nach Feierabend.«

»Ist Ihnen an ihm was aufgefallen?«

»Wie meinen Sie?«

»War er guter Stimmung?«

»Ja, das war er, er sagte, bald würde er zu Feld kommen, er wollte mich dann nach Albany einladen, zu einem guten Essen und einem Stadtbummel.«

»Haben Sie Goodfellow das gesagt?«

»Nein.«

»Warum nicht?«

»Er hat nicht danach gefragt.«

»Hat Scoggins angedeutet, wieviel Geld er erwartete?«

»Nein.«

»Hatten Sie den Eindruck, daß es viel sein würde?«

»Für Ernie war alles über fünf Dollar viel.«

»Und sagte er, woher er das Geld bekommen würde?«

»Nein, und ich hab auch nicht danach gefragt.«

»Können Sie vermuten, woher er es erwartete?«

»Ich habe keine Ahnung.«

So ging es weiter und immer öfter sagte er: »Ich weiß nicht.« Zum Vorwurf machen konnte ich ihm das nicht, denn, wie er schon gesagt hatte, mußte er hier überleben, während ich eines schönen Tages abreisen würde. Daß er die Geheimnisse des Städtchens nicht ausplaudern wollte, war mir klar – es sei denn, Daumenschrauben würden wieder modern.

Ich hatte keine Fragen mehr zu stellen und nahm einen Schluck Scotch. Wir redeten noch dies und das, und ich entdeckte an ihm einen Sinn für Humor, den er so geschickt unter seiner ausdruckslosen Miene zu verstecken wußte, daß man ihn leicht übersehen konnte. Der Bursche hatte es faustdick hinter den Ohren. Es lachte oder weinte da tief in seinem Inneren, merkte der andere es, war es ihm recht, merkte der nichts, auch gut. Ihm war es egal.

Er konnte aber auch tiefsinnige Sachen sagen. Als ich fragte: »Was halten Sie von Millie Goodfellow?« antwortete er:

»Sie ist einsam mit zu vielen Männern.«

Ich fragte, ob er der einzige Schwarze im Ort sei; nein, es lebten hier noch zwei farbige Familien, neun Personen insgesamt. Die Männer verrichteten Landarbeit, die Frauen gingen als Dienstmädchen, die Kinder zur Schule.

»Die leben ganz gut, aber ich habe kaum was mit ihnen zu tun.«

»Wie kommt das?«

»Ich halte mich von allen zurück.«

»Verwandte haben Sie keine, Sam?«

»Nein, die sind alle nicht mehr da.«

Unklar blieb, und ich fragte nicht, ob er meinte, sie seien verstorben oder weggezogen.

»Wenn Sie sagen, Sie und Mary Thorndecker sind Freunde – wie soll ich mir das vorstellen? Kommt sie Sie hier besuchen? Haben Sie Gelegenheit, miteinander zu sprechen?«

»Hm ... hin und wieder.«

Ich sah ihn scharf an, denn mir fiel ein, daß die Binder gesagt hatte, Mary Thorndecker besuche Erweckungsgottesdienste außerhalb von Coburn. Und der Reverend Koukla hatte auch so was angedeutet.

»Besuchen Sie und Mary dieselbe Kirche? Ungefähr fünf Meilen südlich von hier?«

Wieder verschleierte sich sein Blick.

»Sie kommen wirklich in der Welt rum, Sam«, bemerkte er nur.

»Wie finde ich dahin? Ich möchte mir die Kirche ansehen.«

»Sie sagen doch selbst, fünf Meilen in südlicher Richtung. Am Fluß entlang, dann nach links abbiegen. Sie sehen schon das Schild.«

»Fahren Sie dorthin?«

»Nein, ich habe kein Auto, Miss Mary holt mich hier ab.«

»Wann ist der Gottesdienst – sonntags?«

»Sonntags und jeden zweiten Werktagabend. Immer um acht.«

»Ich gehe mal hin. Ist der Prediger gut?«

»Der versteht seinen Kram«, grinste er. »Es macht Spaß, ihm zuzuhören.«

Der Scotch hatte mich schläfrig gemacht. Ich bedankte mich für seine Gastfreundschaft und stand auf. Er bedankte sich für den Whisky und erbot sich, mich im Fahrstuhl nach oben zu bringen. Der fuhr bis in den Keller, hielt direkt nebenan und er hörte die Glocke im Zimmer anschlagen. Ich sagte, ich wolle lieber gehen, die Treppen täten mir gut. Er blieb noch an der offenen Tür stehen, als ich losging.

Nach etwa fünf Schritten hörte ich, wie er meinen Namen rief. Ich drehte mich um, doch er sagte nichts.

»Ist noch was, Sam?«

»Es ist schlimmer, als Sie annehmen«, sagte er, machte kehrt und verschwand in seiner Behausung.

Da stand ich nun unter all den Röhren und suchte diesen Satz zu entziffern. Was meinte er damit? Was war schlimmer, als ich annahm? Coburn? Thorndecker? Das Leben als solches?

Ich wußte es nicht.

Damals wußte ich es nicht.

Von trüben Ahnungen über das Schicksal von Ernie Scoggins geplagt, erklomm ich die Treppe. Geld hatte er also erwartet. Der leichtgläubige Narr. Al Coburn hatte ja schon gesagt, da oben drin sei nicht viel los gewesen mit ihm. Nach allem, was ich von Sam Livingston gehört hatte, stellte die Lage sich mir so dar:

Scoggins hatte was gehört oder gesehen, vielleicht beides. Vermutlich während der Arbeit in Crittenden Hall. Womöglich hatte er Konstabler Goodfellow und Mrs. Thorndecker ertappt, falls die wirklich was miteinander hatten. Irgendwo im Freien. Oder im Stall, bei dem mächtigen Wallach. Oder hinten in Goodfellows Streifenwagen.

Scoggins, der ja aus dem Fernsehen weiß, wie man so was macht, denkt, er kann daraus Profit schlagen, und versucht sich an einem kleinen Erpressungsmanöver (er fordert vielleicht neun Dollar und neunzig Cent). Er droht, die beiden bei Thorndecker zu verpfeifen. Vielleicht hat er gar Beweise – einen Brief, ein Foto, ein Tonband, was weiß ich.

Das Pärchen indessen begreift wie alle Erpreßten, daß eine Zahlung die erste von vielen Raten sein wird und beschließt, Ernie aus dem Weg zu schaffen. Wahrscheinlich besorgte das Goodfellow in seinem Streifenwagen, der hatte den nötigen Schneid. Tat er es allein, erklärte sich daraus, daß Scoggins Wagen am Ort verblieben war, und warum Goodfellow den blutbefleckten Teppich nicht *bemerkte*, als er den Fall untersuchte. Auch ließ das einen Rückschluß auf den Inhalt von Scoggins Brief zu, den er Al Coburn übergeben hatte: vermutlich enthielt er den Beweis dafür, daß Goodfellow und Mrs. Thorndekker dem erhabenen Doktor Hörner aufgesetzt hatten – ein Foto, einen Liebesbrief, ein Tonband oder so etwas.

Alles recht einleuchtend, wie ich fand.

Morgen, so überlegte ich weiter, löse ich das Rätsel um Chester K. Petersens Tod und Begräbnis, und am Samstag bringe ich heraus, was mit der Botschaft »Thorndecker tötet« gemeint war. Am Sonntag werde ich ruhen.

Im allgemeinen mache ich mir im Verlauf einer Überprüfung Notizen in ein Ringbuch, trage ein, was mir auffällt, Fetzen von Gesprächen, die ich führe oder aufschnappe, Hinweise auf Spuren, die es zu verfolgen lohnen könnte. Dieses Büchlein ist sehr nützlich, wenn ich später meinen Bericht abfasse.

Seit man mein Hotelzimmer durchsucht hatte, brachte ich aber nichts mehr zu Papier, sondern speicherte alles in meinem gescheiten Spitzkopf. Da drinnen sah es allerdings wüst aus, von aufgeräumt keine Rede.

So lag ich denn auf dem Bett hingestreckt, in Socken, die Hände unterm Kopf verschränkt, und suchte verzweifelt einen Faden zu erhaschen, irgendwas, ein Leitmotiv meinethalben, das mich erleuchten sollte. Dies war nicht die erste Untersuchung, bei der ich auf Schwierigkeiten stieß, und ich besaß demzufolge ein erprobtes Rezept, ihnen zu begegnen. Dies bestand darin, daß ich mich bemühte, möglichst nicht an den Fall zu denken, einfach zu ignorieren, wer was wann wo sagte oder tat, auch alles, was ich selber unternommen, eingeleitet, vermutet hatte. Gelang dies, konnte ich mich ganz meinen Empfindungen, meinem Instinkt überlassen. Es war der Versuch, auf eine tieferliegende Schicht auszuweichen, eine primitivere, wenn man will; der Verstand wurde zugunsten des Gefühls ausgeschaltet.

Als ich das nun versuchte, mich ganz meiner subjektiven Reaktion auf Thorndecker und alles, was mit ihm zusammenhing, überließ, ergab das ein recht merkwürdiges Resultat: mir wurde klar, daß der Konflikt zwischen jung und alt, das Altern überhaupt, das Rätsel von Sterblichkeit und Überleben eine sehr große Rolle spielten.

Das fing schon mit dem Antrag auf Forschungsgelder an, den Thorndecker gestellt hatte: Er wollte den X-Faktor, der in Säugetierzellen möglicherweise den Vorgang des Alterns verursacht und zum Tode führt, isolieren und manipulieren. Dann hatten wir da ein Pflegeheim mit überdurchschnittlich vielen Todesfällen, eine Einrichtung, die sich praktisch nur der hoffnungslosen Fälle annahm.

Weiter: ein ältlicher Arzt, verheiratet mit einer sehr jungen Frau, die ihr Vergnügen – möglicherweise! – bei anderen suchte und fand, darunter ein sehr männlicher indianischer Polizist, vielleicht auch ihr sehr viel jüngerer Stiefsohn.

Dazu ein Häuflein uralter Männer: Scoggins, Petersen, Al Coburn und Sam Livingston.

Als Beigabe ein Stab übereifriger, hochgescheiter junger Forscher, die womöglich mehr Begabung als moralisches Verantwortungsgefühl besaßen.

Das alles in einem Städtchen, in dem es von gescheiterten Hoffnungen gespensterte, ein absterbendes Städtchen, nicht nur alt, sondern bereits absolet, das sein zahnloses Maul nicht verbergen konnte, und das in allen Fugen krachte.

Das also waren die Löcher, die ich in die Rolle stach, welche ich in mein elektrisches Klavier einlegte, und die häßliche Melodie, die sie hervorbrachte, tönte von nichts als Alter, dem Rätsel des Alterns. Ich verstand gut, daß Thorndecker darauf brannte, es zu lösen.

Noch ein Faktor machte sich in dem Karussell meiner Gedanken bemerkbar: Es mochte ja sein, daß ich derjenige war, der von der Vorstellung des Alterns besessen war. Mir schien, ich hatte Joan Powell aus guten und verständlichen Gründen abgewiesen, nämlich des Altersunterschiedes wegen. Aber war das wirklich eine vernunftbestimmte Entscheidung gewesen und nicht vielmehr ein ererbter Reflex, der mir gar nicht bewußt war? Hatte etwas in meinen Genen, meinen Zellen, mich gezwungen, diese vortreffliche Frau abzuweisen? Hatte das mit der Erhaltung der Art zu tun?

Ich begriff nichts, soviel stand mal fest. Ich wußte nur, daß ich sie begehrte, dringend, gleich jetzt. Sagt da wer was von Liebe?

So verbrachte ich den Nachmittag: Ich schmorte im eigenen Saft. Ein richtiger Jo-Jo-Tag, rauf runter, rauf runter. Als es

Zeit wurde, mich für Kouklas kleine Geselligkeit fertigzumachen, war ich entschlossen, nur eben mal hineinzuschauen, um der Höflichkeit Genüge zu tun, und so rasch wie möglich Zuflucht in Zimmer 3-F zu suchen, versehen mit dem Trost, den es in Sandys Spirituosenhandlung zu kaufen gab.

Soviel zu hochgespannten Erwartungen und guten Vorsätzen...

Koukla hatte recht, sein Haus war nicht zu verfehlen. Nicht nur brannte Licht auf der Veranda, die Haustür war weit geöffnet, und obwohl der Abend kalt war, standen Gäste mit Gläsern in der Hand auf der Veranda. In der Zufahrt und auf beiden Seiten der Straße parkten Autos. Ich stellte meinen Wagen einen Häuserblock entfernt ab, ließ Hut und Mantel drin, schloß ab und ging das letzte Stück zu Fuß. Sollte dieses gemütliche Beisammensein wirklich in kürzester Frist einberufen worden sein, hatte Koukla sich glänzend bewährt. Es waren zwischen vierzig und fünfzig Personen anwesend, die sich mit dem Trinken keineswegs zurückhielten. Als ich mich durch das Gewühl drängte und wie ein Schwachsinniger grinsend unzählige Hände schüttelte, bemerkte ich, daß es zumeist Personal des Labors war, was sich hier drängte, auch Personal aus dem Pflegeheim, das augenscheinlich derzeit keinen Dienst hatte. Mit anderen Worten: Thorndecker hatte sein Aufgebot geschickt.

Die meisten trugen Zivil, manche aber auch weiße lange Hosen und kurze weiße Kittel, so als wären sie kurzfristig von ihren Arbeitsplätzen abgerufen worden. Außer Mary waren alle Thorndeckers anwesend, ferner Agatha Binder, Merchant, Dr. Draper und Konstabler Goodfellow, in seiner Uniform etwas befangen. Die Namen der anderen hatte ich vergessen, die Gesichter allerdings waren mir einigermaßen vertraut – dies waren die *anständigen Bürger*, denen Goodfellow mich an meinem ersten Vormittag in Coburn vorgestellt hatte.

Es gab Punsch und Weißwein, aber keinen Schnaps. Die jungen Leute draußen qualmten wie besessen Hasch, und auch hier drinnen hing der Geruch dick und süßlich in der Luft. Dafür bin ich nun nicht zu haben. Zweimal hatte ich mit

Joan Powell einen Versuch gemacht, und beide Male war ich im entscheidenden Moment eingeschlafen. Dann noch lieber einen Kater.

Die Stimmung war angeregt, man lachte, schwatzte, wimmelte freundlich durcheinander. Niemand bedrängte mich, Koukla stellte mich niemandem vor, sondern überließ es mir, die Runde zu machen. Ich hörte ein Weilchen den Gesprächen der jungen Wissenschaftler zu; daß ich ihren Unterhaltungen nicht folgen konnte, störte mich weniger, als daß ich die Wörter nicht kannte, die sie benutzten. Endikronologie verstand ich gerade noch, aber bei Endolysine hörte es auch schon auf.

»Verstehen Sie, wovon hier die Rede ist?« fragte ich Mrs. Thorndecker.

»Ich nicht«, versicherte sie und belohnte mich mit einem kehligen Lachen. »Das alles überlasse ich meinem Mann. Ich bevorzuge zweisilbige Worte.«

»Ich auch.«

»Gefällt es Ihnen in Coburn, Mr. Todd?« fragte sie.

»Nicht sehr. Es ist zu still, zu abgelegen.«

»Was Sie nicht sagen.« Sie legte die Hand auf meinen Arm, augenscheinlich hatte sie einen Berührungsdrang. »Dagegen müssen wir was unternehmen.«

Sie trug einen Hosenanzug aus schwarzem Samt, kleine Brillanten in den Ohren, an einer Fessel das goldene Kettchen. Sie sah toll aus, hätte aber auch in einem dreckigen Blaumann toll ausgesehen.

Im Gedränge und dem allgemeinen Lärm hätte man die verwegensten Dinge sagen können, ohne daß es aufgefallen wäre, doch wir redeten nur banales Zeug: über ihren Gaul, meinen Wagen, ihre Wohnung, meinen Job. Alles ganz harmlos.

Nur wurden wir bei dieser nichtssagenden Plauderei im Gedränge gegeneinander geschoben. Ich spürte ihre Hitze, und sie machte keine Anstrengung, Distanz zu wahren. Und während wir läppisches Zeug redeten, hafteten unsere Blicke aneinander, mir war, als würde ich mit einem Eiszapfen gekitzelt, schmerzhaft, fröstelnd, rasend, aufregend, beängstigend und verwirrend. Ihr Blick war weder kokett noch verführerisch, sondern elementar, eine Urkraft, nackter Sex ohne alle Verbrämung. Das Bild, das ich mir von der Lage gemacht hatte, wurde noch einleuchtender, denn ich verstand ohne weiteres, daß ein Mann ihretwegen einen Mord begehen könnte.

»Da bist du ja«, Dr. Thorndecker legte seiner Frau den Arm um die Schulter. »Du unterhältst unseren Gast? Ausgezeichnet. Wie wäre es mit einem Glas Punsch?«

Wir drängten uns zur Punschterrine durch und Julie Thorndecker verdrückte sich. Sollte dies auf ein Signal von Thorndecker geschehen sein, so war es mir entgangen.

»Es sind ja eine Menge von Ihren jungen Leuten da«, bemerkte ich, kostete den Punsch und stellte den Plastikbecher weg.

Als ich später darüber nachdachte, konnte ich ihn nur bewundern dafür, wie er diese hingeworfene Bemerkung dazu benutzte, dem Gespräch genau die Richtung zu geben, die er wünschte. Hätte ich gesagt: »In China steigt der Preis für Sojabohnen«, er hätte wohl auch daran angeknüpft. Der Mann war ein Genie.

»Stimmt.« Er schaute sich um und wurde plötzlich ernst. »Solche geselligen Veranstaltungen finden viel zu selten statt. Meine Leute arbeiten nämlich wirklich sehr angestrengt, und sie verdienen nicht nur eine Unterbrechung, sie brauchen so was geradezu. Man kann sich leicht einen angenehmeren Arbeitsplatz denken. Ich meine selbstverständlich nicht das Labor, sondern das Pflegeheim.«

»Kann ich mir vorstellen.« Ich nahm von dem Weißwein, und der war tatsächlich eine Spur trinkbarer als der Punsch.

»Wirklich?« fragte er. »Ich glaube, niemand, der nicht selbst in einer solchen Einrichtung arbeitet, kann sich wirklich vorstellen, wie sehr sie einen in jeder Hinsicht beansprucht. Selbstverständlich versuchen wir Distanz zu halten, uns nicht persönlich zu engagieren, doch ist das unmöglich. Wir werden hineingezogen, und zwar sehr stark, auch wenn es sich um Patienten handelt, von denen wir genau wissen, sie haben nur noch Wochen, Monate, bestenfalls ein Jahr vor sich. Darunter sind ganz ungewöhnliche Menschen.«

»Ich verstehe. Mag sein, wenn jemand sich damit abfindet,

daß seine Tage gezählt sind, wird er ein besserer Mensch, verständnisvoller, gütiger«

»Meinen Sie?« Die dunklen Augen blickten nicht mehr zur Decke, sondern auf mich. »Möglich. Obwohl ich nicht glaube, daß irgendwer sich wirklich damit abfindet, daß er sterblich ist. Eines allerdings ist mir bei unseren Patienten aufgefallen: Je näher sie dem Tode kommen, desto ausgeprägter werden ihre Eigenheiten. Sonderbar, nicht wahr? Es kommt vor, daß jemand, der gelegentlich ein Lied gesummt hat, wenn er allein war, zu seinem eigenen Vergnügen nun unentwegt singt, je näher der Tod rückt. Eitle Frauen werden noch eitler, verbringen ihre Zeit vor dem Spiegel, kämmen unentwegt die Haare. Mit dem Näherrücken des Todes äußern sich Eigenheiten, Schwächen oder Launen merklich intensiver.«

»Das ist wirklich sonderbar.«

»Ich denke da an einen Fall ...« begann er, wie verträumt.

Nein, verträumt nicht. Doch er war entrückt, unerreichbar für mich oder die anderen. Nicht nur log er, wie ich genau wußte, sondern er mußte, wenn er so lügen wollte, sich ganz in sich zurückziehen, mußte sich auf einen geheimen Traum konzentrieren. Ich bekam eine weitere Facette dieses facettenreichen Menschen zu sehen. Er wirkte sicher wie ein Schlafwandler, der Blick kehrte sich nach innen, es schien als lausche er seinen eigenen Lügen mit Zustimmung. Er war seiner Sache so gewiß, so überzeugt, daß richtig war, was er tat, daß der großartige Zweck ihm die scheußlichsten Mittel gerechtfertigt erscheinen ließ. Er sprach stetig, aber so leise, daß ich mich vorbeugen mußte, um ihn in all dem Lärm zu verstehen, und am Ende flüsterte er beinahe.

»Er kam vor einigen Jahren zu uns, ein Mann namens Petersen, Chester K. Petersen. Mit einem inoperablen Unterleibskrebs. Ich beriet mich vorher mit dem behandelnden Arzt. Petersen war zeitlebens ein Einzelgänger gewesen, fast ein Einsiedler. Reich, unverheiratet, vernachlässigte seine verwandtschaftlichen Beziehungen. In dem Maße, in dem seine Krankheit sich verschlimmerte, nahm sein Verlangen nach Einsamkeit zu. Seine Mahlzeiten bekam er vor die Tür gestellt. Ärztliche Untersuchungen verweigerte er. Er wollte überhaupt keine

Menschen mehr um sich sehen. Typisch für das, was ich vorhin sagte: Im letzten Stadium werden solche Eigenheiten förmlich zur Besessenheit. Wir, die wir mit solchen Menschen zu tun haben, kennen das nur allzu gut.«

Ich wußte, das war ein Märchen, schön ausgedacht, doch mußte ich es bis ans Ende hören. Thorndecker hielt mich in seinem Bann, ich konnte seiner Überredungskraft nichts entgegensetzen.

Trotz meiner Faszination brachte ich es immerhin fertig, ihn zu beobachten, was bedeutet, daß ich mich gleichsam geteilt hatte, in einen, der an jedem seiner Worte hing, verzückt der wohltönenden Stimme lauschte, und einen, der zugleich aufmerksam beobachtete. Ich hielt Ausschau nach Symptomen, die mir bei unseren ersten Gesprächen aufgefallen waren, die Müdigkeit, mit der das erste Beisammensein endete, der Tic, der ihn bei unserer zweiten Unterhaltung plagte.

An jenem Abend war von beidem nichts zu bemerken, keine Müdigkeit, kein schmerzhaftes Verziehen des Gesichtes.

Statt dessen sah ich sehr glänzende Augen, einen rätselhaften Gesichtsausdruck, etwas verlangsamte Bewegungen, und da kam es mir: der Mann stand unter Drogeneinfluß, hatte irgendwas genommen, anders ließ sich sein Gebaren nicht erklären, seine Art zu sprechen, seine sorgfältige Betonung. Er funktionierte, daran war kein Zweifel, und zwar sehr gut. Aber er war abwesend, anders kann ich es nicht ausdrücken, er war nicht vorhanden, sondern irgendwo anders. Vielleicht überdeckte die Droge seine Müdigkeit, sein schmerzhaftes Zucken. Ich weiß es nicht.

»Und wie ging es weiter mit Petersen?« fragte ich.

»Ach, der ... nun er übertraf sich selber in gewisser Weise, denn er verfügte testamentarisch, daß sein Leichnam zwischen Mitternacht und Tagesanbruch in Crittenden beigesetzt werden sollte, ohne Zeremonie, ohne Trauergeleite, ohne alle Umstände. Die Welt sollte von seinem Tode nichts erfahren. Sein Testament hat er übrigens hier aufgesetzt, bei einem hiesigen Notar.«

»Das ist ja gespenstisch«, bemerkte ich.

»Nicht wahr?«

»Und haben Sie seinem Wunsch entsprochen?«

»Selbstverständlich.«

»Er starb an Krebs?«

»Hm ...« Thorndecker zupft an seinem Ohrläppchen, »die unmittelbare Todesursache war eine Herzkongestion, aber ausgelöst selbstverständlich durch den Krebs.«

Damit war ich erledigt und wußte es. Wer Lust hat, kann mit einer solchen Diagnose und einem solchen Totenschein vor Gericht gehen, er wird schon merken, wie weit er damit kommt.

Er sah wohl Verwirrung und Kapitulation in meinen Augen, denn er schlug mir auf die Schulter und rief: »Gütiger Gott! Schluß jetzt mit diesen Morbiditäten. Amüsieren wir uns lieber. Schauen Sie sich um, sprechen Sie mit unseren netten jungen Leuten. Es freut mich sehr, daß Sie zu dieser kleinen Geselligkeit gekommen sind, die der Reverend veranstaltet hat.«

Ich hielt ihn mit einer Handbewegung auf.

»Ich habe Ihnen noch Grüße auszurichten. Von Mrs. Cynthia Bingham.«

Die Veränderung, die mit ihm vorging, war verblüffend. Er erstarrte. Sein Gesicht gefror. Er schaute in die Vergangenheit, erinnerte sich, und war in diesem überfüllten Raum mutterseelenallein.

»Cynthia Bingham«, wiederholte er. Ich verstand ihn nicht, las es aber von seinen Lippen. Seine Miene nahm einen so tragischen Ausdruck an, daß ich glaubte, er werde gleich weinen.

»Können wir der Vergangenheit je entrinnen, Mr. Todd?« fragte er.

Das war nicht etwa eine rhetorische Frage, er wollte es wirklich von mir wissen, er war tief getroffen und verlangte eine Antwort.

»Nein, Sir, das können wir, glaube ich, nicht.«

Er nickte bekümmert. Dann verschwand er in der Menge. Welch ein Auftritt! Eine Bravourleistung. Der Mann hatte seinen Beruf verfehlt, er hätte Schauspieler werden und nur den Hamlet spielen sollen. Oder den Lear. Jedenfalls war ich tief betroffen, unsicher, ja beinahe überzeugt, als er ging.

»Amüsieren Sie sich gut, Mr. Todd?« fragte mich jetzt Dr. Draper.

»Es geht.« Ich nahm noch etwas Weißwein. »Ist Miss Mary auch hier? Ich habe sie noch gar nicht gesehen.«

»Leider nein. Ich glaube, sie hatte bereits eine andere Verabredung.«

»Was für eine reizende junge Dame. Und so begabt. Ihre Bilder sind exquisit.«

Da lebte er auf.

»Ja, das stimmt, sie malt wunderschön. Und sie ist uns eine große Hilfe.«

»Wie das?«

»Nun, im Pflegeheim. Sie besucht unsere Gäste, spricht stundenlang mit ihnen, bringt ihnen Blumen. Sie ist sehr mitmenschlich orientiert.«

»Mitmenschlich orientiert.« Ich wiederholte das sehr beeindruckt.

»Nun, das ist gewiß positiver als pferdeorientiert.«

Darauf biß er nicht an, ich bestand also nicht weiter darauf.

Er schaute sich um, als suche er jemanden. »Dr. Thorndekker hat uns übrigens aufgetragen, ein paar Statistiken für Sie zusammenzustellen, aus denen ersichtlich ist, welche Ergebnisse bis heute bei der Erforschung der Mitwirkung menschlicher Zellen beim Prozeß des Alterns vorliegen.«

»Ganz recht. Er wollte das für mich heraussuchen lassen.«

»Es ist fertig; es sind meist Ablichtungen von Vorträgen, auch von Arbeiten, die aus unserem Labor stammen, Sie verstehen, was mit *in vitro* gemeint ist?«

»Wörtlich bedeutet es ›im Glas‹, nicht wahr?«

»Ganz allgemein versteht man darunter die in einem Labor benutzten Behälter. Das heißt Reagenzgläser, Glasplatten, Flaschen. Eine künstliche Umwelt also. Das Gegenteil von *in vivo*, was bedeutet im Körper, im lebendigen Gewebe.«

»Ja, ich verstehe.«

»Die meisten Beiträge beschäftigen sich mit Experimenten, die an Säugetierzellen *in vitro* vorgenommen wurden.«

»Sie haben aber auch mit lebendem Gewebe experimentiert«, sagte ich. »Die Versuchstiere haben wir ja gesehen.«

Und im gleichen Augenblick bemerkte ich, daß auf seiner Stirn plötzlich Schweiß austrat.

»Selbstverständlich. Mit Ratten, Hunden, Meerschweinchen, Schimpansen. Das ist alles dabei. Miss Cunningham, meine Gehilfin, hat die Unterlagen mitgebracht. Sie muß hier irgendwo sein.«

Er schaute sich ratlos um.

»Die treffe ich schon noch«, sagte ich begütigend. »Und falls nicht, können Sie das Zeug im Coburn Inn für mich abgeben lassen.«

»Ja ... nur hat mir Dr. Thorndecker aufgetragen, es Ihnen unbedingt noch heute abend zu übergeben.«

Ich nickte ihm zu und zog ab; Genies mögen großartige Burschen sein, man liest gern von ihnen, es kann sogar lustig sein, einen zu kennen, doch als Arbeitgeber möchte ich keinen.

Nun packte Koukla meine Hand mit seinen beiden. »Wie ganz, ganz reizend von Ihnen, daß Sie gekommen sind. Sie haben zu trinken? Ah ja. Es ist ein wirklich netter Wein, nicht wahr?«

»Sehr nett.«

»Entschuldigen Sie mich? Ich muß mich um die Atzung kümmern.«

Atzung ist auch so ein Wort, das kein Mensch mehr benutzt. Aber es paßte zu Koukla. Ich näherte mich der Binder und der Beecham, die eng beieinander teilnahmslos an der Wand lehnten. Sie sahen aus wie ein Relief aus Mahagoni.

»Guten Abend, die Damen«, grüßte ich.

»Hüten Sie Ihre Zunge, Freundchen«, grinste die Binder.

»Sie haben also Zeit gefunden, herzukommen? Nun ja, was ist schon eine Party ohne den Ehrengast?«

»Bin das etwa ich?« Ich richtete meinen gesamten jungenhaften Charme auf Schwester Beecham. Und wenn Blicke töten könnten, läge ich jetzt neben Chester K. Petersen.

Zum Glück trat Mr. Merchant dazwischen: »Ah, Mr. Todd, wie kommen Sie mit Ihrer Arbeit voran?« zwitscherte er.

»Schrittchen für Schrittchen ... übrigens, was ich gern von Ihnen wüßte: Würden Sie einen Wohnwagen als Sicherheit für ein Darlehen nehmen?«

»Wohnwagen?«

»Mobilheim, wenn Sie wollen.«

»Nun ... das kommt ganz darauf an ...«

»Schönen Dank für die Auskunft.«

Ich verdrückte mich. Zum Glück bin ich groß und kann über die meisten Köpfe hinwegsehen, und nun gewahrte ich, daß Thorndecker seine Frau in eine Ecke gedrängt hatte und dort buchstäblich über sie herfiel, ohne die geringste Zurückhaltung. Er tätschelte ihre Schultern, ihre Oberarme, strich ihr durchs Haar, über die Hüften. Einmal legte er einen Finger auf ihre Lippen, dann küßte er ihr Ohr. Wieder eine Facette: Dr. Thorndecker als Sexualbrutalist.

Zu Konstabler Goodfellow, der sich das ebenfalls ansah, bemerkte ich: »Die beiden scheinen recht glücklich miteinander zu sein. Trinken Sie nichts? Ach, Sie sind wohl im Dienst?«

»Ja.« Er fuhr fort, Thorndeckers anzustieren. »Ich hab nur mal reingeschaut.«

»Ich wollte Sie schon immer mal fragen, ob Sie hier eigentlich der einzige Polizist sind?«

Er blickte mich aus seinen schwarzen Augen an.

»Selbstverständlich nicht. Der Sheriff hat seine Mitarbeiter, und die Landespolizei ist schließlich auch noch da.«

»Ich meine hier, in Coburn. Sind Sie da der einzige?«

»Nein, Sir. Wir sind im ganzen vier. Ich habe meist Nachtdienst.«

»Und gibt es einen Chef bei Ihnen?«

»Das ist Anson Merchant.«

»Verwandt mit dem Bankier?«

»Ja.« Goodfellow betrachtete bereits wieder Thorndeckers, die es recht toll miteinander in ihrer Ecke trieben. »Der Bruder.«

»Sind Sie Mr. Todd?« fragte mich ganz atemlos ein kleiner Pummel und hielt mir einen großen Umschlag hin.

»Ja. Und Sie sind gewiß Miss Cunningham, Dr. Drapers Gehilfin?«

»Genau!« Sie schob mir den Umschlag in die Hand. »Und hier ist der Bericht. Sagen Sie Kenneth, daß Sie ihn bekommen haben, der ist schon schrecklich nervös deshalb.«

»Mache ich. Aber falls ich bezüglich dieser Statistiken Fragen habe – an wen wende ich mich damit?«

»An mich«, kicherte sie. »Name, Adresse und Telefonnummer stehen auf dem Umschlag.«

»Super«, sagte ich, schon ganz im Haschrausch, nachdem sie mich auch nur angeraucht hatte. »Kann sein, Sie hören von mir.«

»Super«, sagte auch sie und kicherte wieder.

Ich faltete den dicken Umschlag der Länge nach und stopfte ihn in die Jackentasche. Ich hätte gern noch ein bißchen mit dem Pummel geredet, bloß um ihn kichern zu hören, doch wurde sie von einem farblosen Burschen im Laborkittel abgeschleppt. Ich sah mich um. Die Gäste drängten jetzt ins Speisezimmer, wo ein kaltes Buffet aufgebaut war. Thorndecker sprach mit Koukla. Ich sah mich nach Goodfellow um, doch der war verschwunden.

Nun sprach mich Edward Thorndecker an. »Gehen Sie nicht auch etwas essen?«

»Gleich. Wie geht's denn so, Edward?«

»Oh, danke der Nachfrage. Ich will für Julie etwas zu essen holen. Haben Sie sie gesehen?«

»Im Moment sehe ich sie nirgendwo.«

»Irgendwo muß sie doch stecken«, sagte er unruhig und schaute besorgt um sich. »Gerade eben war sie noch da.«

»Sie finden sie bestimmt.«

Er wandte sich ab, ohne darauf zu antworten, und beim Anblick der Leute, die sich am Buffet, drängten, verging mir der Appetit. Also wanderte ich nach draußen auf die Veranda, um zu rauchen, wurde aber von mehreren laut schwatzenden Gästen verfolgt, die allesamt beladene Teller trugen und Kaffee in Plastikbechern. Nach Unterhaltung stand mir der Sinn jetzt nicht, ich wollte vielmehr in Ruhe nachdenken.

Also trat ich auf die Straße, die Zigarette im Mund, die Hände in den Taschen, den Kragen hochgeschlagen, denn es war kalt. Was ich nun zu sehen bekam, hätte aus einem italienischen Film sein können, so verrückt und unwahrscheinlich war es.

An den Einmündungen der Querstraße standen Straßenlaternen, doch dazwischen war es dunkel; Bürgersteig und Fahrbahn waren unbeleuchtet, schwarz wie die Sünde und nicht halb so verlockend. Ich näherte mich meinem Wagen und sah auf der gegenüberliegenden Straßenseite den Streifenwagen von Goodfellow stehen. Aus Anlaß des zweihundertjährigen Bestehens der USA hatte man ihn mit Streifen und Sternen bemalt, doch waren die unterdessen abgeblättert.

Als ich hinschaute, kam es mir so vor, als streckten sich schlanke weiße Arme flehend von der hinteren Sitzbank; ich spie den Stummel weg, trat die Glut aus, verzog mich hinter den nächsten Baum und wartete, bis meine Augen sich an die Dunkelheit gewöhnten. Nun sah ich, daß es nicht schlanke weiße Arme waren, sondern Beine, die Beine einer Frau, die sich so träge bewegten wie Schmetterlingsflügel. An einer Fessel blinkte eine Kette aus Goldgliedern. Ich blickte schamlos hin, sah den Rücken eines Mannes sich zwischen diesen Beinen bewegen. Im halben Licht nahm sich das ganz aus wie ein erinnertes Traumbild. Ich schaute zurück, sah die Lampen in Kouklas Haus, sah und hörte seine Gäste. Die beiden in jenem Auto aber sahen und hörten nichts, für sie existierte nur ihre Gier. Der breite Rücken hob und senkte sich, schneller, schneller, die schlanken weißen Beine strampelten.

Aus den Augenwinkeln sah ich nicht weit entfernt eine Streichholzflamme ...

Ich war also nicht der einzige Zuschauer, der einzige benommene Zeuge. Näher an Kouklas Haus stand Dr. Thorndecker auf dem Bürgersteig, gegen eine Hauswand gelehnt, und beobachtete, wie es seiner Frau im Streifenwagen besorgt wurde. Die Gestalt, der Kopf mit der Löwenmähne waren unverwechselbar. Er rauchte ohne Hast seine Zigarette, und nichts in seiner Haltung ließ auf Zorn oder Niedergeschlagenheit schließen. Möglicherweise war er resigniert.

Ich huschte so leise und unauffällig wie ich konnte zu meinem Wagen, schloß auf, zog die Tür lautlos hinter mir zu, ließ den Motor an, schaltete aber die Scheinwerfer nicht ein und setzte, um nicht an Goodfellows Streifenwagen vorbei zu müssen, in die nächste Seitenstraße zurück.

Auf dem Heimweg verschwendete ich keinen Gedanken an die Kränkung, die Thorndecker widerfuhr, an die Mißachtung, mit der dieses Pärchen ihn behandelte, sondern ich sagte mir:

Wenn diese beiden es zu dieser Stunde und in aller Öffentlichkeit treiben, dann wissen sie auch, daß er Bescheid weiß, und sie scheren sich den Teufel darum.

Und falls das so war, zerplatzte meine schöne Analyse der Lage wie eine Seifenblase, denn warum hätte Ernie Scoggins ihretwegen dann ins Gras beißen müssen?

Erst als ich den Wagen auf dem Parkplatz des Hotels abgestellt hatte und dem Schnapsladen von Sandy zustrebte, traf mich das Häßliche des Vorganges, dessen Zeuge ich gewesen war, mit voller Wucht. Ich sah wieder den Gatten vor mir, der ungerührt zuschaute, wie seine Frau es mit einem Mann trieb, der halb so alt war wie er selbst, den pumpenden Rücken, die strampelnden nackten Beine.

Liebte Thorndecker sie so sehr? Liebten etwa beide Männer sie so sehr?

Hungrig fühlte ich mich nicht, doch wollte ich meinen Kummer betäuben. Also trank ich lauwarmen Wodka aus dem Zahnputzglas, setzte mich in einen Sessel, zog die Lampe heran, nahm mir den Bericht vor, den ich von Miss Cunningham bekommen hatte. Ich habe schon erwähnt, daß ich kein ausgebildeter Naturwissenschaftler bin, der Inhalt war mir also nicht ohne weiteres verständlich, doch das Wesentliche konnte ich mir zusammenreimen.

Überrascht war ich nicht, denn ähnliches stand bereits in dem Report des Wissenschaftlichen Archivs über Dr. Thorndeckers Forschungsvorhaben.

Normale Zellen des menschlichen Körpers verdoppeln sich *in vitro* über einen gewissen Zeitraum hinweg, und zwischen dem Alter des Spenders und der Anzahl dieser Verdoppelungen schien es eine bestimmte Relation zu geben.

Von normalen Embryozellen ließen sich *in vitro* etwa fünfzig Verdoppelungen erwarten, und mit zunehmendem Alter der Spender verringerte sich diese Zahl. Zwar starben die Zellkulturen nicht eigentlich, doch nach jeder Verdoppelung wurden sie weniger differenziert und hatten am Ende kaum noch Ähnlichkeit mit den ursprünglich angesetzten normalen Zellen.

Dies alles wies auf das Vorhandensein einer *zellulären Uhr* hin, auf den X-Faktor, der bestimmte, wie lange die normale menschliche Zelle lebensfähig bleibt, ganz wie Thorndecker behauptet hatte. Aus den Berichten über die Kulturen von Zellen anderer Säugetiere ging Entsprechendes hervor. Jede Art hatte also augenscheinlich eine vorher bestimmte Lebensdauer, die sich an allen Zellen ablesen ließ, aus denen der Körper bestand. Hatten die Zellen die ihnen zugemessene Anzahl von Verdoppelungen vollbracht und starben, dann starb auch der Organismus.

»Darauf trinke ich einen«, sagte ich laut und nahm noch einen kräftigen Schluck Wodka mit Pepsodentaroma.

Nur eines fiel aus dem Rahmen, ein Bericht des Labors von Crittenden über die Morphologie normaler Körperzellen von Schimpansen. Die Ergebnisse stimmten überein mit denen, die bei der Untersuchung des Verhaltens von Zellen anderer Säugetierarten angefallen waren, doch nirgendwo fand sich ein Hinweis darauf, daß an diesen Schimpansen mit einem krebsbekämpfenden Mittel experimentiert worden war. Und doch hatte ich mit eigenen Augen jenen kleinen, fast bewußtlosen Schimpansen im Keller des Labors gesehen, der mit Tumoren förmlich übersät war, und Draper hatte ausdrücklich gesagt, dieses Tier sei infiziert und behandelt worden, nur habe das Mittel nicht angeschlagen.

Nichts davon fand sich in diesen Unterlagen. Das war allerdings auch nicht zu erwarten, wie mir nach einigem Grübeln aufging. Zweifellos wurde im Labor an mehreren Projekten gearbeitet, und eines davon konnte der Entwicklung eines Mittels gegen Sarkome und Karzinome gelten; die dort erzielten Ergebnisse waren in meinem Bericht nicht enthalten, weil sie mit dem Projekt nichts zu tun hatten, für das die Gelder beantragt worden waren. Und folglich gingen sie mich auch nichts an.

Das ist nur zu erwarten, sagte ich mir.

Ich legte den Bericht beiseite und schloß die Augen. Der Wodkapegel in der Flasche war beängstigend gesunken. Ich streckte alle viere von mir und suchte dahinterzukommen, was genau mich an diesem Bericht so störte. Es gab eine Frage, auf die ich brennend gern die Antwort gehört hätte, doch kam ich nicht darauf, wie die Frage lautete.

Seufzend nahm ich den Bericht noch mal zur Hand und überflog ihn. Ich wurde daraus nicht schlauer, und doch blieb das Gefühl zurück, ich hätte was übersehen, und zwar nichts, was ausdrücklich erwähnt, sondern etwas, was nur impliziert war.

Ich gab es auf, machte die Flasche zu, ging ins Bad. Ich wusch Hände und Gesicht mit kaltem Wasser, kämmte die Haare, rieb Toilettenwasser übers Kinn und nahm mir vor, in die Bar zu gehen. Vielleicht trieb Millie sich ja da unten herum und würde mir Gesellschaft leisten. Wie jeder normale junge Amerikaner wollte ich –

Moment – normale? *Normal* war das Schlüsselwort, das ich gesucht hatte. Zurück ins Schlafzimmer, den Bericht noch mal durchgeblättert.

Genau wie ich mich erinnerte. Jetzt erinnerte. Die Rede war immer nur von normalen Zellen, einerlei von welcher Art; immer hieß es normal. In allen Berichten über die Verdoppelung, den Alterungsprozeß und so fort wurden die *in vitro* gehaltenen Zellkulturen als aus normalen Zellen bestehend beschrieben.

Ich holte Luft. Was davon zu halten war, ahnte ich nicht, aber irgendwas mußte es schließlich bedeuten. Ich rief Linda Cunningham an.

Sie meldete sich kichernd.

»Todd hier«, sagte ich. »Wie geht's?«

»Super«, sagte sie, und ich glaubte es ihr gern. Im Hintergrund heulte Rockmusik, wurde geredet, gekreischt, gelacht, gestöhnt. Sie hatte wohl Bekannte zu sich eingeladen, und es gab da Stärkeres als Punsch und Weißwein.

»Tut mir leid, daß ich Sie störe, aber es dauert nur eine Minute. Linda? Sind Sie noch dran?«

»Super!« sagte sie.

»Linda, der Bericht – Sie wissen von welchem Bericht ich spreche?«

»Bericht? Ah ja, Bericht. Wer ist denn da am Apparat?«

»Samuel Todd«, wiederholte ich geduldig. »Sie haben mir heute abend bei Reverend Koukla den Bericht gegeben.«

»Au! Au! Mach das ja nicht noch mal, Harry, das tut weh!«

»Linda!« Ich verzweifelte langsam. »Sie sprechen mit Samuel Todd.«

»Super.«

Die Musik war plötzlich lauter, man balgte sich offenbar um den Hörer, und nun ließ eine männliche Stimme sich vernehmen.

»Sind Sie etwa ein Perverser?« fragte er offenbar betrunken.

»Ich kann allemal besser schnaufen als Sie.«

Wieder Gerangel, der Hörer fiel zu Boden, und ich hörte Linda sagen: »Aufhören jetzt, ihr seid ja ganz schlimm!«

»Linda!« schrie ich, »sind Sie noch dran?«

»Wer ist da? Mit wem wollen Sie sprechen?« meldete sie sich.

»Hier spricht Samuel Todd, ich möchte Miss Cunningham haben.«

»Wirklich, Mr. Todd? Sie sind's? Das ist ja super! Kommen Sie nur gleich her. Hier ist eine tolle Party im Gange und –«

»Ausgeschlossen«, lehnte ich hastig ab, »ich kann unmöglich kommen, aber ich habe eine Frage. Sie sagten, falls ich Rückfragen habe wegen des Berichtes, den Sie mir bei Reverend Koukla gaben, sollte ich Sie anrufen.«

»Bericht? Was für ein Bericht?«

»Linda.« Ich bewahrte mühsam die Fassung. »Heute abend gaben Sie mir die Unterlagen, die Dr. Draper für mich hat anfertigen lassen, auf Anordnung von Dr. Thorndecker.«

»Ah.« Plötzlich klang sie ganz ernüchtert. »Den Bericht meinen Sie. Selbstverständlich erinnere ich mich. Sie sind Mr. Todd?«

»Ganz recht«, sagte ich dankbar. »Beantworten Sie mir eine kleine Frage, dann können Sie weiterfeiern.«

»Eine Super-Party«, kicherte sie schon wieder.

»So hört es sich an.« Irgendwo wurden Gläser zerschlagen. »Ich wollte, ich hätte Zeit, hinzukommen. Also Linda, in dem Bericht ist immer nur von normalen Zellen die Rede, normalen Embryozellen, normalen Säugetierzellen und so fort. Sämtliche Statistiken beziehen sich auf normale Zellen, richtig?«

»Richtig.« Sie kicherte. »Lauter normale Zellen.«

»Meine Frage lautet: Treffen diese Statistiken auch für abnormale Zellen zu? Sterben auch abnormale Zellen nach einer bestimmten Anzahl von Verdoppelungen ab?«

»Abnormale Zellen?« Ihre Aussprache wurde wieder undeutlich. »Was für abnormale Zellen meinen Sie?«

»Sagen wir Krebszellen.«

»O nein, nein, nein, nein. Krebszellen verdoppeln sich in alle Ewigkeit, das heißt, *in vitro*. Die sterben nie. Harry, ich habe dir gesagt, du sollst das lassen, es ist doch echt peinlich!«

»Krebszellen sterben nicht?« wiederholte ich benommen.

»Wußten Sie das nicht? Krebszellen sind unsterblich. Harry, mach das noch mal, das war super.«

Ich legte auf.

Ich ging an diesem Abend nicht mehr in die Bar, trank meinen Wodka nicht aus, wenn ich auch noch eine gehörige Portion zu mir nahm. Doch je mehr ich trank, desto nüchterner wurde ich. Schließlich zog ich mich aus und ging zu Bett. Wann ich wohl Schlaf finden würde? In zehn Jahren vielleicht.

»Wußten Sie das nicht? Krebszellen sind unsterblich.«

Ich sah vor mir ein stecknadelkopfgroßes Stück pulsierende Gelatine. Daraus wurde etwas Erbsengroßes, Mißfarbenes, Verschrumpeltes. Das wuchs. Schwoll an. Vegrößerte sich. Aus Runzeln wurden Falten, Risse. Aus der Mißfärbung wurde Fäulnis. Größer und größer. Ein Tumor groß wie das Ritz. Er übernahm die Herrschaft, monströs, in prächtigen Farben erblühend. Zerfließendes Gewebe. Der Gestank faulender Gardenien. Breitete sich aus, sickerte ein, umfaßte alles. Und starb nie. Nie, nie, nie. Eroberte vielmehr, füllte ein verschleimtes Universum. Unsterblich.

DER FÜNFTE TAG

Ich weiß nicht, wie es Ihnen geht, aber ich mag manchmal einfach nicht aufstehen. Keine Staatsaffäre, nicht so, als wäre mir plötzlich klar geworden, daß das Leben ein Schwindel ist, sondern lauter Kleinigkeiten. Vom E-Werk kriege ich eine ausgedruckte Rechnung über 3472,69 Dollar; bei der Wäsche, die ich gestern abgeholt habe, fehlt das neueste Hemd; im Bus fragt eine Verrückte, warum meine Nase so lang ist; ein Freund, dem ich Geld geliehen habe, schickt mir einen faulen Scheck und der Scheck platzt. Kleinigkeiten. Jede für sich durchaus erträglich, doch plötzlich häufen sie sich, und man mag nicht mehr aus dem Bett – das Aufstehen lohnt einfach nicht.

So ging es mir am Freitag. Einen Kater hatte ich nicht; oder sagen wir lieber, keine Kopfschmerzen, dafür hatte ich jede Menge Probleme. Da war es angenehmer zu bleiben, wo man war, gleich hier unter der warmen Decke. Ich sagte mir: Es gibt keinerlei Veranlassung aufzustehen. Ich wollte mit niemandem sprechen. Die Ereignisse schritten mächtig voran, ohne daß ich einzugreifen brauchte. Leichen wurden um zwei Uhr morgens bestattet, alte Männer verschwanden, junge Frauen setzten ihren Ehemännern im Streifenwagen der Polizei Hörner auf, Krebszellen vermehren sich wie verrückt. Gott war in seinem Himmel, und alles stand zum besten mit der Welt. Wozu also tätig werden?

So etwa redete ich mit mir bis gegen zehn. Dann stand ich doch auf. Ich würde gern sagen, ich entschloß mich dazu, meine Pflicht mir selber, meinen Arbeitgebern und der Menschheit gegenüber zu erfüllen, noch einmal den Versuch zu machen, die verfahrene Angelegenheit Thorndecker zu klären. Aber so war es nicht. Ich mußte pinkeln.

Dies brachte mich auf den Einfall, die denkwürdigen Taten großer Männer könnten ähnliche Ursachen gehabt haben. Einstein war vielleicht die Formel E-MC^{2} eingefallen, weil er nicht schlafen konnte. Kegts hatte die *Ode an eine griechische Vase* womöglich konzipiert, als er verstopft war, und Carnot das zweite Gesetz der Thermodynamik hingekritzelt, als er an Sodbrennen litt und auf sein Hausmittelchen wartete. Alles war denkbar.

Ich schreibe diesen Blödsinn nieder, um darzutun, was an jenem Freitag in meinem Kopfe vorging. Einen Kater hatte ich, wie gesagt, nicht, doch daß ich ganz nüchtern war, möchte ich auch nicht beschwören.

Das Frühstück trug viel dazu bei, mich in die Wirklichkeit zurückzuversetzen: ein Omelette aus Kalorien und Cholesterin als Beilage. Köstlich. Dazu drei Tassen schwarzen Kaffees.

»Noch eine?« fragte die lahme Kellnerin, als ich die dritte bestellte.

»Noch eine. Und warmes Gebäck. Mit Butter.«

»Es ist schließlich Ihr Magen.«

Das traf zum Glück nicht zu, er gehörte einem anderen. Und mein Kopf stand auch zum Verkauf gegen Höchstgebot.

Die letzte Tasse Kaffee brachte mich auf die Erde zurück. Ich wußte wieder, wer und wo ich war und was ich zu tun hatte. Das Koffein belebte meine Ängste, die Paranoia, an der ich üblicherweise leide, kehrte zurück. Was ich am Abend zuvor gesehen und gehört hatte, traf mich nun mit Wucht; ich mußte unbedingt das Puzzle zusammensetzen und suchte verzweifelt nach den Eckstücken, die bekanntlich den Anfang erleichtern.

Ich zeichnete die Rechnung fürs Frühstück ab und schlenderte ziellos in die Bar. »He, Sie da, Todd, hierher«, raunte Al Coburn.

Er saß allein in einer Nische; ich setzte mich ihm gegenüber, nicht ohne mich vorher umzublicken. Jimmy stand wie üblich hinter der Bar, davor zwei Kerle in karierten Wollhemden, die über irgendwas stritten. Al trank unverdünnten Whisky, spülte mit Bier nach. Ich deutete mit dem Kinn auf sein Schnapsglas.

»Sie impfen sich wohl gegen Grippe?«

»Letzte Nacht haben sie meinen Jagdhund hingemacht. Vergiftet«, grollte er.

»Was heißt ›sie‹? Wer hat Ihren Hund vergiftet?«

»Heute früh, als ich aufstand, lag er da. Steif. Die Zunge hing raus.«

»Haben Sie den Tierarzt geholt?«

»Weshalb, zum Teufel? Jeder konnte sehen, daß er tot war«, versetzte Al wütend.

»Wie alt war er?«

»Dreizehn.«

»Dann ist er womöglich eines natürlichen Todes gestorben. Dreizehn ist für einen Hund ein hohes Alter. Warum glauben Sie, er wurde vergiftet?«

Er hob das volle Schnapsglas, setzte es aber gleich wieder ab, denn seine Hände zitterten zu sehr. Nun beugte er sich vor und schlürfte den Schnaps aus dem Glas. Als er sich aufrichtete, tropfte Whisky von seinem Kinn. Er hatte sich seit Tagen nicht rasiert, und ich sah zu, wie die Tropfen durch die weißen Stoppeln rannen.

»Vor zwei Tagen hat jemand mit der Schrotflinte in mein Fenster geschossen.«

»Jugendliche Rabauken, vermutlich.«

»Der Hund.« Er erstickte fast. »Mein bester.«

Diesmal brachte er das Glas an die Lippen und trank es leer. Ich holte an der Bar neuen Schnaps für ihn und für mich ein Bier. Der Kummer hatte ihn wohl milder gestimmt, denn er bedankte sich.

»Haben Sie bei Goodfellow Anzeige erstattet?« fragte ich.

Er schüttelte den Kopf; die rauhen Hände mit den Altersflecken zitterten immer noch, und er klammerte sich an die Tischkante.

»Oder bei einem anderen Polizisten?«

»Was kann das schon nützen«, sagte er verzweifelt. »Die stecken doch allesamt mit drin.«

»Wo drin?«

Das wollte er nicht beantworten, und wir fuhren wieder mal auf dem gleichen Karussell: vage Andeutungen, Winke, Beschuldigungen – aber keine handfeste Information.

»Sagen Sie mir, Mr. Coburn, welchen Grund könnte irgendwer haben, Ihren Hund zu vergiften?«

Er lehnte sich über den Tisch; seine verwaschenen blauen Augen blickten stumpf und feucht.

»Ganz einfach: Man will mich warnen. Ich soll das Maul halten. Man läßt mich wissen, was mich andernfalls erwartet.«

»Warum ausgerechnet Sie? Weil Sie Ernie Scoggins nächster Freund waren?«

»Könnte schon sein. Kann auch sein, die haben den Brief gesucht und denken jetzt, Ernie hat ihn mir gegeben. Vielleicht haben sie ihn gequält, bis er verraten hat, daß ich den verdammten Brief habe. Von allein hätte Ernie bestimmt nichts gemacht, was mir schaden kann, aber vielleicht hat er gehofft, sie lassen ihn am Leben, wenn er sagt, wo der Brief ist. Aber er ist tot, und nun sind sie hinter mir her.«

»Und was haben Sie vor?«

Er lehnte sich zurück, faltete die bebenden Hände auf den Knien und starrte darauf hinunter.

»Ich weiß nicht«, murmelte er. »Vergiften meinen Hund, schießen mir die Scheiben ein. Ich weiß nicht, was ich machen soll.«

So geduldig ich konnte, sagte ich: »Mr. Coburn, falls Sie meinen, Ihr Leben ist in Gefahr, weil Sie Ernies Brief haben, legen Sie den Brief in der Bank in ein Schließfach. Dann erzählen Sie in der Stadt herum, daß Sie einen Brief von Ernie haben, daß der Brief an einem sicheren Ort verwahrt ist und im Falle Ihres Todes geöffnet wird. Das ist eine gute Lebensversicherung.«

»Nein, das ist es nicht. Ich traue der Bank nicht und Art

Merchant auch nicht. Was weiß ich, wen er an die Schließfächer läßt?«

»Ohne Ihren Schlüssel kann das Fach nicht geöffnet werden.«

Er lächelte verächtlich: »Denken Sie.«

Ich widersprach nicht mehr, er war der Vernunft so wenig zugänglich, so kopfscheu, daß mein Verfolgungswahn mit seinem Zustand verglichen eine Kinderkrankheit war.

»Schön. Dann lassen Sie mich den Brief lesen. Erzählen Sie herum, daß ich weiß, was drinsteht. Keiner wird sich trauen, uns alle beide umzubringen.«

»Wie kommen Sie darauf?«

Ich war tatsächlich zu blöde, um das zu befürchten, und glaubte, ich tränke Bier mit einem alternden Psychopathen, der nichts im Kopfe hatte als seinen vergifteten Hund, die eingeschossenen Scheiben und die Überzeugung, *sie* hätten es auf ihn abgesehen. Und ich, ich Idiot, ich ließ mich darauf ein, ich reagierte auf das, was er sagte, als wäre es glaubhaft, logisch, wirklich.

»Scheiß drauf«, sagte ich darum unvermittelt.

»Was?«

»Ich habe die Schnauze voll, Mr. Coburn. Unsere kleinen Unterhaltungen haben mir Spaß gemacht, sie waren interessant und aufschlußreich. Aber damit ist jetzt Schluß. Entweder Sie rücken endlich mit der Sprache raus, oder ich schmeiße den Kram hin. Ich habe keine Lust, weiter im Dunkeln zu tappen.«

»Tja, das leuchtet mir ein«, pflichtete er mir ganz unerwartet bei.

Er nahm sein oberes Gebiß heraus, reinigte es an einer Serviette, setzte es wieder ein. Ein reizender Anblick.

»Ich mache Ihnen einen Vorschlag.« Und schon verstummte er wieder.

»Was? Was für einen Vorschlag?«

Nun war der untere Teil des Gebisses dran. Vermutlich tat er das, um Zeit zu gewinnen. Mir wäre lieber gewesen, er wäre mal pinkeln gegangen oder hätte mit den Fingern auf den Tisch getrommelt.

»Kann sein, ich bringe es fertig, daß das alles aufhört, und dann ist kein Grund mehr, sich aufzuregen.«

»Und falls nicht?«

Er blickte auf, preßte die bleichen Lippen aufeinander, reckte das Kinn vor.

»Sind Sie morgen noch hier?«

»Bestimmt. Mindestens noch einen ganzen Tag.«

»Dann treffen wir uns hier.«

»Ich bin vielleicht unterwegs.«

»Dann hinterlasse ich was für Sie.«

»Meinetwegen. Sie wollen mir also jetzt nicht sagen, worum es sich handelt?«

»Morgen vielleicht«, wich er aus. »Morgen weiß ich Bescheid.«

Mir lag daran, ihn festzunageln. »Und falls es Ihnen nicht gelingt, die Sache abzudrehen, zeigen Sie mir Ernies Brief?«

»Dann sollen Sie ihn sehen«, sagte er grimmig.

Später, als alles vorüber war, wurde mir klar, daß ich ihn mehr hätte bedrängen, ihm die Wahrheit mit der Kneifzange hätte entreißen müssen. Aber hinterher ist man immer klüger.

Al Coburn entfernte sich hinkend, und ich ging sinnend in die Halle. Millie Goodfellow winkte mich an den Zigarrenstand. Sie trug ein T-Shirt, auf der Brust ein Verkehrszeichen mit dem Hinweis *Bei Nässe Rutschgefahr*.

»Wie gefällt Ihnen das?« Sie machte ein hohles Kreuz. »Niedlich, nicht?«

»Unübertrefflich.«

Die Sonnenbrille saß noch auf ihrer Nase, verdeckte das Veilchen.

»Ich weiß was, was du nicht weißt.« Sie neckte mich wie die sechsjährige Schwester den achtjährigen Bruder.

»Millie, alle wissen was, was ich nicht weiß.«

»Was schenkst du mir, wenn ich es dir verrate?«

»Was möchtest du gern – eine Kilodose voller Geldscheine?«

»Könnte ich gebrauchen«, kicherte sie, »aber ich will weiter nichts, als daß du dein Versprechen hältst.«

»Das hätte ich ohnehin getan«, log ich. »Also, was weißt du, was ich nicht weiß?«

Sie schaute sich unauffällig um. In der Lobby herrschte wie immer eine verschlafene Stimmung. Einige Dauergäste saßen in den ramponierten Sesseln und lasen die Zeitungen aus Albany. Der Glatzkopf am Empfang machte sich mit einem Stoß Zettel und einer Rechenmaschine zu schaffen.

Millie winkte mich noch näher heran, und ich lehnte mich vor, bis meine Nase das verflixte Verkehrszeichen fast berührte. Ich kam mir vor wie ein Idiot und sah bestimmt auch so aus.

»Du weißt doch noch, daß in dein Zimmer eingebrochen wurde?« flüsterte sie und hielt zugleich wachsam Umschau.

»Klar weiß ich das noch.«

»Du verrätst doch keinem was?«

»Was könnte ich verraten?«

»Daß ich es dir gesagt habe.«

Es war zum Lachen, wäre es nicht zugleich auch so ärgerlich gewesen.

»Daß du mir was gesagt hast?«

»Daß es mein Mann war. Ronnie hat bei dir eingebrochen. Glaube ich.«

Ich plierte sie an. Falls sie recht hatte, war der Konstabler auch ein guter Schauspieler. Er hatte jedenfalls den überraschten Spürhund gut gemimt.

»Wie kommst du darauf, Millie?«

»Er hat damals meine Schlüssel mitgenommen. Er meint, es ist mir nicht aufgefallen, aber ich hab's gemerkt. Du weißt, ich habe einen Hauptschlüssel. Und am nächsten Morgen waren meine Schlüssel wieder da.«

»Warum hast du mir bislang nichts davon gesagt?«

Sie hob die Sonnenbrille. Das Veilchen schillerte wie ein Regenbogen.

»Weil ich das da bislang auch nicht hatte. Du verrätst mich doch nicht? Sagst ihm nichts von meinen Schlüsseln?«

»Ich denke nicht im Traum daran, Millie. Zu niemand ein Wort. Tausend Dank.«

»Vergiß nicht dein Versprechen!« rief sie mir nach.

Am Fahrstuhlgitter hing ein handbeschrifteter Zettel *Außer Betrieb*.

Das gilt auch für mich, dachte ich im Hinaufgehen. Oh, ich

war betriebsam genug, aber es kam dabei nichts heraus. Krümel und Schnipsel waren alles, was ich zusammentrug, weiter nichts. Ob Konstabler Goodfellow wirklich mein nächtlicher Besucher gewesen war? Wie hatte er von jenem anonymen Brief erfahren, und weshalb wollte er ihn unbedingt zurückhaben? Jede Frage, auf die ich eine Antwort fand, präsentierte mir zwei neue Fragen. Das alles wuchs mir über den Kopf, wucherte, vermehrte sich unaufhörlich. Selbstverständlich drängte sich der Vergleich mit Krebszellen *in vitro* auf. Unabsehbare Wucherungen.

Meine Zimmertür stand offen, und ich entdeckte, weshalb der Aufzug außer Betrieb war: Sam Livingston war hier, er fegte, räumte auf, machte das Bett, wechselte die Handtücher, gab mir ein frisches Zahnputzglas.

»Morgen, Sam«, knurrte ich.

»Morgen, Sam.« Er hielt mir die Wodkaflasche hin, in der noch genug für zwei Gläschen war. »Haben Sie Besuch gehabt?«

»Nein, die habe ich selber leergetrunken.«

»Junge, Junge, da hat aber einer mal Durst gehabt.«

»Da war einer ganz besonders sauer«, berichtigte ich ihn. »Nehmen Sie einen Schluck, wenn Sie mögen.«

»Zu früh am Tage für mich, aber trotzdem, schönen Dank. Weshalb waren Sie so sauer?«

Er ging derweil im Zimmer herum, leerte Aschenbecher aus, verteilte den Staub.

»Wollen Sie die ganze Liste hören? Obenan steht das Wetter. Dann folgt diese erbärmliche Kleinstadt.«

»Das Wetter läßt sich nicht ändern, der Herr schickt es, man nimmt's, wie's kommt.«

»Trotzdem darf ich wohl noch darüber schimpfen.«

»Und was das Städtchen angeht, ist es nicht schlimmer als andere auch. Bloß, man sieht alles deutlicher, weil es so klein ist.«

»Etwas präziser bitte, Sam.«

»Nehmen Sie New York. Das ist eine Großstadt, und die wird von einem Haufen reicher, einflußreicher Leute regiert, stimmt's!«

»Tja, gewiß.«

»Und Sie wissen nicht mal, wie die alle heißen. Bankiers, Zeitungsverleger, Geistliche, Gewerkschaftler, Grundeigentümer, Unternehmer. In Wahrheit sind die es, die bestimmen, was gemacht wird, denn die haben die Macht.«

»Wahrscheinlich.«

»Bestimmt sogar. Und Sie wissen nicht, wer die sind, dazu ist die Stadt zu groß, und diese Leute halten ihre Namen aus den Zeitungen heraus, erscheinen nicht im Fernsehen. Die möchten unsichtbar bleiben. Und in einer so riesigen Stadt geht das auch. In Coburn ist alles viel kleiner. Jeder kennt jeden. Keiner kann unsichtbar bleiben. Aber im übrigen ist da kein Unterschied.«

»Sie meinen, alles wird von einer kleinen Gruppe Drahtzieher gemacht?«

»Ja. Sie müssen auch bedenken, was Geld anlangt, sieht es hier sehr schlimm aus – nirgendwo gibt es Arbeit, die jungen Leute ziehen weg, die Grundstückspreise fallen, und die, die übrigbleiben, sind aufeinander angewiesen. Die können sich nicht gegenseitig an die Kehle gehen.«

Ich sah ihn prüfend an; das alte schwarze Gesicht war ausdruckslos, eine Maske, zerknautscht, dann teilweise geglättet. Die Falten waren aber vorhanden, auch die Narben und Wunden des Alters.

»Sam, Sie wollen mir damit doch was Bestimmtes sagen.«

»Ach wo, ich brabbele bloß so vor mich hin, damit die Zeit vergeht, während ich hier aufräume. Denken Sie an ein Rettungsboot. Alle, die da drinnen sitzen, müssen rudern und Wasser schöpfen, wenn sie nicht wollen, daß der verdammte Kahn absäuft.«

Ich sann über diese Perle der Weisheit nach.

»Wollen Sie andeuten, daß zwischen den Drahtziehern von Coburn eine Verschwörung besteht, Sam? Ich meine hinsichtlich der Stiftungsgelder für Thorndecker?«

»Verschwörung? Was verstehen Sie darunter? Ein Haufen Leute um einen Tisch versammelt, die Pläne machen? Das ist ganz unnötig. Die wissen ohnedies, daß sie das Rettungsboot über Wasser halten müssen.«

»Mit Rudern und Wasserschöpfen.«

»Jetzt verstehen wir uns. Diese Leute wollen nicht halb ersoffen im Ozean treiben, ohne Kahn, ohne Hoffnung. Und darum packen alle mit an, egal was sie hören oder was sie vermuten. Die müssen einfach mit anpacken, sie haben keine Wahl.«

»Selbsterhaltung«, sagte ich.

»Klar, und deshalb wird es Ihnen so schwer, die Leute zum Reden zu bringen. Keiner will Löcher in den Boden des Bootes treten.«

»Stehen die Dinge hier wirklich so schlimm?«

»Gut stehen sie jedenfalls nicht.«

»Beantworten Sie mir noch eine Frage, Sam. Würden die sogenannten anständigen Leute auch mitmachen, wenn sie wissen, daß etwas Illegales, geradezu Verbrecherisches, etwas sehr, sehr Böses geschieht, nur um den Kahn flottzuhalten?«

»Sie haben es doch selber gesagt: Selbsterhaltung. Das ist ein mächtiges Motiv. Das kann einen schon dahin bringen, etwas zu tun, was man nicht täte, wenn es nicht nötig wäre. Bloß um nicht zu verlieren, was man hat.«

»Ich verstehe, Sam. Sie haben mir reichlich Stoff zum Nachdenken geliefert. Schönen Dank, Sam.«

Er nahm Besen, Lappen, Eimer zur Hand und sagte: »Ich dachte, das wäre Ihnen alles längst klar gewesen.«

»Ich war drauf und dran dahinterzukommen, aber Sie haben es mir sehr klar gemacht.«

»Habe ich was gesagt? Ich habe nichts gesagt.«

Ich sah weg; es machte mich betreten, seine Angst zu sehen.

»Sie haben nichts gesagt«, versicherte ich. »Nicht ein einziges Wort.«

Er grunzte befriedigt.

»Ich habe für Sie eine Nachricht, von Miss Thorndecker.«

»Von Mary?«

»Nein, von der verheirateten.«

So, wie er das Wort Miss benutzte, war es unmöglich zu sagen, ob er Miss meinte oder Mrs.

»Von Mrs. Julie Thorndecker?«

»Ja von der. Die möchte Sie sehen.«

»Und warum sagt sie das Ihnen?«

»Sie hat es mir ausrichten lassen«, erklärte er unbestimmt.

»Und wo will sie mich treffen?«

»An der alten Poststraße nach Albany ist ein Lokal.«

»Eine Fernfahrerkneipe. Betty's Red Dog, nicht wahr?« unterbrach ich ihn.

»Die kennen Sie?« Er war verblüfft. »Stimmt, da ist es. Sie wartet auf dem Parkplatz. Reingehen will sie nicht.«

»Wann?«

»Heute mittag um zwölf. Sie fährt so einen ausländischen kleinen Flitzer.«

»Das sieht ihr ähnlich. Gut, ich komme. Und nochmals vielen Dank, Sam.«

Er beschrieb mir den Weg zu Betty's Red Dog, ich gab ihm fünf Dollar, die er dankbar und mit Haltung annahm.

Weil mir bis zu dem Treffen mit Julie Thorndecker noch mehr als eine Stunde Zeit blieb, fuhr ich hinaus nach Crittenden, nicht mit einer vorgefaßten Absicht, sondern nur so; ich wollte es mir noch einmal ansehen, irgendwas zog mich hin.

Wieder ein trostloser Tag; jemand hielt die Sonne versteckt und hatte einen Gazeschleier über die Welt geworfen. Der Himmel reichte bis auf den Boden – man hätte sich geradezu ducken mögen –, und das Licht fiel durch ein metallenes Haarsieb, noch dazu ein verrostetes. Es roch nach feuchtem Holz, nach dem Fluß, nach überfrorenen Stoppelfeldern. Die Melancholie des Ganzen drang einem bis ins Mark, es zog sich zusammen, und hätte jemand gegen mein Schienbein getreten, es hätte *ping* gemacht und wäre zerbrochen wie ein Kristallglas.

Unweit Crittenden begegnete mir ein Streifenwagen der Polizei, diesmal nicht mit Ronnie Goodfellow am Steuer, doch winkte der Fahrer mir immerhin zu, und ich winkte zurück. Eine reine Freude, auch mal einem anderen Polypen zu begegnen, denn allmählich kam es mir vor, als sei der Indianer vierundzwanzig Stunden im Dienst.

Ich umkreiste das Gelände von Crittenden. Die Gebäude wirkten still und verlassen. Ich stellte mir vor, daß ich, dränge ich ein, das Radio laufen hören, warmes Essen auf den Tischen sehen, Hamburger vom Grill riechen aber keine Menschenseele antreffen würde.

Vor dem Haupteingang von Crittenden Hall stand ein blauer MGB, wohl Julies »ausländischer Flitzer«, wie Sam sich ausgedrückt hatte. Doch war sie selber nicht zu sehen, und auch sonst niemand.

Ich umrundete das eingezäunte Terrain, sah keinen Wächter mit Schrotflinte und Hund, nur leere Landschaft. Am Friedhof endlich erblickte ich jemanden, eine dunkle Gestalt, die sich zwischen Grabsteinen bewegte, nicht hastig, aber doch zielstrebig.

Die kraftvolle, beinahe monumentale Gestalt war unverkennbar: Dr. Thorndecker überblickte sein Reich, warf seinen Schatten über sein Land. Er trug einen Mantel, aber keinen Hut, und der Wind zauste seine dichte Mähne. Nach europäischer Manier wandelte er mit auf dem Rücken verschränkten Händen, den Kopf etwas geneigt, so als läse er im Vorübergehen die Inschriften auf den Grabsteinen.

Das wehende Haar, das sonderbare Licht ließen ihn größer scheinen, als er war, ich hatte darum den Eindruck, einen Riesen zu sehen. Er trat die Welt mit Füßen, als wäre sie sein eigen, und dieser Teil der Welt gehörte ihm ja nun auch wirklich.

Er tat nichts Auffälliges, er tat vielmehr nichts. Offenbar machte er seinen Morgenspaziergang. Doch seine Haltung – geneigter Kopf, hängende Schultern, die Hände auf dem Rükken – ließ erkennen, daß er tief in Gedanken war. Ein brütender Spaziergänger.

Selbst aus der Entfernung gesehen, ein Schattenriß aus schwarzem Papier geschnitten und vor den frostigen Himmel gehalten, wirkte er dominierend. Wir alle rotierten um ihn, folgten einem ungewissen, willkürlich zu ändernden Kurs. Er aber war das stille Auge des Orkans, und von ihm erwarteten sich alle alles.

Ich empfand das Verlangen, neben ihm über diesen Friedhof zu gehen und ihm all die Fragen zu stellen, die mich plagten:

Haben Sie Ihren Vater vorsätzlich erschossen, Dr. Thorndecker?

Waren Sie am Tode Ihrer ersten Frau ursächlich beteiligt?

Warum haben Sie in zweiter Ehe eine so junge Frau geheiratet, und wie ertragen Sie deren Untreue?

Warum sind Sie besessen vom Vorgang des Alterns, und glauben Sie wirklich, Sie könnten den Schlüssel zur Unsterblichkeit finden?

Ich malte mir aus, daß er mir alles erzählen würde: von seinem Vater, seiner Frau, seiner großen Liebe, seinen Träumen, kurz alles, und das mit seiner volltönenden Baritonstimme. Er würde nichts auslassen, und die Geschichte wäre so wundersam, daß ich nur fragen könnte: »Und wie ging es weiter?«

Und an dieser Erzählung wäre nichts Böses, nichts Häßliches.

Es sollte die Geschichte eines Helden sein, der von Sieg zu Sieg eilte und am Ende triumphierte. Das wünschte ich aufrichtig, ich hoffte, mein Argwohn, meine Zweifel beruhten auf Neid, denn ich würde ihm nie gleichen, würde nie so gut aussehen wie er, niemals soviel wissen, nie eine Frau gewinnen so schön wie Julie.

Die wenigen Stunden in seiner Gesellschaft waren ausreichend, mich in seinen Bann zu schlagen, ich gebe es zu. Es war mir unmöglich, seine Grenzen zu erkennen, er war der erste Riese, dem ich begegnete, und das war ein demütig stimmendes Erlebnis.

Ich wollte nicht anhalten und ihn beobachten, und nach einem Weilchen geriet der Friedhof hinter einer Baumgruppe aus meinem Blickfeld; die Bäume steckten aufrecht im Boden wie Fettstifte. Ich beendete die Rundfahrt um Crittenden und schlug die Richtung nach Albany ein. Wieder begegnete mir der Streifenwagen.

Und diesmal winkte der Fahrer mir nicht zu.

Bettys Kneipe war leicht zu finden, der Neonpudel unübersehbar, zumal er auch um diese Tageszeit leuchtete. Auf dem riesigen Parkplatz waren drei Laster mit Anhänger und etliche Personenwagen abgestellt. Ich suchte mir einen Parkplatz, soweit von der Kneipe entfernt wie möglich, von dem aus ich ankommende und abfahrende Fahrzeuge gut im Blick hatte, stellte den Motor ab, steckte eine Zigarette an, kurbelte das Fenster runter und rauchte.

Die Kneipe war wesentlich größer, als ich sie mir vorgestellt hatte – ein zweistöckiges Fachwerkgebäude mit schindelgedecktem Mansardendach und Fenstern im Dachgeschoß. Wozu so viele Räume gebraucht wurden, konnte ich mir nicht vorstellen, es sei denn, da oben gab es Spielzimmer und Übernachtungsmöglichkeiten für einsame Handelsvertreter und Fernfahrer. Vielleicht war dort aber auch nur die Privatwohnung der Besitzer.

In den Fenstern des Erdgeschosses flackerten Bierreklamen, man hörte bis hierher einen Musikautomaten dröhnen. Jetzt rollte ein weiterer Lastwagen auf den Parkplatz, gefolgt von zwei Personenwagen. Offenbar eine Goldgrube, dieses Rasthaus. Über dem Eingang wurden Steaks, Hackbraten und Spezialitäten vom Grill angepriesen, und ich fragte mich, ob das Essen gut sei. Daß hier Fernfahrer rasteten, bewies noch nichts; diese Burschen schlingen alles runter, vorausgesetzt sie kriegen kaltes Bier und heißen Kaffee dazu.

Zwei Zigarettenlängen später bog der blaue MGB in den Parkplatz ein; ich winkte, und er hielt neben mir an. Mrs. Thorndecker musterte mich mit ausdrucksloser Miene.

»Bei mir oder bei Ihnen?« fragte sie, als sie das Fenster heruntergekurbelt hatte.

Komische Person.

»Warum nicht bei mir? Da ist es bequemer.«

Sie stieg aus, und ich sah ihre bloßen Beine. Falls sie meine Aufmerksamkeit auf diese Weise erregen wollte, gelang ihr das vollkommen. Sie setzte sich neben mich und knallte die Tür zu. Ich gab ihr Feuer; ihre Hände bebten nicht gerade, doch waren ihre Bewegungen nicht fließend, sondern fahrig.

»Nett, Sie zu sehen, Mrs. Thorndecker.«

»Nennen Sie mich Julie«, sagte sie mechanisch.

»Nett, Sie zu sehen, Julie.«

Sie setzte zu einem Lachen an, doch wurde keines daraus.

Sie trug ein Kleid aus weißem Waschsamt, darunter einen Rollkragenpullover aus dicker Wolle. Das feine silbrige Haar lag dicht am Kopf. Kein Schmuck, wenig Make-up, nur die Lider waren geschminkt, die Lippen hingegen blaß, das Gesicht wie Elfenbein.

Wie schön sie doch war. Feine, ausgeprägte Gesichtszüge. In dem dicken Pullover wirkte sie besonders zart, doch die Augen blickten wissend und unverletzlich, und als ich sie betrachtete, konnte ich an weiter nichts denken als an das goldene Fußkettchen, an die nackten strampelnden Beine auf dem Rücksitz des Streifenwagens.

»Waren Sie hier schon mal?« fragte sie zerstreut.

»Nein. Sieht ganz ordentlich aus. Wie ist das Essen?«

Sie wedelte mit der Hand. »Es geht. Die einfachen Gerichte sind gut. Steak, Stew und so was. Komplizierte Sachen taugen nichts.«

Ich hörte nicht auf die Worte, sondern nur auf diese bezaubernde kehlige Stimme. Das muß aufhören, nahm ich mir vor. Du mußt genau auf ihre Worte achten und darfst dich nicht von dem gurrenden Lachen und dem kehligen Geflüster dieser Dame ablenken lassen.

Zunächst ließ ich sie schmoren, sagte nicht: »Nun, was gibt's?« oder »Sie wollten mich sprechen?« oder »Haben Sie mir was zu sagen?«, sondern wartete ab.

»Ich lebe gern in Coburn«, sagte sie überraschend. »Ihnen gefällt es hier nicht, mir aber schon.«

»Sie sind hier zu Hause.«

»Ja, das spielt natürlich eine Rolle. Bevor ich heiratete, hatte ich kein richtiges Zuhause, und in Coburn bin ich ein großer Frosch in einem kleinen Tümpel. In New York oder Boston könnte ich nicht leben, nicht mal in Albany. Ich habe es versucht, und ich kam mir dort verloren vor.«

»Wo stammen Sie her?«

»Aus einem kleinen Ort in Iowa, den Sie gewiß nicht kennen.«

»Wer weiß?«

»Eagle Grove.«

»Stimmt, davon habe ich nie gehört. Sie sprechen aber nicht wie jemand aus dem Mittelwesten.«

»Ich bin ja dort auch schon seit Jahren nicht mehr gewesen. Ich wollte Tänzerin werden.«

»Ach. Und hatten Sie Erfolg?«

»Ich war begabt, aber nicht diszipliniert genug. Begabung allein reicht nicht.«

»Wie haben Sie Ihren Mann kennengelernt?«

»Auf einer Party. Er hat mir das Leben gerettet.«

Das sagte sie ganz schlicht. Sie stellte eine Tatsache fest. Weil mir das peinlich war, machte ich einen faulen Witz: »Sie wären sonst wohl an einer Fischgräte erstickt?«

»Nichts dergleichen. Es sollte meine letzte Party sein. Ich war schon auf allzu vielen gewesen. Ich wollte mich noch einmal amüsieren und dann nach Hause gehen, in meine jämmerliche Bude, und eine Handvoll Pillen schlucken.«

Das war doch nicht zu glauben. Sie war so jung, jung, jung. Und schön. Diese Frau mit dem kameengleichen Profil und dem grazilen Körper, die hier neben mir saß, den Wagen mit ihrem Duft füllte, konnte ich mit Selbstmord nicht in Verbindung bringen.

Mir fiel weiter nichts ein, als zu fragen: »Und wo fand diese Party statt?«

»In Cambridge. Telford hatte mich den ganzen Abend schon angestarrt. Er nahm mich beiseite, erzählte mir, wer er war und was er machte, wie alt er war und wieviel Geld er hatte und daß er seit einigen Monaten Witwer war. Er erzählte mir alles. Und machte mir dann einen Heiratsantrag.«

»Einfach so?«

»Einfach so. Und ich sagte ja. Auch einfach so. Die kürzeste Brautwerbung in der Geschichte der Menschheit.«

»Und glauben Sie, er wußte, was Sie vorhatten?«

Sie wandte den Kopf weg und starrte aus dem Fenster.

»Ja«, antwortete sie leise. »Nicht, daß ich es ihm gesagt hätte, doch er wußte es. Ich habe damals überhaupt nichts von mir erzählt, aber er wußte Bescheid. Und bat mich, ihn zu heiraten.«

»Was Sie nie bereut haben?«

»Nie«, versicherte sie fest. »Keine Minute. Ahnen Sie überhaupt, was Telford für ein Mensch ist?«

»Man sagt, er sei ein Genie.«

»Ich meine nicht seine Arbeit, ich rede von ihm selber«, berichtigte sie unwirsch.

»Ich halte ihn für klug und charmant.«

»Er ist ein großer Mensch«, erklärte sie trotzig. »Ein großer Mensch. Trotzdem habe ich ein Problem.«

Und wie, dachte ich; du läßt dich von indianischen Polizisten vögeln, das ist dein Problem.

»Seine Tochter.« Sie lehnte sich vor und spähte durch die beschlagene Windschutzscheibe. »Mary. Eigentlich seine Stieftochter. Seine erste Frau war Witwe, als Telford sie heiratete.«

Ich sagte nicht, daß dies mir längst bekannt war, sondern gab uns jedem eine Zigarette. Sie beruhigte sich beim Sprechen allmählich, ihre Bewegungen waren wieder fließender. Mir lag daran, daß sie weitersprach, nicht nur weil ich ihre Stimme hören wollte; ich achtete auch auf ihre Worte.

»Mary ist vier Jahre älter als ich. Und sie liebt ihren Stiefvater sehr.«

Plötzlich drehte sie sich zu mir, zog die Beine unter sich, und ich sah ihre bloßen Knie.

»Sie liebt ihn sehr«, wiederholte sie und starrte mich an. »Mary liebt ihren Stiefvater über alles, und mich verabscheut sie. Sie haßt mich.«

»Na, gar so schlimm wird es nicht sein.«

»Schlimmer. Außerdem ist Mary schwer gestört – ich ahne nicht, ob Sie das wissen. Sie ist eine religiöse Fanatikerin, besucht Erweckungsgottesdienste im Wald, jauchzt Hosianna, liest die Bibel, wird wiedergeboren. Der ganze Krempel.«

»Sie meint es vielleicht aufrichtig?«

Sie legte ihre weiche Hand auf meinen Arm und kam näher.

»Selbstverständlich meint sie es aufrichtig«, flüsterte sie. »Sie glaubt an diesem Quark jedes Wort. Unter anderem deshalb haßt sie mich ja so. Und weil ich die Stelle ihrer Mutter einnehme. Sie meint, ich begehe mit ihrem Vater Ehebruch.«

Das verwirrte mich.

»Thorndecker ist doch gar nicht ihr Vater.«

»Das wissen Sie, und das weiß ich, Mary aber ist so wirr im Kopf, daß sie ihn für ihren Vater hält. Sie glaubt, ich habe ihn ihr und ihrer verstorbenen Mutter weggenommen. Das alles ist recht kompliziert.«

»Die Untertreibung des Jahres.«

»Sex spielt dabei auch eine große Rolle«, fuhr sie fort. »Mary ist in Telford so verliebt, daß sie keinen klaren Gedanken fassen kann. Sie meint, sie und ich konkurrieren um die Gunst des gleichen Mannes. Und deshalb haßt sie mich.«

»Und wo paßt Dr. Draper in dieses Bild?«

»Der würde Mary morgen heiraten, wenn sie nur wollte. Aber sie will nicht Draper, sie will Telford. Draper tut mir leid, der läuft ihr nach wie ein kleiner Hund.«

»Und tut Mary Ihnen nicht leid?«

»Nun ... ja, doch, Mary tut mir schon leid. Sie ist so durcheinander. Aber ich fürchte mich auch vor ihr.«

»Sie? Ich kann mir nicht vorstellen, daß Sie sich vor irgendwas oder irgendwem fürchten.«

»Dank Euch, edler Herr.« Sie warf den Kopf zurück, lächelte breit und umfaßte meinen Arm fester.

Das hätte sie nicht sagen dürfen, es klang unecht. Sie gehörte nicht zu der Sorte Frauen, die so was sagen können, und mir kam der Gedanke, sie spiele mir was vor, es handele sich um einen Auftritt, der damit enden sollte, daß das Publikum sich von den Plätzen erhob und klatschte und mit Blumen warf.

»Warum haben Sie vor Mary Angst?«

Sie zuckte die Achseln. »Sie ist so ... so unberechenbar, man weiß nicht, was sie als nächstes sagen oder tun wird. Verstehen Sie mich nicht falsch, ich fürchte nicht, daß sie schlecht von mir redet, das ist ohne Bedeutung. Ich fürchte nur für meinen Mann. Ich fürchte, die verrückte Mary könnte seinen Plänen, seiner Arbeit schaden. Und ich habe Sie heute hergebeten, weil ich das mit Ihnen bereden wollte.«

»Sie fürchten also, Mary könnte ihren Stiefvater ... sagen wir verleumden?«

Hätte sie ja gesagt, ich hätte geantwortet: »Warum sollte sie das wohl tun, wenn sie ihn über alles liebt?«

Doch Julie ging nicht in diese Falle.

»Nein, sie würde nie im Leben ein schlechtes Wort über Telford sagen. Nicht direkt. Dafür liebt sie ihn zu sehr. Aber mich könnte sie verleumden, Gerüchte über mich ausstreuen. Weil sie mich haßt. Und weil sie nicht ahnt, daß dies auch Telford schaden, seinen großen Plänen abträglich werden könnte.«

Ich lehnte mich vor, um die Zigarette auszudrücken, was den Vorteil hatte, Julies Griff von meinem Arm zu lösen und ihre blanken Knie aus meinem Blickfeld zu entfernen.

»Sie wollen mir damit zu verstehen geben: Was auch immer Mary mir über Sie erzählt, darf Thorndeckers Aussichten auf Zuteilung von Stiftungsgeldern nicht vermindern.«

»Genau das. Sie sollen wissen, daß Mary gestört ist und daß, einerlei was sie sagt, dies alles keine Auswirkung auf die Arbeit meines Mannes und seinen Antrag auf Gewährung der Forschungsgelder haben darf.«

Danach saßen wir eine Weile schweigend. Ihr Duft wurde immer berückender, üppig, moschushaft, erregend. Ich dachte an zerknüllte Laken und Liebesschreie.

Der Anblick des langsam vorüberrollenden Streifenwagens brachte mich zur Besinnung. Er machte eine Runde um den Parkplatz, verschwand. Der Fahrer, der gleiche, der mir schon zuvor begegnet war, bewegte den Kopf nicht, als er vorüberfuhr. Ich ahnte nicht, ob er uns da miteinander sitzen sah oder nicht. Das schien auch unwichtig. Wir sahen ihm nach.

»Ich liebe meinen Mann«, sagte Julie gedankenverloren.

Darauf erwiderte ich nichts, ich hatte sie nicht danach gefragt.

»Und doch ...«

Ich schwieg weiter.

»Sehr ermutigend verhalten Sie sich nicht«, klagte sie.

»Haben Sie je Ermutigung gebraucht?«

»Nein, da haben Sie recht. Geben Sie mir noch eine Zigarette?«

Wir setzten wieder jeder eine in Brand, und ich kurbelte das Fenster ganz runter, um frische Luft reinzulassen.

»Zu kalt?« fragte ich.

»Ja, zu kalt. Ich meine aber nicht das Wetter. Lassen Sie das Fenster ruhig offen. Das schlimme ist ...«

Eine echte Einheimische. Der Satz blieb unbeendet.

»Na?« fragte ich.

Sie wandte mir langsam das Gesicht zu und sah mich starr an. In ihren Augen war nichts zu lesen.

»Ich möchte mit Ihnen schlafen«, sagte sie mit fester Stimme. »Das möchte ich wirklich. Das schlimme ist, Sie würden glauben, ich krieche zu Ihnen in die Falle, damit Telford ein gutes Zeugnis bekommt.«

Einerlei wieviel Erfahrungen man hat, für einen wie großen Weiberhelden man sich hält, sagt eine Frau ja, bekommt man es mit der Angst.

»Genau das würde ich denken. Ich denke es jetzt schon.«

»Schade. Angenommen, wir lernten uns in einem Lokal kennen ...?«

»Oder auf einer Party? Das wäre schon eine sehr andere Kiste.«

»Schöner Vergleich. Vielen Dank.«

»Sie wissen genau, was ich meine: zu anderer Zeit an einem anderen Ort.«

Sie schaute mich hellsichtig an.

»Sie drücken sich doch nicht etwa?«

»Das weiß ich nicht genau, ich weiß überhaupt nichts genau. Schon gar nicht weiß ich, was ich von einer Frau halten soll, die mir ein solches Angebot macht, nachdem sie eben noch gesagt hat, sie liebt ihren Mann.«

Sie betrachtete mich erstaunt.

»Und was hat das eine mit dem anderen zu tun?«

Das meinte sie aufrichtig, sie spielte mir nichts vor.

Es gibt im Leben einen Haufen Dinge, die ich nicht begreife.

Ich sagte also: »Mrs. Thorndecker. Oder Julie, wenn Sie wollen, ich möchte kein Werturteil abgeben, ich kann nur sagen, mir wäre das unmöglich.«

»Schön, das kann ich akzeptieren. Wie steht's aber mit Millie Goodfellow?«

»Was soll mit der sein?«

»Die ist auch verheiratet. Machen Sie da ebenfalls so feine Unterschiede?«

»Die Unterhaltung wird allmählich witzlos, finden Sie nicht?«

»Sie sind ein Spießer«, sagte sie.

»Tja, damit muß ich mich abfinden.«

Sie machte die Tür auf und sagte über die Schulter: »Vergessen Sie nicht, was ich über Mary sagte: sie ist wirklich gestört.«

»Ich vergesse es nicht.«

Sie lächelte sehr flüchtig. Ich sah ihr nach; als sie losfuhr, holte ich tief Luft. Ich kam mir vor wie ein Trottel, aber nicht zum erstenmal und wohl auch nicht zum letztenmal.

Ich kurbelte das Fenster hoch, rutschte tief in den Sitz und zog meinen Hut über die Augen. Ich weinte nicht der vertanen Chance bei Julie Thorndecker nach, sondern entsann mich eines ähnlich gearteten Vorfalls mit Joan Powell, der auf die gleiche Weise begonnen hatte, aber anders ausgegangen war.

Wir hatten den Samstag miteinander verbracht und alles unternommen, was ein unverheiratetes Paar in Manhattan so unternehmen kann: einen Bummel durch das Warenhaus Bloomingdale, Lunch in Maxwells Plum, Spaziergang durch den Central Park samt Besuch im Zoo, anschließend ein französischer Film, in dem die Darsteller hauptsächlich Dünen erklommen, Abendbrot bei einem Italiener im Village, zurück in Powells Wohnung.

Das hätte ein schöner Tag sein sollen. Die Sonne schien, der Müll war abgekarrt, die Stadt bot ein hübsches, sauberes Bild. Joan genoß den Tag, jedenfalls sah es so aus. Und sie behauptete es auch. Im Laufe des Nachmittags verlor ich aber jeden Spaß daran. Das lag nicht an dem Film, nicht am Restaurant, nicht an Joan. Mich überkam eine üble Stimmung, die ich mir nicht erklären konnte. Sie war plötzlich da.

Powell nahm an, wir würden diesen ausgefüllten Tag miteinander im Bett beenden, eine vernünftige Annahme, die auf Erfahrung gründete. Heimgekehrt, nahm sie eine Dusche, kam nackt ins Wohnzimmer und frottierte sich mit einem rosafarbigen Handtuch.

Joan Powell bietet nackt einen sehenswerten Anblick. Alles paßt zueinander, es gibt nichts Überflüssiges an diesem Körper, sie ist einfach vollkommen. Eine zierliche Frau, aber tadellos proportioniert; sie könnte als Statue im Garten des Museum of Modern Art Grünspan ansetzen.

Ich saß zusammengesunken auf ihrem Sofa, die Hände zwischen den Knien.

»Machst du uns was zu trinken?« bat sie.

»Nein. Ich möchte jetzt lieber gehen.«

Sie schaute mich an.
»Fühlst du dich krank?«
»Nein, bloß zum Kotzen. Ich weiß nicht, was mit mir los ist. Ich bin deprimiert. Ich möchte lieber allein sein. Wenn ich hierbleibe, stecke ich dich nur an.«
»Reinstecken tust du ihn, nicht anstecken.«
»Sobald du aus deinen feinen Schuhen raus bist, kannst du unglaublich ordinär sein.«
»Das will ich nun mal«, sagte sie, immer noch heiter. »Zieh deine Klamotten aus.«
»Lieber Himmel«, stöhnte ich, »hast du denn nichts begriffen? Ich bin nicht aufgelegt.«
Sie warf das Handtuch weg, ging nackt durchs Zimmer, machte eine Zigarette an, mischte ihren Scotch mit Soda selber.
»Du bist nicht aufgelegt. Na und?«
»Was heißt na und?« brauste ich auf. »Ich habe einfach keine Lust heute abend. Was willst du dabei schon machen? Mich vergewaltigen? Lieber Himmel, es hat doch nichts mit dir zu tun, ich mag nun mal nicht, also haue ich lieber ab.«
»Meinetwegen. Aber du brauchst nicht wiederzukommen.«
Damals hätte ich sie um keinen Preis verlieren wollen, wir waren gerade im Begriff, eine sehr angenehme, lockere Beziehung zu entwickeln, und ich glaubte, ich könnte absolut aufrichtig mit ihr reden.
»Das kann nicht dein Ernst sein«, sagte ich. »Zum erstenmal – zum allerersten mal! – habe ich keine Lust, dich zu bürsten, und schon bist du bereit, alles hinzuschmeißen.«
Sie schaute mich prüfend an.
»Was mich angeht, so ist es keineswegs das erste Mal, Jungchen.«
Sie bemerkte wohl, wie das mein Selbstgefühl erschütterte, denn sie setzte sich neben mich und schlang einen kühlen Arm um meinen Hals.
»Hör mir zu, Todd. Ich bin so manches Mal mit dir ins Bett gegangen, wenn mir nicht danach war. Weil du es gewollt hast. Weil ich dich liebe. Und indem ich etwas tat, was ich nicht wollte, weil du es wolltest, brachte ich ein Opfer, denn ich liebe dich. Überdies wurde es dann schöner als je zuvor – für mich.

Weil ich damit meine Liebe unter Beweis stellte. Und abgesehen von der physischen Reaktion erfüllte es mich mit Wärme und Zärtlichkeit, dir etwas zu schenken. Versuch es mal, es wird dir guttun.«

Sie hatte recht, und es war – für mich – nie zuvor so schön gewesen. Ich sagte ja schon, sie hat mir eine Menge beigebracht.

Mit Julie Thorndecker wäre das gewiß nicht so gewesen. Zwischen uns gab es keine Liebe, ich hätte kein Opfer gebracht, um sie glücklich zu machen. Auch hielt mich etwas anderes zurück, und sie mochte recht haben, als sie mich einen Spießer nannte. Ich bin wohl ein unverbesserlicher Romantiker. Es hatte mit Thorndecker zu tun. Seine Frau zu vögeln wäre mir vorgekommen, wie eine Statue mit Dreck zu bewerfen.

Und um alles noch komplizierter zu machen, hielt ein weiterer Umstand mich davon zurück, mit Julie Thorndecker zu schlafen.

Man hat wahrscheinlich schon bemerkt, daß ich ein Phantasierer bin, und was ich im Laufe eines einzigen Tages phantasiere, könnte mich auf zwanzig Jahre in den Knast bringen. Was Joan Powell betrifft, da habe ich viele Tagträume sexueller Natur; manche habe ich ihr offenbart, andere nicht. Auch Millie Goodfellow hatte jüngst solche Phantasien in mir ausgelöst.

Doch hinsichtlich Julie Thorndeckers konnte ich mir nichts zurechtphantasieren. Der Himmel weiß, ich hab's versucht, aber alle Träume entglitten mir und lösten sich auf. Nicht bloß weil sie die Frau eines Mannes war, den ich bewunderte, sondern weil sie so schön war, so jung und zart, deshalb konnte ich sie nicht zum Gegenstand meiner Phantasien machen.

Wenn Phantasien genüßlich sein sollen, müssen sie einen, wenn auch noch so geringen Bezug zur Wirklichkeit haben. Tagträume müssen wenigstens möglich sein, wenn sie aufregend wirken sollen. Man kann sich zum Beispiel nicht mit Cleopatra in die Kissen phantasieren, weil ein Teil des Bewußtseins einem vorhält, daß sie schon Jahrhunderte zuvor von einer Viper gebissen wurde, und Phantasien mit ihr als Partnerin Zeitverschwendung sind.

Joan Powell und Millie Goodfellow gaben durchaus brauchbare Objekte ab, doch ein Tagtraum sexueller Art mit Julie Thorndecker als Objekt ... nichts. Ich redete mir ein, die Gründe seien ihre Superschönheit und ihr Mann. Und ein weiterer Grund war, daß Powell und Goodfellow lebendige, atmende, warme, zutrauliche Frauen waren, Julie Thorndecker hingegen nicht. Mir kam sie vor wie schon gestorben.

Nach solchen Gedanken stapfte ich zu Betty in den Red Dog.

Dort drinnen sah es aus wie in einem Privathaus. Ein Dutzend ineinander gehende Zimmer, die Türen entfernt, die Scharniere aber noch sichtbar, wenn auch überlackiert. Die Wand zwischen dem ehemaligen Salon und dem eigentlichen Wohnzimmer (so stellte ich mir das vor) war herausgenommen worden, und dort befand sich jetzt der Schankraum. Die kleineren Zimmer dienten als Speiselokal. Man kam sich nicht vor wie in einer Scheune, und der Lärm des Musikautomaten im Schankraum wurde gedämpft.

Der Schankraum selber war nicht auf rustikalen oder sonstigen Stil getrimmt, sondern sah aus, als hätte sich die Einrichtung zufällig so angesammelt. Lampen mit stoffbezogenen Schirmen verbreiteten angenehm gedämpftes Licht; vor der langen, aus zerkratztem Mahagoni bestehenden Bartheke mit schwarzem Vinyl bezogene Hocker; um ramponierte Eichentische Kapitänsstühle.

Auf kleinen Tischen in abgeteilten Nischen entlang der Wand Kerzen in wachsbekleckerten Flaschenhälsen.

Es herrschte Halbdunkel und es roch nach schalem Bier. Nirgendwo Chrom oder Plastik, behaglich; kleine witzig gemeinte Sprüche an der Wand. Die einzige gedruckte Aufforderung, die ich erblickte, lautete vielmehr BENIMM DICH ANSTÄNDIG ODER VERSCHWINDE.

Hinter der Bar massenhaft Schnapsflaschen; ein reichhaltigeres Angebot als im Coburn Inn – und zu meiner Freude standen die Behälter mit den *Abfällen* gut sichtbar auf dem Tresen.

Abfall nennen die Barkeeper alles, was sie in gemixte Drinks tun, Kirschen, Oliven, Zwiebeln, Limonenschale, Zitronenstücke, Apfelsinenscheiben. Wenn all dies sichtbar aufgestellt ist, weiß man, daß diese Beigaben stets frisch sind. Werden sie unter dem Tresen verwahrt, außer Sichtweite, hat die Olive im

Martini wahrscheinlich schon einen Vorbesitzer gehabt, der sie vergessen, nicht beachtet, oder probiert und ausgespuckt hat. Eine Bar, die es darauf anlegt, kann eine Olive auf diese Weise eine Woche lang immer wieder benutzen.

Hut und Mantel hängte ich auf einen Garderobenhaken aus Messing (zum Glück gab es keine Garderobiere), kletterte auf einen der Hocker und schaute mich um. Unweit von mir saßen drei Männer, die aussahen wie Handelsreisende, doppelte Martinis vor sich und mit dem Austausch von Geschäftskarten beschäftigt. Am entgegengesetzten Ende hockten zwei Fernfahrer in Windjacken, alle möglichen Plaketten an der Mütze, bei Bier und Klarem; sie knobelten bereits die nächste Runde aus.

Im Schankraum war weiter niemand, der eigentliche Betrieb spielte sich in den Speisezimmern ab. Dort war es voll, und junge rotwangige Kellnerinnen servierten Getränke, nahmen Bestellungen entgegen, schleppten schwere Tabletts aus der Küche herein.

Ein schwarzer Bartender war ganz damit beschäftigt, die Bestellungen der Kellnerinnen auszuführen; die Bargäste wurden von einer gewaltigen Person bedient, die Mitte Fünfzig sein mochte, angenehm gepolstert war und in einem schwarzen Kleid steckte, das wenigstens zwei Nummern zu klein war. Sie trug an jedem Finger einen Ring, und zwar nicht solche, wie man sie aus Kaugummiautomaten ziehen kann. Das Gesicht war zugleich hart und schwammig. Ihren Teint verdankte sie gutem Rindfleisch und erstklassigem Bourbon.

In den Ohren trug sie Brillanten, um den Hals eine Doppelschnur Perlen, und auf ihrem ehrfurchtgebietenden Busen erblühte eine Rubinbrosche in Form einer Rose. Die schwarze Perücke türmte sich einen halben Meter hoch, und darin steckten Schmucknadeln. Wie es in der Werbung so treffend heißt: Zeig her, was du hast.

Wie so viele dicke Menschen war sie behende und amtierte mit so sparsamen, wohlberechneten Bewegungen, daß es eine Freude war, ihr zuzusehen. Als ich Scotch und Soda bestellte, legte sie eine Serviette vor mich, goß ein volles Schnapsglas randvoll, öffnete eine kleine Sodawasserflasche, stellte ein großes blinkendes Glas halb mit Eisstücken gefüllt auf die Serviette. Das alles mit einer einzigen fließenden nicht unterbrochenen Bewegung. Wäre ich Eigentümer einer Bar, ich würde sie gleich anstellen.

»Mixen?« sie schaute mich fragend an.

»Bitte.«

Sie goß den Scotch ins Glas, ohne einen Tropfen zu verschütten, einen Fingerbreit Soda dazu und wartete bis ich gekostet hatte.

»Okay?« Ihre Stimme ähnelte einem Knurren, tief und grollend.

»Genau was der Onkel Doktor verordnet hat.«

»Um welchen handelt es sich? Ich würde ihm gern ein paar von meinen Gästen schicken. Sind Sie auf der Durchreise?«

»Nein, vorübergehend in Coburn.«

»So hat jeder sein Päckchen zu tragen«, bemerkte sie philosophisch und brachte den Fernfahrern eine weitere Runde. Eine dralle kleine Kellnerin trat heran und flüsterte ihr was zu. Sie ging zu den drei Vertretern und raunzte: »Ihr Tisch ist frei. Die Kellnerin bringt Ihnen die Gläser.«

Ich wartete, bis die Herren gegangen waren, und fragte die brillantgeschmückte Bardame, die nun Gläser wusch: »Sie heißen Betty?«

»Richtig.«

»Sind Sie *die* Betty? Gehört Ihnen das Lokal?«

»Mir und der Bank«, knurrte sie, trocknete sorgsam die Hand und hielt sie mir hin. Ich schüttelte eine faustvoll Silber, Gold und Edelsteine. Und nicht ein einziger falscher darunter, darauf hätte ich gewettet. »Betty Hanrahan«, stellte sie sich vor.

»Samuel Todd.«

»Freut mich. Ich will Sie nicht bedrängen, Mr. Todd, aber falls Sie allein sind und Appetit haben, können Sie hier an der Bar was essen.«

»Danke vielmals, vielleicht tue ich das, aber vorher möchte ich noch ein Glas vom selben.«

»Gern.« Sie füllte das Schnapsglas mit schneller sicherer Hand, stellte ein frisches Glas mit frischen Eisstücken vor mich. Mir gefiel es hier mehr und mehr.

»Und was bedeutet der rote Hund?«

»Ich hatte mal einen Pudel, so 'nen rötlich braunen, ein tükkisches Vieh. Und als ich das Lokal hier übernahm, dachte ich, das wäre mal ein hübscher Name; so 'ne Art Markenzeichen.«

»Das scheint gut angekommen zu sein.« Ich deutete mit dem Kopf in Richtung der voll besetzten Speisezimmer.

»Es geht ganz gut. Falls Sie auf Betrieb aus sind, sollten Sie mal abends vorbeikommen.«

»Was für 'ne Art Betrieb?« fragte ich mißtrauisch.

Sie polierte einen Moment schweigend Gläser.

»Nichts Illegales, kein Bums oder so. Wenn die Essensgäste weg sind, kommen die Trinker, lauter freundliche Menschen. Auch jede Menge junge Mädchen von den Dörfern und den umliegenden Farmen. Nicht etwa Nutten, bloß Mädchen, die sich mal amüsieren wollen.«

»Und an manchen Samstagen spielt eine dreiköpfige Band«, sagte ich.

Sie hielt mit dem Polieren inne und blickte auf.

»Woher wissen Sie?«

»Von einem Ihrer Stammgäste. Millie Goodfellow. Die kennen Sie doch?«

»Und ob. Millie ist ein Vollweib und immer lustig.«

»Das dachte ich mir schon. Trinken Sie ein Glas mit mir?«

»Nicht vor Sonnenuntergang.«

»Die ist seit fünf Tagen nicht mehr aufgegangen.«

Das bedachte sie eingehend.

»Da haben Sie nicht unrecht. Also ein kleines Bier, und recht schönen Dank.«

»Es ist mir ein Vergnügen.«

Sie zapfte ein kleines Bier, stellte sich mir gegenüber und hob das Glas. »Gesundheit.« Sie leerte es auf einen Zug und fuhr fort zu spülen, zu trocknen und zu polieren.

»Kennen Sie Millie gut?« erkundigte sie sich beiläufig.

»Gut kann man nicht sagen. Wir reden manchmal ein paar Worte miteinander. Ich wohne im Coburn Inn.«

Sie nickte.

»Ich weiß, daß sie mit dem Polizisten verheiratet ist, Ronnie heißt er wohl.«

Betty Hanrahan schaute erleichtert drein.

»Gut, daß Sie das wissen.«

»Ich werd's auch nicht vergessen.«

»Millie tut das leider. Oft.«

»Ihm scheint es aber nichts auszumachen?«

»Hmmm ... ich erzähle Ihnen mal 'ne Geschichte, die habe ich Millie auch erzählt. Vor dreißig Jahren war ich verheiratet – zum ersten und letzten Mal. Mit Patrick Hanrahan. Ich stamme übrigens aus Hamtramck in Michigan. Wie auch immer, Patrick erwies sich als Säufer, und ich trieb mich in Detroit rum. Damals war ich nicht zu halten, das gebe ich gern zu. Pat wußte davon, und er schien sich nichts daraus zu machen. Das ging so an die zwei Jahre. Er war darauf aus, die Braukessel leerzusaufen, und ich ging mit jedem ins Bett, der 'ne Frühlingsrolle zwischen den Beinen hatte. Und dachte, Pat ist es egal. Eines abends kommt er stocknüchtern nach Hause und versetzte mir das hier –«

Sie hob die Perücke, und ich erblickte eine tiefe Narbe quer über den Schädel bis ans linke Ohr.

»Er hätte mich um ein Haar hingemacht. Zwei Jahre hat er sich eingeredet, ihm ist es egal, und dann explodierte er und bringt mich fast um. Ich hätte wissen müssen, daß er irgendwann mal so reagiert, denn er war im Grunde ein stolzer Mann. Aber so sind diese Kerle, eine Weile brodelt es in ihnen, aber dann, ganz überraschend ...«

»Was ist ihm passiert?«

»Pat? nichts. Der haute einfach ab. Ich habe ihn nicht gesucht, hab ihn auch nicht angezeigt. Schließlich hatte ich es reichlich verdient.

Zehn Jahre drauf habe ich mich richtig scheiden lassen. Ich erzähle Ihnen das bloß, weil Goodfellow auch zu der Sorte Mann gehört wie Pat. Millie denkt, ihm macht es nichts aus, und das stimmt ja vielleicht – im Moment. Aber eines Tages kocht er über und dann, denken Sie an meine Worte: Biff, Bang, Pau!«

»Danke für die Warnung. Vielleicht esse ich jetzt doch was? Was empfehlen Sie?«

»Gedünstete Leber mit Speck, dazu Bratkartoffeln.«

Das also wurde mir hier an der Bar serviert, dazu Pumpernikkel mit ungesalzener Butter und ein kleiner Salat. Keine tolle Mahlzeit, aber für eine so abgelegene Fernfahrerkneipe eine angenehme Überraschung. Ich trank dunkles Bier dazu, und das half. Betty Hanrahan machte frischen Senf für die Leber auf, scharf genug, daß mir der Schweiß auf die Kopfhaut trat. So muß man gedünstete Leber essen.

Ich trank die zweite Tasse Kaffee und überlegte, ob ich einen Kognak dazu nehmen sollte. Betty war am anderen Ende der Bar und zählte Bierkästen, als ein Fernfahrer in gefütterter Jacke reinkam. Er trug noch seine Handschuhe und hatte auch die Mütze nicht abgenommen. Er sprach kurz mit Betty, und ich sah ihn nach draußen deuten, Richtung Parkplatz. Betty wandte sich mir zu und musterte mich scharf. »Mr. Todd«, sagte sie und kam näher, »gehört Ihnen etwa der Grand Prix da draußen?«

»Ja, ein verstaubter schwarzer. Was ist damit?«

»Sie haben Ärger. Jemand hat Ihre Reifen aufgeschlitzt. Alle vier.«

»Na, so eine Scheiße«, sagte ich verbittert.

Betty Hanrahan sagte, sie wolle die Polizei anrufen. Ich ging raus auf den Parkplatz, und der Fernfahrer erzählte, sein Beifahrer habe beim Aussteigen gesehen, daß meine Reifen aufgeschlitzt waren. Der hockte auch jetzt noch vor meinem Wagen und betrachtete die Bescherung.

»Ihr Wagen?«

Ich nickte.

»Da hat Ihnen jemand ganz schön eins ausgewischt. Ich tippe auf eine Hacke, es könnte aber auch ein schweres Jagdmesser gewesen sein. Pro Reifen ein schöner tiefer Schnitt, bloß hinten links sind es zwei. Offenbar hat der Bursche da angefangen; der erste Schnitt ging nicht tief genug, und da hat er zweimal geschlitzt.«

»Was meinen Sie, wie lange so was dauert?« fragte ich.

Die Fernfahrer schauten einander an.

»Zwei Minuten, Bernie?« fragte der eine.

»Höchstens. Einmal rumgehen und viermal runterfetzen. Und das am hellichten Tag. Der Kerl hat Nerven! Vielleicht jemand, der Sie auf dem Kicker hat?«

»Ich wüßte keinen.«

»Sie haben in letzter Zeit nicht zufällig in fremden Betten geschlafen?« fragte Bernie, und beide lachten.

Ich wanderte bekümmert um meinen Wagen herum; er hockte nicht geradezu auf den Felgen, doch fehlte nicht viel, außerdem hatte er Schlagseite.

Eine Sirene knurrte, und ich sah den Streifenwagen aus Coburn auf den Parkpaltz einbiegen, eben den, der mir schon dreimal begegnet war. Einer der Fernfahrer winkte, der Streifenwagen steuerte auf uns zu, hielt drei Meter entfernt. Der Konstabler schaltete das rotierende Licht ab, stieg aus, setzte die Mütze auf, stelzte heran.

»Was ist los hier?«

Bernie sagte: »Dem Mann da hat jemand alle vier Reifen aufgeschlitzt.«

Der Konstabler machte eine Runde um meinen Grand Prix, ein kleiner drahtiger Mensch mit messerscharfen Lippen und Augen wie feuchten Steinen. Er stellte sich neben uns, die Hände in die Hüften gestemmt.

»Jesus, so eine Schweinerei«, sagte er.

»Ich glaube, der Kerl hat 'ne Hacke benutzt; vielleicht auch 'ne Axt.«

Der Konstabler befingerte einen Schnitt. »Möglich. Oder ein schweres Messer. Aber ich tippe auch auf eine Hacke. Nirgendwo Spuren, daß er ein Messer angesetzt hat. Bloß einmal tief reingefetzt. Wer hat das zuerst gesehen?«

»Wir«, sagte der Beifahrer. »Bernie hat drinnen Bescheid gesagt, und ich hab hier gewartet.«

»Wann war das?«

»Vor zehn Minuten vielleicht.«

»Höchstens 'ne Viertelstunde her«, bestätigte Bernie.

Der Konstabler wandte sich an mich. »Ihr Wagen?«

»Ja, meiner.«

»Seit wann steht der hier?«

Ich schaute auf die Uhr. »Seit zwei Stunden ungefähr.«

»Und Sie waren die ganze Zeit im Lokal?«

Er glotzte mich abwartend an. Also hatte er uns doch gesehen, dieser Hund, Julie und mich.

»Nein. Erst habe ich draußen im Wagen eine Zigarette geraucht. In der Bar bin ich seit ungefähr fünf Viertelstunden.«

Er fuhr fort, mich aus verkniffenen Lidern zu mustern, fragte aber nicht, weshalb ich für eine Zigarette eine Dreiviertelstunde gebraucht hatte oder warum ich nicht direkt ins Lokal gegangen war.

»Haben Sie was Verdächtiges gesehen?« fragte er statt dessen.

»Nein, nichts und niemanden.«

»Ich habe hier kurz nach zwölf meine Routinekontrolle durchgeführt, und mir ist auch niemand aufgefallen.« Er machte eine Pause. »Wenn ich es recht bedenke, hab ich Ihren Wagen nicht gesehen.«

»Der stand aber da.«

»Naja. Hier stehen immer eine Menge Wagen herum, und man kann sich nicht alles merken. Wahrscheinlich jugendliche Vandalen. Nur so zum Jux.« Er sah mich ausdruckslos an. »Es sei denn, Sie haben einen bestimmten Verdacht?«

»Nein. Keine Ahnung.«

»Tut mir leid, daß Ihnen das passiert ist, Mr. Todd«, sagte er nun forsch. »Eine Schande. Ich muß einen Bericht machen. Darf ich mal Ihren Führerschein und die Zulassung sehen?«

»Wir sind in der Bar, falls Sie uns brauchen«, sagte Bernie.

Der Konstabler winkte sie nachlässig weg. »Klar Jungs. Ich komme gleich rein und schreibe eure Personalien auf.«

Er legte ein kleines Notizbuch auf die Kühlerhaube meines Wagens und kritzelte was hinein.

»Man möchte nicht glauben, was diese bescheuerten jungen Leute sich alles ausdenken. Schlagen Windschutzscheiben ein, reißen Antennen ab, zerkratzen im Vorbeigehen den Lack von geparkten Wagen. Bloß um was kaputt zu machen, ohne jeden Grund. Verflixte Bande.« Dabei schrieb er unentwegt.

Dann steckte er das Büchlein in eine Ledertasche am Revolvergurt und gab mir meine Papiere zurück. Wir gingen zum Lokal.

»Wenn Sie aus New York City kommen, sind Sie an so was wahrscheinlich gewöhnt. Man hört ja die schlimmsten Sachen.«

»Na, ich weiß nicht. Anderswo ist es ebenso schlimm, wenn nicht schlimmer.«

»Tja, das könnte stimmen«, sagte er tonlos. »Sie brauchen einen Abschleppwagen. Kennen Sie eine Werkstatt?«

»Was ist mit Mikes Tankstelle? Schafft der das?«

»Klar, der hat einen Abschlepper, aber heute kriegen Sie die Reifen nicht mehr drauf, frühestens morgen. Mein Name ist übrigens Aikens. Mike kennt mich, und wenn Sie sagen, ich schicke Sie, läßt er vielleicht 'ne Spur nach im Preis, ich bezweifle es allerdings.« Und er lachte trocken.

Im Eingang blieb er stehen. »Wir geben uns natürlich alle Mühe, Mr. Todd, aber machen Sie sich keine großen Hoffnungen. Grundlose Beschädigung ist schwer aufzuklären, wenn man den Täter nicht auf frischer Tat erwischt.«

»Das begreife ich gut.«

»Sie sind doch versichert?«

»Schon, aber Sachbeschädigung ist, glaube ich, nicht gedeckt. Da muß ich mich erstmal erkundigen.«

»Wie gesagt, es tut mir sehr leid, Mr. Todd. Wenigstens ist niemand zu Schaden gekommen, ich meine körperlichen Schaden. Dafür muß man schon dankbar sein.« Er lächelte kalt. »Jetzt nehme ich die Personalien der Fernfahrer auf, und falls wir was rauskriegen, bekommen Sie Bescheid von uns.«

Er winkte lässig und ging an jenes Ende der Bar, wo meine beiden schon neben den anderen Fernfahrern saßen. Alle vier tranken Bier und Klaren.

Der schwarze Bartender war jetzt allein und winkte mich heran. »Miss Betty ist oben in ihrem Büro und möchte Sie gern sprechen, falls Sie Zeit haben. Da, die Treppe rauf. Und Sie sollen Hut und Mantel gleich mitnehmen.«

»Gut«, sagte ich, immer noch sauer. »Mache ich.«

Die Tür zum Büro stand offen. Betty Hanrahan telefonierte gerade. Sie winkte mich herein, deutete auf einen hölzernen Sessel neben ihrem Schreibtisch. Ich setzte mich und bot Betty zu rauchen an. Sie nahm eine Zigarette, und als ich sie ihr ansteckte, sagte sie gerade in den Apparat: »Schon recht, Dave, ich verstehe ... aber bislang habe ich eure Versicherung noch nie in Anspruch genommen ...«

Ich steckte meine eigene Zigarette an und sah mich um. Das Büro war winzig, mehr als der Schreibtisch, zwei Stühle, ein Aktenregal und ein uralter Safe paßten nicht rein; dieser Safe stand auf Rollen, war einen Meter hoch, hatte Messinggriffe und ein Kombinationsschloß.

Betty lehnte sich zurück und legte die Füße auf den Tisch. Ihre Beine waren sehenswert. Sie trug straßbesetzte Pumps mit zehn Zentimeter hohen Absätzen, und ich fragte mich, wie sie damit hinter der Bar stehen konnte. Aber ohne die hohen Absätze hätte sie klein gewirkt.

»Also gut, David, sehen Sie, was Sie tun können ... und rufen Sie an, sobald Sie Bescheid wissen.«

Sie beugte sich vor, um den Hörer aufzulegen, und zog dabei den Rocksaum über die Knie hinunter.

»Hoffentlich war nichts zu sehen?« fragte sie.

»Ich sehe nichts«, beruhigte ich sie.

»Na, wenn schon, ich trage schließlich Schlüpfer.«

Aus der Schublade holte sie eine Flasche Bourbon und Pappbecher.

»Schenken Sie uns mal was ein.«

Ich stand auf und goß ein.

»Falls Sie wollen, können Sie auch Wasser dazu haben.«

»Ich bin ganz zufrieden damit.«

»Den habe ich jetzt nötig. Solche Schweinereien kann ich nicht ausstehen, die schaden auch dem Ruf des Lokals. Eben habe ich mit meinem Versicherungsvertreter gesprochen. Der meint, ich bin gegen Sachbeschädigung versichert, aber auch wenn das nicht der Fall sein sollte, zahle ich Ihnen die neuen Reifen. Das wollte ich Ihnen sagen.«

»Das ist sehr nett von Ihnen, Betty, es kann aber gut sein, daß meine eigene Versicherung den Schaden deckt. Sobald ich in New York bin, erkundige ich mich danach.«

»Aus New York kommen Sie? Ulkig, ich hätte auf Chikago getippt. Sie sprechen nicht wie ein New Yorker.«

»Ich bin auch keiner, ich stamme aus Ohio. Darf ich mal Mikes Garage anrufen? Die könnten mich abschleppen.«

»Lassen Sie mich das machen, ich weiß, wie man mit diesem alten Halunken umgehen muß.«

Sie nahm die Füße vom Tisch, wühlte in einer Schublade und brachte eine unansehnliche Geschäftskarte zum Vorschein. Um die Nummer abzulesen, mußte sie eine Brille aufsetzen. Das Brillengestell war ebenfalls mit Straß besprenkelt.

Sie erklärte Mike, worum es sich handelte, verlangte, daß er auf der Stelle mit dem Abschleppwagen kommen und bis fünf Uhr nachmittags neue Gürtelreifen aufziehen solle. Im Hörer quakte es gereizt. Sie erwiderte wütend, erklärte sich aber schließlich damit einverstanden, daß die Sache bis Samstagmittag Zeit habe. Als es um den Preis ging, zankten sie wieder heftig. Ich verstand nicht, auf welche Summe sie sich einigten, aber sie handelte ihn herunter. Zum Schluß rief sie noch: »Und sorgen Sie dafür, daß die Rechnung an mich geht, Sie alter Halsabschneider!«

Sie knallte den Hörer auf die Gabel und grinste mich an, nahm die Brille ab, legte die Füße wieder auf den Tisch. Diesmal zupfte sie nicht am Rocksaum, und sie trug tatsächlich Schlüpfer.

»Abschleppen läßt er den Wagen gleich, aber neue Reifen kann er angeblich heute nicht mehr montieren. Morgen Mittag ist alles fertig, und der Wagen wird zum Coburn Inn gebracht. Einverstanden?«

»Vielen Dank, Betty. Aber Sie sollen die Rechnung nicht bezahlen, es ist schließlich nicht Ihre Schuld.«

»Es ist aber auf meinem Grundstück passiert. Und ich hafte für die auf meinem Parkplatz abgestellten Wagen.«

»Ich bezweifle, daß eine derartige Rechtsverpflichtung besteht.«

»Auf Rechtsverpflichtungen scheiße ich«, bemerkte sie grob. »Ich fühle mich verantwortlich, mithin bin ich es auch. Ahnen Sie, wer das gewesen sein könnte?«

Ich hatte eine ganze Menge Ahnungen.

»Keine Ahnung«, sagte ich.

»Sie haben nicht zufällig ihre Schuhe unter ein fremdes Bett gestellt?«

»Das hat auch schon einer der Fernfahrer vermutet. Aber es stimmt nicht, und mir ist nicht bekannt, daß ich hier in der Gegend Feinde hätte. Vielleicht ein Zufall, ich meine, daß es ausgerechnet meinen Wagen erwischt hat. Oder jemand hat sich meinen vorgenommen, weil der ganz allein am fernsten Ende des Platzes stand.«

»Kann sein«, doch lagen Zweifel in ihrer Stimme.

»Jedenfalls meint Konstabler Aikens das. Er behauptet, in letzter Zeit wäre hier mehrfach so was passiert.«

»Konstabler Fred Aikens könnte seinen Arsch nicht mal mit einem Boxhandschuh finden«, sagte sie angewidert.

»Ich würde gern wissen, ob Sie meinen Namen genannt haben, als Sie die Polizei benachrichtigten? Haben Sie gesagt, der Wagen gehöre einem Mr. Samuel Todd?«

Sie dachte stirnrunzelnd einen Moment nach.

»Nein«, sagte sie entschieden. »Ich habe bloß gesagt, der Wagen von einem Gast ist beschädigt worden. Ihren Namen habe ich nicht erwähnt.«

»Aikens nannte mich nämlich Mr. Todd, als er sich den Schaden ansah, und zwar bevor er meine Papiere gesehen hatte. Ich frage mich, woher er meinen Namen wußte?«

»Er hat Ihren Wagen vielleicht schon in Coburn gesehen oder jemand hat ihn auf Sie aufmerksam gemacht.«

»Ja, so wird es wohl sein. Jemand hat ihn auf mich aufmerksam gemacht«, sagte ich wie beiläufig.

»Noch einen?« Sie deutete auf die Flasche.

»Gern.«

»Nehmen Sie neue Becher. Die alten lecken nach einer Weile.«

Ich goß uns nochmal ein, und sie leerte ihren Becher auf einen Zug, ohne zu ächzen oder eine Miene zu verziehen; ich sah sie kaum schlucken, das Zeug rann ihr einfach durch die Kehle. Mit dieser Dame wollte ich es um keinen Preis aufnehmen.

»Sie haben in Coburn Geschäfte, Mr. Todd? Entschuldigen Sie meine Neugier.«

»Keine Ursache.« Ich erzählte ihr knapp, daß ich in Crittenden war wegen Thorndeckers Antrag auf Zuteilung von Forschungsmitteln aus der Bingham-Stiftung.

»Ich kenne die Leute aus Crittenden. Thorndeckers haben hier mehrmals gegessen. Die Frau ist eine hübsche Puppe.«

»Ja, das ist sie.«

»Auch vom Pflegepersonal kommen immer mal welche her, und natürlich die jungen Leute aus dem Labor. Meist Samstag- und Sonntagabend. Sie machen viel Wind, sind aber harmlos. Trinken Wein oder Bier. In Mengen.«

»War Mary Thorndecker auch mal hier?«

»Nie von ihr gehört. Wer ist das denn?«

»Thorndeckers Tochter, besser gesagt Stieftochter. Siebenundzwanzig. Altjüngferlich.«

»Die hab ich meines Wissens nie gesehen.«

»Und Draper? Dr. Kenneth Draper?«

»Den kenne ich. Ein Einzelgänger. Der kommt zwei-, dreimal die Woche, immer spät, immer allein, läßt sich langsam vollaufen. Zweimal hat er auch schon das heulende Elend gekriegt.«

»Das ist ja recht interessant. Und Miß Beecham? Die Oberschwester?«

»Ah die!« sagte Betty verächtlich. »Die hab ich mal rausschmeißen müssen, weil sie sich an eine junge Kellnerin rangemacht hat. Wissen Sie, ich sage immer, leben und leben lassen, und wer es mit wem treibt und wie, ist mir egal. Aber nicht in meinem Haus. Schließlich kann mich das die Schankerlaubnis kosten. Überdies kenne ich die Eltern dieser Kellnerin, wir sind befreundet, und ich habe versprochen, ein Auge auf die Kleine zu halten. Deshalb habe ich diesen kessen Vater rausgeschmissen.«

»Ist Mrs. Thorndecker jemals mit einem anderen Mann hier gewesen, Betty? Sie sollen darauf nicht antworten, wenn Sie die Frage für indiskret halten.«

»Nein«, antwortete sie prompt, »jedenfalls nicht, wenn ich unten war, und das bin ich meistens. Soll ich mich mal umhören?«

»Nein, lieber nicht. Sie haben schon genug für mich getan. Ich würde gern eine Taxe kommen lassen, falls es hier so was gibt.«

»Nein, da weiß ich was besseres. Bis Mike Ihren Wagen fertig hat, müssen Sie beweglich bleiben. Wir haben hier einen alten Ford Kombi, ein Wrack, genauer gesagt, es fährt aber noch, und den können Sie unterdessen benutzen. Wir fahren damit Einkaufen, und im Winter spannen wir einen Schneepflug davor und machen den Parkplatz frei. Gut aussehen tut das Ding, wie gesagt, nicht, aber es fährt. Nehmen Sie ihn, bis Sie ihren eigenen wiederhaben.«

Ich wollte das eigentlich nicht, doch bestand sie darauf. Ich gab ihr einen Dankeskuß. Tolles Weib.

Zwanzig Minuten später ratterte ich Richtung Coburn, in einem uralten Kombi, der mit Dreck und Spucke zusammengepappt war.

Ich war so damit beschäftigt, mich an die eigenwillige Schaltung und den starken Rechtsdrall zu gewöhnen, und gab mir so viel Mühe, die alte Mühle auf fünfzig zu bringen, daß ich am Coburn Inn anlangte, bevor ich es recht merkte, und da fiel mir auch erst ein, daß ich die Rechnung im Red Dog nicht bezahlt hatte. Ich nahm mir vor, Betty aus New York ein hübsches Geschenk zu schicken. Was Glitzerndes. Das würde ihr Freude machen.

In meinem Zimmer angekommen, betrachtete ich gereizt den Rest Wodka in der Flasche, einen harmlosen Rest, der niemandem schadete, aber auch niemandem nützte. Also leerte ich die Flasche in mein neues Zahnputzglas, sank in den Sessel und nahm einen Schluck. Nun hatte ich nicht nur Bier und Scotch, Ale und Bourbon intus, sondern auch noch Wodka. Fehlten noch Ouzo, Sangrita und Cidre.

Ich war ausgesprochen sauer. Meine Reifen aufzuschlitzen war einfach kindisch. Es sollte eine Warnung sein, soviel war mir klar, aber das waren doch wohl Knabenstreiche?

Ich hielt Aikens für den Täter, angestiftet von Goodfellow, und wie das vor sich gegangen war, konnte ich mir leicht ausmalen: Aikens macht entweder eine Routinefahrt um den Parkplatz von Betty, oder er ist mir die ganze Zeit auf den Fersen, schon seit Crittenden. Er sieht mich mit Julie im Wagen sitzen, und falls er uns nicht erkennt, ist ihm doch der blaue MGB bekannt und mein Grand Prix ebenfalls. Er fährt zum nächsten Telefon und ruft Goodfellow an.

»Ronnie? Fred hier. Hab ich dich geweckt?«

»Macht nichts. Was gibt's?«

»Deine Freundin steht mit ihrem Wagen beim Red Dog.«

»Und?«

»Direkt neben einem schwarzen Grand Prix. Sie sitzt da drinnen mit einem Kerl. Dachte, es interessiert dich.«

Schweigen.

»Ronnie? Bist du noch da?«

»Ja. So ein Schwein.«

»Kennst du ihn?«

»Ein Schnüffler namens Todd. Soll Thorndecker unter die Lupe nehmen, wegen dem Geld.«

»Dann ist das also in Ordnung? Ich meine, daß die beiden da sitzen?«

Schweigen.

»Ich dachte bloß, du wüßtest es gern.«

»Ja, danke. Du könntest es dem Hundskopf mal besorgen.«

»Wozu, Ronnie?«

»Du sollst ihm einen Denkzettel verpassen.«

»Ah, verstehe. Ich hab noch die Hacke im Wagen, die du Abe Tompkinss abgenommen hast, als er seine Alte damit hinmachen wollte. Wenn es geht, nehme ich mir den Pontiac damit vor.«

»Danke, Fred, das vergesse ich dir nicht.«

»Tätest du doch auch für mich.«

»Stimmt.«

So etwa dürfte es sich abgespielt haben. Das Rätsel der aufgeschlitzten Reifen zu lösen verschaffte mir aber keine Genugtuung; kleines Rätsel, kleine Befriedigung. Mit Thorndecker hatte das nichts zu tun. Dachte ich.

Da saß ich denn, trank sparsam, um möglichst lange was vom Wodka zu haben, und glotzte vor mich hin. Bei einer solchen Überprüfung gibt es eine erste aktive Phase, der Ermittler fragt, beobachtet, horcht herum, sammelt Material, vorerst noch ohne den Versuch, System hineinzubringen. In der zweiten Phase muß er tätig werden, Verbindungen sind geknüpft, Bezüge werden erkennbar. Das ist die Eröffnungsphase, alle Behälter werden aufgemacht, man betrachtet den Inhalt, riecht daran, und meist stinkt er.

Und jetzt, so fand ich, wurde es Zeit zu handeln. Eines nach dem anderen. Ich nahm mir das erste Rätsel dieser Thorndekkerschen Bescherung vor, und siehe da, es war kinderleicht. Und doch sind die leichtesten manchmal am schwersten zu lösen ...

Mit Hut und Mantel trollte ich mich die Treppe runter, denn das ging doppelt so schnell wie mit Sams gebrechlichem Fahrstuhl. Ein Blick auf den Zigarrenstand zeigte mir, daß Millie einen Kunden hatte, einen der vorsintflutlichen Dauergäste. Er lehnte sich weit über den Tresen, er fiel schon fast auf die Nase in dem Bemühen, das Hinweisschild auf ihrem T-Shirt zu entziffern.

»Was steht da drauf?« hörte ich ihn quäken. »Ich habe meine Lesebrille nicht dabei.«

Der Glatzkopf am Empfang blickte ärgerlich von dem Faltblatt im *Playboy* auf, als ich ihn anredete.

»Ich brauche ein neues Farbband für meine Schreibmaschine. Kann man hier so was kaufen?«

»Selbstverständlich«, antwortete er gekränkt, augenscheinlich empört darüber, daß ich bezweifelte, eine Stadt wie Coburn könne nicht mit einem solchen Wertgegenstand aufwarten.

Er schickte mich in ein Geschäft für Bürobedarf, einen Block hinter der Post. »Dort bekommen Sie alles, was Sie brauchen.«

Ich dankte ihm und wollte schon gehen, da fiel mir aber zum Glück noch ein, wie ich ihn ärgern könnte. Ich fixierte scharf seinen rechten Jackenaufschlag. Das machte ihn nervös, er versuchte, an sich herabzusehen, doch schon wischte ich zweimal darüber hin.

»So«, sagte ich dabei, »das sieht schon viel besser aus.«

»Danke Ihnen, Mr. Todd.« Er war ganz zerknirscht.

Selbstverständlich war nichts auf dem Revers, manchmal bin ich richtig gemein zu den Leuten.

Das Geschäft, an das er mich verwiesen hatte, machte einen trübseligen Eindruck. Hinter einem ewig nicht geputzten Schaufenster sah man etliche Bleistifte, vergilbtes Schreibpapier, Locher und ähnliches Kleingerät, das schon Rost ansetzte. Als ich die Tür aufstieß, schepperte eine Glocke. Ich blickte mich um. Kein Mensch zu sehen. Ein Geschäft, wie gemacht dafür, aufgegeben zu werden.

Der kleine Mann, der nun aus einem Hinterzimmer hereinschlurfte, war genau der richtige, dieses Mausoleum zu bewachen. Ich weiß nur noch, daß er Filzpantoffeln trug und sechs Haarsträhnen quer über seinen Schädel gebürstet hatte. (Ich habe sie gezählt!)

»Womit kann ich dienen, Sir?« seufzte er.

Eigentlich wollte ich ihn ein bißchen tanzen lassen, doch sah er so erledigt aus, so endgültig geschlagen, daß ich darauf verzichtete, ihn zum Narren zu halten. Das Leben war mir schon zuvorgekommen, und ich sagte deshalb nur: »Ich will Sie bestechen.«

Die blassen wäßrigen Augen blinzelten.

»Bestechen?«

Ich zog eine Zehndollarnote aus der Brieftasche und hielt sie ihm unter die Nase.

»Gibt es sonst noch ein Bürobedarfsgeschäft in Coburn?«

»Nein ...« Er stierte die Banknote an wie einen Passierschein in den Himmel.

»Gut. Dann bekommen Sie diesen Zehner für die einfache Antwort auf eine einfache Frage.«

»Ich weiß nicht recht ...« Er blinzelte gierig und zugleich ängstlich.

»Sie können immer bestreiten, mit mir gesprochen zu haben. Wir sind hier ganz unter uns Pastorentöchtern.«

»Ja, da haben sie recht.« Er hellte sich auf. »Wie lautet die Frage?«

»Wer kauft hier Farbbänder für eine Olympia Standard?«

»Olympia Standard?« Er leckte die Lippen. »Meines Wissens gibt es hier nur eine solche Maschine.«

»Wem gehört sie?«

»Mary Thorndecker. Die kommt hin und wie–«

Ich überreichte ihm den Zehner.

»Danke.«

»So alle zwei Monate«, tönte er weiter und stierte auf die Banknote.

»Sie verlangt –«

Die Glocke schepperte, als ich rausging.

Ich stolzierte zurück zum Coburn Inn, so selbstzufrieden,

daß einem übel werden konnte. Um mich zu belohnen, kaufte ich bei Sandy eine Flasche Popow, eine Marke, die echt russisch klingt, aber in Hartfort, Connecticut, hergestellt wird. Als ich auf mein Zimmer kam, war die Euphorie schon abgeklungen, und ich machte nicht mal den Wodka auf, sondern ließ mich in einen Sessel sinken, streckte die Beine von mir und stierte vor mich hin. Die großen Rätsel blieben ungelöst. Möglich, daß Mary den Zettel geschrieben und daß Goodfellow versucht hatte, ihn zu stehlen. Eine hübsche Kombination, Bürger zu Bauer zu Bettelmann. Doch wer war der Bettelmann?

Ich überlegte:

Mary Thorndecker tippt auf einen Zettel »Thorndecker tötet« und hinterläßt ihn für mich in einem Umschlag. Welches Motiv hat sie? Mag sein, sie ist empört darüber, daß in den Labors von Crittenden mit lebenden Tieren experimentiert wird. Ist sie wirklich eine religiöse Fanatikerin, wie man behauptet, könnte sie sich bewogen fühlen, eine solche Beschuldigung zu erheben. Doch einerlei aus welchem Grund, sie schreibt mir dieses Briefchen.

Wem könnte Mary davon erzählt haben? Zum Beispiel Dr. Draper. Das aber ist unwahrscheinlich, denn der ist mit ganzem Herzen bei den Forschungsarbeiten. Dann vielleicht ihrem Halbbruder Edward? Das ist schon wahrscheinlicher! Sie möchte Edward vor etwas schützen, was ihr als das Böse schlechthin erscheint.

Angenommen, sie vertraut sich Edward an, sagt ihm, sie beabsichtige, dem sündhaften Treiben in Crittenden ein Ende zu machen. Edward indessen, von Julies Schönheit und ihrer sexuellen Ausstrahlung ganz behext – das hatte ich ja selber mit angesehen, es handelt sich nicht um einen bloßen Verdacht –, verrät seiner Stiefmutter, was Mary vorhat, vor allem erwähnt er den Brief, den sie für mich im Coburn Inn abgegeben hat.

Julie, in der Absicht, Thorndecker zu schützen, diesen »großen Mann«, und zu vermeiden, daß Marys Brief zur Ablehnung von Thorndeckers Antrag auf Zuteilung von Stiftungsgeldern führt, drängt Konstabler Goodfellow, das verdammte und verdammende Schriftstück wiederzubeschaffen. Julie weiß nicht, was drinsteht, es könnte sich um eine ganze Latte von Missetaten handeln, die Mary ihrem Stiefvater anlastet, und mit vollem Namen unterzeichnet.

Weil Goodfellow der Frau des Doktors hörig ist, macht er einen Versuch; er klaut seiner Frau den Schlüssel, nur findet er nichts, weil ich den Zettel bereits an Donner & Stern geschickt habe.

Ich gebe gerne zu, das alles klingt weit hergeholt und basiert einzig auf dem, was ich über die Beteiligten wußte, und darauf, wie ich glaubte, daß sie im Falle einer Bedrohung reagieren würden, doch mir leuchtete es ein, und wie sich herausstellte, stimmte es denn auch zu etwa achtzig Prozent.

Nur, die falschen zwanzig Prozent hätten mich fast Kopf und Kragen gekostet.

An jenem Abend habe ich bestimmt etwas gegessen, aber nur eine Kleinigkeit, denn mein Bauch wurde mir allmählich peinlich. Und ich trank auch nur zwei Wodka-Gimlets, bevor ich mich in Bettys alten Kombi schwang und beseligt aus Coburn hinausratterte, Richtung Süden, auf der Talstraße, Bestimmungsort Mary Thorndeckers Kirche. Nicht, daß ich das Heil gesucht hätte (eine Prise davon wäre mir schon nützlich gewesen), sondern um nichts zu versäumen. Ich wollte herausbekommen, warum eine junge, gescheite Frau darauf aus war, einen Mann zu vernichten, den sie angeblich über alles liebte.

Ich habe in unterschiedlichen Landesteilen an Erweckungsgottesdiensten teilgenommen, darunter an einem, bei dem eine Schlange herumgereicht wurde. Das geschah in Georgia, in einem Zelt am Rande von Macon. Ich habe Bibelgläubige in Zungen reden gehört, Krüppel ihre Krücken wegschmeißen, Lahme aus Rollstühlen springen und die Polka tanzen gesehen. Die Redegabe der Wanderprediger und der Eifer der Gläubigen sind mir vertraut. Hausgemachte Religion ist nicht gerade mein Bier, aber schaden tut sie wohl niemandem, höchstens den Gläubigen, und die Verfassung verbietet keinem Bürger, sich zum Narren zu machen.

Ich dachte also, ich wüßte, was mich erwartete: kleine Pächter und Landarbeiter, die sich heiser schreien, in die Hände klatschen, mit den Füßen stampfen und ihre lachhaften Sünden bekennen, während sie vortreten, um erlöst zu werden, begleitet von den aufreizenden Phrasen eines raffinierten Redners, der genau weiß, wie man die Zuhörer in religiöse Extase peitscht.

Es wurde aber eine Überraschung.

Die Erste Kirche Unseres Herrn Jesus Christus war nicht in einem Zelt beheimatet oder in einem baufälligen Schuppen, sondern in einem weißlackierten Holzbau, umgeben von einem gepflegten Rasen; es gab einen beleuchteten Parkplatz, und das Ganze machte einen mäßig wohlhabenden Eindruck. Die Fenster waren blitzblank, Efeu rankte aus adretten Kästen, und das Kreuz auf dem Türmchen wurde angestrahlt.

Erwartet hatte ich eine Art Autofriedhof: verrostete Uraltgefährte, untermischt mit ein paar Motorrädern, doch was ich da sah, verstärkte noch den Eindruck, daß die Gemeinde aus wohlhabenden Mitgliedern bestand: Fords, Chevrolets, VWs und Toyotas, außerdem nicht wenige ausländische Sportwagen, auch Cadillacs, Mercedes' und ein prachtvoller, kastanienbrauner Bentley. Als ich Bettys Wrack zwischen diesen blinkenden Prachtkutschen abstellte, kam ich mir vor wie ein armer Verwandter.

Als ich eintrat und einen freien Platz gleich am Eingang wählte, wurde *Jesus meine Zuversicht* gesungen. Ich nahm ein Gesangbuch zur Hand und blickte mich unauffällig um. Ein schlichter Innenraum, in gebrochenem Weiß gehalten, Gestühl aus poliertem Nußbaum, auf dem ansehnlichen Altar eine kostbare Brokatdecke, dahinter an der Wand eine riesige Kreuzigung in Öl, nicht besser, aber auch nicht schlechter als die üblichen Altarbilder. Massenhaft Blut. Die sitzenden Gläubigen sangen, begleitet von einer elektronischen Orgel vorne links neben dem Altar. Rechts vom Altar sah ich eine Tür, vermutlich führte sie in die Sakristei.

Das sah nicht nach Schwindel aus, nur wurde mir mehr und mehr so, als wäre ich aus Versehen in die Aufnahmen zu einem Fernsehfilm geraten, der mit einer Hochzeit oder einem Begräbnis enden soll, vielleicht auch damit, daß der von Kugeln durchsiebte Held mit letzter Kraft das Gotteshaus erreicht, um am Altar sein Leben auszuhauchen. Warum hast du diesen Eindruck, fragte ich mich. Weil alles so neu wirkt. Kirchen sehen meist abgenutzt aus, auf ansprechende Weise schäbig, diese aber so, als wäre sie heute früh fertig geworden. Nirgendwo ein Kratzer. Es roch sogar nach frischer Farbe und nach Gips.

Mag sein, die Gemeinde trug dazu bei, daß ich dem Frieden nicht traute. Es gab zwar einige Farbige hier, doch waren es überwiegend Weiße zwischen zwanzig und dreißig Jahren, die Männer mit Bärten, die Frauen mit Zöpfen oder langen, offenen Haaren. Männer wie Frauen trugen Ketten und Medaillons um den Hals, und die meisten hatten Jeans an, aber französische, maßgeschneiderte oder welche mit silbernen Nieten oder sonstigen handgearbeiteten Verzierungen.

Ich war ganz auf meine Vermutungen angewiesen, und die gingen dahin, daß hier Akademiker versammelt waren. Musiker, Maler, Dichter, Besitzer von Antiquitätenläden. Sie sahen aus, als hätten sie mit Psychoanalyse begonnen und wären über Yoga, Urschrei, gemeinsames Wannenbad und Kokain hierhergelangt. Nicht, weil sie alle das wirklich nötig gehabt hätten, sondern weil das nun mal *in* war. Ich hätte jede Wette gehalten, daß die Erste Kirche Unseres Herrn Jesus Christus nur der letzte Schrei für diese Leute war, und sobald sie alle *wiedergeboren* waren, würden sie sich auf den Weg in die nächstgelegene Disco machen, unter lautem Gelächter und Gehupe.

Der Choral verstummte, man legte die Gesangbücher weg, und in der vordersten Reihe stand ein junger Mann auf und wandte sich uns zu. Außer den Augen war von seinem Gesicht kaum was zu sehen – es verschwand unter einem wahren Wald aus Haaren.

»Willkommen in der Ersten Kirche Unseres Herrn Jesus Christus. Mein Name ist Irving Peacock und ich bin Sakristan dieser Kirche. Ich kenne die meisten von euch und ihr kennt euch fast alle untereinander. Immerhin sehe ich einige Schwestern und Brüder, die zum ersten Mal gekommen sind, und zu diesen Neuankömmlingen sage ich: Willkommen! Willkommen in der Familie des Herrn. Es ist hier Brauch, daß zu Beginn des Gottesdienstes alle Brüder und Schwestern ihre Mitbrüder und Schwestern zur Rechten und zur Linken mit einem Kuß begrüßen, zum Zeichen dafür, daß wir alle uns der Liebe und dem Leiden des Herrn würdig erweisen wollen. Also bitte, küßt euch. Auf den Mund. Auf den Mund.«

Man erhob sich, ich ebenfalls und fragte mich dabei, in welche Art Klapsmühle ich hier geraten war. Fasziniert sah ich mit an, wie Männer und Frauen sich nach rechts und links wandten, ihre Nachbarn umarmten und küßten. Das Schmatzen war deutlich zu hören.

Weil ich hier hinten allein saß, hielt ich mich für ungefährdet, doch ein riesiger Graubart vor mir, der schon nach rechts und links geküßt hatte, machte kehrt und streckte mir die Arme entgegen. Was sollte ich machen? Ich küßte ihn also, besser ich ließ mich von ihm küssen. Sein Schnurrbart glich dem eines Walrosses. Er kitzelte. Und das Walroß hatte eben erst italienisch gegessen. Und zwar billig.

Nach dieser Orgie des Küssens setzte man sich wieder, und Irving Peacock kündigte die Kollekte an. John Milhouse und Mary Thorndecker würden die Schalen herumreichen, und alle seien aufgefordert, großzügig zu spenden, »um das Werk von Vater Bellamy zu fördern und unseren Glauben und unser Vertrauen in den Herrn zu bekennen«.

Die beiden Sammler kamen den Mittelgang herunter, Messingschalen in den Händen, die mit Samt belegt waren, um das Klingen der ordinären Münzen zu dämpfen; die Schalen gingen von Hand zu Hand. Mary Thorndecker graste die Seite jenseits von mir ab, also huschte ich über den Gang und setzte mich drüben auf einen leeren Platz. Ich sah sie näherkommen, das Gesicht ausdruckslos, gesammelt.

Sie trug ein erdfarbenes Tweedkleid über einem leichenfarbigen Pullover, undurchsichtige Strumpfhosen und breite Schuhe mit flachen Absätzen. Das Haar war straff zurückgekämmt, mit einer Spange befestigt. Kein Schmuck, kein Makeup. Ob sie sich vorsätzlich so häßlich wie möglich machte, weil Julie so ungewöhnlich schön war?

Sie kam langsam auf mich zu, ohne aufzublicken, und noch als sie die Schale durch die Bankreihe vor mir gehen ließ, sah sie mich nicht. Mir blieb Zeit zu beobachten, daß sich ein ansehnliches Häuflein Münzen und Scheine auf der Schale befand. Vater Bellamy war gut im Geschäft.

Nun blieb sie bei mir stehen, hob die Augen und hielt mir die Schale hin. »Aber ... Mr. Todd!« Sie keuchte beinahe und lief rot an.

Ich schaute sie an, mag sogar freundlich gelächelt haben.

»Thorndecker tötet?« fragte ich.

Bums, da lag die Schale auf dem Boden, Münzen rollten in alle Richtungen, Scheine entflatterten. Ich dachte schon, jetzt wird sie ohnmächtig, denn sie wurde erst käseweiß, dann grünlich im Gesicht. Eine bleiche Hand hob sich bis an den Haaransatz, wedelte hilflos.

Dann stürzte sie zum Portal hinaus. Ich glaubte, etwas zu hören, ein Stöhnen oder Schluchzen. Ich ließ sie gehen, half beim Aufsammeln des Geldes, legte selber einen Schein dazu. Buße.

Man händigte dem Saktristanten die Kollekte aus, alle beruhigten sich. Es vergingen etliche Minuten, in denen nichts geschah. Ich spürte aber die steigende Erwartung, sah, wie alle die rechte Tür zur Sakristei anstarrten. Immer noch nichts. Ein sehr professionelles Hinauszögern des Auftritts. Die Spannung wuchs.

Sodann spielte der weibische junge Mensch an der Orgel etwas, das klang wie eine Fanfare, und die Tür zur Sakristei wurde aufgestoßen.

Vater Michael Bellamy kam hurtigen Schrittes herein, in einer schneeweißen Robe, die Arme ausgebreitet, um seine Schäflein zu begrüßen.

»Seid gesegnet, meine Kinder!«

»Sei gesegnet, unser Vater!«

Da stand er vor dem Altar, die Arme ausgebreitet, den Kopf in den Nacken gelegt, die Blicke himmelwärts gekehrt.

»Lasset uns gemeinsam ein stilles Gebet verrichten. Mögen die Stimmen unserer Seelen vereint zum Herrn Jesus Christus aufsteigen, ihn um Liebe, Verständnis und Vergebung unserer Sünden anflehen.«

Alle Köpfe neigten sich, ausgenommen meiner. Ich war viel zu sehr damit beschäftigt, Vater Michael Bellamy zu betrachten.

Er war gut zwei Meter groß, breitschultrig, mächtiger Brustkasten. Die Robe verdeckte alles übrige, doch konnte man sich vorstellen, daß er auch sonst recht massiv gebaut war. Wunderbar gewelltes schneeweißes Haar, und wenn das keine Perücke war, hatte ein geschickter Friseur erstklassige Arbeit geleistet, denn solches Haar hat kein Sterblicher.

Es war lang genug, die Ohren zu verdecken, die vermutlich groß und fleischig waren, denn das ganze Gesicht war großflächig und fleischig, die Nase eine Wurst, die Stirn ein Filet von bester Qualität, Kinn und Wangen wie Rindsleber. Der Mann war im wahrsten Sinne des Wortes appetitanregend. Und in all diesem Fleisch staken zwei glitzernde Augen, rund und hart wir Murmeln.

Verglichen mit seiner Stimme klang die elektronische Orgel wie eine Kinderquäke. Volltönend, ja dröhnend füllte sie nicht nur mühelos den Raum, sondern ließ auch die Fenster klirren und womöglich den Efeu draußen in den Blumenkästen welken. Diese Stimme überwältigte mich, sie war ein Instrument, und wenn es zutrifft, daß ein guter Sopran Glas zersingen kann, dann war diese Stimme wohl imstande, die Broklyn-Brücke zum Einsturz zu bringen.

»Kinder«, begann er, und seine betenden Schäflein schauten auf, »heute abend wollen wir von Sünde und Vergebung sprechen. Wir werden von jenen unsäglichen Gelüsten reden, die das Menschenherz und seine Seele verderben, und davon, wie wir uns im Blute unseres Erlösers, des Herrn Jesus Christus, reinwaschen können.«

Und er legte los. Ich hatte diese Predigt schon öfters gehört, doch nie so wirkungsvoll vorgetragen. Die machtvolle Stimme brüllte, flüsterte, flehte, tadelte, lachte, zischte, jammerte. Es gab nichts, was diese Stimme nicht vermochte. Und dazu die Gebärden und Verrenkungen! Er schwenkte die Arme, drohte mit dem Finger, ballte die Hände, hüpfte, krümmte sich, ging im Sturmschritt vor dem Altar hin und her. Und schluchzte. Ja, ja, auch Tränen standen ihm auf Abruf zu Gebote.

Hörte man auf seine Worte? Da war ich meiner Sache nicht sicher, ich selber hatte nämlich Mühe damit, die Vorstellung, die er gab, war einfach überwältigend. Er war ein Wirbelwind, umflattert von der weißen Robe, und was er sagte, schien weniger wichtig als seine Gegenwart. Hinter ihm an der Wand blutete Jesus am Kreuz, und Vater Michael Bellamy, sein weißhaariger Prophet, stapfte über die Bühne und hypnotisierte seine Zuhörer mit einem Auftritt, der vier Oscars verdient hätte, drei Emmys, zwei Grammys und eine Schallplatte aus Platin. Der Mann war ein Meister.

Die Predigt war, wie gesagt, bekannt. Das Menschenherz ist ein stinkender Sumpf, in dem es von häßlichen Krabbeltieren wimmelt. Wir alle sind Sünder, in Taten oder Gedanken. Wir mißachten unsere edlen Regungen, überlassen uns statt dessen der Wollust, dem Wohlleben, der Willensschwäche. (Er verstand sich auf Alliterationen)

Seine Aufzählung der Sünden des Fleisches währte volle fünfzehn Minuten, und die Gemeinde hörte aufmerksam zu, wohl um festzustellen, ob man die eine oder andere versäumt hatte. Dieser Teil der Predigt war das Verdammungsurteil, eine Jeremiade auf die permissive Gesellschaft, die Handlungen tolerierte, für die man früher verbrannt, mindestens übers Wochenende an den Pranger gestellt worden wäre.

Und wohin führte diese Geilheit, diese Sittenlosigkeit? Schnurstracks in die Hölle, dahin führten sie. Und nach Vater Bellamys Beschreibung hatte man sich die Hölle vorzustellen wie eine finnische Sauna ohne die Schneehaufen.

Doch noch war nicht alles verloren. Unser verpfuschtes Leben konnte gerettet werden, wenn wir gelobten, den Rest unserer Tage dem Herrn zu folgen, in seine Fußstapfen zu treten. Dann wurde man wiedergeboren, gewann die Liebe und Verzeihung unseres Vaters und trabte fortan auf dem Wege der Rechtschaffenen.

Bis hierher hielt die Predigt sich an das bewährte Muster: Mach ihnen Angst, zeig ihnen dann den Ausweg. Doch nun machte Bellamy eine mir unbehagliche Schwenkung: Nur durch öffentliche Beichte begangener Sünden könne man ein verpfuschtes Leben ändern, nur der feste Vorsatz, mit der Vergangenheit zu brechen, garantiere die liebevolle Umarmung unseres Herren.

»Ah, meine Kinder!« rief Vater Bellamy und schwenkte die weißen Arme wie eine große Fledermaus die Flügel, »ist denn nicht einer unter euch, der jetzt, in diesem Augenblick, bereit ist, seine geheimen Sünden offen zu bekennen, im Angesicht des Herren und dieser seiner Zeugen?«

Es befanden sich in der Tat mehr als nur einer von dieser Sorte unter uns; gleich mehrere sprangen auf und verlangten die allgemeine Aufmerksamkeit. Was nun folgte, festigte meine Überzeugung, daß die Gemeinde unmittelbar von einem LSD-Buffet gekommen war oder Urlaub aus der nächstgelegenen Klapsmühle hatte.

Eine junge Frau beschrieb recht anschaulich, wie sie »myriadenmal« ihren Gatten betrogen habe und wie die Erinnerung daran sie quäle, wobei sie hemmungslos schluchzte. Während sie ihre Sünden recht anschaulich beschrieb, hielt ein neben ihr sitzender Jüngling ihre Hand. Dies mochte der betrogene Gatte sein, vielleicht aber auch einer ihrer qualvollen Fehltritte.

Ein junger Mann, der nervös mit den Fingern spielte, beichtete, seine Tante habe ihn verführt, als er sie in Pfadfinderuniform besuchte, und mißbraucht, bis er notgedrungen das Soldatenkleid anlegen mußte; da habe sie ihn verstoßen, und seither sei er seelisch verkrüppelt und habe häufig nächtliche Samenergüsse.

Drei Sünder bekannten, Vater – Mutter – Geschwister zu hassen und ihnen den Tod zu wünschen.

Eine Frau bezichtigte sich der widernatürlichen Unzucht mit einer der heimischen Feuerwehr gehörenden Dogge.

Ein stotternder Bursche schilderte geradezu verzweifelt aufrichtig seine Leidenschaft für die 1936 verstorbene Ernestine Schumann-Heintz, deren Photo er in einer alten Zeitschrift entdeckt hatte und die ihm seither im Wachen und Schlafen verfolgte.

Eine magere Blondine mit glasigen, stark verschwollenen Augen sagte, sie leide an »dieser Sache«, sie könne »diese Sache« nicht loswerden und bitte den Herren Jesus oder mindestens Vater Bellamy, sie von »dieser Sache« zu befreien.

Und so immer weiter, eine Litanei sehr persönlicher Geständnisse, die anzuhören mir peinlich war. Ich habe für so was nichts übrig und lehne es ab, freiwillig meine Sünden zu bekennen, obschon ich gewiß ebenso viele und ebenso schlimme auf dem Kerbholz habe wie meine Nächsten. Aber das geht die schließlich nichts an.

Ich schlüpfte unauffällig nach draußen, während ein ältlicher Bartträger schilderte, wie er sich unentwegt selber befleckte, seit er beim Friseur in einer Zeitschrift einen Gewichtheber abgebildet gesehen habe, und daß er nun chronischer Bettnässer sei.

Ich kletterte in das feuchte Führerhaus des Kombi, klappte den Mantelkragen hoch und kauerte mich zusammen, rauchte und wartete. Langweilen tat ich mich nicht, denn mir gingen alle möglichen Fragen durch den Kopf.

Meinten die Idioten, die sich da drinnen vor Bekannten und Fremden entblößten, es wirklich ernst, und glaubten sie an diesen Quark von Reue und Erlösung? Oder zogen sie daraus einen irgendwie gearteten Lustgewinn?

Gab es schon eine soziologische Dissertation über die auffallende Ähnlichkeit von ländlichen Erweckungsgottesdiensten mit der Gruppentherapie? Beiden war die Vaterfigur gemeinsam (Prediger, Psychiater), beide forderten die öffentliche Beichte, und beide versprachen das Heil.

Wohin mochte Mary Thorndecker gelaufen sein, nachdem ich sie so erschreckt hatte? Bestimmt würde sie mich anrufen, entweder noch heute abend oder morgen früh. Wahrscheinlich morgen früh, nach einer schlaflosen Nacht, in der sie sich den Kopf darüber zerbrach, wie ich sie als Absenderin jenes anonymen Briefes hatte entlarven können.

Drei Zigarettenlängen später endete der Gottesdienst, die Gemeinde der Ersten Kirche Jesu Christi strömte in die kalte Nacht hinaus, mutmaßlich gereinigt und verjüngt. Ich hatte recht: Unter viel Gelächter und mächtigem Gehupe brausten sie davon. Kinder nach der Schule.

Ich blieb aber noch sitzen. Der Punktstrahler, der das Kreuz beleuchtete ging aus, die Innenbeleuchtung ebenfalls. Nur ein einziger Wagen stand noch auf dem Parkplatz: der prachtvolle, kastanienfarbige Bentley. Selbstverständlich gehörte der *ihm*.

Ich stieg aus, achtete darauf, daß die Tür nicht schepperte und machte einmal die Runde um die kleine Kirche. In der Sakristei war noch Licht, das Portal nicht abgeschlossen, und ich schlich mich hinein, den Mittelgang hinunter. Selbst bei Tage finde ich Kirchen beklemmend, doch bei Nacht in völliger Dunkelheit, kriege ich Angst vor Gespenstern. Fragen Sie nicht warum.

Nur unter der Tür der Sakristei schimmerte Licht, dahinter lachte es, Gläser stießen gegeneinander. Ich zog die Hutkrempe über die Augen, steckte die Hände tief in die Manteltaschen. Jetzt brauchte ich nur noch eine Halbmaske.

Ich stieß die Tür mit dem Fuß auf, trat ein und dachte dabei an einen alten Witz: Ein Mann begeht seinen ersten Bankraub, er zieht die Kanone aus der Tasche und ruft: »Laßt die Hände fallen, dies ist ein Überhoch!«

Vater Bellamy war nicht allein, er hatte die makellose Robe abgelegt und trug einen erstklassigen grauen Maßanzug mit lose gegürteter Jacke, ein lavendelblaues Hemd, kostbare Manschettenknöpfe. Er saß an einem Schreibtisch und zählte die Einnahmen, türmte Münzen zu kleinen Säulen, schichtete säuberlich die Geldscheine.

Der andere war jener weibische junge Mensch, den ich an der Orgel gesehen hatte, ein bläßlicher Typ mit fahlem Blondhaar und Pickeln auf der Stirne, die allerdings unter dem Puder, den er dick aufgelegt hatte, nur schwer zu erkennen waren. Er trug Rancherkleidung, ausgebleichte Blue Jeans samt ausgebleichter Jacke. Und Stiefel mit hohen Absätzen. Er glich so wenig einem Cowboy, wie eine Bohnenstange Marilyn Monroe ähnelt.

Bellamy hatte eine Flasche Remy Martin vor sich und trank aus einem gebrauchten Glas. Der Organist verdünnte seinen Cognac mit Pepsi Cola, was ungefähr so ist, als schneuze man sich in einen kostbaren Gobelin.

Dieser weibische Jüngling reagierte als erster auf mein Erscheinen, sprang auf, glotzte mich wütend an, augenscheinlich unentschlossen, ob er schießen, erblinden oder seine Uhr aufziehen sollte.

In Bellamys Gesicht platzte kein Äderchen.

»Immer mit der Ruhe, Dicky«, sagte er besänftigend. »Nur ganz ruhig.« Und strahlend zu mir: »Wie kann ich Ihnen dienlich sein, Sir?«

Ich betrachtete sie schweigend, erst den einen, dann den anderen.

»Nun? Falls Sie geistlichen Zuspruch brauchen, mein Sohn, muß ich Ihnen sagen, daß ich nur dienstags und donnerstags ab zwölf eine persönliche Sprechstunde abhalte.«

Ich schwieg weiter. Er beugte sich vor und spähte in mein von der Hutkrempe beschattetes Gesicht.

»Sie waren heute abend beim Gottesdienst«, ließ er dann mit seiner volltönenden Stimme verlauten. »Hinten links, nicht wahr?«

»Sie haben gute Augen«, sagte ich. »Haben Sie die Einnahmen taxiert?«

Ich hatte den nervösen Dicky nicht aus den Augen gelassen, als ich zu sprechen begann, setzte er sich hin, offenbar beruhigt. Doch seine glitzernden Blicke wichen keinen Moment von mir.

»Falls Sie einen Überfall im Sinne haben, bedienen Sie sich bitte«, sagte Bellamy mit fester Stimme, »nur tun Sie uns nichts an.«

»Ich habe keinen Überfall im Sinne, und warum sollte ich Ihnen was antun wollen?«

Dieser Bellamy war wirklich cool. Er lehnte sich behaglich zurück, holte ein schweinsledernes Zigarrenetui aus der Tasche, wählte mit Bedacht eine Zigarre, schnitt die Spitze ab, setzte sie mit einem Streichholz in Brand. Das dauerte etwa zwei Minuten. Ich wartete geduldig. Er machte versuchsweise einen Zug, um zu sehen, ob die Zigarre befriedigend brannte, dann blies er mir eine Rauchwolke entgegen.

»Also schön, was soll das alles?«

»Sie machen hier ganz hübsche Geschäfte, was?«

»Wollen Sie etwa andeuten, ich, ein ordinierter Pfarrer der Ersten Fundamentalistischen Kirche Unseres Herren Jesus Christus, sei ein Betrüger und nähme meine Gemeindemitglieder aus?«

»Ich mache Ihnen einen Vorschlag: Rufen Sie die Polizei und sagen Sie, ich bedrohte Sie. Ich warte, bis die Polypen kommen, und wenn sie mich festnehmen, verlange ich, daß Sie überprüft werden. Die Bundespolizei hat bestimmt Ihre Strafakte, man wird feststellen, daß Sie gesucht werden, und was alles Sie auf dem Kerbholz haben. Na?«

Er betrachtete mich wohlwollend und rollte die Zigarre zwischen den Lippen.

»Um Himmels willen, Mike«, rief Dicky, »warum schmeißen wir das Arschloch nicht einfach raus?«

»Nun sei mal etwas freundlicher, Jungchen«, sagte ich. »Behandle einen Sucher nach der Wahrheit mit mehr Respekt. Also, wie ist es, Mr. Bellamy?«

Er seufzte und strich über seine Haarpracht.

»Wie sind Sie darauf gekommen?« fragte er neugierig.

»Sie sind einfach zu gut für diesen Komm-Zu-Jesus-Schmarren. Mit Ihrer Stimme und Ihrem Auftreten gehören Sie nach Palm Beach oder Palm Springs, dort könnten Sie mit Aktien von faulen Ölgesellschaften ein Vermögen machen. Meinetwegen auch an der Wall Street, als Makler. Hier bei den Hinterwäldlern verschwenden Sie nur Ihr Talent.«

Der geistliche Herr lächelte tief befriedigt und prostete mir zu.

»Ich danke Ihnen sehr für diese anerkennenden Worte, Sir. Hast du es gehört, Dicky? Habe ich dir nicht oft genug dasselbe gesagt?«

»Viel zu oft«, maulte Dicky.

»Ich habe Sie noch nicht nach Ihrem Namen gefragt, Sir.«

»Jones«, sagte ich.

»Ah ja, selbstverständlich. Nun, Mr. Jones, angenommen einmal – nur angenommen, verstehen wir uns recht, Ihre falschen und bösartigen Beschuldigungen sind zutreffend, was wünschen Sie von mir?«

»Mike!« kreischte der Organist, »du wirst doch nicht ... dieser Scheißkerl –«

Bellamy sagte mit erstaunlicher Schärfe und strafendem Blick: »Halt den Mund! Trink meinethalben dein abscheuliches Gesöff, aber ich möchte kein Wort mehr von dir hören! Verstanden?«

»Ja, Mike«, fügte sich der Jüngling verschreckt.

»Wie ich schon sagte, Mr. Jones, was wünschen Sie von mir?«

Ich stand immer noch. Es waren zwei leere Stühle vorhanden, doch forderte er mich nicht auf, Platz zu nehmen. Mir war das recht, ich durchschaute ihn – läßt man jemand stehen, während man selbst am Schreibtisch sitzt, wird der Betreffende immer kleiner, ein mickeriger Bittsteller.

»Ich beachsichtige nicht, Sie zu verpfeifen«, versicherte ich ihm. »Ihr Geschäft blüht, und meinethalben können Sie den Rahm abschöpfen, bis Ihnen die Sünder ausgehen. Ich will weiter nichts als eine Information.«

Er nahm einen Schluck Cognac, paffte an seiner Zigarre. Dann tauchte er das Mundstück der Zigarre in den Cognac und sog wieder daran. Dabei betrachtete er mich aus verkniffenen Lidern durch den Qualm.

»Sind Sie von der Polizei?«

»Nein. Ich bin nur ein pflichtbewußter Mitbürger.«

»Ach, sind wir das nicht alle?« Er lächelte. »Über wen wollen Sie was wissen?«

»Über Mary Thorndecker.«

»Mach endlich Schluß, Mike«, kreischte der Jüngling, »du brauchst diesem Kriechtier kein Wort zu sagen, außer er soll sich wegscheren.«

»Jungchen, Jungchen«, seufzte ich, »warum bist du nicht etwas höflicher? Der geistliche Herr und ich, wir haben eine Übereinkunft erzielt, das mußt du doch begriffen haben? Je weniger du störst, desto schneller lasse ich euch in Ruhe und ihr könnt die Einnahmen endlich zählen. Das wäre doch hübsch.«

»Hör auf den Herrn, Dicky«, brummte Bellamy, »er ist offenbar ein gebildeter Mensch, wenn auch ein wenig zudringlich. Mary Thorndecker, sagten Sie? Ah ja. Eine wenig ansprechende Erscheinung. Doch ist mir ganz so, als ob ein geschickter Friseur, eine Korsettiere und eine gute Schneiderin unsere unansehnliche Mary zum Blühen bringen könnten. Hegen Sie diesen Traum ebenfalls, Mr. Jones?«

»Möglich wäre es, ich möchte aber wissen, was Ihnen über ihr Privatleben und ihre Familienverhältnisse bekannt ist. Hat sie sich jemals zu ihren privaten Sprechstunden dienstags und donnerstags ab zwölf eingefunden?«

»Gelegentlich.«

»Und?«

Er starrte über meinen Kopf hinweg. »Eine gequälte Seele. Komplizierte häusliche Verhältnisse. Ihre Stiefmutter ist jünger als sie und augenscheinlich wesentlich hübscher. Ein Mann, den sie liebt, zugleich aber auch verabscheut, will sie heiraten. Näheres hat sie darüber nicht mitgeteilt.«

»Und?«

»Was – und?«

»Ist das alles? Hat sie in diesen Privatstunden nicht mehr gesagt als das?«

»Nun ...« er wedelte abschätzig mit der Zigarre. »Sie hat einige kleine Fehltritte gestanden, nichts, was man als Sünde bezeichnen könnte. Möchten Sie die hören?«

»Nein. Und das war wirklich alles?«

Er rauchte und suchte sich sichtlich an ein Gespräch zu erinnern, für das er sich nicht im mindesten interessiert hatte. Er goß sich noch einen Cognac ein, und obschon ich mir unübersehbar die Lippen leckte, bot er mir keinen an, sondern lächelte nur verständnisvoll.

»Mike, laß uns den Kerl endlich rausschmeißen, du hast schon genug erzählt«, verlangte Dicky.

Ich warnte ihn: »Ich gebe mir große Mühe, dich zu ignorieren Bürschchen, doch lange wird mir das nicht mehr gelingen. Falls du –«

»Bitte, bitte!« Bellamy hob begütigend eine Hand. »Im Hause des Herren haben solche Gefühle keinen Platz. Beruhigt euch, alle beide. Szenen verabscheue ich.« Er nahm einen Schluck, schloß die Lider, schmatzte genüßlich. Dann schaute er mich sinnend an. »Doch, sie hat noch etwas gesagt. Beziehungsweise gefragt. Eine hypothetische Frage angeblich, nämlich: Was tut eine Tochter des Herren Jesus, die bemerkt, daß ihre Lieben sich mit ungesetzlichen Dingen beschäftigen, daß sie nicht nur sündigen, sondern Verbrechen begehen?«

»Und hat sie diese Lieben näher bezeichnet?«

»Nein.«

»Oder gesagt, um welche Art Verbrechen es sich handelt?«

»Nein.«

»Und was haben Sie ihr geraten?«

»Sie möge alles der Polizei melden«, sagte er tugendhaft. »Ich nehme es mit den Gesetzen sehr genau.«

»Kein Zweifel«, sagte ich.

Es hatte keinen Sinn, ihn noch weiter zu bedrängen; er war offensichtlich abgespannt, und wenn man sein Alter bedachte und die Vorstellung, die er diesen Abend gegeben hatte, hätte er eigentlich schon auf der Intensivstation sein müssen.

»Sie sind ein sehr angenehmer Geschäftspartner, Vater«, sagte ich zum Abschied. »Fahren Sie fort mit Ihrer segensreichen Arbeit. Ich habe übrigens fünf Dollar in die Kollekte gegeben. Trinken Sie und das Jüngelchen dort auf mein Wohl.«

»Nennen Sie mich nicht Jüngelchen!« heulte Dicky.

»Warum nicht? Hätte ich einen Sohn, ich wünschte, er wäre wie du.« Und von der Tür her fragte ich noch: »Ist Mary eine freudige Spenderin, Vater? Ich frage nur aus Neugier.«

Er rollte die Augen zum Himmel und trompetete: »Sie unterstützt großzügig Gottes Werk auf Erden.«

»Könnten Sie vielleicht sagen, in welcher Höhe?«

»In beträchtlicher Höhe.«

Ich lachte und ließ die beiden allein. Sie verdienten einer den anderen.

Weil mir alles mögliche durch den Kopf ging, bedauerte ich nicht, mein Wrack zu keinem nennenswerten Tempo anspornen zu können. Bislang hatte ich nur den vagen Verdacht gehegt, Thorndecker könnte in diesem kombinierten Pflegeheim-Laboratorium gewisse krumme Sachen machen, das heißt, ich dachte eigentlich mehr an Verstöße gegen die Standesgebräuche als an Gesetzesübertretungen, die ihn als Empfänger von Stiftungsgeldern gleich disqualifiziert hätten: Versuche mit unerprobten Medikamenten an Patienten, die darüber nicht ausreichend informiert wurden, Überredung Todkranker, dem Pflegeheim testamentarisch ein hübsches Legat zu vermachen. Üble Sachen, aber schwer zu beweisen und kaum strafrechtlich zu verfolgen.

Mary Thorndecker hatte nun aber doch Gewichtigeres angedeutet, verbrecherische Tätigkeit nämlich. Was das sein könnte, ahnte ich nicht. Aber es mußte schwerwiegend genug sein, den Mord an Ernie Scoggins zu rechtfertigen und Al Coburn einen erheblichen Schrecken einzujagen, als der davon erfuhr.

Auf dem Rückweg malte ich mir eine ganze Anzahl saftiger Komplotte aus: Thorndecker liest heimlich die Bankauszüge seiner Patienten, bringt sie unter Hypnose dazu, ihm ihr Vermögen zu übereignen; Thorndecker entwickelt biologische Kampfstoffe für die Streitkräfte und erprobt die Grenze der Verträglichkeit von Strahlungen jeder Art an seinen Patienten; Thorndecker vergewaltigt betäubte Patientinnen. Ich dachte mir die wildesten Sachen aus, aber nichts, was mir einleuchtete.

Ich fuhr auf den Parkplatz des Coburn Inn, eine betonierte Fläche, beleuchtet von zwei Lampen an kurzen Masten, die in ihrer unmittelbaren Nähe mäßige Helligkeit verbreiteten, während der übrige Platz im Dunkeln lag. Nach der Attacke auf meine Reifen hätte ich vorsichtiger sein müssen, und die schlechte Beleuchtung konnte mir nicht als Entschuldigung dienen.

Ich stieg aus, kämpfte mit dem verrosteten Türschloß und lag auch schon mit der Nase im Dreck, das heißt auf dem Beton. Dann erst verspürte ich den Schmerz des Schlages, der mich in die Nieren getroffen und umgeschmissen hatte. Merkwürdigerweise dachte ich dabei: »So schlimm ist das nicht.« So denken vermutlich viele, bevor sie von einem Anfänger endgültig abgemurkst werden.

Einmal am Boden tat ich, was man mir beigebracht hatte, ich zog die Knie an, um die kostbaren Reproduktionsapparaturen zu schützen, drückte das Kinn an die Brust, schirmte Gesicht und Kopf mit den Unterarmen ab, kurz, ich machte eine feste harte Kugel aus meinem Körper in Erwartung der Tritte, die nun folgen würden. Die blieben denn auch nicht aus, trafen meist aber die halben Trippen. Das war zwar nicht angenehm, aber es steckte nicht viel Kraft dahinter, und ich verlor keineswegs das Bewußtsein. Ich weiß noch, daß mein Angreifer keuchte und schnaufte und daß ich dachte: »Der ist ebensowenig in Form wie du.«

Da lag ich also auf der Seite wie ein Fötus, und nachdem mich noch etliche Tritte an den Oberschenkeln und den Unterarmen getroffen hatten, wurde ich wütend. Und zwar auf mich selber, nicht auf den Kerl, der mir das antat und sich dabei so ungeschickt anstellte.

Beim Militär war ich im waffenlosen Nahkampf ausgebildet worden, und der Instrukteur hatte uns etwa folgendermaßen belehrt:

»Auf keinen Fall boxen. Was ihr da an Schwingern und Uppercuts vom Fernsehen her kennt, ist lauter Quatsch. Das bringt euch weiter nichts ein als gebrochene Knöchel. Außerdem hat euch ein geübter Angreifer derweil längst zu Hackfleisch verarbeitet, auch wenn ihr Weltmeister im Mittelgewicht gewesen seid. Regel Nummer 1: Ran an den Kerl. Haltet ihr Abstand und habt es mit einem Karate- oder Judomann zu tun, schlägt er euch tot. Also so nah ran wie möglich, damit er für Arme und Beine keinen Spielraum hat. Regel Nummer 2: Es gelten keine Regeln. Wenn euch einer hinmachen will, gibt's nur eines, ihn schneller erledigen. Mindestens kampfunfähig machen. Ein Kniestoß in die Hoden ist recht wirkungsvoll, kann aber von einem geschickten Mann mit dem Schenkel abgeblockt werden. Also ist ein Faustschlag dahin vorzuziehen. Die Handkante auf den Kehlkopf ist ebenfalls nützlich. Könnt ihr ihn von hinten angehen, reiß ihm die Nasenlöcher auf, das ist recht hübsch. Und natürlich die Augen. Rein mit steifen Daumen und nach außen drücken, dann flutschen die Augäpfel raus wie Pfirsichkerne. Und vergeßt nicht die Zähne. Der menschliche Unterkiefer kann mit einer Wucht von zweihundert Pfund zubeißen, das reicht, Ohren und Nase abzubeißen. Tritte gegen das Schienbein sind sehr empfehlenswert, und kann man jemand auf die Kniescheibe springen, biegen die Beine sich in der falschen Richtung durch. Auch recht schön. Es kann nützlich sein, Haare auszureißen, und biegt man jemand die Finger nach hinten, knackt das sehr nett.«

Und so fort. Er gab uns eine Menge Ratschläge, die zum Überleben verhelfen sollten, und nachdem ich noch mehrere, eher harmlose Tritte eingesteckt hatte, spähte ich unter dem schützenden Unterarm hindurch und packte zu, als ich den Fuß im modischen, teuren Halbschuh kommen sah und zog daran. Der Bursche landete auf dem Steißbein und sein Wehgeschrei klang in meinen Ohren wie Musik.

Nun fiel ich über ihn her, rammte ihm das Knie in die Hoden, knallte die Handkante auf seine Kehle, machte die Daumen steif, um ihm die Augäpfel zu entfernen, und bemerkte zum Glück noch rechtzeitig, daß Edward Thorndecker, falls ich so weitermachte, für den Rest seines Lebens mit blauer Brille, Stock und Bettlerschale an Straßenecken stehen würde.

»Herr im Himmel«, keuchte ich angeekelt, richtete mich mühsam auf und klopfte den Dreck von meinen Sachen. Ihn ließ ich vorerst liegen, er schluchzte und kotzte. Als ich wieder zu Atem gekommen war und mich überzeugt hatte, daß nichts gebrochen war und der Schaden sich auf ein paar Schrammen und die Verletzung meines Stolzes beschränkte, trat ich ihm maßvoll in den Hintern.

»Auf, Junge.«

»Wenn Sie sich nochmal an meine Stiefmutter ranmachen«, krächzte er außer sich vor Wut und aufs höchste frustriert, »bringe ich Sie um! Ich schwöre bei Gott, ich ermorde Sie!«

Das alles kam mit halb erstickter Stimme zwischen Schluchzern heraus, denn ich hatte seinen Kehlkopf lädiert.

Ich packte ihn am Kragen und stellte ihn auf die Füße, lehnte ihn gegen den Kombi und tastete ihn nach versteckten Waffen ab. Er hätte ja einen Pingpongschläger dabei haben können oder eine Limonadenflasche. Dann machte ich die Tür auf, schob ihn ins Fahrerhaus und kletterte hinterher. Weil er sich bekotzt hatte und stank, machte ich ein Fenster auf und eine Zigarette an.

Ich rauchte geduldig, wartete ab, daß sein Schluchzen sich legte, war aber keineswegs so gelassen, wie das jetzt klingt. Als ich daran dachte, daß ich diesen jungen Schwachkopf um ein Haar umgebracht hätte, wurde mir ganz übel und ich mußte tief durchatmen. Ich gab ihm ein Taschentuch; er sollte sich etwas säubern, tat aber weiter nichts als sich den Bauch halten. Dabei krümmte er sich so weit zusammen, wie es nur gehen wollte.

So saßen wir mindestens eine Viertelstunde in der feuchten Kälte, bis er sich endlich aufrichten konnte. Er wußte nicht, welchen Teil seiner Anatomie er zuerst massieren sollte, und das kam mir durchaus zupaß. In seiner Benommenheit merkte er nicht, daß sein Überfall mich mächtig erschreckt hatte; denn selbstverständlich war mir als erster möglicher Angreifer Konstabler Goodfellow eingefallen, und wenn der mir in die Nieren getreten hätte, hätte ich mindestens drei Wochen Blut gepinkelt – nachdem ich aus meiner Bewußtlosigkeit erwacht wäre.

»Jetzt erzählen Sie mir mal, wie Sie auf den Gedanken kommen, ich hätte Ihre Stiefmutter belästigt?«

»Ich mag darüber nicht sprechen«, maulte er verstockt. Darauf klebte ich ihm eine, und er fing wieder an zu flennen.

»Sie möchten sehr gern darüber sprechen«, belehrte ich ihn eiskalt, »es sei denn, Sie bevorzugen einen kräftigen Tritt in die Hoden und singen für den Rest Ihrer Tage Sopran?«

»Sie hat es selbst gesagt«, murmelte er.

»Sie hat zu Ihnen gesagt, ich hätte sie belästigt?«

»Nicht zu mir. Zu Vater. Ich habe es gehört.«

Das glaubte ich gern.

Wir saßen schweigend. Ich gab ihm zu rauchen. Er fühlte sich schon etwas besser, und seine Frechheit kehrte ansatzweise zurück.

»Ich sage meinem Vater, daß Sie mich verprügelt haben«, stieß er wütend heraus.

»Tun Sie das ruhig. Sagen Sie, wir wären uns zufällig hier auf dem Parkplatz begegnet, um die Zeit, wenn Sie normalerweise Schularbeiten machen, und ich habe Sie grundlos angefallen. Das wird Ihr Vater ganz gewiß glauben.«

»Julie glaubt mir«, maulte er.

»Keiner glaubt Ihnen«, korrigierte ich ihn kalt. »Alle wissen; Sie sind nichts als ein Sack voll Scheiße, und das einzige, was Sie sich erhoffen können ist, daß sich das noch auswächst. Vielleicht.«

»Ah, du lieber Gott, ich wollte ich wäre tot«, klagte er mit hohler Stimme.

»Sind Sie wirklich so verliebt?«

»Einmal habe ich sie nackt gesehen«, sagte er in einem Ton, in dem andere Leute sagen: »Ich habe eine fliegende Untertasse gesehen.«

»Gratuliere, aber immerhin ist sie mit Ihrem Vater verheiratet.«

»Er weiß nicht, was er an ihr hat.«

Was soll man da machen? Mit rotznäsigen Bengeln kann man nicht vernünftig reden, die wissen alles besser.

Ich seufzte: »Wissen Sie, Edward, ich könnte behaupten, daß ich Ihrer Stiefmutter niemals unsittliche Anträge gemacht habe, aber das glauben Sie mir ja doch nicht. Sagen Sie mir lieber: Was geht eigentlich da oben in dem Forschungslabor vor sich?«

»Was soll da vorgehen?« Er war erstaunt. »Da werden Experimente gemacht, das wissen Sie doch. Ich verstehe davon nichts. Naturwissenschaften interessieren mich nicht.«

»Ach, und was interessiert Sie?«

»Gedichte. Ich schreibe selbst welche, und Julie findet sie gut.«

Damit schloß sich der Kreis. Thorndeckers Vater war ein Dichter gewesen, sein Sohn war wieder einer. Hoffentlich starb er nicht auf die gleiche Weise wie sein Großvater.

»Sie ahnen also nicht, ob da irgendwas Absonderliches geschieht?«

»Ich verstehe Ihre Frage nicht.«

Das glaubte ich ihm.

Er sagte, er habe Julies Sportwagen »geliehen« und auf der Straße abgestellt, und ich riet ihm, umgehend heimzufahren, heiß zu baden und über alles, was geschehen war, den Mund zu halten.

»Sie wissen, daß ich hier bin, um mir ein Bild davon zu machen, ob die Bingham-Stiftung Ihrem Vater Subventionen zahlen soll, und weder er noch Ihre Stiefmutter dürften erbaut sein, wenn sie hören, daß Sie versucht haben, mir heute abend ein Loch in den Kopf zu schlagen.«

Das war ihm bisher wohl noch nicht eingefallen, jedenfalls ernüchterte es ihn, wenn auch nicht so weit, daß er, nachdem er ausgestiegen war, nicht noch durchs Fenster zu mir gesagt hätte: »Mein Vater ist ein großer Mann, das dürfen Sie ruhig glauben.«

»Das sagen alle.«

»Der würde nie was Schlechtes tun.« Und damit trottete er los. Ich sah ihm nach, stieg aus, trottete meinerseits ins Hotel.

Für heute hatte ich von Parkplätzen die Nase voll.

Im Zimmer zog ich mich aus und untersuchte den Schaden. Schlimm war er nicht; Kratzer, Abschürfungen, Blutergüsse. Ich nahm eine heiße Dusche und fühlte mich gleich wohler, machte den Wodka auf und gönnte mir einen guten Schluck.

Da saß ich nun splitternackt, trank lauwarmen Popow und fragte mich, warum Julie Thorndecker das wohl getan hatte, das heißt, warum hatte sie ihrem Mann vorgemacht, ich hätte mich ihr unsittlich genähert? Daß sie sich für die Abweisung rächen wollte, konnte als Motiv nicht überzeugen; so primitiv war sie nicht.

Folgende Erklärung präsentierte sich mir:

Sie bereitete sich darauf vor, daß ich einen negativen Bericht über Thorndecker verfaßte, denn das befürchtete sie anscheinend. Machte sie ihn glauben, daß ich sie belästigt hatte, konnte sie ihn später dazu bringen, der Stiftung zu schreiben, ich sei als Gutachter nicht qualifiziert, denn ich habe erfolglos versucht, seine Frau zu verführen.

Die Reaktion von Mrs. Cynthia und Mr. Besant war leicht vorherzusehen. Sie würden eine solche Behauptung nicht unbesehen akzeptieren, und mir gegenüber würden sie bestreiten, auch nur ein Wort davon zu glauben, doch könnten sie es für geboten halten, Thorndeckers Projekt durch einen anderen Ermittler begutachten zu lassen, einen älteren, gereifteren, weniger impulsiven. Und der könnte Thorndecker grünes Licht geben.

Ich hielt Julie für fähig, eine solche Palastintrige einzufädeln, nicht nur im Interesse ihres Mannes, nein, auch ihr eigenes Interesse war ja betroffen. Hatte sie nicht gesagt, in Coburn sei sie ein großer Frosch in einem kleinen Tümpel? Und das stimmte ja auch. Frauen sind von Natur aus konservativ, und bei ihr kam hinzu, daß die Verhältnisse diese Tendenz verstärkten. Das wenige, was sie mir über ihr Leben vor der Heirat mit Thorndecker angedeutet hatte, überzeugte mich davon, daß der status quo genau das war, was sie über alles schätzte, und woran sie unbedingt festhalten wollte. Sie hatte endlich ein Zuhause.

Nachdem ich die Motive Julie Thorndeckers geklärt und mir vorgenommen hatte, sobald wie möglich mit ihrem Mann zu sprechen, um herauszufinden, wie groß der angerichtete Schaden war, kam ich wieder auf mein Lieblingsrätsel zurück: Was ging im Labor von Crittenden wirklich vor? Und da boten sich denn wiederum recht wirre und unwahrscheinliche Möglichkeiten:

Thorndecker entwickelte ein neues Nervengas. Thorndecker war eine Art Frankenstein, er konstruierte aus Teilen verstorbener Patienten ein neuartiges Ungeheuer. Thorndecker experimentierte mit Genen, er verband die eines Papageien mit denen eines Hundes und wollte einen sprechenden Schnauzer züchten. Je mehr Popow ich trank, desto wilder wucherte meine Phantasie.

Was mir auf Monate hinaus Alpträume verschaffte, war, daß ich die Lösung bereits kannte, ohne es zu wissen.

DER SECHSTE TAG

Am folgenden Morgen weckte mich das Telefon. Telefone sind meine Spezialität. Ich behaupte, schon nach dem zweiten Rufzeichen sagen zu können, ob der, den ich anwähle, zuhause ist oder nicht. Mir kommt das Rufzeichen dann irgendwie hohl, leer vor. Auch meine ich, auf die Stimmung des Anrufers schließen zu können aus der Art, wie mein Telefon läutet, wütend, liebevoll, Gutes oder Schlechtes verheißend. Sagen Sie, Herr Doktor, halten Sie mich für ...?

Diesmal weckte mich das Telefon aus tiefem, traumlosem Schlaf, und es klang in meinen Ohren absolut verzweifelt, obwohl der Anruf durch die Telefonzentrale des Hotels geschaltet wurde. Und ich hatte recht. Es war Mary Thorndecker; sie müsse mich, wie sie sagte, schnellstens sprechen. Nicht im Coburn Inn. Nicht in Crittenden. Überhaupt nirgendwo in der Öffentlichkeit. Sie bestand auf der schmalen Straße, die um Crittenden herumführt, noch hinter dem Friedhof. Und zwar um elf. Ich willigte ein.

Ich fühlte mich, als ich aufstand, bemerkenswert munter. Kein Kater. Wodka tut einem den nicht an, schließlich ist es nichts als Äthylalkohol, mit Wasser verdünnt. Ziemlich einzigartig. Wer sein Leben lang nur Wodka trinkt, hat sich über nichts zu beklagen – höchstens über eine Leber, die vom Schlüsselbein bis zur Kniescheibe reicht.

Duschen, Rasieren, ein sauberer Rollkragenpullover, und ich war bereit zu Turnier oder Tanz. Als ich auf den Flur trat, zeigte der Fahrstuhl an, daß er sich abwärts bewegte. Ich klingelte und sah Sam Livingston langsam in mein Blickfeld schweben: Füße, Knöchel, Knie, Hüften, Schulter, Kopf. Eine Erscheinung. Der Fahrstuhl hielt schwankend.

»Sam«, sagte ich, »Sie haben mich zum besten gehalten.«

Er wußte sofort, was ich meinte und sagte beinahe lächelnd: »Ach woher. Ich hab nur gesagt, er ist sehenswert.«

»Ein abgefeimter Schwindler ist er.«

»Na und? Die Leute kriegen von ihm, was sie sich wünschen.«

»Schämen Sie sich nicht dafür, daß Sie sich von Mary Thorndecker da rausfahren lassen? Die denkt, sie bringt einen Bekehrten und Sie, Sie lachen sich die ganze Zeit ins Fäustchen.«

»Hmm, besser als Fernsehen ist es allemal. Sie haben Ärger mit Ihrem Wagen gehabt?«

»Wie sich das rumspricht! Mike soll ihn neu bereift vors Hotel stellen, so um zwölf herum. Wahrscheinlich bin ich nicht da. Könnten Sie dafür sorgen, daß die Wagenschlüssel beim Empfang hinterlegt werden? Nein, besser nicht. Bewahren Sie sie für mich auf.«

Das wollte er tun, aber nur bis dreizehn Uhr, denn dann mußte er die Kirche fegen. Falls ich bis dahin nicht zurück sei, würde er die Schlüssel in mein Zimmer legen, in die Kommodenschublade. Damit war ich sehr einverstanden.

Wir passierten den ersten Stock. Im alten griechischen Theater dürften die Götter in ungefähr diesem Tempo vom Himmel herabgestiegen sein.

»Kennen Sie den Konstabler Aikens, Sam?«

»Gesehen hab ich ihn schon«, antwortete er zurückhaltend.

»Wie schätzen Sie den ein?«

Darauf antwortete er nicht.

»Ich möchte dem nicht allein im Dunkeln begegnen«, gab ich mein Urteil ab.

»Daran tun Sie gut«, bestätigte er gedankenvoll.

»Ist er ein guter Freund von Goodfellow?«

Der Alte schaute mich aus seinen gelblichen Augen an.

»Sind Ihnen schon mal Polypen begegnet, die nicht dicke Freunde waren? Und das heißt nicht, sie müssen sich leiden können.«

Wir erreichten die Halle. Millie unterhielt sich mit zwei Kunden und sah nicht, wie ich ins Restaurant schlüpfte. Es war fast völlig leer, was mich überraschte, bis mir einfiel, daß ja Samstag vormittag war. Die Bank, die Büros und etliche Ladengeschäfte dürften geschlossen haben. Jedenfalls hatte ich einen Tisch für mich und reichlich Platz.

Nach dem kargen Abendbrot verspürte ich jetzt Heißhunger und ließ mir ein australisches Frühstück vorsetzen: Steak und Eier, Bratkartoffeln und dazu noch eine Tomate, die wirklich nach Tomate schmeckte, die erste seit Jahren.

Als ich mich über die zweite Tasse Kaffee hermachte, sah ich Konstabler Goodfellow an meinem Tisch stehen.

Habe ich schon gesagt, wie gut er aussah? Wie der junge Clark Gable ohne Schnurrbart, hager und hart, wie gemeißelt, ein wirklich schöner Anblick. Ich bin heterosexuell und möchte es auch bleiben, aber auch unsereiner begegnet gelegentlich einem Mann, der leise Zweifel in einem weckt. Ich nenne das den »Was wäre, wenn wir allein auf einer einsamen Insel wären Test«, und ich glaube, kein lebender Mann würde den bestehen.

»Morgen«, sagte ich. »Trinken Sie eine Tasse mit?«

»Ich setze mich gern zu Ihnen, aber Kaffee möchte ich keinen. Ich habe nämlich heute früh schon vier Tassen getrunken.«

Er nahm die Mütze ab und setzte sich mir gegenüber, zog die Handschuhe aus, legte sie korrekt aufeinander und in die Mütze auf dem leeren Stuhl neben sich. Dann stützte er die Ellenbogen auf und strich mehrmals mit beiden Handflächen über sein Gesicht. Mag sein, er seufzte dabei.

»Schlechte Nacht gehabt?« fragte ich.

»Ich kann nicht schlafen, will aber nicht mit Tabletten anfangen.«

»Sehr vernünftig. Probieren Sie Cognac oder ein Glas Portwein.«

»Ich trinke nicht.«

»Ein Glas vor dem Schlafengehen schadet Ihnen nicht.«

»Mein Vater endete als Säufer«, sagte er tonlos, »und ich will erst gar nicht anfangen. Ich wollte Ihnen sagen: Das mit Ihren Reifen tut mir leid, Mr. Todd.«

»Vermutlich ausgeflippte Halbstarke«, ich zuckte die Achseln.

»Kann sein. Aber wenn das Fremden passiert, macht es einen sehr schlechten Eindruck. Ich war eben bei Mike. Ihr Wagen ist um zwölf fertig.«

»Sehr schön.«

Dann schwiegen wir. Mir kam vor, wir hatten einander nichts zu sagen, jedenfalls galt das für mich, denn ich wußte: Was ich gern erfahren hätte, würde er mir nicht verraten. Also wartete ich, denn ich nahm an, er hatte mir was auszurichten. Er betrachtete derweil seine gebräunten Hände, jeden Finger einzeln, als sähe er ihn zum ersten Mal, massierte die Knöchel, spreizte die Finger, machte eine Faust.

Ohne mich anzusehen, sagte er endlich leise: »Mr. Todd, ich fürchte, Sie kümmern sich um Dinge, die Sie nichts angehen, die mit Ihrem Auftrag unvereinbar sind.«

Und nun schaute er mich aus seinen schwarzen Augen an. Das war, als würde man von zwei Eispickeln durchbohrt.

Ich nahm einen Schluck Kaffee und verbrühte mir die Lippen, rückte vom Tisch ab, suchte meine Zigaretten. Ich steckte eine an, ohne ihm eine anzubieten.

»Lassen Sie mich mal raten. Vater Bellamy hat sich bei Ihnen gemeldet. Klar, das ist es. Ein Schwindler wie der, kann sich nirgendwo halten, wenn die Polizei nicht beide Augen zudrückt. Er hat Ihnen also über unser kleines Tête à tête berichtet?«

»Ich verstehe Sie nicht«, sagte er mit völlig ausdruckslosem Gesicht.

»Und ich verstehe Sie ebenfalls nicht.«

»Wenn ich recht unterrichtet bin, sind Sie hergekommen, um sich Dr. Thorndeckers Pflegeheim und Labor anzusehen, und sich davon zu überzeugen, daß alles seinen Angaben entspricht.«

»Ja, so ungefähr.«

»Nun? Sie haben sich umgesehen, und alles ist genau so, wie er es dargestellt hat, oder?«

»Ja.«

»Warum also stecken Sie Ihre Nase in Sachen, die Sie nichts angehen? In Privatangelegenheiten? Macht es Ihnen Spaß, im Dreck zu wühlen? Das sollten Sie lieber lassen, Mr. Todd, es ist nicht ungefährlich.«

Ich weiß, ich hätte nicht sagen dürfen, was ich nun sagte, wußte es schon, während ich es sagte. Ich war aber so frustriert von den vagen Andeutungen, den gerunzelten Brauen, den verstohlenen Winken und nun auch noch von den versteckten Drohungen dieses Polypen, daß ich Karten auf den Tisch knallte, die ich besser nicht aufgedeckt hätte.

Zunächst demonstrierte ich äußerste Kaltblütigkeit, nahm einen Schluck Kaffee, rauchte genüßlich, sah ihn mit einem, wie ich hoffte, amüsierten, unverschämten Blick an, ganz der Mann, der alle Geheimnisse kennt.

»Mir machen eine Menge Sachen Spaß«, begann ich sodann, »zum Beispiel zuzusehen, wie ein Herr namens Chester Petersen frühmorgens um zwei auf dem Friedhof von Crittenden eingebuddelt wird. Zu hören, daß er an Krebs gestorben ist, und zu lesen, daß er an Herzkongestion starb. Ferner die Tatsache, daß ungewöhnlich viele Patienten des Pflegeheims daran gestorben sind, und daß die Totenscheine jeweils vom gleichen Arzt ausgestellt wurden. Noch was? Lassen Sie mich nachdenken. Ah ja. Das mysteriöse Verschwinden von Ernie Scoggins, beschäftigt in Crittenden. Blutflecke auf dem Teppich in seinem Wohnwagen. Sind Ihnen die bei der Untersuchung nicht aufgefallen, *Konstabler* Goodfellow? Sonst noch was? Nicht viel – nur Gerüchte, Andeutungen, versteckte Hinweise darauf, daß in Crittenden was vorgeht, das nicht ganz sauber ist, womöglich sogar kriminell. Ich könnte noch dies und das anfügen, aber das wären pure Vermutungen. Etwa, daß die ganze Stadt samt allen Seelen Dr. Thorndecker gehört. Der Ausdruck Seelen ist nicht wörtlich zu nehmen. Daß Thorndecker seinen

Finger in sämtlichen Töpfen hat, daß der Ort im Sterben liegt, und daß mit Thorndeckers Untergang alle anderen zum Untergang verurteilt sind. Mehr allerdings weiß ich nicht. Das nennen Sie Privatangelegenheiten, die mich nichts angehen, aber das glauben Sie wohl nicht im Ernst?«

Man muß es ihm lassen: Es war ihm nicht anzumerken, daß etwas von dem, was ich sagte, ihn traf, er verschluckte sich nicht, zuckte nicht mit der Wimper. Er wurde nur härter und härter, er versteinerte schließlich total, und nur die schwarzen Augen glitzerten. Mag sein, er wurde eine Spur blasser, mag sein, die Hände, die auf der Tischplatte lagen, zitterten kaum merklich.

Aber er erwiderte nichts, sprach keine Drohung aus, stand nur auf, zog die Handschuhe an, setzte die Mütze auf, das alles mit sehr präzisen Bewegungen, und sah mich dabei unentwegt an.

»Leben Sie wohl, Mr. Todd«, sagte er dann tonlos.

Und das reichte, meine Nerven zu zerrütten. »Leben Sie wohl«, nicht »Guten Tag«, »bis auf bald«, »Auf Wiedersehen« oder etwas der Art, nein! »Leben Sie wohl.« Endgültig.

Zum Glück hatte ich Al Coburn nicht erwähnt, das war aber auch der einzige Lichtblick, und es nützte nichts mehr. Ich hatte zuviel gesagt und war mir dessen sehr bewußt. Ich wollte mir einreden, ich hätte Goodfellow dies alles vorsätzlich offenbart, damit jedermann wußte, welche Kenntnisse ich besaß, damit sich was tat, sich endlich jemand rührte, einen falschen Zug machte. Doch konnte ich mich nicht davon überzeugen, besonders raffiniert vorgegangen zu sein. Ich hatte geschwatzt, weiter nichts. Ich stand auf, zeichnete die Rechnung ab, schlenderte in die Bar, pfeifend, wie ein Knabe, der auf dem Heimweg über den Friedhof muß.

Die Stadt mochte in den letzten Zügen liegen, die Bar indessen war ungemein belebt an diesem Samstagvormittag, die Hocker fast alle besetzt, auch drei der Nischen. Die Kunden sahen aus wie Farmer, die die Zeit totschlagen, während ihre Frauen einkaufen, beim Friseur sind oder was die weiblichen Bewohner von Coburn an einem Samstagvormittag zu erledigen fanden. Endlich bemerkte Jimmy mich, ich bestellte Bier, nahm den Krug mit an einen freien kleinen Tisch. Hier war weniger Lärm als an der Bar.

Den Tag hatte ich in einer geradezu verwegenen Stimmung begonnen; doch das trauliche Gespräch mit Goodfellow bewirkte, daß ich mit quietschenden Bremsen zum Halten kam. Ein neuer Rekord für Samuel Todd: von manisch zu depressiv innerhalb einer Stunde. Ich trank Bier und bedachte, daß Coburn und die Coburniten einem erst eine kalte Dusche verabreichten und einen dann in den Tümpel der Verzweiflung stießen.

Ich beobachtete einen Mann, der von seinem Hocker kletterte, zur Toilette schwankte und hineinwollte. Die war aber besetzt. Also rüttelte er etliche Male am Türgriff und zog sich knurrend an die Bar zurück. Ein ganz gewöhnlicher Vorfall, nur inspirierte mich der Anblick dieses Mannes zu einem glänzenden Einfall, dem Resultat einer absolut irrwitzigen Gedankenkette: ich könnte bei Nacht ins Pflegeheim und ins Labor von Crittenden einbrechen und mich da mal umsehen.

Meine erste Reaktion auf diesen Einfall war die feste Überzeugung, ich sei endgültig übergeschnappt, einmal um die Kurve und ab, runter durch die Wasserspülung. Wurde ich gefaßt, hieß das, ich verlor meinen Job, falls es mir gelingen sollte, je wieder aus dem Knast zu kommen. Und wie sollte ich den Zaun übersteigen, dem bewaffneten Hundeführer aus dem Wege gehen, mir Zugang zu den verschlossenen Gebäuden verschaffen? Und endlich: Was hoffte ich dort eigentlich anderes zu sehen, als das, was mir schon gezeigt worden war?

Und doch, die Aussicht war verlockend, sehr dazu angetan, mich auf den Füßen und in Gang zu halten, bis es Zeit wurde, mein Stelldichein mit Mary Thorndecker wahrzunehmen.

Je länger ich darüber nachdachte, desto vernünftiger schien mir das Projekt. Über den Zaun konnte ich mit Hilfe einer kleinen Leiter steigen. Meines Wissens gab es nur drei Wächter: den Hundeführer mit der Schrotflinte, den Wächter am Tor, und den Muskelmann im Pflegeheim. Sollte etwa ein geriebener Plattfuß wie ich diese drei nicht überlisten können?

Unmöglich allerdings schien mir, die verschlossenen Gebäude zu betreten, ohne Scheiben einzudrücken oder Türen einzuschlagen. Mit einer beschichteten Scheckkarte Türen öffnen – sehr beliebt im Fernsehen – geht nur bei Schnappschlössern. Sämtliche Türen, die ich in Crittenden gesehen hatte, besaßen Riegelschlösser. Auf die Handhabung von Dietrichen verstehe ich mich nicht, besaß auch keine, und Haarnadeln trage ich nicht. Also blieb als einzige unmögliche Antwort: die Schlüssel.

Nun aber mal angenommen, ich käme unbemerkt hinein, was erwartete ich eigentlich zu finden? Darauf lautete die einfache Antwort: Wüßte ich das, brauchte ich nicht einzubrechen. Was ich vorhatte, wird von den Chirurgen gern eine Exploration genannt, und etwas anderes blieb mir nicht übrig, denn darauf zu warten, daß einer der Hauptdarsteller alles enthüllte, war zwecklos.

Ich holte noch ein Bier und stieg tiefer in die Sache ein. Draper hatte erwähnt, die eifrigen jungen Hilfskräfte arbeiteten gelegentlich bis in die frühen Morgenstunden, doch Samstag- und Sonntagsabends dürfte das unwahrscheinlich sein. Selbst angehende Genies spannen gern mal übers Wochenende aus; und Betty Hanrahan hatte das bestätigt. Was das Pflegeheim anging, so dürfte es gegen zwei Uhr früh in tiefem Schlaf liegen, abgesehen von einigen wenigen Nachtwachen, die irgendwo Kaffee tranken, wenn sie nicht gerade ihre Runde machten.

Man sieht, wie einfach es ist, sich auf etwas einzulassen, wovon man im tiefsten Inneren sehr genau weiß, daß es nicht nur gefährlich und blödsinnig ist, sondern auch keinen Erfolg verspricht. Und ich nannte Vater Bellamy einen Schwindler! Seine Begabung war nichts im Vergleich zu der, die wir alle besitzen, wenn wir uns was einreden wollen. Selbstbetrug ist immer noch der größte aller Schwindel.

Ich weiß das jetzt, und ich wußte es damals in Coburn ebenso gut. Und ich ermahnte mich, diesen hirnrissigen Plan aufzugeben. Dabei hatte ich keinen anderen Gedanken als: wie kommst du an die Schlüssel zu den Türen von Crittenden?

»He Todd!« Al Coburn trat mir auf die Zehen. »Was machen Sie denn? Träumen Sie etwa?«

»Sowas ähnliches. Setzen Sie sich zu mir, Mr. Coburn.«

Er hatte schon einen Bierkrug in der Hand, und als ich ihm

den Stuhl hinschob, ließ er sich schwer darauf nieder. Seine Hände zitterten, er umkrampfte den Bierkrug und hielt sich daran fest wie an einem Rettungsring.

»Mister Todd«, sagte er versonnen. »Für einen jungen Spund haben Sie richtig gute Manieren.«

»Klar. Überdies bin ich vertrauenswürdig, loyal, umgänglich, tapfer, sittenstreng und ehrfürchtig. So lautet der Pfadfindereid.«

»Hm.« Er schaute sich zerstreut um. »Sie erinneren sich an unser letztes Gespräch?«

»Über Ernie Scoggins Brief?«

»Tja, also folgendes ist passiert: Ich habe mich mit der ... der betroffenen Person in Verbindung gesetzt und alles beruht auf einem Mißverständnis.«

Ich sah ihn scharf an, doch wich er meinem Blick aus, starrte blicklos über meinen Kopf hinweg, an die Decke, an die Wand.

»Sie sind ein ganz jämmerlicher Lügner«, sagte ich.

»Nein, nein«, rechtfertigte er sich ganz ernst. »Ich hab bloß das Maul zu weit aufgerissen. Ernie Scoggins hatte 'ne Schraube locker, das hab ich gleich gesagt. Der hat die Sache falsch angepackt – Sie verstehen? Aber heute nachmittag treffe ich mich mit jemand, und da wird dann alles ausgebügelt.«

Mir wurde übel, ich lehnte mich vor, suchte seinen Blick, aber er wich meinen Augen aus.

»Die haben Sie auf dem Umweg über die Schuldscheine bei der Bank drangekriegt, stimmt's?«

Jetzt machte ich es auch schon so, ich redete von »die« – aber wer war das? CIA, FBI, KGB, die Gesellschaft für die Erforschung paranormaler Phänomene? Die Vereinigten Mütter gefallener Söhne?

»Oh, nein, nichts dergleichen«, sagte er sehr gemessen. »Mit der Bank hat das überhaupt nichts zu tun. Nur ein Gespräch unter Freunden, zwecks Erzielung einer Übereinkunft zum gemeinsamen Nutzen.«

Ich hörte heraus, daß dies nicht seine eigenen Worte waren. Es stank zum Himmel.

»Lassen Sie mich mal sehen, ob ich Sie recht verstanden habe, Mr. Coburn«, sagte ich langsam und eindringlich. »Sie treffen sich heute nachmittag mit jemandem und reden mit ihm über den Inhalt von Ernie Scoggins Brief. Richtig?«

»Mmmmja ...« Er schaute in sein Bier. »Alles wird ausgebügelt, Sie werden schon sehen.«

»Soll ich mit Ihnen kommen? Es wäre vielleicht gut, wenn Sie einen ... sagen wir einen Zeugen dabei haben? Ich sage kein Wort und unternehme nichts, ich bin bloß anwesend.«

Jetzt wurde er wütend. »Hör mal, Jungchen, ich kann schon allein auf mich aufpassen.«

»Das bezweifle ich ja nicht«, beschwichtigte ich ihn hastig, »aber kann es denn schaden, wenn ein Dritter zugegen ist?«

»Streng vertraulich. So lautet die Abmachung. Bloß er und ich.«

Darauf nagelte ich ihn fest.

»Ihn? Sie treffen also nur einen einzigen Mann?«

»Das hab ich nicht gesagt.«

»Nein, haben Sie nicht, ich habe es vermutet.«

»Ich bin müde«, sagte er mürrisch.

Ich schaute ihn an und sah, er sagte die Wahrheit. Er war wirklich müde. Das Kinn ruhte auf der Brust, die Schultern hingen nach vorne, er war richtig zusammengesackt. Müde oder geschlagen.

»Ich will keinen Ärger«, murmelte er.

Was sollte ich machen – dem bedauernswerten alten Mann weiter zusetzen? Die Jahre hatten ihm übel mitgespielt, wie uns allen. Der Wille erlahmt; Vorsätze werden vergessen, und das schlimmste ist, unsere Kraft verläßt uns. Wir haben keinen Schwung mehr. Ein anständiger Stuhlgang wird zum denkbar größten Vergnügen, und beim Anblick eines leckeren Nymphchens im Bikini denken wir: »Wenn du wüßtest ...!«

Ich hätte ihn am liebsten an seinem faltigen Hals gepackt und die Wahrheit aus ihm herausgepreßt. Wer war der Kerl, mit dem er sich verabredet hatte? Was stand in Scoggins Brief? Was sollte ausgebügelt werden? Aber wie sollte ich das herausbekommen? Ihm auf den Bauch springen?

Ich verstehe mich gut auf Selbstbeherrschung, will sagen, ich kreische und jaule nicht. Im Magen mag es brodeln, aber die Stimme bleibt maßvoll, überredend.

»Ich hoffe, Ihre Verabredung geht so aus, wie Sie sich das wünschen, Mr. Coburn. Ich hoffe, alles wird zu Ihrer Zufriedenheit geregelt. Aber für den Fall – verstehen Sie mich recht: nur für den Fall! – es geht nicht alles so freundlich und nett zu, wie Sie glauben, sollten Sie einen Trumpf in der Hinterhand haben – meinen Sie nicht?«

Endlich schaute er mich an, die verwaschenen Augen begegneten meinem Blick, und da wußte ich, du hast ihn an der Angel.

»Was zum Beispiel?«

»Zum Beispiel eine Abschrift von Ernies Brief, die Sie an einem Platz hinterlegen, der nur Ihnen und mir bekannt ist. Das muß Ihnen doch einleuchten? Sie hätten dem Mann, mit dem Sie verhandeln, etwas Handfestes entgegenzusetzen. Das Original oder eine Abschrift des Briefes in den Händen eines Dritten. Für den Fall ...«

Ganz nach Art der Einheimischen ließ ich den Satz in der Schwebe. Er verstand auch so, was gemeint war, und es packte ihn. Ich wollte aufstehen, uns noch Bier holen, er hielt mich aber zurück. Er wollte weiter nichts als überlegen. Er war zwar ein alter Mann, aber ein alter Dummkopf war er nicht.

»Ja«, sagte er endlich. »Damit bin ich einverstanden. Der Brief ist im Handschuhfach von meinem alten Kombi. Für alle Fälle. Aber Sie werden sehen, es ist nicht notwendig. Ich rufe Sie gleich an, wenn es vorbei ist. Sind Sie hier?«

»Welche Zeit schwebt Ihnen vor?«

»So zwischen fünf und sechs Uhr heute nachmittag.«

»Dann bin ich hier. Falls nicht, lassen Sie mir ausrichten, alles ist o. k.«

Er nickte mehrmals wie eine chinesische Puppe.

»So machen wir's. Ich rufe Sie einfach an und sage, alles ist okay. Wir könnten heute abend vielleicht zusammen essen. Gestern habe ich ein sehr gutes Stew gemacht, Todd, kommen Sie doch raus zu mir. Stew muß man erst kochen, dann läßt man es einen Tag stehen. Wenn es nach vierundzwanzig Stunden wieder aufgewärmt wird, schmeckt es besser.«

»Das klingt ja schön. Ich erwarte also Ihren Anruf, und anschließend komme ich zum Stew-Essen. Was ist drin?«

»Dies und das.«

Jetzt kamen mir Bedenken, nicht wegen des Stew, sondern wegen unserer Verabredung. Da konnte zuviel schief gehen.

»Es könnte sein, daß Sie mich telefonisch nicht erreichen«, sagte ich deshalb, »und daß diese Affen am Empfang vergessen, mir etwas auszurichten. Geben Sie mir doch Ihre Telefonnummer und beschreiben Sie mir, wie ich Sie finden kann.«

Das stimmte ihn nicht gerade froh, doch schließlich gab er mir die Nummer und beschrieb mir sein Haus, eine Farm, am Fuße von Crittenden Hill. Ich sollte nach einem baufälligen Schuppen auf Schaumbetonfundamenten suchen, das sei seiner. Ich könne ihn nicht übersehen, denn es stehe ein Fahnenmast davor, und bei Tage und bei Nacht wehe die amerikanische Fahne daran, in Wind und Wetter. Sei eine zerrissen, kaufe er eine neue.

»Wenn eine ein halbes Jahr hält, habe ich Glück, aber das ist mir egal, ich bin ein Patriot und das kann ruhig jeder wissen.«

»Steht Ihnen gut an«, meinte ich.

Er hinkte hinaus und ich sah ihm nach. Er nahm die Schultern zurück, drückte die Brust raus, und ich wünschte mir, ich würde in seinem Alter auch so sein: verwegen und voller Hoffnung. Die letzte Runde gewinnt keiner von uns, aber mit etwas Glück stehen wir ein paar Runden durch. Ich hoffte, der alte Coburn werde diese Runde überstehen.

Eine elende Woche war das ... Am deutlichsten erinnere ich mich des Telefongespräches mit Dr. Thorndecker an diesem Samstagvormittag. Ich rief an, nachdem ich mir genau überlegt hatte, was ich sagen wollte, wie er antworten, was ich erwidern würde.

Die Verbindung mit Crittenden Hall klappte auf Anhieb, doch dauerte es gute fünf Minuten bis man Dr. Thorndecker aufspürte; ich hörte, er sei in seinem Arbeitszimmer im Labor und dürfe nur in Notfällen gestört werden. Ich sagte, es handele sich um einen Notfall. Es knackte mehrmals, dann war er am Apparat. Wütend.

»Wer ist dort?«

Ich nannte meinen Namen.

»Ah, Mr. Todd. Haben Sie den Bericht bekommen, den ich Ihnen angekündigt hatte?«

»Habe ich. Und ich wollte –«

»Gut«, unterbrach er. »Ich nehme also an, daß die Forschungsgelder umgehend eintreffen werden.«

»Das wollte ich eigentlich nicht sagen, sondern –«

»Skeptiker«, schnob er verächtlich. »Neinsager. Allesamt. Achten Sie nicht darauf. Wir sind auf dem richtigen Weg.«

»Ich hätte gern gewußt, Dr. Thorndecker –«

»Selbstverständlich bleibt noch viel zu tun. Wir haben erst die Spitze des Eisbergs gesichtet. Niemand weiß Genaues. Niemand kann auch nur Vermutungen anstellen.«

»Könnten Sie vielleicht –«

»Aber ich kann mich nicht erinnern, je ein Forschungsprojekt mit so großer Zuversicht angegangen zu sein. Wirklich nicht. Das Bild setzt sich Stück um Stück zusammen. Die Thorndecker-Theorie. So wird man Sie nennen: die Thorndekker-Theorie.«

Und das alles mit dröhnender Baritonstimme. Aber ohne die innere Überzeugung im Ton, die ich erwartet hätte. Der Mann war nicht ganz da, anders kann ich es nicht beschreiben. Ich wußte nicht: Will er sich selbst überzeugen oder dich? Mir kam es so vor, als schwebe er irgendwo ganz weit oben im Blauen und kaue seine Träume wieder.

»Ich brauche einige Auskünfte, die ich nur von Ihnen bekommen kann, Dr. Thorndecker«, versuchte ich es noch einmal, »und ich hatte gehofft, Sie würden heute nachmittag ein paar Minuten für mich erübrigen können.«

»Julie wird stolz sein auf mich. Selbstverständlich. Was wollten Sie?«

»Ich wollte Sie heute nachmittag kurz sprechen, wenn möglich.«

»Aber mit Vergnügen!« rief er. »Herzlich gern. Jetzt? Gleich jetzt? Sind Sie am Tor? Ich bin im Labor.«

»Nein, Sir, ich hatte an heute nachmittag gedacht. So um drei herum. Wäre Ihnen das recht?«

Schweigen.

»Hallo? Sind Sie noch da, Dr. Thorndecker?«

»Worum handelt es sich? Mit wem spreche ich?« fragte er mißtrauisch.

Mir kam wieder der Verdacht, er stünde unter Drogeneinfluß, sei im Lande Nirgendwo. Nicht, daß er nicht deutlich artikuliert hätte, im Gegenteil, aber er konnte nicht folgen. Er dachte nicht von A über B nach C, sondern von K über R nach F.

Ich versuchte es noch einmal.

»Hier spricht Samuel Todd. Ich möchte Ihnen noch einige Fragen stellen, im Zusammenhang mit Ihrem Antrag auf Zuteilung von Forschungsmitteln durch die Bingham-Stiftung, Dr. Thorndecker. Wäre es Ihnen möglich, mich um drei heute nachmittag zu sehen?«

»Selbstverständlich«, sagte er herzlich. Pause. »Zwei paßt mir allerdings besser. Wäre Ihnen das sehr unbequem?«

»Nicht im mindesten. Ich bin um zwei bei Ihnen.«

»Ausgezeichnet. Ich sage am Tor Bescheid. Kommen Sie direkt ins Labor.«

»Danke Ihnen. Ich sehe Sie dann um zwei.«

»Und Mary und Edward«, sagte er und legte auf.

Offenbar die Stunde der Verrückten. Da mochte ich mich ebensowohl vorbereiten. In einem Haushaltswarengeschäft erwarb ich eine Stablampe plus drei Trockenbatterien, eine kurze Trittleiter, zwanzig Meter billige Wäscheleine und ein Bleigewicht. Halbmasken waren ausverkauft. Diese neuen Besitztümer verstaute ich in Betty Hanrahans Kombi und brach zu meinem Stelldichein mit Mary Thorndecker auf. Wäre sie als Batman verkleidet erschienen, samt Fledermauscape, es hätte mich keinen Moment gewundert. Die ganze Welt schien verrückt geworden, ich eingeschlossen.

Sie war nicht zu verfehlen, parkte am Straßenrand in einer schwarzen Limousine, groß wie ein Leichenwagen. Ich stellte mich vor sie, in dem Gedanken, es könnte nötig werden, sich eilig aus dem Staub zu machen, und da wollte ich nicht hinter ihrem Wagen festsitzen. Ich stieg aus dem Kombi, ganz versessen darauf, neben ihr in die Limousine zu kriechen, denn dort war es gewiß mollig. Die Wasser des Yukon dürften wärmer gewesen sein als das Führerhaus von Bettys Kombi.

Mary stieg jedoch ebenfalls aus und knallte die Tür mit einem soliden Bums hinter sich zu. Mag sein, sie wollte mit mir nicht in einem geschlossenen Raum allein sein. Sie traute mir womöglich nicht. Wie dem auch sei, wir standen nun beide im Freien und gingen wachsam aufeinander zu. *High Noon* in Crittenden.

Tatsächlich wateten wir im Bodennebel, der waberte weiß, wie quirlender Rauch. Der Boden war hart gefroren, und von unseren Mündern ging der Atem als Dampfwolke ab. Ich blickte mich in der eisigen verlassenen Gegend um: trostlose Bäume, überfrorene Stoppeln, ein verwischter Himmel, Nebel, Dampf, mein feuchter Trenchcoat, ihr altmodisches Persianercape. So eines war mir seit Jahren nicht mehr vor Augen gekommen.

Über den Kopf hatte sie eine gestrickte Kapuze gezogen, die bis zu den Augen reichte, das Gesicht war kalkweiß, verkrampft, angstvoll. Sie wirkte dämonisch. Die Lippen waren blaß, die Hände staken tief in den Taschen, und ich fragte mich, ob sie am Ende eine Kanone bei sich hatte, mit der sie mich totschießen wollte? In dieser wüsten Gegend schien das durchaus passend. Jede Art von vorsätzlicher Gewalttat hätte hierher gepaßt.

»Miss Thorndecker, möchten Sie –«

»Woher wissen Sie das?« fragte sie mit trockener, atemloser Stimme, »ich meine, daß ich Ihnen den Brief geschrieben habe?«

»Ist denn das so wichtig?« Ich stampfte mit den Füßen. »Könnten wir vielleicht ein bißchen auf und ab gehen? Falls wir hier eine Viertelstunde stehen bleiben, können wir nie mehr die Gavotte tanzen.«

Darauf sagte sie nichts, sondern vergrub das Kinn in ihrem Umhang, zog fröstelnd die Schultern hoch und stapfte neben mir auf der Straße entlang. Links lag der Friedhof von Crittenden, rechts der Straße standen winterkahle Bäume. Kein anderes Auto in Sicht, kein Geräusch, keine Farben. Wir hätten die letzten Erdbewohner sein können. Nebelschwaden ringsum. Ich hätte gern eine Flasche Cognac gehabt.

»Warum haben Sie den Brief geschrieben? Ich denke, Sie lieben Ihren Stiefvater?«

Sie versuchte verächtlich zu lachen.

»Das haben Sie von *ihr*. Ich hasse ihn. Hasse ihn. Er hat meine Mutter umgebracht.«

»Können Sie das beweisen?«

»Nein, aber ich weiß es.«

Ob sie wohl übergeschnappt war? Hatte ihr Haß sie innerlich bereits so zerfressen, daß sie nicht mehr zu retten war? Endgültig verloren?

»Haben Sie deshalb geschrieben, ›Thorndecker tötet‹? Weil Sie glauben, er habe Ihre Mutter ermordet?«

»Und seinen Vater. Auch das weiß ich. Aber nicht darum, sondern weil er jetzt wieder tötet. In seinem Labor.«

»Hat er Scoggins getötet?«

»Wen?«

»Scoggins. Ernie Scoggins. Der war hier beschäftigt. Als Hilfsarbeiter.«

»Kann schon sein«, sagte sie stumpf. »Ist das der, der verschwunden ist? Von dem weiß ich nichts. Aber es gibt noch andere.«

»Petersen vielleicht? Der wurde hier vor ein paar Tagen eingegraben. Angeblich ist er an Unterleibskrebs gestorben.«

»Nein, der war herzkrank. Deshalb ist er ja hergekommen. Ich kenne sein Krankenblatt. Angina. Keine nahen Angehörigen. Ein sehr reizender alter Herr. Vor drei Monaten ungefähr bekam er plötzlich Tumoren, Sarkome, Karzinome, Melanome. Am ganzen Körper. Auf der Kopfhaut, im Gesicht, an Armen und Beinen. Ich habe ihn besucht. Er stank. Er verweste bei lebendigem Leibe.«

»Jesus Maria«, sagte ich, schaute beiseite und erinnerte mich an den sterbenden Schimpansen.

»Das ist aber nur der letzte gewesen. Vor ihm waren noch andere dran.«

»Seit wann geht das so?«

Sie überlegte.

»Seit anderthalb Jahren. Die meisten Fälle waren in diesem Jahr. Immer Patienten, die nicht an Krebs gelitten hatten. Herzpatienten, Geisteskranke, Alkoholiker, Drogensüchtige. Die bekamen dann mit einemmal furchtbare Krebsgeschwüre und verfaulten. Das ist Thorndeckers Werk. Ich weiß es genau.«

»Und Draper?« fragte ich leise.

Eine ihrer Hände kam blitzschnell zum Vorschein, und sie biß auf einen Knöchel.

»Ich weiß nicht. Ich habe ihn gefragt, ihn angefleht, mir die Wahrheit zu sagen, aber er will nicht. Er betet Thorndecker an. Er tut alles, was Thorndecker verlangt.«

»Draper muß Bescheid wissen. Er ist behandelnder Arzt. Er stellt die Totenscheine aus. Aber warum machen sie das alles? Profitieren sie irgendwie davon? Hinterlassen die Patienten dem Labor größere Legate?«

Diese Frage machte ihr zu schaffen.

»Das habe ich anfangs auch gedacht, aber es kann nicht der Grund sein. Manche haben dem Labor nichts hinterlassen, die meisten sogar nicht. Ich weiß es einfach nicht. Ah, du lieber Gott ...«

Sie fing an zu weinen, und ich legte ihr einen Arm um die Schulter, wobei mir unbehaglich zumute war. Wir lehnten aneinander und stapften ein Stück vorwärts, dann wieder zurück, immer durch den ziehenden Bodennebel.

»Gehen wir die Sache mal systematisch an«, schlug ich vor. »Ein Patient wird aufgenommen, sagen wir ein Herzkranker, ein Alkoholiker, ein Geisteskranker oder Süchtiger. Sind es Junge und Alte?«

»Die meisten sind alt.«

»Und nach einer Weile erkranken sie an Krebs und sterben daran?«

»Ja.«

»So wie Petersen? Oder auch an Krebs der inneren Organe, Lungenkrebs, Darmkrebs, Milz- oder Leberkrebs?«

»An jeder Art Krebs«, sagte sie leise.

»Und wie lange dauert das? Ich meine, bis sie am Krebs sterben?«

»Anfangs, als ich darauf aufmerksam wurde, ging es immer sehr schnell. Ein paar Wochen. Jetzt dauert es länger. Petersen starb als letzter, der hat drei Monate ausgehalten.«

»Und alle werden auf diesem Friedhof beigesetzt?«

»Oder in verlöteten Särgen überführt.«

»Und alle haben Karzinome?«

»Ja.«

»Und kommen niemals Rückfragen von den Angehörigen?«

»Ich weiß nicht, glaube es aber nicht. So sind die Menschen nun mal, sie sind insgeheim froh, wenn ein erkrankter Verwandter stirbt. Einer, der ihnen viel Mühe gemacht hätte. Die stellen keine Fragen.«

»Vermutlich haben Sie recht. Schon gar, wenn die Verwandten erben ... Und Draper hat Ihnen mit keinem Wort angedeutet, was vorgeht?«

»Er sagt bloß immer, Thorndecker ist ein Genie und im Begriff einen großen Durchbruch zu schaffen. Das ist alles.«

»Er liebt Sie doch aber?«

»Das behauptet er«, sagte sie bitter, »aber verraten tut er nichts.«

Wir gingen schweigend auf und ab.

»Wieweit würden Sie gehen, um diese Sache aufzudecken?« fragte ich schließlich. »Wie wichtig ist es Ihnen, Thorndecker das Handwerk zu legen?«

Plötzlich barst sie förmlich auseinander. Sie blieb stehen, riß sich von mir los, stierte mich an und kreischte: »Dieses Schwein!« Speicheltröpfchen trafen mein Gesicht, und ich machte einen Schritt rückwärts, total verblüfft. »Dieser mordlüsterne Hurenbock! Dieses Stück Scheiße! Gattenmörder! Glauben Sie, ich weiß nicht – Und er – Mit diesem geilen Weibsstück, das sich an jedem Mann reibt, der ihr in die Quere kommt! Das darf er nicht, darf er nicht! Oh, er soll leiden, die Haut soll ihm abgezogen werden, das Fleisch von den Knochen genagt, verfaulen soll er in der untersten Hölle! Die Rache ist mein, spricht der Herr. Nackt! Wie sie sich anzieht! An jeden Kerl schmeißt sie sich ran. Edward, der arme unschuldige Junge, ja, sogar an Edward. Was macht sie bloß mit denen? Und er, er läßt sie gewähren, läßt sein Leben von dieser geilen Hure zerstören, ist ihr hörig! Und ihr Leib, für jeden ist er da. Ah, ich weiß, ich weiß. Tempel der Lüste! Haus der Sünde! O Herr, rotte das Übel aus. Zerschmettere diese Lasterhöhle, lieber Herr Jesus! Mit der Wurzel –«

Und so immer weiter. Sie benutzte Ausdrücke, die ich in ihrem Vokabular nie vermutet hätte. Die übergeschnappte alte Jungfer. Ein Ausbruch, gekoppelt mit einem Orgasmus. Obszön, eifersüchtig, sexuell frustriert, eine religiöse Fanatikerin. Das alles brodelte in ihr und wollte raus. Schaum trat ihr auf die Lippen, irgendwas troff ihr aus den Augenwinkeln.

Und natürlich Liebe, o ja, Liebe. Julie hatte gar nicht so unrecht. Diese Frau liebte Thorndecker wie eine Besessene, andernfalls hätte sie ihn nicht so leidenschaftlich verdammt, sein Verderben nicht mit aller Kraft gewünscht. Jede Frau hat das Recht um den Mann zu kämpfen, den sie liebt, und dieser hysterische Ausbruch, diese obszönen Beschimpfungen, die mich wegen ihrer Intensität geradezu ängstigten, war Marys perverse Liebeserklärung.

Sollte ich sie schütteln, ohrfeigen, in die Arme nehmen und trösten, mit ihr trauern über ihre sinnlosen Hoffnungen, ihr verlorenes Leben? Ich tat nichts dergleichen, ich ließ sie sich austoben, sah zu, wie sie allmählich ermattete, an Kraft verlor, schließlich verstummte und offenen Mundes zitternd auf der Stelle verharrte, zitternd nicht vor Kälte, sondern vor Weh und Scham. Weh, weil sie furchtbare Schmerzen litt, und Scham, weil sie diese einem Fremden offenbart hatte.

Ich nahm sie behutsam am Arm und führte sie zu ihrem Wagen. Sie ging ganz fügsam mit, ließ sich von mir hinters Steuer setzen. Ich klappte ihren Kragen hoch, legte den Umhang über ihre Knie, bettete sie förmlich auf den Sitz, bot ihr auch eine Zigarette an, doch bemerkte sie das wohl nicht. Ich steckte eine an, paffte wie ein Irrer und mußte schließlich mein Fenster ein Stück herunterkurbeln.

Als ich sie nach einem Weilchen ansah, hielt sie die Augen geschlossen und bewegte die Lippen. Sie betete, doch zu wem und worum?

»Mary«, sagte ich leise, »Mary, hören Sie mich?«

Die Lippen bewegten sich nicht mehr, die Lider klappten auf, der Kopf wandte sich mir zu, sie blickte mich an, und nach einer Weile nahm sie mich auch wahr.

»Ich kann Ihnen helfen, Mary, aber Sie müssen mir dabei behilflich sein.« Ich flüsterte.

Sie fragte noch leiser: »Wie?«

Und nun entwickelte ich ihr meinen Plan. Ich wollte wissen, wieviele Wächter sonntags Nachtdienst hatten, wann sie sich ablösten, wo sie sich aufhielten, wenn sie nicht ihre Runde gingen. Sie sollte herausbekommen, ob und wo es Alarmeinrichtungen gab und wo die Hauptschalter sich befanden. Und wo die Hauptsicherungen für das Pflegeheim und die Labors waren.

Ich wollte wissen, wie viele Pfleger sonntags Dienst hatten, und ob jemand in der Nacht von Sonntag auf Montag in den Labors arbeitete. Und endlich das wichtigste: Ich brauchte das große Schlüsselbund von der Beecham. Hatte sie nicht gerade Nachtdienst von Sonntag auf Montag, würde sie das Schlüsselbund wahrscheinlich in ihrem Dienstzimmer lassen, und ich mußte es unbedingt haben. Hatte sie Dienst, oder übergab sie das Schlüsselbund an jemand anderen, mußte ich mindestens zwei ihrer Schlüssel haben: den zum Pflegeheim und den zum Laborgelände. Waren die nicht zu beschaffen, sollte Mary mich ins Pflegeheim einlassen, und ich würde dann sehen müssen, wie ich ins Labor käme.

Das zu erklären dauerte ziemlich lange, und ich bezweifelte, daß sie mir folgen konnte, doch sie folgte mir. »Dann wollen Sie also einbrechen?« fragte sie dumpf.

»Ja. Ich muß mich über diese tödlich verlaufenden Krebserkrankungen informieren.«

»Sie wollen ihn überführen?«

»Ja. Ich brauche Beweise, die ihn überführen.«

»Gut«, sagte sie entschlossen. »Ich helfe Ihnen dabei.«

Nun gingen wir das alles noch mal durch, in allen Einzelheiten: was ich brauchte, was sie beschaffen konnte, was wir womöglich improvisieren mußten.

»Wie kommen Sie über den Zaun?«

»Das können Sie getrost mir überlassen.«

»Sie werden doch niemandem was tun?«

»Selbstverständlich nicht. Ich habe keine Waffe bei mir, keinen Revolver, kein Messer. Ich bin nicht gewalttätig, Mary.«

»Sie wollen sich nur Informationen beschaffen?«

»Genau so ist es.« Ich nickte tugendhaft. »Bloß Informationen. Das gehört zu meinen Pflichten. Ich muß wissen, ob Thorndecker für Gelder unserer Stiftung qualifiziert ist.«

Das schien ihr zu genügen; so verstanden klang das Unternehmen am Ende ganz legal. Sie wollte nach Möglichkeit alles besorgen, was ich brauchte und was sie beschaffen konnte, und am Sonntag sollte sie mich im Hotel anrufen.

»Nennen Sie Ihren Namen nicht, falls Sie von der Hotelvermittlung danach gefragt werden sollten«, warnte ich sie. »Benutzen Sie einen falschen Namen.«

»Welchen?«

»Joan Powell«, sagte ich, ohne mich zu besinnen. »Nennen Sie sich Joan Powell. Antworte ich aus dem Hotel, beschränken Sie sich darauf, sich mit mir zu verabreden. Lachen Sie. Sagen Sie, um soundso viel Uhr da und da. Meinetwegen an dieser Stelle, hier ist es einsam genug. Wir treffen uns hier, Sie sagen, was Sie ausfindig gemacht haben, und geben mir die Schlüssel, falls Sie sie haben.«

»Und falls Sie nicht da sind, wenn ich im Hotel anrufe?«

»Rufen Sie immer zur vollen Stunde an. Ich bin früher oder später ganz bestimmt da. Spätestens um Mitternacht am Sonntag. Okay?«

Zum dritten Mal gingen wir alles durch. Immer noch zweifelte ich daran, daß sie alles richtig mitbekam. Hin und wieder überfiel sie das große Zittern. Ich sprach so fest und ruhig ich konnte und berührte sie gelegentlich am Arm, an der Schulter. Ich glaube, ich bekam Kontakt zu ihr. Und bevor ich ausstieg, küßte ich ihre glatte, kalte Wange.

»Versprechen Sie mir, daß alles gut gehen wird«, verlangte sie.

»Es wird alles gut gehen.«

Ich wußte, es würde keinesfalls gut gehen.

Ich fuhr so schnell wie Bettys Schrotthaufen laufen wollte nach Coburn zurück und hielt unterwegs nach einer Telefonzelle Ausschau. Ich wollte jemand anrufen, aber nicht vom Hotel aus. Mein Verfolgungswahn wuchs und wuchs, er breitete sich aus wie eine Öllache.

Auf der Main Street entdeckte ich endlich eine Zelle kurz vor dem Geschäftsviertel. Weil die Büros der Stiftung samstags geschlossen sind, meldete ich ein R-Gespräch mit Mr. Besants Privatnummer an. Er teilt in Central Park West ein Wohnlabyrinth, bestehend aus neun Zimmern, mit einer älteren unverheirateten Schwester, drei Katzen, einem mottenzerfressenen Pudel und einem riesigen Aquarium voll tropischer Zierfische.

Edith Besant, die Schwester, nahm das R-Gespräch an.

»Wie nett, daß Sie mal anrufen, Samuel«, flötete sie. »Erst gestern haben Stacy und ich von Ihnen gesprochen. Sie müssen bald mal zum Essen zu uns kommen, wenn Sie wieder hier sind. Und bringen Sie unbedingt Ihre reizende Gefährtin mit.«

»Das will ich gern tun, Miß Edith, wenn Sie versprechen, Ihre wunderbare Karottensuppe zu machen.«

»Karottenvichyssoise, Samuel, nicht Suppe«, tadelte sie milde.

»Richtig, richtig, ich erinnere mich noch gut daran.«

Das tat ich wirklich. Sie schmeckte scheußlich, aber Edith war stolz darauf. Wir redeten noch ein Weilchen hin und her, denn sie ließ sich nicht hetzen, und ich versuchte es erst gar nicht. Also erörterten wir unser jeweiliges Befinden, das ihres Bruders, das der Katzen, des Pudels und der Fische. Und schließlich einigten wir uns darauf, daß das Wetter miserabel sei.

»Ach du lieber Himmel, Samuel«, flötete sie endlich, »da schwatzen und schwatzen wir, aber Sie wollen gewiß Stacy sprechen.«

»Wenn es möglich wäre?«

»Selbstverständlich, einen Moment.«

Mr. Besant meldete sich so prompt, daß anzunehmen war, er hatte am Nebenapparat mitgehört.

»Was gibt's, Samuel, Ärger?«

»Ich brauche einige Auskünfte, Sir. Und zwar medizinischer Art. Das beste wäre, ich könnte mit jemand vom Wissenschaftlichen Archiv sprechen, der den Fall Thorndecker bearbeitet hat.«

»Jetzt gleich? Hat das nicht Zeit bis Montag?«

»Nein, Sir, ich glaube kaum. Hier überstürzen sich die Dinge.«

Kurzes Schweigen.

»Ich verstehe. Bleiben Sie mal am Apparat, ich muß irgendwo die Nummer haben.«

Ich stand in der Telefonzelle wie in einem Sarg aus Eis und hätte eigentlich vor Kälte bibbern müssen. Statt dessen schwitzte ich.

Er meldete sich wieder mit der Nummer des W. A. und sagte, ich solle nach Dr. Evan Blomberg fragen. Falls das W. A. geschlossen habe, könne ich Blomberg unter folgender Nummer erreichen –

»Mr. Besant«, unterbrach ich ihn, »ich weiß, es ist eine Zumutung, aber aus Gründen der Vertraulichkeit rufe ich von einer öffentlichen Telefonzelle aus an und ich besitze keine Kreditkarte der Telefongesellschaft, obschon ich mehrmals darauf hingewiesen habe, daß es unsere Arbeit sehr erleichtern würde, wenn –«

»Schon gut, Samuel, schon gut. Sie wollen, daß ich Dr. Blomberg für Sie ausfindig mache und ihn bitte, Sie in der Zelle anzurufen, richtig?«

»Das wäre sehr freundlich von Ihnen, Sir.«

»Ist es wirklich so wichtig?«

»Ja, das ist es.«

»Geben Sie mir Ihre Nummer.«

Ich las sie vom Automaten ab, und er meinte, fünf Minuten müßte ich wohl warten. Es dauerte aber länger als zehn Minuten, und ich schwitzte derweil ununterbrochen. Schließlich schrillte die Klingel.

»Hallo? Ist dort Dr. Evan Blomberg?«

»Mit wem spreche ich bitte?« fragte eine tiefe, sehr förmliche Stimme. Es klang immerhin freundlicher als: »Wer ist denn das schon wieder, zum Teufel?«

Ich wies mich mündlich zu seiner Zufriedenheit aus und entschuldigte mich dafür, ihn an seinem freien Samstag zu stören.

»Schon gut«, antwortete er steif. »Ich höre, daß Sie im Zusammenhang mit unserer Überprüfung des Antrages Thorndecker Auskünfte brauchen.«

»Eigentlich handelt es sich mehr um eine allgemeine medizinische Auskunft, Doktor.«

»Ach?« Das klang verdutzt. »Und was wäre das?«

Ich konnte mich kaum dazu bringen, die Frage zu stellen, ich kam mir vor wie jemand, der einen Astronomen fragt: »Besteht der Mond wirklich aus grünem Käse?« Doch nahm ich allen Mut zusammen und wagte es.

»Kann man Menschen mit Krebs infizieren, Doktor? Anders ausgedrückt, kann man Krebszellen von einer Person auf eine andere übertragen? Und würde ein Gesunder, der so infiziert wird, an Krebs erkranken?«

Sein Schweigen klang entsetzter, als jede Antwort hätte klingen können.

»Gütiger Himmel«, sagte er endlich. »Wer würde wohl so was tun? Und zu welchem Zweck?«

»Sir«, stieß ich verzweifelt nach, »ich brauche dringend die Antwort auf meine Frage. Geht das oder geht es nicht?«

Wieder Schweigen. Dann: »Soweit ich weiß«, sagte er mit seiner volltönenden Stimme, »hat das nie jemand versucht. Aus Gründen, die auf der Hand liegen. Es verstieße gegen die Standesehre, wäre ungesetzlich, kriminell. Und der Krebsforschung würde damit kein Dienst erwiesen. Theoretisch halte ich es aber für möglich.«

Versuchen Sie mal, einem Wissenschaftler ein Ja oder Nein abzuringen. Die sind fast so schlimm wie Advokaten.

»Man kann also jemanden mit Krebszellen infizieren, und der Infizierte erkrankt an Krebs?«

»Ich sagte: theoretisch«, berichtigte er mich scharf. »Sie wissen ohne Zweifel, daß man Versuchstiere infiziert. Manche Tiere weisen die Zellen ab, andere nehmen sie an, die Zellen wuchern, das Tier stirbt. Anders ausgedrückt, manche Tiere sind gegen manche Formen von Krebs immun. Man könnte sich vorstellen, daß auch manche Menschen gegen manche Formen von Krebs immun sind. Aber dieser Probe möchte ich mich nicht unterziehen.«

»Das verstehe ich, Sir, aber –«

»Man benutzt in der Krebsforschung verschiedene Arten von Versuchstieren für bestimmte Krebsformen, und zwar möglichst solche, die ähnlich reagieren wie der Mensch. Für die Erforschung der Leukämie zum Beispiel verwendet man Ratten.«

»Ich danke Ihnen für die Aufklärung, Sir«, sagte ich verzweifelt, »aber mich interessiert nur eines, und meinetwegen nennen Sie es reine Spekulation: Erkrankt ein gesunder Mensch nach Infizierung mit Krebszellen von einem anderen Menschen?«

»Eine rein spekulative Frage?« erkundigte er sich mißtrauisch.

»Eine rein spekulative Frage.«

»Dann möchte ich sagen: Die Möglichkeit ist gegeben.«

»Möglichkeit? Könnten Sie sich vielleicht zu Wahrscheinlichkeit durchringen?«

»Meinethalben. Da dies eine rein theoretische Erörterung ist, will ich soweit gehen zu sagen, die infizierte Person wird wahrscheinlich an Krebs erkranken.«

»Eine letzte Frage, Sir. Bislang war die Rede von der Infizierung einer lebenden Person mit Krebszellen einer anderen lebenden, aber schon erkrankten Person. Sie halten es für wahrscheinlich, daß der Infizierte erkrankt. Wie verhält es sich mit der Infizierung mittels abnormaler Zellen, die *in vitro* gezüchtet werden?«

»Gütiger Gott«, entfuhr es ihm wieder. »Was ist das eigentlich für ein Alptraum, von dem Sie da dauernd reden?«

Ich ließ ihn nicht von der Angel: »Wäre es möglich, eine gesunde Person mit Krebszellen zu infizieren, die *in vitro* gezüchtet wurden?«

»Ja, verdammt noch mal, es wäre möglich!«

»Es wäre sogar wahrscheinlich, daß man gesunde Personen mit Krebszellen infizieren kann, die im Labor angesetzt worden sind?« fragte ich leise.

»Ja«, sagte er noch leiser als ich, so leise, daß ich ihn kaum verstehen konnte. »Es wäre wahrscheinlich!«

»Ich danke Ihnen sehr, Dr. Blomberg.« Ich legte geräuschlos auf und fragte mich, ob ich ihm vielleicht sein Wochenende verdorben hätte. Na, wenn schon. Meins war bereits beim Teufel.

Während der restlichen Fahrt zum Hotel überlegte ich, warum wohl jemand tun sollte, was Mary befürchtete, und was, wie ich nun wußte, möglich war? Aus welchem Grund? Auch

Blomberg hatte das gefragt. Welchem Zweck konnte das dienen?

Mein Grand Prix erwartete mich auf dem Hotelparkplatz, nicht nur neu bereift, sondern auch gewaschen und gewachst. Ich ging einmal rundrum und trat entzückt gegen die neuen Gürtelreifen. Aber nicht zu fest. Dann packte ich die Einkäufe aus dem Kombi in meinen Wagen um.

An Millies Zigarrenstand lehnte ein Lulatsch im Overall mit der Aufschrift *Mikes Service Station* auf dem Rücken und starrte mit glasigem Blick in Millies Ausschnitt. Seine Nase war stark gekrümmt, und er sah aus wie ein Jagdhund der Witterung aufgenommen hat. Gleich würde er die Pfote heben und erstarren.

Ich unterbrach das trauliche Tête-à-tête und verlangte die Rechnung für Reifen, Waschen und Wachsen. Der Lulatsch sagte, Betty Hanrahan habe die Rechnung schon bezahlt, ich schulde der Werkstatt keinen Cent. Ich gab ihm zehn Dollar für seine Mühe und er glotzte.

»Jesus Maria, Mr. Todd, Betty hat ausdrücklich gesagt, ich darf von Ihnen kein Geld nehmen, und wenn sie das erfährt, beißt sie mir in den Arsch.«

Er und Millie schütteten sich aus vor lachen. Endlich lachte mal jemand in Coburn. Worüber sie lachten, spielte schon keine Rolle mehr; es reichte mir nach den letzten zwei Stunden völlig, überhaupt jemand lachen zu hören.

»Ich sage Betty nichts. Halten Sie einfach den Mund. Können Sie ihr den Kombi zurückbringen?«

»Klar, überhaupt keine Affäre. He, Millie, ich bin reich, gehst du heute abend mit mir aus?«

»Mache ich. Für zehn Dollar darfst du gucken, aber nicht anfassen.«

Er erwiderte ebenso ekelhaft, und sie frotzelten einander noch ein bißchen. Es war jene Art von Geplänkel voller sexueller Anspielungen, das zwischen Männern und Frauen geführt wird, die sich seit Ewigkeiten kennen und genau wissen, sie werden nie miteinander schlafen. Ich hörte grinsend zu, nickte zu allem wie ein Schwachkopf.

Ich kann kaum schildern, wie tröstlich ich das empfand. Diese zweideutigen Redensarten waren so *normal*, es war daran nichts Tiefsinniges, Tückisches, Verderbtes. Es hatte nichts mit Krebszellen und faulenden Geschwüren zu tun, nichts mit Menschen, die unter Qualen verendeten und im gefrorenen Boden verscharrt wurden. Ich kann nur sagen, dieses alberne Geschwätz gab mir mein Gleichgewicht zurück. Ich fühlte mich wie ein Infanterist, der aus dem Gefecht kommt und dem man eine frische Apfelsine in die Hand drückt. Er betastet sie, riecht daran, kostet sie. Das Leben.

Ich verabschiedete mich mit einem lässigen Winken und ging aufs Zimmer. Bis zu meiner Verabredung mit Thorndekker blieb noch eine Stunde. Essen oder trinken mochte ich nicht, ich wollte nur angezogen auf dem Bett liegen und darüber nachdenken, warum dieser Mann tat, was er tat.

Im allgemeinen setzen Ermittler voraus, daß Menschen aus Eigennutz handeln. Dabei ist zu bedenken, daß viele von uns gar nicht erkennen, worin ihr eigener Nutzen besteht, Beispiel: mein Bruch mit Joan Powell. Ich führte ihn herbei, weil ich glaubte, meinen eigenen Interessen so am besten zu dienen. Und was trug mir das ein? Drückende Schuldgefühle und die wachsende Einsicht, daß ich eine Verbindung abgebrochen hatte, die mich buchstäblich zusammenhielt.

Was nun war Thorndeckers Interesse, oder was hielt er dafür? Gewinnsucht schied aus, denn Mary hatte gesagt, viele der Opfer hinterließen dem Labor bei ihrem Tode kein Geld. Er mußte also nach etwas anderem gieren, womöglich nach Ruhm, und den verschaffte er sich durch Experimente an lebenden Menschen.

Ich erwog, ob das als Motiv ausreichte. Mary sagte, Draper halte Thorndecker für ein Genie; er sei im Begriffe, einen ganz großen Durchbruch zu schaffen. Thorndecker selbst hatte mir gegenüber eingestanden, daß sein wahres Ziel die Unsterblichkeit sei. Ruhm als Motiv war einleuchtend, bis ich mich fragte, wieso er Patienten, die frei von Krebs waren, abnormale Zellen injizierte, und damit war Schluß. Wer so was macht, wird zwar berühmt, aber nur, weil sein Steckbrief an allen Plakatsäulen klebt.

Dieser Mensch war mir einfach rätselhaft – hochbegabter

Wissenschaftler, Familienvater, geschickter Administrator, dabei von blendendem Aussehen, charmant, energisch und verbindlich, und zwar nicht nur im Umgang mit mir – davon war ich überzeugt –, sondern auch mit seiner Frau, seinen Kindern, Freunden, den Einheimischen, der Welt überhaupt. Entweder besaß er etwas, was allen übrigen fehlte, oder ihm fehlte was, was die übrige Menschheit hatte. Vielleicht auch beides.

Haben Sie je eine der kunstvoll geschnitzten Elfenbeinkugeln gesehen, die im Orient hergestellt werden? Es dauert bloß runde zehn Jahre, eine anzufertigen. Der Künstler beginnt mit einer glatten, vollen Kugel, er bringt an der Oberfläche ein hübsches Muster an, ein offenes Muster, das ihm erlaubt, eine weitere Kugel in der Kugel freizulegen und die ebenfalls mit einem Muster zu versehen. Die äußere Schale rotiert nun frei um den Kern. Dies wiederholt er solange, bis der Kern, um den sich nun eine Anzahl jeweils beschnitzter Schalen dreht, nicht größer ist als eine Erbse, und auch die ist noch kunstvoll verziert, und Schalen und Kern rotieren nunmehr beliebig umeinander. Das sind Welten innerhalb von Welten, und die Schnitzerei ist jeweils so fein und verschnörkelt, daß man die auf dem innersten Kern angebrachten Buchstaben kaum entziffern kann. So stellte ich mir Dr. Telford Thorndecker vor.

Aber wer hatte ihn geschnitzt?

Das alles war reine Phantasie, farbige Gedankenspiele. Ernüchtert sah ich nur den hochgewachsenen, kräftigen Mann im Dunkeln an der Hauswand lehnen und zusehen, wie seine junge Frau auf dem Rücksitz eines Streifenwagens mit den Beinen strampelte, das goldne Fußkettchen um einen Knöchel. Und sein Gesicht, das keine Niederlage registrierte.

Eine Stunde später war ich wieder auf dem Weg nach Crittenden, und das einzige Vergnügen, das ich dabei verspürte, bestand darin, daß ich wieder am Steuer meines Grand Prix saß. Nachdem ich mir in Bettys Wrack die Nieren hatte durchrütteln lassen, empfand ich den Sitz des Pontiac wie ein Federkissen. Für eine Minute etwa ging ich auf 120, nur um mir ins Gedächtnis zu rufen, was da unter der Haube steckte. Der Wagen roch sogar angenehm und, wichtiger noch, die Heizung funktionierte.

Am Tor gab es keinen Aufenthalt, der Wächter kam heraus, kaum daß ich leicht auf die Hupe drückte. Er erkannte meinen Wagen offenbar, denn er stellte keine Fragen. Ich beobachtete sorgsam, was er tat: Mit einem einzigen Schlüssel, den er an einer Kette um den Hals trug, öffnete er das Tor, dessen Flügel nach innen aufgingen. Ich fuhr hindurch und sah im Rückspiegel, wie er die Torflügel schloß, den Schlüssel umdrehte, in seiner Hütte verschwand. Es war ein älterer Mann mit bedächtigen Bewegungen, und er trug eine Jacke wie Matrosen sie bei schlechtem Wetter tragen. Eine Waffe war an ihm nicht zu sehen, doch konnte die selbstverständlich in seiner Bude sein oder unter der weiten Jacke stecken.

Daß die eisernen Torflügel nach innen aufgingen, war fatal. Sollte ich gezwungen sein, das Gelände eilig zu verlassen, hätte ich das Tor eindrücken können, hätten die Flügel sich nach außen geöffnet. Aber man darf nicht alles verlangen, und an manchen Tagen darf man überhaupt nichts verlangen.

Der Torwächter hatte wohl schon telefoniert, denn Dr. Draper erwartete mich am Eingang zum Laborgebäude. Er sah aus wie der benommene Überlebende einer Katastrophe, er starrte mich an, aber ob er mich wahrnahm, könnte ich nicht sagen.

»Fehlt Ihnen was, Dr. Draper?« redete ich ihn an.

Er erwachte mit einem Ruck aus seiner Trance wie jemand, der einen gräßlichen Traum abschüttelt, lächelte mich mit verglastem Blick an und reichte mir die Hand.

Er trug einen weißen Laborkittel, der vorne rotbraune Flecke aufwies. Ich wollte lieber nicht wissen, was das für Flecke waren. Seine Hand fühlte sich kalt an, feucht und knochenlos. Er versuchte wohl, meine Hand zu drücken, hatte aber keine Kraft dazu. Sein Gesicht war kalkweiß und wie bestäubt. Er ging mit unsicheren Schritten; beinahe stolpernd vor mir her. Ich sah ihn nicht gerade zusammenbrechen, malte mir dafür aber etwas Schlimmeres aus: Er schmolz dahin, die Gelenke gaben nach, die Gliedmaßen verwandelten sich in weiches Gummi, er kauerte auf dem Fußboden, den Kopf auf die Knie gestützt, leise schluchzend.

Er schaffte es indessen ins erste Stockwerk hinauf, zog sich mühsam am Treppengeländer hoch. Ich fragte ihn, ob sonntags auch gearbeitet würde? Ob seine Laborgehilfen am Wochenende hier beschäftigt wären? Ob das Personal nur am Tage arbeite, oder ob es auch eine reguläre Nachtschicht gäbe? Ich glaube, er hörte kein Wort, jedenfalls beantwortete er keine meiner Fragen.

Ich schaute mich also auf eigene Faust um, warf einen Blick in die Großlabors, wo etliche Gestalten an Tischen arbeiteten, andere an Mikroskopen saßen. Insgesamt vielleicht ein halbes Dutzend. Im Haus herrschte die übliche Samstagnachmittagstimmung, man merkte, die Arbeit ging zu Ende, der Sonntag stand bevor.

Draper führte mich vor die Milchglastür zu einem der kleinen Labors, klopfte an, doch kam von innen keine Antwort. Er klopfte, lauter diesmal, und rief: »Dr. Thorndecker! Mr. Todd ist da.« Immer noch keine Antwort.

»Er schläft vielleicht«, sagte ich, so fröhlich ich konnte. »Oder er ist mal rausgegangen.«

»Nein, nein, er ist drinnen; aber er ist ungeheuer beschäftigt, und manchmal ... ah ... Dr. Thorndecker! Mr. Todd ist hier!«

Wieder keine Antwort. Das wurde etwas peinlich, und auch ein wenig gespenstisch. Man sah Licht hinter der Milchglasscheibe und ich meinte auch zu hören, daß jemand sich da drinnen bewegte.

Draper hob schließlich die Schöße seines Laborkittels und fischte aus der Hosentasche einen Schlüsselbund, das er dann auch prompt fallen ließ. Er bückte sich schwerfällig, las die Schlüssel auf, suchte nervös den, den er brauchte, schloß auf und lugte hinein. Mir versperrte er dabei den Blick.

»Warten Sie hier, nur eine Minute«, sagte er.

Er schlüpfte durch den Türspalt, machte hinter sich zu. Ich blieb allein auf dem Flur stehen und ahnte nicht, was da vorgehen mochte. Ich versuchte auch nicht erst, Vermutungen anzustellen.

Draper kam gleich darauf wieder zum Vorschein, und lächelte wie ein Gespenst. »Dr. Thorndecker ist jetzt für Sie zu sprechen«, sagte er.

Das Labor war klein und wies nur wenige Geräte auf: eine

Wandtafel, einen Arbeitstisch, ein kostbares Mikroskop, Bücher und Zeitschriften in ungeordneten Stapeln, einen Projektor, eine Leinwand, einen Fernsehmonitor.

Thorndecker saß hinter einem Schreibtisch aus Metall in einem ebenfalls metallenen Drehstuhl. Er stand nicht auf, als ich eintrat, lächelte nicht, bot mir nicht die Hand. Er trug wie Draper einen Laborkittel, nur war seiner blütenrein und gestärkt, überdies weiße Stoffhandschuhe bis zu den Ellenbogen mit Stulpen, die von Gummibändern gehalten wurden.

Ich fand, daß er nicht gut aussah, sein Gesicht war bläßlich, auf den Wangen zeichneten sich rote Flecke ab, und die Lippen waren fast rosig gefärbt. Was mich am meisten verblüffte, war eine runde Kappe, wie Chirurgen sie tragen, die aber nicht seine Schläfen verdeckte; es war nicht zu übersehen, daß er büschelweise Haar verlor. Der Backenbart, den ich als durchaus voll und üppig in Erinnerung hatte, war so gut wie verschwunden.

Der wohltönende Bariton allerdings war unverändert.

»Wichtiger als alles andere«, sagte er streng, »ist, daß genaue, detaillierte und vollständige Aufzeichnungen gemacht werden. Und eben damit bin ich beschäftigt. Ich bringe mein Journal auf den letzten Stand.«

»Ah ja. Darf ich mich setzen, Dr. Thorndecker?«

Er deutete auf das Buch, in dem er geschrieben hatte, ein schönes Stück, in Leder gebunden.

»Ich besitze mehr als zweihundert solcher Bücher, in denen jedes Detail meiner Karriere verzeichnet ist, seit meinem ersten Tag auf der Universität.«

Ich setzte mich unauffällig auf einen Stuhl nahe dem Schreibtisch. Er blickte vor sich in sein Tagebuch, und ich sah seine Augen nicht. Seine Stimme klang aber fest, und seine Hände zitterten nicht.

»Ich hätte gern ein paar Auskünfte betreffend die Arbeit in Ihrem Forschungslabor, Dr. Thorndecker.«

»Zweihundert sehr persönliche Tagebücher«, sagte er versonnen. »Ein ganzes Leben. Ich erinnere mich, daß einer meiner Professoren – wie hieß er nur gleich? – uns einschärfte, wie wichtig es sei, präzise Aufzeichnungen zu machen. Damit die

Arbeiten fortgeführt werden können, sollte etwas passieren. Dann geht nichts verloren.«

Nun schaute er mich an. An den Pupillen fiel mir nichts auf, doch das Weiße wirkte umwölkt, schimmerte bläulich, wie Magermilch.

»Ich weiß Ihren Besuch wohl zu schätzen, Mr. Todd«, fuhr er fort, »und bedauere nur, Ihnen so wenig Zeit widmen zu können. Die Arbeit hier im Labor nimmt mich aber außerordentlich stark in Anspruch. Dazu kommt selbstverständlich die tägliche Versorgung der Patienten im Pflegeheim.«

»Als ich Sie heute früh anrief, kam es mir so vor, als erwarten Sie in allernächster Zeit einen entscheidenden Durchbruch bei Ihren Forschungsarbeiten im Labor, Dr. Thorndecker.«

Er fuhr fort mich anzublicken, und seine Miene veränderte sich nicht im geringsten.

»Ein Rückschlag. Das geht vorüber. Solche Dinge kommen vor. Wer Forschung treibt, lernt mit Enttäuschungen fertig zu werden. Doch bewegen wir uns in der richtigen Richtung, davon bin ich überzeugt. Also versuchen wir es von neuem, auf anderem Weg. Ich habe schon einige diesbezügliche Vorstellungen. Hier.« Er klopfte mit dem Zeigefinger auf sein Journal. »Hier steht alles drin.«

»Hat das mit dem X-Faktor zu tun, Dr. Thorndecker? Mit dem Agens in Säugetierzellen, das den Alterungsprozeß auslöst und über die Lebensspanne entscheidet?«

»Alterungsprozeß ...«

Er schwang sich schwerfällig auf seinem Stuhl herum und starrte an die Wandtafel hinter sich. Ich folgte seinem Blick. Erst kürzlich war etwas von der Tafel abgewischt worden; ich erahnte mehr, als ich las, eine sehr lange, komplizierte Gleichung und etliche deutsche Wörter.

»Das Sterben beginnt mit der Geburt«, dozierte er. »Nicht leicht vorzustellen, physiologisch aber nachweisbar. Ich wollte immer schon Arzt werden; seit ich zurückdenken kann, war das mein Wunsch. Nicht so sehr, weil es mich drängte, Kranke zu heilen, Individuen meine ich, sondern um medizinische Forschung zu treiben. Das habe ich niemals bereut. Nie.«

Es klang wie eine Abschiedsansprache, wenn nicht gar eine

Grabrede. Mir war klar, daß er in Gedanken woanders war und mir auf die Fragen, die ich gern gestellt hätte, nicht antworten würde. Also schien es mir das beste, ihn weiterreden zu lassen.

»Der Alterungsprozeß ... wir sollten vielleicht nicht den erforschen, sondern das Phänomen der Jugend. Meine Frau ist sehr jung.«

Ob er jetzt wohl meine angeblichen Annäherungsversuche erwähnte, von denen sie ihm berichtet hatte? Nein, er tat es nicht, mag sein, weil er unempfindlich war gegenüber der Untreue seiner Frau, sei sie nun wirklich oder nur eingebildet. Jedenfalls schaute er nicht von der Tafel weg.

»Sind Sie ein religiöser Mensch, Mr. Todd?«

»Kaum, Sir.«

»Auch ich bin keiner. Doch glaube ich an die Unsterblichkeit der Gattung Mensch.«

»Der Gattung? Nicht des Individuums?«

Er hörte mir aber nicht zu, oder falls er es tat, ignorierte er meine Frage einfach.

»Es müssen Opfer gebracht werden«, bemerkte er ruhig. »Fortschritt ist nur mit Leiden zu erkaufen.«

Das war nun wirklich interessant. Er ließ seinen Gedanken freien Lauf, das war mir klar, doch er kam dabei hinter seiner Deckung hervor und entlarvte sich. Ich war begierig, weitere Maximen zu vernehmen, nach denen er sich offenbar richtete.

»War es unrecht von mir zu träumen?« fragte er in die Luft. »Man muß alles aufs Spiel setzen.«

Ich wartete geduldig, den Blick unentwegt auf ihn geheftet. Ich hatte den sonderbaren Eindruck, als wäre der Mann unterdessen kleiner geworden, geschrumpft. Der Laborkittel und die langen Handschuhe dienten zwar als wirkungsvolle Tarnung, doch die Schultern waren weniger breit, der Torso nicht mehr so mächtig, der Rücken krumm, Arme und Beine wirkten magerer. Vielleicht lag es auch an seinen Bewegungen, daß er plötzlich uralt wirkte, sie waren sehr langsam und abgezirkelt. Keine Spur mehr von der überschäumenden Energie, die mich bei unserem ersten Zusammentreffen so beeindruckt hatte. Thorndecker wirkte leer, die Lebenskraft schien aus ihm gewichen.

Weil er minutenlang schwieg, versuchte ich ihn zu provozieren: »Ich hoffe nur, Dr. Thorndecker, Sie haben nicht weitere Überraschungen für mich in petto – vergleichbar dem Eingeständnis, daß Ihr Antrag auf Zuteilung von Geldern der Bingham-Stiftung unvollständig war. Wie ich das bewerten soll, weiß ich noch nicht, aber falls sich herausstellt, daß wir auch in anderer Hinsicht irregeführt worden sind, wäre das höchst unangenehm.«

Er brütete weiter vor sich hin, blickte auf das geschlossen vor ihm liegende Journal, strich mit der behandschuhten Hand darüber.

»Ich habe es nie ertragen, unter der Leitung anderer zu arbeiten. Alle waren immer so bedächtig, so vorsichtig. Schwerfällige Arbeitstiere. Keine Ahnung vom Fliegen. Ja, das trifft es wohl: keiner von allen konnte fliegen. Ich mußte mein eigener Herr sein, meinen Instinkten folgen können. Was für ein großartiges Zeitalter!«

»Welches meinen Sie, Sir, die Vergangenheit? Die Gegenwart?«

»Die Zukunft!« rief er, und zum ersten Mal seit ich ihm gegenübersaß, hellte sein Gesicht sich auf. »Die nächsten fünfzig Jahre. Ah, da tun sich alle Türen auf. Wir stehen am Beginn ungeheuerer Umwälzungen. Wir sind schon ganz nahe dran. Genverpflanzungen, totale Manipulation der Erbanlagen. Die Schaffung neuer Arten. Synthese des menschlichen Blutes und aller Enzyme. Die Enträtselung des menschlichen Hirns und die Beherrschung der Immunologie. Und hier, in meinen Journalen das letzte Geheimnis, die Verlängerung des menschlichen Lebens.«

Doch so rasch er aufgeflackert war, erlosch er auch wieder, verlor sich seine glühende Vision.

»Jugend.« Seine Stimme klang nicht mehr volltönend. »Die Schönheit der Jugend. So glücklich hat sie mich gemacht, und so elend. In der Hochzeitsnacht haben wir ... der Leib. Der junge menschliche Leib. Wie er konstruiert ist, sich bewegt, wie er glänzt und duftet. Ein ganzes Leben könnte man ... Der köstliche Geschmack. Wußten Sie übrigens, Draper, daß –«

»Todd, Sir«, unterbrach ich. »Mein Name ist Todd.«

»– das eine erprobte Diagnosetechnik ist? O ja. Schmecken Sie die Haut. Die Azidität. Und – all – das. So nahe. Unmittelbar davor. Ein weiteres Jahr vielleicht, zwei höchstens. Und dann ...«

»So bald schon, Sir?«

»Lassen Sie mich«, bat er.

Plötzlich schämte ich mich dafür, ihm zuzuhören. Mit anzusehen, wie er zerfiel. Nichts rechtfertigt, bei solchem Anblick zugegen zu sein. Ich stand mit einem Ruck auf. Er schaute mich verdutzt an.

»Erledigt?« fragte er. »Nun, es hat mich gefreut, daß wir miteinander plaudern konnten und daß ich Ihre Fragen beantworten, jeden Zweifel beheben konnte. Würden Sie mir eine ungefähre Vorstellung davon geben, wann mit der Zuteilung der Mittel zu rechnen ist?«

Er meinte es ganz ernst. Ich traute meinen Ohren nicht.

»Schwer zu sagen, Sir. Ich mache jetzt meinen Bericht, alles andere ist Sache meiner Vorgesetzten.«

»Ja, selbstverständlich. Ich weiß, wie diese Dinge gehandhabt werden, Papierkrieg. Alles muß den Dienstweg gehen. Deshalb habe ich ... Sie entschuldigen, daß ich Sie nicht hinausbegleite, Mr. Todd, aber –«

»Aber ich bitte Sie, Sir!«

»Ich habe so rasend viel zu tun, jede Minute ist kostbar.«

»Ich verstehe durchaus. Und danke Ihnen für Ihr Entgegenkommen.«

Wieder stand er nicht auf, bot mir nicht die Hand. Als ich hinausging, starrte er unverwandt die Tafel an, auf der nichts zu lesen war. Ich hatte gehofft, unbegleitet in den Labors herumschnüffeln zu können, doch die kleine Cunningham erwartete mich bereits auf dem Korridor.

»Tag, Mr. Todd«, grüßte sie munter. »Ich soll Ihnen den Weg zeigen.«

Damit war der Fall ausgestanden. Ich wärmte gerade den Motor an, als Mrs. Thorndecker an meinem Fenster erschien, der Teufel weiß woher, sie war einfach da, in Reithosen, Tweedjacke, weißer Bluse, einer Reitkrawatte, ärmellosem

Pullover. Ich machte die Zündung aus, kurbelte das Fenster runter.

»Nun, Mrs. Thorndecker?«

Ich Gesicht war straff, energisch, sie schmollte nicht mehr, leckte nicht mehr die Lippen, machte kein Kußmäulchen. Ich ahnte die wirkliche Frau unter der Fassade: hart, mißtrauisch, erbarmungslos.

»Wir bekommen das Geld nicht, nicht wahr?«

»Schaffen Sie Ihren Mann zum Arzt, und das möglichst schnell«, riet ich ihr unverblümt.

»Sie werden lachen, aber mein Mann ist selbst Arzt.«

Ich war so verwirrt und bekümmert, daß ich nicht darauf antworten mochte.

»Na, schön«, sagte sie. »Alles hat ein Ende, und das hier war recht hübsch, solange es gedauert hat.«

»Und Morgenstunde hat Gold im Munde?« half ich mit einer weiteren Volksweisheit aus.

Sie sah mich angewidert an. »Sie sind ein kaltschnäuziger Lump. Wann verschwinden Sie endlich?« Und verzog ihr Gesicht auf häßliche Weise.

»Bald. Vermutlich am Montag.«

»Früher wäre besser.« Und sie wandte sich weg.

Eine knappe Meile jenseits des Tores begegnete ich einem Streifenwagen, der Richtung Crittenden fuhr, Goodfellow saß am Steuer. Er sah mich nicht an.

Zurück in Coburn wurde mir klar, daß ich mit den wichtigen Tatsachen in Gedanken nicht zurechtkam. Mein Hirn sträubte sich einfach. Was Kleinigkeiten anging, so funktionierte es recht gut. Ich wußte, morgen ist Sonntag, da sind die Schnapsläden geschlossen, also kaufte ich bei Sandy eine Flasche Wodka, eine Flasche italienischen Branntwein und eine Flasche Bourbon. Wodka und Branntwein für mich, den Bourbon für Al Coburn. Ich nahm an, er bevorzuge Bourbon und sah uns bereits mehrere Gläschen kippen, bevor wir über das Stew herfielen. Und anschließend noch ein paar. Ferner kaufte ich zwei Packungen Ale zu je sechs Dosen. Die mochten Sonntag früh sehr gelegen kommen.

Das alles schleppte ich ins Hotel, fragte nur am Empfang, ob was für mich hinterlassen worden sei. Nichts, aber ich erwartete auch nichts.

Es war knapp halb vier, zu früh für Coburns Anruf. Hinauf also aufs Zimmer, das Bier raus auf die Fensterbank, und damit war fürs Sonntagsfrühstück gesorgt, vorausgesetzt die Dosen kamen nicht ins Rutschen und fielen einem Passanten auf den Kopf. Ich machte den italienischen Schnaps auf, goß etwas Wasser aus der Leitung dazu, und das Gemisch schmeckte so gut, daß ich noch einen nahm. Anschließend legte ich mich schlafen.

Nicht, daß ich müde gewesen wäre, ich war ausgelaugt. Sollte jemand den Eindruck gewonnen haben, daß die Arbeit des Ermittlers ein Spaß ist; dann wäre das irrig. Die damit verbundene körperliche Anstrengung ist gering, Gefahr so gut wie nicht vorhanden, anstrengend daran ist – wenigstens für mich – der intensive Umgang mit Menschen. Ich glaube nicht, daß meine Reaktionsweise die Ausnahme ist, Ärzte, Anwälte, Psychiater, Kellner, Taxifahrer und Schuhverkäufer, kurz, jedermann, der viel mit Menschen zu tun hat, reagiert ähnlich.

Man wird von ihnen entweder vorsätzlich oder unbewußt förmlich aufgefressen. Sie drängen einem ihren Willen auf, ihre Wünsche, Begehrlichkeiten, ihre Wut, ihre Lügen, ihre Ängste. Das geht wie ein Sturm über einen hin. Wer eng mit Menschen zu tun hat, wird davon gebeutelt. Besser gesagt, man kommt sich vor wie in einem Fleischwolf, man wird zerstückelt, zu Püree verarbeitet.

Mein Problem bestand darin, daß ich, soweit ich mit ihr zu tun gehabt hatte, der hiesigen Bevölkerung ihre Hoffnungen und Ängste nur allzu gut nachfühlte. Ich verstand, warum die Leute hier taten, was sie taten, konnte mich in ihre Lage versetzen. Sie waren keine Unmenschen. Stach man sie, kam gewiß Blut. Es waren bedauernswerte, umnachtete Gestalten, und ich fühlte so sehr mit ihnen, daß ich einfach nicht noch mehr mit ihnen leiden wollte. Deshalb schlief ich ein. Das ist eine Art Selbstschutz des Organismus: Wird der Streß zu groß, schaltet sich das Bewußtsein ein.

Ich schreckte kurz nach fünf auf und hatte Mühe, mich zurechtzufinden.

Es war Anfang Dezember, ich befand mich in Coburn, N.Y., im Coburn Inn, Zimmer 3–F, mein Name war Samuel Todd. Nun kam alles zurück wie eine Flut. Ich griff zum Telefon. Am Empfang war für mich nichts ausgerichtet worden, Coburn hatte nicht angerufen.

Ich hielt das Gesicht unters kalte Wasser, trocknete es ab, schaute in den Spiegel überm Waschtisch. Ein Anblick, möglichst sofort zu vergessen. Ich ging runter, sagte dem Glatzkopf am Empfang, ich sei in der Bar, falls ein Anruf für mich käme, und er versprach, ihn durchzustellen.

Die Bar war beinahe leer, immerhin saß Millie Goodfellow an einem Ende der Theke.

»Darf ich mich dazusetzen?«

»Jederzeit!« Sie patschte auf den Hocker neben dem ihren.

Sie trug eine weiße Bluse mit einem ganz unwahrscheinlich tiefen Ausschnitt, offenbar hatte sie sich nach der Arbeit freigemacht. Die Frisur sah aus, als wäre eine ganze Mannschaft Zimmerleute am Werke gewesen, und ihr Parfüm hätte die Ratten aus einem Lagerhaus voller Reis vertrieben. Sie gab sich Mühe.

Für gewöhnlich trank sie die irrsinnigsten Mixturen, und heute stand etwas vor ihr, das Russische Rodelpartie hieß. Was es nun eigentlich war, weiß ich nicht, nur daß Moosbeerensaft darin vorkam und genügend reiner Alkohol, um der gesamten zweiten Luftlandedivision einen schönen Kater zu bescheren.

Ich bestellte ihr noch ein Glas davon und mir einen Wodka-Gimlet.

»Ich hoffe nur, du weißt, was du da trinkst, Millie«, sagte ich und deutete auf ihr Glas.

»Nee, weiß ich nicht, und es ist mir auch egal.«

»Na, na, stehen die Dinge so?«

»Was machst du heute abend?«

Ich bot ihr eine Zigarette an, doch sie schüttelte den Kopf. Sie wartete, bis meine brannte, und nahm dann eines ihrer Mentholfilterstäbchen, steckte es zwischen die geschminkten Lippen und beugte sich zu mir.

»Mach meine Kalte mit deiner Heißen an.«

Grauslich. Gehorsam gab ich ihr von meiner Zigarette Feuer.

»Wie kannst du nur dieses Zeug trinken?« fragte ich, als Jimmy unsere Drinks brachte.

»Beim ersten macht man die Augen auf«, sagte sie, kehrte sich mir zu und legte eine warme Hand auf mein Knie, »beim zweiten den Hosenschlitz, und beim dritten die Beine breit.«

Lieber Himmel, das wurde ja immer schlimmer. Aber ich lachte pflichtschuldigst.

»Du hast noch nicht gesagt, was du heute abend vorhast?«

»Im Moment erwarte ich einen Anruf. Al Coburn ist nicht zufällig hier gewesen?«

»Nicht seit heute vormittag. Wartest du auf einen Anruf von ihm?«

»Ja. Wir wollen miteinander zu Abend essen.«

»Ich denke, du ißt mit mir?«

»Geschäfte. Lieber äße ich mit dir.«

Das beschwichtigte sie nicht im mindesten.

»Das sagst du bloß so. Wenn er nun nicht anruft?«

»Dann muß ich ihn anrufen. Das tue ich übrigens am besten gleich. Entschuldige mich mal 'ne Minute.«

Ich benutzte den Apparat an der Bar, der über die Hotelzentrale lief, aber ich fand weiter nichts dabei. Im übrigen antwortete niemand.

Die nächste Stunde verbrachte ich mit Millie an der Bar, trank noch zwei Gläser, wählte immer wieder Al Coburns Nummer und niemand antwortete. Es überraschte mich, daß mir das keine Sorge bereitete, bis mir klar wurde, daß ich seinen Anruf ernstlich keinen Moment erwartet hatte.

»Laß uns miteinander essen, Millie, nur muß ich vorher noch was erledigen. In einer Stunde bin ich zurück, falls nicht, rufe ich dich an. Bleibst du hier?«

»Kann sein«, sagte sie pikiert, »kann aber auch nicht sein.«

Ich nickte. Sie packte meinen Arm.

»Du versetzt mich doch nicht?«

»Auf keinen Fall.«

»Du rufst bestimmt an, wenn es nicht geht?«

»Ich verspreche es.«

»Du versprichst eine ganze Menge«, bemerkte sie traurig.

Damit hatte sie recht.

Da saß ich denn also wieder in meinem Grand Prix, zum dritten Mal an diesem Tage, unterwegs Richtung Crittenden. Ich kam mir schon vor wie ein Pendler. Ich fuhr mit Abblendlicht, vorsichtig, nach Möglichkeit Schlaglöchern ausweichend. Neben mir auf dem Sitz lag die Bourbonflasche.

Die Nacht war frostig und schwarz, und als ich daran dachte, daß eine warme willige Millie Goodfellow mich an der Bar erwartete, zweifelte ich an meinem Verstand. Was ich bei Al vorfinden würde, wußte ich schon.

Ich habe ebensoviele Kriminalromane gelesen wie meine Mitmenschen – möglicherweise sogar mehr –, und wie ein solcher Fall ausgehen muß, war mir bekannt.

Ich würde Coburns Haus betreten und seine Leiche vorfinden, vielleicht schrecklich verstümmelt, vielleicht an einem Strick von der Decke baumelnd, ein vorgetäuschter Selbstmord. Das ganze Haus ein Chaos, denn der Mörder würde überall nach dem Brief von Ernie Scoggins gesucht haben.

Das also würde ich finden, ich wußte es genau. Daß ich überhaupt hinfuhr, beruhte auf der leisen Hoffnung, der alte Mann könnte Ernies Brief dort versteckt haben, wo er es mir versprochen hatte: im Handschuhfach seines Kombi. Falls er stark genug war, die Torturen zu ertragen, denen man ihn gewiß unterwarf.

Dramatische Vorstellungen? Gewiß. Und ich war vielleicht enttäuscht, weil ich alles ganz anders vorfand.

Wäre nicht der Fahnenmast gewesen, ich hätte ein dutzendmal an Als Haus vorüberfahren können, ohne es zu erkennen. Die Fahne baumelte schlaff, bewegte sich kaum. Ich bog in die gekieste Einfahrt ein, sah mich um. Nirgendwo Licht. Und nirgendwo ein Kombi.

Meine Scheinwerfer beleuchteten die Tür, ich stieg aus, die Bourbonflasche in der einen Hand, meine neu erworbene Stablampe in der anderen. Erst aus nächster Nähe sah ich, daß die Tür offenstand. Nicht weit offen, sondern angelehnt.

Ich stieß sie auf, trat ein, machte Licht: ein erstaunlich gut aufgeräumtes Heim, alles sauber, nirgendwo Staub, kein Luxus aber behaglich und leicht zu bewirtschaften. Und niemand hatte ein Chaos angerichtet, weil er das Haus vergeblich durchsuchte.

Ich fand Ernies Brief nicht, fand keinen Hinweis auf Mord. Al Coburn fand ich allerdings auch nicht. Ich fand nichts. Nichts als ein warmes behagliches Haus, dessen Tür angelehnt war. Ich ging aufmerksam durch alle Zimmer, schaute in jeden Schrank, hinter Gardinen, unter Betten und Sofas. Ich machte die Falltür zum unausgebauten Dachboden auf, ließ die Lampe kreisen und verfuhr ebenso im Kriechkeller. Nichts.

Das heißt nichts stimmt nicht. Auf dem Elektroherd brodelte in einem mächtigen gußeisernen Topf das Stew. Es roch fabelhaft. Ich knipste das Licht aus.

Dreimal machte ich die Runde ums Haus, jedesmal zog ich den Kreis etwas weiter und fand nichts, keinen Hinweis darauf, was Al Coburn zugestoßen sein mochte. Er war weg, verschwunden. Wieder im Haus, ging ich an sein Telefon. Es funktionierte normal. Ich rief im Coburn Inn an, erkundigte mich, ob wer nach mir gefragt habe. Niemand. Kein Anruf.

Da stand ich nun mitten im Wohnzimmer, stierte die furnierten Möbel, die Sessel mit den Cretonnebezügen an und rief: »Al Coburn!« Ich schrie: »Al Coburn! Al Coburn!« heulte ich.

Nichts.

Die Stille in diesem leeren Hause war gespenstischer als ein Leichnam hätte sein können, denn genau dies war ja auch mit Ernie Scoggins geschehen: Eben noch da, gleich darauf weg. Nur gab es in diesem Fall nicht mal einen Hinweis in Gestalt eines blutbefleckten Teppichs. Einzig das Stew, das im Topf auf dem Elektroherd schmurgelte.

Was tun? Sollte ich die Polizei anrufen, weil jemand mich nicht wie versprochen angerufen hatte? Eine Untersuchung verlangen? Und dann kommt Al Coburn hereingehinkt, die Bierdosen unterm Arm, die er eben geholt hat?

Und doch wußte ich mit absoluter Gewißheit, daß Al Coburn weder heute noch sonstwann hereingehinkt kommen würde. Er war weg, einfach weg. Wie das gemacht worden war, konnte ich mir nicht denken. Er mußte aus dem Haus gelockt worden sein, mitsamt seinem Kombi. Hätte der Mann ihn bedroht, mit dem Al verabredet war, er hätte sich gewehrt, das stand für mich fest. Und ich hätte die Spuren eines Kampfes gesehen, nicht nur den Topf voller Stew. Man hatte ihn also reingelegt, ihn wahrscheinlich dazu gebracht, selbst mit dem Wagen an einen dritten Ort zu fahren und dort ...

Ich ließ die Flasche Bourbon auf dem Küchentisch stehen. Um die Götter zu versöhnen? Das Licht machte ich wieder aus, schloß auch die Tür hinter mir. Ich betrachtete die immer noch schlaffe Fahne. Al Coburn, Patriot. Seine Vorfahren hatten hier als erste gesiedelt.

Dann fuhr ich langsam zurück nach Coburn.

An der Rezeption des Hotels drängte sich ein Haufen ständiger Hotelbewohner. Sie redeten wild durcheinander und als ich vorüberging, rief mir der Glatzkopf vom Dienst zu: »Mr. Todd! Haben Sie schon das Neueste gehört? Al Coburn ist mit seinem Wagen verunglückt. In den Fluß gestürzt und tot wie ein Rünagel.«

In der Bar wußte man es auch schon. »Mit dem alten Coburn kannst du heute nicht zu Abend essen«, sagte Millie. Ich bestätigte das.

»Vermutlich hat er sich einen angesoffen und ist im Fluß gelandet«, bemerkte Jimmy.

»Vermutlich«, sagte ich.

»Einen Gimlet?« fragte er.

»Einen Doppelten«, bestellte ich. »Aber nur Wodka. Mit nichts.«

Genau so saß ich da – mit nichts. Ich will nicht vorgeben, mich an die Einzelheiten dieser Walpurgisnacht zu erinnern, aber so fing sie jedenfalls an – mit nichts. Millie und ich blieben noch ein, zwei Stunden in der Bar und tranken. Mir lag daran, daß ihr Mann reinkam und uns zusammen erwischte. Warum, weiß ich nicht. Vermutlich trieb mich der kindische Drang, ihm die Nase einzuschlagen.

»Wir könnten doch bei Betty im Red Dog zu Abend essen«, schlug Millie vor.

»Glänzender Einfall.«

Ich fuhr, und nicht mal so schlecht, das heißt, ich fuhr keine Bogen und überschritt nicht die Höchstgeschwindigkeit oder wenn, dann nur geringfügig. Millie saß an mich geschmiegt und summte *Du bist das Licht meines Lebens.* Das war mir recht. Ich hätte beinahe mitgesungen. Alles, nur nicht denken.

Bei Betty war es gerammelt voll, doch nach einem Blick auf uns beide verstaute sie uns in der hintersten Nische des Speiselokals.

»Haben Sie Ihren Wagen bekommen?« fragte sie mich.

»Ja. Und ich danke Ihnen von ganzem Herzen.«

Ich lehnte mich vor und küßte sie.

»Falls Sie diese Tittenmammsell abschütteln können, ich bin an der Bar«, sagte Betty.

»He! Ich habe ihn zuerst gefunden!« protestierte Millie.

Betty schlang einen Arm um Millies Hals und ging dann in den Schankraum. Millie und ich bestellten zu essen, Steaks, glaube ich. Und wir tranken. Und tanzten. Ich bemerkte Personal aus Crittenden, darunter die kleine Cunningham. Der winkte ich zu. Sie streckte mir die Zunge raus, und ich möchte gern glauben, daß dies keine Beleidigung sein sollte, sondern eine Aufforderung.

Sobald der Musikautomat was spielte, was uns gefiel, hörten wir auf zu essen, setzten die Gläser ab und tanzten. Millie tanzte eng an mich geschmiegt, und ich meine wirklich eng.

»Hast du die Colaflasche in der Hosentasche?« fragte sie.

»So was ähnliches.«

»Los, amüsier dich!«

»Ich gebe mir alle Mühe.«

Ich amüsierte mich wirklich, trank unmäßig, erzählte ungeheuer komische Geschichten, machte Betty Hanrahan einen Heiratsantrag, sang die erste Strophe von *In Murphys Bar,* hielt den Tisch frei, an dem Linda Cunningham saß. Und kotzte zweimal auf dem Männerklosett. Ein schöner Abend.

Millie Goodfellow hatte wohl schlimmeres erlebt, denn sie hielt loyal zu mir, mehr als die Pflicht erforderte. Gelegentlich mußte sie mit einem Fernfahrer tanzen, den sie kannte, auch mit dem Lulatsch aus Mikes Tankstelle, doch kam sie unfehlbar zu mir zurück.

»Du bist so gut zu mir«, sagte ich und wischte mir die Tränen aus den Augen.

»Du machst mir doch nicht etwa schlapp?« fragte sie besorgt.

Betty wollte mich zu Bier überreden. Ich willigte ein, aber nur weil sie mir, wie ich sagte, vier Reifen geschenkt habe. Mag sein, ich küßte sie auch wieder. Ich war in der Stimmung dazu. Ich küßte Millie, küßte Linda Cunningham, wollte den schwarzen Schankkellner küssen, doch lehnte der ab: Er habe keine Zeit.

Millie fuhr uns zurück nach Coburn.

»Ein super Schlitten ist das«, meinte sie.

»Super«, wiederholte ich.

»Du brauchst jetzt schwarzen Kaffee.«

»Super. Millie, setz mich im Hotel ab und fahr sofort nach Hause.«

»Willst du das wirklich?«

»Nein.«

»Super«, sagte sie.

Da war es wohl gegen zwei Uhr früh, die Hotelhalle leer, die Bar aber noch geöffnet. Millie geleitete mich zu einem gebrechlichen Sessel und verschwand. Ich wartete friedlich, bis sie mit schwarzem Kaffee in einem Pappbecher kam. Sie half mir aufstehen.

»Auf geht's.«

»Auf geht's.«

Wir nahmen die Treppe. Lange dauerte es nicht, einen Monat ungefähr, dann waren wir auf meinem Zimmer. Millie schloß hinter uns ab.

»Madam«, fragte ich kühl bis ans Herz hinan, »Sie wollen mich doch nicht etwa verführen?«

»Genau das.«

»Moment mal.« Ich griff mir den Kaffeebecher, stürzte ins Bad und schaffte es gerade noch. Ich hatte mir erlaubt, an Al Coburn zu denken und kotzte demzufolge zum drittenmal in dieser Nacht. Ich putzte die Zähne, nahm eine Dusche, rasierte mich, wusch mir die Haare – warum, weiß ich wirklich nicht, – trank den Kaffee aus, wand ein Handtuch um meine Mitte und kam einigermaßen menschlich zum Vorschein. Millie war noch da.

»Für eine Verführerin bringst du viel Geduld auf«, bemerkte ich.

»Ich habe den Schnaps gefunden. Der schmeckt wunderbar. Magst du einen?«

»Und ob.«

Sie benutzte das einzig vorhandene Glas, ich trank also aus der Flasche. Nicht sehr elegant, zugegeben, aber wirkungsvoll.

»Entschuldige mein Betragen«, sagte ich.

»Na hör mal, so schlimm warst du gar nicht.«

»Schlimm genug. Habe ich Betty die Rechnung bezahlt?«

»Selbstverständlich. Und viel zu viel Trinkgeld gegeben.«

»Es kann gar nicht genug gewesen sein«, ächzte ich. »Sind Betty und ich noch Freunde?«

»Sie liebt dich.«

»Und ich liebe sie auch. Eine reizende Person.«

»Und wer war der Pummel, den du dauernd abgeschleckt hast?«

»Linda Cunningham. Aus dem Labor in Crittenden.«

»Magst du sie?«

»Aber ja. Sie ist sehr lieb.«

»Liebst du sie etwa?«

»Hör mal, Millie, heute abend habe ich sie zum drittenmal gesehen. Sie ist eine Bekannte, weiter nichts.«

»Ich bin eifersüchtig.«

Ich küßte ihr die Fingerspitzen.

»Wie reizend. Du und eifersüchtig! Dabei sind alle Männer in Coburn scharf auf dich.«

»Ach, das ist alles bloß Mache.«

Ich saß nur mit dem Handtuch bekleidet da, sie völlig angezogen in einem meiner schäbigen Sessel. Ich goß ihr noch ein.

»Daß Al Coburn tot ist, hat mich schwer getroffen«, sagte ich. »Heute früh habe ich mich noch mit ihm unterhalten.«

»Das dachte ich mir schon. Geht's dir jetzt besser?«

»Ja. Ich bin sogar einigermaßen nüchtern.«

»Ich auch. Ich glaube, Ronnie will mich verlassen.«

Ich setzte die Flasche noch mal an, nahm aber keinen Schluck, sondern hielt die Zunge gegen die Öffnung und ließ den Schnaps tropfenweise kommen. Das tat gut.

»Wie kommst du darauf?«

»Ich weiß es eben. Eine Frau hat ihre Instinkte«, sagte sie sittsam.

»Hm . . . Wie wäre dir zumute, wenn er es wirklich täte?«

»Er tut's ja bloß wegen diesem Luder«, brach es aus ihr hervor.

»Du meinst wegen Mrs. Thorndecker?«

»Die ruiniert ihn noch. Er ist ihr hörig. Wenn er mich wegen einer niedlichen kleinen Hausfrau verließe, die gern kocht, könnte ich es verstehen, ich würde ihm Glück auf den Weg wünschen. Aber wegen dieser Hure! Die macht ihn fix und fertig.«

Ich staunte sie ehrfürchtig an. Man erlebt doch immer wieder Überraschungen. Da denkt man, man weiß alles, hat seine Mitmenschen analysiert, kennt ihre Grenzen, und dann passiert so was. Die setzen einen in Erstaunen mit Einsichten, die man ihnen nie zugetraut hat. Dieses kleine Flittchen betrauerte die Untreue ihres Mannes; aber nicht, weil sie sich gekränkt fühlte, sondern weil sie wußte, er würde furchtbar leiden müssen. Ich bewunderte sie.

»Tja, Millie, da kannst du ihm nicht helfen. Er muß seine Fehler schon selber machen.«

»Das stimmt wohl.« Sie starrte in ihr Glas. »Könntest du mir behilflich sein, wenn ich nach New York käme? Nicht mit Geld oder so, ich meine, könntest du mich mit Leuten bekannt machen? Mir helfen, eine Arbeit finden? Würdest du das tun?«

»Das versteht sich von selbst«, sagte ich tapfer.

»Ach, Scheiße. Warum mache ich mir was vor? Ich bleibe doch in Coburn. Und weißt du auch warum?«

»Nun?«

»Weil ich Angst habe. An der Glotze sehe ich lauter schöne, gescheite junge Mädchen. Das alles bin ich nicht. Ich verkaufe hier im Hotel Zigarren, natürlich könnte man auch einen Automaten aufstellen, aber ich locke Kundschaft an für die Bar, für das Restaurant. Glaubst du, das weiß ich nicht? Hier bin ich gut aufgehoben, mir kann nichts passieren. Und deshalb bleibe ich. Ich träume davon abzuhauen, aber ich tue es bestimmt nie. Ich sterbe hier.«

Ich sank ächzend in die Knie und legte den Kopf auf ihren Schoß. Dann küßte ich ihre Handfläche.

»Sei bitte nett zu mir«, flehte sie, wie ein kleines Mädchen, »bitte sei nett zu mir.«

Ich nickte.

Aus ihrer Art sich zu kleiden, hatte ich auf Sex mit Vierradantrieb geschlossen, auf eine brodelnde, dampfende Kombination aus Cleopatra, Katharina der Großen und Madame Pompadour. Sie entkleidete sich aber sehr scheu, nachdem sie zuvor die Lampen im Zimmer ausgemacht und nur das Licht im Bad hatte brennen lassen; die Tür stand gerade weit genug offen, um einen Lichtstreifen einfallen zu lassen. Das Bett blieb im Schatten.

Sie kehrte mir beim Ausziehen den Rücken zu und summte leise vor sich hin. Ich war höchst verdutzt. Sie hüpfte nicht etwa unter die Laken wie eine fröstelnde Schwimmerin ins geheizte Becken, sondern schlüpfte neben mich und kehrte mir gleich den Rücken zu. Ganz die kühle Spröde.

Ich drehte sie zu mir herum.

»Bitte sei nett«, murmelte sie.

Die Clownsmaske endete am Hals, beinahe wie abgeschnitten. Darüber das geschminkte, verlebte Gesicht einer Frau, die doppelt durch die Mühle gedreht worden ist, Fältchen und Krähenfüße, ängstliche Augen, ein üppiger, hungriger Mund. Als hatte man sie bei den Knöcheln gepackt und ins Alter getunkt.

Vom Hals bis zu den Zehen jedoch war der Körper frisch und saftig wie eine appetitliche Frucht. Eine Offenbarung. Haut wie ein Pfirsich, darunter pflaumenweiches Fruchtfleisch, die reinste Jungfrau.

»Millie«, stöhnte ich, »ach Millie ...«

»Bitte sei nett«, murmelte sie.

Nett? Ich lag da neben einer Aphrodite aus weißem Marmor, einer Venus, deren Adern eine Winzigkeit zu blau waren. Über sie herzufallen wäre gewesen, als gehe man mit dem Messer auf einen Rubens, mit dem Vorschlaghammer auf einen Michelangelo los, schierer Vandalismus.

Ich ging so sorgsam und liebevoll mit ihr um wie ein Archäologe mit der Statue, die er ausgräbt, ich wollte nichts zerbrechen, nichts beschädigen. Nach einer Weile legte sie sich auf den Rücken, entspannte sich und hörte auf zu flüstern: »Bitte sei nett.« Dafür war ich dankbar. Doch gab sie mir auf keine Weise zu verstehen, was ich tun könnte, um ihr Freude zu machen. Sie gab nur kleine, gedämpfte Laute von sich, machte sehr sparsame Bewegungen. Falls sie etwas empfand, dann ganz tief drinnen, äußerlich deutete so gut wie nichts drauf hin, daß sie nicht im Begriffe stand, einzuschlafen.

Es wurde klar: Ich konnte alles mit ihr machen, und sie würde sich alles gefallen lassen. Nicht aus Verlangen, aus unstillbarer Begierde, sondern weil sich das eben in Coburn nach einer durchzechten Samstagnacht so gehört. Es war ein Ritual.

Aber mit mir geschah etwas. Mag sein, es lag an ihrer Haut, straff und weich, feinporig, elastisch. Joan Powell hat solche Haut, und während ich die nackte Millie im Arm hielt, ihren warmen Busen küßte, dachte ich an Joan.

»Willst du nicht endlich was unternehmen?« hauchte sie schließlich.

Ich wußte, tat ich nichts, wäre das ein Malheur. Sie erwartete einen Tribut, ihn zu verweigern hätte bedeutet, das bißchen Selbstgefühl zerstören, das ihr geblieben war. Fast experimentell und ganz gewiß mit Vorsatz sang ich ihr eine Liebeshymne ins Ohr.

»Ach, Millie, nie habe ich eine Frau gesehen wie dich. Was für einen schönen Körper du hast, was für einen perfekten Busen. Und die schlanke Taille, schau nur, ich kann sie fast mit den Händen umspannen. Und da, da unten, da ist es so warm, so liebevoll.«

Es lag nicht an meinen Liebkosungen, das weiß ich, es war die Täuschung, die Vorspiegelung. Ist es denn so verwerflich, begehrt werden zu wollen? Sie erwachte zum Leben, als wären meine Worte Federn zwischen ihren Oberschenkeln, sie öffnete die feuchten Augen einen Spalt, und ich glaube, sie weinte vor Glück.

»Hör nicht auf, bitte hör nicht auf.«

Ich fuhr also fort mit meinem Gerede, und sie geriet unter mir in Aufruhr. Ich war in jeder Hinsicht sanft mit ihr und hoffte, dies war, was sie mit ›nett‹ meinte, und während ich unablässig zu reden fortfuhr, dachte ich an Joan Powell, schmeckte deren Haut, küßte deren Leib. Ich liebte Millie, und indem ich sie liebte, liebte ich Joan nur desto mehr.

Ich werde nie begreifen, wie sich diese Dinge verhalten.

DER SIEBTE TAG

Sonntag erwachte ich, glaube ich, vom Klopfen in den Heizröhren. Mag sein, es pochte in meinem Kopf, ich glaube das aber nicht. Es zischte nämlich nicht darin und spuckte auch nicht.

In dem Nest aus warmen Decken und Laken fühlte ich mich sehr behaglich, und zum zweiten Mal seit meiner Ankunft in Coburn erwog ich, ob es nicht ratsam sei, hier den Rest meiner Tage zu verbringen. Sam Livingston wäre sicher bereit, gegen ein kleines Entgelt Sandwiches zu bringen und die Bettpfanne zu leeren. Was mir an diesem Tage bevorstand, war nichts Lustiges. Wenn die Zukunft weniger erwarten läßt, als die Vergangenheit gebracht hat, ist man vielleicht alt (oder gereift?).

Ich betrachtete das Kissen neben mir, das noch den Abdruck von Millies kunstvoller Frisur zeigte. Ich schnüffelte daran. Es roch noch nach Parfüm, aber schwach, nicht mehr so durchdringend wie abends zuvor, sondern nur noch duftig, warm und sehr, sehr vertraut. Wie ein schwachsinniger Dichter küßte ich es.

Kurz vor dem Ereignis, das man in Coburn lachhafterweise Sonnenaufgang nennt, hatten wir uns angezogen und waren zu Millies Wagen gegangen, der auf dem Parkplatz stand. Zärtlicher Abschied. Wir umklammerten einander, sagten liebevolle

Albernheiten. Es war nicht die erhabenste Liebesaffäre der Menschheitsgeschichte, aber wir hatten einander gern und konnten miteinander lachen.

Danach vergrub ich mich für weitere fünf Stunden traumlosen Schlafes in mein Nest. Beim Erwachen fühlte ich mich, abgesehen von der Dornenkrone, die ich trug (einwärts gekehrt), im ganzen recht wohl: Das Herz pochte, die Lungen atmeten, die Gelenke bogen sich in der vorgesehenen Richtung. Die Blase war in erstklassigem Zustand (ich machte die Probe). Sodann holte ich eine Dose Ale von der Fensterbank. Man sieht: Sorgfältige Planung macht sich bezahlt.

Ich hockte splitternackt auf der Bettkante, süffelte meine Frühstückskalorien und suchte mich zu erinnern, welchen Blödsinn ich in den vergangenen zwölf Stunden angestellt hatte, dann hörte ich auf, mir Vorwürfe zu machen. Ich habe mich früher schon aufgeführt wie ein Narr und werde es auch wieder tun. Es klingt vielleicht verblüffend, doch man ahnt ja nicht, wie trostreich solche Eingeständnisse sein können.

Als ich mich rasieren sollte, stellte ich fest, daß ich dies bereits in der Nacht getan hatte, gegen zwei Uhr früh. Sehr schön. Ich nahm eine Dusche und zog mich an. Dabei milderte sich das Kopfweh zu einem leichten Ziehen. Ich trat ans Fenster, in der Erwartung, die Sonne ein weiteres Mal nicht zu sehen und wurde nicht enttäuscht. Bei der zweiten Dose Ale plante ich das Tagesprogramm. Das Hotel wollte ich nicht verlassen, es könnte ja sein, daß Mary Thorndecker anrief. Eines allerdings mußte ich tun: bei der hiesigen Polizei erreichen, daß man mich einen Blick in Al Coburns Kombi werfen ließ, speziell ins Handschuhfach. Es dürfte nicht leicht sein, aber versuchen mußte ich es.

In der Halle bekam ich zu hören, daß Bar und Restaurant nicht vor dreizehn Uhr aufmachten. Ein Fastentag würde mir nicht schaden. Mein Betragen in der letzten Nacht mochte sehr wohl eine härtere Muße erfordern.

Gerettet wurde ich von Sam Livingston, der mich dabei ertappte, wie ich dem Automaten in der Halle eine Zeitung zu entlocken versuchte. Er zeigte mir, wo man hintreten muß, um nicht nur die Zeitung, sondern auch das Geld zurückzubekommen, und lud mich zu Kaffee und warmem Gebäck in seinen Keller ein. Ich nahm dankend an.

Da unten war es gemütlich, der Kaffee stark und heiß. Wir saßen an seinem kleinen Tisch auf den Caféhausstühlchen, tranken Kaffee, mampften Gebäck und grunzten hin und wieder. Erst bei der zweiten Tasse und bei der zweiten Zigarette eröffneten wir die Unterhaltung. Das lag womöglich daran, daß dieser weise Alte den Kaffee mit zwölf Jahre altem Scotch versetzte. Coffee royal nennt man das, und nichts löst so gewiß an einem frostigen Sonntagmorgen die Zunge.

»Ich höre alles mögliche«, begann er.

»Stimmen?« fragte ich träge.

»Ach was ... na ja, die auch. Ich meine jetzt Klatsch.«

»Ich denke, Sie achten nicht auf Klatsch?«

»Tue ich auch nicht«, behauptete er fest, »nur handelte es sich um was, wonach Sie gefragt haben. Deshalb hab' ich hingehört.«

»Und hörten was?«

Er schenkte uns jedem Kaffee und Whisky nach. Weiß der Himmel, es wärmte. Meine Kopfschmerzen waren weg, und ich blühte auf.

»Ich sollte eigentlich Detektiv sein. Wie Sie.«

»Ich bin keiner. Ich bin ein Ermittler.«

»Ist das ein Unterschied?«

»Manchmal schon. Dann auch wieder nicht. Aber warum wollen Sie Detektiv werden?«

»Tja, in einer Kleinstadt gibt es wenig Gesprächsstoff. Mrs. Cimenti läßt sich die Haare färben. Also Bates hat einen Schneepflug gekauft. Fred Aikens zahlt in Bettys Red Dog mit einem faulen Scheck. So was.«

»Und was haben Sie gehört?«

»Einer unserer Dauergäste hat am Freitag hinter Konstabler Goodfellow am Bankschalter gestanden und gesehen, daß der sein Konto auflöste. Mehr als dreihundert Dollar hat er abgehoben. Der Lulatsch aus Mikes Tankstelle hat Millie Goodfellow erzählt, ihr Mann hat den Wagen durchsehen lassen. Und ein Verkäufer aus dem 5 & 10 Cent Store erwähnte beiläufig, daß Goodfellow den größten Pappkoffer gekauft hat, den sie vorrätig haben. Was kommt dabei raus, wenn man das alles zusammenrechnet?«

Ich grinste.

»Eine Reise. Konstabler Goodfellow macht sich davon.«

»Richtig«, sagte er selbstzufrieden und nahm einen Schluck Coffee royal. »Das hab ich mir auch gedacht.«

»Schönen Dank für die Information. Ahnen Sie, wohin die Reise gehen soll?«

»Ach wo.«

»Oder mit wem er verreisen will?«

»Nee, bloß daß er seine Frau nicht mitnimmt.«

»Warum macht Goodfellow das wohl so auffällig, Sam? Er weiß, die Leute reden. Ist es ihm scheißegal oder was?«

Das alte Basaltgesicht wandte sich mir zu, er zeigte die großen gelblichen Zähne – es sollte wohl ein Lächeln sein. Die weisen Augen blickten in meine, nahmen mich gleich darauf nicht mehr wahr, schauten nach innen.

»Wissen Sie, was ich glaube? Ich glaube, Sie haben recht, er macht sich einen Scheißdreck draus, ob's die Leute erfahren. Und wie kommt das? Ich denke mir, seit er mit diesem Weib zusammensteckt – oder seit das Weib ihn aufgegabelt hat, kann er nicht mehr richtig denken. Das Luder hat ihm total den Kopf verdreht, und er ist dauernd so geil auf sie, daß er nicht mehr weiß, wo vorne und hinten ist. Man hört von den beiden ...«

»So was habe ich auch schon gehört, Sam. Glauben Sie, er würde ihretwegen einen Mord begehen? Einen Mord für die Frau, die er liebt?«

Er besann sich.

»Ja, das würde er wohl.« Und leise fügte er an: »Ich hab's ja auch getan.«

Ich erstarrte, traute meinen Ohren nicht.

»Sie haben einer Frau wegen getötet?«

Er nickte.

Ich warf einen Blick auf sein Regal mit den Romanen und fragte mich, ob das, was er da sagte, wahr sei oder geschwindelt. Als ich ihn dann wieder ansah, bemerkte ich etwas, was ich bislang nicht genügend beachtet hatte: seinen inwärts gerichteten Blick, seine Art zu sprechen, fast ohne die Lippen zu bewegen. Die Gabe, eine Frage abzuwehren. Das mißtrauische, distanzierte Gebaren, das er an den Tag legen konnte. Freundlich, verbindlich, aber nur bis zu einem gewissen Punkt, dann rasselte der Laden herab.

»Sie haben im Knast gesessen.«

»O ja. Elf Jahre«, bestätigte er.

»Aber doch nicht nur wegen Totschlag?«

Er seufzte. »Der Mann von meiner Freundin, der war ein Lump. Sie wollte ihn lossein, und nach einer Weile wollte ich das auch. Ich hätte alles getan, sie für mich zu behalten. Alles. Mord? Das ist gar nichts. Die Kehle hätte ich mir durchgeschnitten, wenn sie das glücklich gemacht hätte. Manche Frauen können einem das antun.«

»Das stimmt wohl. Hat sie gewartet?«

»Nein. Sie hat sich mit andern eingelassen und ist beim Brand eines Tanzcafés in Chicago umgekommen. Das ist lange her. Da saß ich noch im Knast.«

Das sagte er ohne alle Bitterkeit, es war vor langer Zeit geschehen, er lebte damit. Erinnerungen verblassen. Leid wird erträglich. Wer erinnert sich der Schmerzen, die er vor fünf Jahren gelitten hat?

»Sie meinen also, Goodfellow wäre dazu imstande?«

»Bestimmt. Kein Zweifel. Wenn sie sagt: ›Spring‹ fragte er bloß ›Wohin?‹ Glauben Sie, er hat einen Mord begangen?«

Ich hatte auf der Zunge zu sagen, ja, er hat Ernie Scoggins und Al Coburn auf dem Gewissen, hielt aber den Mund. Für den Staatsanwalt reichte es nicht, ich war nur ebenfalls überzeugt davon, daß dieser schlanke stolze indianische Polizist der raffinierten Julie Thorndecker so verfallen war, daß er nur fragen würde ›Wohin?‹, wenn sie sagte ›Spring‹.

Wir tranken die Tassen leer, ich bedankte mich bei Sam und ging. Er brachte mich nicht an die Tür, winkte mir nur zum Abschied nach und blieb am Tisch vor den leeren Tassen und den vollen Aschbechern, ein alter, alter Mann, vergeblich bemüht, sich der Zeit zu erinnern, als er aus Leidenschaft mordete und voller Lebenskraft steckte.

An der Rezeption richtete man mir aus, eine gewisse Joan Powell habe um zehn angerufen. Das warf mich um. Joan? Ich war irrsinnig glücklich. Joan Powell? Woher wußte sie, daß ich hier war? Was mochte sie ...? Dann fiel mir ein: Mary Thorndecker sollte diesen Namen benutzen.

»Hat sie gesagt, sie ruft noch mal an?«

»Ja, Sir. Um elf.« Er warf einen Blick auf die altmodische Wanduhr in ihrem Holzgehäuse. »Das wäre in etwa zwanzig Minuten.«

Ich sagte, ich sei auf meinem Zimmer, er möge durchstellen. Bis dahin blätterte ich in der Sonntagszeitung, ohne was zu lesen, ich drehte nur die Seiten um und fragte mich, ob ich je einer Frau begegnen würde, für die ich töten könnte? Ich glaube es nicht. Aber weder Sam Livingston noch Ronnie Goodfellow dürften das geglaubt haben.

Mir fiel ein junger Infanterist ein, den ich in Vietnam kennengelernt hatte; der nahm sich während der Grundausbildung vor, auf alle Fälle vorbeizuschießen, sollte er je ins Gefecht kommen, denn er fand es verwerflich, einen Menschen zu töten. Knapp eine Woche im Kampfgebiet, geriet er mit seiner Gruppe in einen Hinterhalt.

Ich fragte ihn: »Wie lange haben Sie gebraucht, anderen Sinnes zu werden? Fünf Minuten? Zehn?«

»Fünf Sekunden etwa«, erwiderte er bekümmert.

Ich nahm den Hörer auf, als es klingelte, und meldete mich.

»Hier spricht Joan Powell«, sagte Mary Thorndecker matt. »Wie geht es Ihnen, Mr. Todd?«

»Danke, gut, und Ihnen, Miß Powell?«

»Wie? Ah ja, danke der Nachfrage. Ich gehe heute mittag zum Gottesdienst in der Episkopalkirche und wollte fragen, ob Sie ebenfalls kommen?«

»Ja, das hatte ich vor. Wir sehen uns dann heute mittag.«

»Ja, das wäre nett.«

»Bis auf später also. Auf Wiedersehen, Miß Powell.«

Ich legte auf und fand, daß sie doch eine gescheite Person war. Eine gut besuchte kirchliche Veranstaltung bot gewiß Gelegenheit zu einem unauffälligen Gespräch. In der Menge kann man immer allein sein. Ein Blick auf die Uhr zeigte, daß ich noch eine gute Dreiviertelstunde Zeit hatte.

Die verbrachte ich damit, durch die menschenleeren Straßen

von Coburn zu wandern. Kalter Regen troff aus einem bedeckten Himmel. Ich stellte den Kragen auf, zog die Hutkrempe in die Stirne. Mir kam vor, meine Stiefel wären seit einer Woche nicht mehr trocken gewesen, Hosenaufschläge und Manschetten fühlten sich rauh an. Ich begegnete anderen Sonntagsvormittagsspaziergängern, die sich hinter schwarzen Regenschirmen versteckten. Autos waren keine zu sehen. Der Ort schien wie ausgestorben.

Ich bog in die River Street ein, stellte mich an jene Stelle, von der aus ich mit Konstabler Goodfellow vor einer Woche den mit Abfällen bedeckten Fluß betrachtet hatte, wandte mich ab, ging durch entleerte Straßen. Unter all dem Schmutz ahnte man etliche schöne Fassaden, von denen einige Jahreszahlen aufwiesen: 1886, 1912, 1924. Farbe und Sandstrahlgebläse hätten hier Wunder wirken können. Doch wäre das gewesen, als schminke man einen Leichnam.

Coburn lag im Sterben. Und wenn ich die Zeichen nicht gänzlich falsch deutete, lag auch Dr. Telford Gordon Thorndecker im Sterben. Sein Ende bedeutete auch das Ende von Coburn, denn die Hoffnungen des Städtchens gründeten auf seinem Geld, seiner Energie, seinen Träumen. Sie würden gemeinsam untergehen, Thorndecker und sein Troja.

Das alles hätte mich kalt lassen sollen, denn was bedeutete mir Coburn? Nichts, als eine schlecht instand gehaltene Abzweigung von der Straße nach Albany. Doch war dies vormals ein emsiges, geschäftiges Gemeinwesen mit Zank und Streit, Festen und Volksbelustigungen gewesen, das an seine Zukunft glaubte, sich für aufstrebend hielt. Das glauben wir alle von uns. Aber jetzt war hier nur Nässe und Fäulnis, die letzten Geschäftsfassaden verrotteten, Schaufenster wurden blind.

Falls diese Nekropolis samt der Affäre Thorndecker mir eine Lektion erteilen wollte, konnte die nur lauten: Genieße den Duft der Blumen, erfreue dich an den Farben, überlaß dich deinen Gefühlen, liebe und bewundere, scher dich nicht um kleinlichen Ärger, schüttele Schläge ab.

Ich stapfte zum Hotel zurück und sah wie in einer Vision die Stadt vor mir, wie sie in zwanzig oder fünfzig Jahren aussehen würde. Ein vergessener Ort. Nichts rührt sich, nirgendwo ein

Licht. Trockenes Laub und altes Zeitungspapier wirbelte über Bürgersteige, deren Belag Risse aufweist. Ladenschilder verblichen, Namen kaum noch lesbar, die Bewohner abgewandert oder verstorben. Nichts als Regen, Wind und vielleicht auch sengende Sonne.

Ist man wirklich so alt, wie man sich fühlt? Blödsinn, sage ich. Man ist so alt, wie man aussieht. Und Jugend läßt sich nicht vortäuschen. Mit ansehen müssen, wie sie schwindet, den Versuch machen, sie festzuhalten, das ist schmerzlich. Es ist unmöglich. Vergib mir, Joan, ich habe dich nicht abgewiesen, weil ich dich nicht liebe, sondern weil ich mich fürchtete. Ich dachte: Wenn du dich von einer älteren Partnerin trennst, bleibst du ewig jung, ein Peter Pan. Warum nur betrachten wir die Alten wie Leprakranke? Wir haben doch allesamt die Leprakolonie als unseren Bestimmungsort.

Das sind so Gedanken, die man in Coburn, N.Y. an einem Sonntagvormittag denkt. Untergangsstimmung über dem Hudson. Doch begegnete ich dieser Erschütterung meines Innenlebens wie immer mutig und umsichtig, das heißt, ich rannte auf mein Zimmer und stärkte mich mit Wodka für den Gottesdienst in der Episkopalkirche.

Mein morgendlicher Einfall war schon der richtige gewesen: Ich hätte sollen im Bett bleiben.

Zum Gottesdienst traf ich zu spät ein, war allerdings nicht der einzige; gleichzeitig mit mir erklommen noch einige Nachzügler die Stufen, klappten die Schirme zusammen, fanden Platz auf den hinteren Bänken. Ich blieb einen Moment stehen, suchte Mary Thorndecker, während der mit Hemden kostümierte Chor *Der Glaube versetzt Berge* sang, und das nicht mal so übel.

Schließlich entdeckte ich sie, etwa in der Mitte des Kirchenschiffes zwischen Dr. Draper, Edward Thorndecker und Julie. Julie? Was hatte denn die hier zu suchen, es sei denn, sie beabsichtigte, sich vom gesamten Kirchenchor vögeln zu lassen?

Mary wandte gelegentlich suchend den Kopf nach rückwärts. Ich querte den Mittelgang und hob winkend die Hand; als sie sich das nächste Mal umsah. Dabei wies ich mit dem Daumen über die Schulter. Ich glaubte, sie bestätigend nicken zu sehen. Weil ich keine Lust hatte, am Gottesdienst teilzunehmen, ging ich wieder raus. Konnte Mary mir jetzt schon folgen, war es gut, andernfalls würde sich auch nachher noch eine Gelegenheit ergeben, mit ihr zu reden.

Zum Schutz vor dem Regen blieb ich unter dem Säulenvorbau stehen und rauchte. Reverend Koukla hatte zwar gesagt, es komme einer Sünde gleich, im Umkreis der Kirche zu rauchen, doch meine Zigaretten sind relativ kurz, die Sünde, wenn es denn eine war, also geringfügig.

Ich sah dem fallenden Regen zu – ungefähr so anregend wie zuzusehen, wenn Farbe trocknet –, als ein Greis um die Ecke des Gebäudes in Sicht kam, noch Urbewohner von Coburn, mindestens siebzig, wenn nicht gar achtzig Jahre alt, Coburn dürfte die Altenkapitale der USA sein, so kam es mir vor.

Dieser Greis trug schwarze Gummistiefel zu einem gummierten Poncho samt Kapuze, in der Hand eine Harke, und an einem durchnäßten Seil schleifte er einen Korb hinter sich her. Er harkte Blätter, Zweige, Abfälle zusammen und tat sie in den Korb. Als er nahe genug herangekommen war, fragte ich ihn liebenswürdig: »Arbeiten Sie denn auch am Sonntag?«

»Was glauben Sie denn, was ich hier mache?« schnauzte er mich an.

Meine Frage war wirklich dumm gewesen, also hatte ich den Anschnauzer verdient. Zur Versöhnung offerierte ich ihm eine Zigarette. Er schüttelte zwar ablehnend den Kopf, ließ aber Korb und Harke fallen, erklomm die Stufen und gesellte sich mir unter dem Säulenvorbau zu. Unter seinem Poncho brachte er eine kleine kurze Pfeife zum Vorschein, die mehrfach mit Klebeband umwunden und bereits gestopft war. Er setzte sie mit einem langen Küchenstreichholz in Brand, dessen Flamme er mit einer mächtigen Qualmwolke löschte. Der Qualm roch, als wäre die Pfeife mit einem Ende von dem nassen Seil gestopft, an dem er seinen Korb zog.

»Der Gottesdienst interessiert Sie wohl nicht?« fragte ich.

»Nee. Einmal war ich drin. Es ist doch immer dasselbe.«

»Sie sind also kein religiöser Mensch?«

»Klar bin ich einer«, kicherte er. »Das kostet doch nichts.«

Ich schaute ihn interessiert an. Alle jungen Leute sehen verschieden aus, die Alten ähneln einander mit ihren knochigen Nasen, den Fältchen um den Mund, den geplatzten Äderchen. Der Alte schmauchte seine Pfeife recht genüßlich und betrachtete sich dabei die Welt, auf die es herabregnete.

»Und warum sind Sie nicht drinnen?« fragte er mich.

»Mir geht's wie Ihnen. Ich war schon mal drin.«

»Ich habe keinen Grund reinzugehen, zum Sündigen bin ich schon zu alt. Haben Sie kürzlich gesündigt?«

»Nicht so viel, wie ich gern hätte.«

Er grunzte, wie ich hoffte belustigt. Ein religiöser Spinner war das letzte, was ich im Moment brauchte.

»Sind Sie der Kirchendiener?« fragte ich.

»Ja, könnte man sagen. Ben Faber heiße ich.«

»Samuel Todd«, stellte ich mich vor.

Er hielt die Hände unter dem Poncho, bot mir keine zum Gruß. Ich setzte also eine weitere Zigarette in Brand und versenkte meine Hände in die Manteltaschen.

»Sie sind wohl nicht aus der Gegend?«

»Nein.«

»Auf der Durchreise?«

»Das hoffe ich stark.«

Er grunzte wieder, und nun war ich sicher, es bedeutete, daß er lachte.

»Tja, dieses Städtchen geht vor die Hunde, das sieht man deutlich. Na, ich bin nicht mehr hier, wenn es passiert.«

»Wollen Sie wegziehen?«

»Woher denn!« Er war ehrlich verwundert. »Aber bis es soweit ist, liege ich sechs Fuß unterm Rasen. Ich bin nämlich vierundachtzig.«

»So, Sie sehen aber erheblich jünger aus«, bemerkte ich pflichtschuldig.

»Kann sein«, paffte er, »daß ich wie zweiundachtzig aussehe.«

Erstaunlich, wie diese Unterhaltung sich entwickelte, sie war eine bruchlose Fortsetzung meiner morgendlichen Gedanken.

»Der Tod macht Ihnen also keine Angst?« fragte ich.

Er nahm die Pfeife aus dem Mund, um auf eine Rabatte zu

spucken, deren Bepflanzung mit Sackleinen abgedeckt war. »Ich will Ihnen was sagen, Jungchen. In Ihrem Alter hat mich der Gedanke, mal sterben zu müssen, mächtig erschreckt. Aber je älter man wird, desto angenehmer erscheint die Aussicht, daß es mal vorüber ist. Man sieht eine Menge Leute sterben, Verwandte, Freunde. Man gewöhnt sich an den Gedanken. Eine Menge dieser Leute sind richtige Arschlöcher, und man sagt sich: Wenn die das schaffen, schaffst du es allemal. Auch bekommt man es mit der Zeit satt. Es passiert nichts Neues mehr. Man kennt das alles schon, Krieg und Unwetter, Hochzeiten und Morde. Menschen sterben zu Millionen, und Millionen Kinder werden geboren. Nichts daran ist neu, und dann kommt es einem ganz natürlich vor, daß man eines Tages abschwimmt. Nee, nee, Angst vor dem Tod habe ich nicht. Vor Schmerzen, ja, das ist was anderes, darauf bin ich nicht scharf, aber abkratzen? Das steht uns nun mal allen bevor, stimmt's?«

»Ja, das stimmt wohl«, sagte ich schwach.

Er klopfte den Pfeifenkopf am Stiefelabsatz aus, verstreute Asche ringsumher, doch schien ihn das nicht weiter zu stören, vielmehr zog er einen Tabaksbeutel hervor und füllte die Pfeife neu mit grobem schwarzem Tabak, den er mit einem fast ebenso schwarzen Zeigefinger fest stopfte.

»Wollen Sie einen guten Rat hören, Jungchen?«

»Tja ... warum eigentlich nicht?«

Er hielt ein Streichholz an die Pfeife und sagte zwischen heftigem Ziehen und Pusten: »Tun Sie ... wozu Sie ... Lust haben ..., das ist mein Rat.«

Ich dachte darüber ein Weilchen nach und schüttelte alsdann verdutzt den Kopf.

»Verstehe ich nicht. Ich tue immer, wozu ich Lust habe.«

Wieder grinste er, zeigte diesmal aber einen Mundvoll brauner Zahnstummel.

»Denken Sie! Machen Sie mir bloß nicht weis, daß es nicht alles mögliche gegeben hat, worauf Sie Lust hatten. Bloß dann haben Sie drüber nachgedacht und es gelassen, weil – was würde der sagen, was würde jener denken, was könnte das für Folgen haben? Und deshalb ist das, was Sie eigentlich wollten, unterblieben. Stimmt's etwa nicht?«

»Hm ... da könnten Sie recht haben. Es gibt schon dies und das, was ich gern getan hätte, aber dann doch nie getan habe. Aus dem einen oder anderen Grund.«

»Na ja. Und nun verrate ich Ihnen das richtige Rezept, und es kostet Sie nicht mal was, vierundachtzig Jahre habe ich gebraucht, bis ich es begriffen habe. Nichts, was ich im Leben getan habe, bereue ich, aber bereuen tue ich, daß ich eine Menge Sachen nicht getan habe, die ich gern getan hätte, aus dem einen oder anderen Grunde nicht. Denken Sie daran, Jungchen.«

»Das werde ich ganz gewiß. Wie lange wird der Gottesdienst noch dauern, Mr. Faber?«

»Wie spät ist es jetzt?«

»Kurz vor eins«, sagte ich nach einem Blick auf die Uhr.

»Na, dann muß es gleich aus sein. Die Damen der Gemeinde servieren unten im Keller noch Kaffee und Kuchen. Da werde ich mich mal vorher bedienen. Kommen Sie mit?«

»Nein, ich bleibe hier.«

»Warten Sie auf wen?«

»Ja.«

»Eine Frau?«

Ich nickte, und er grunzte wieder, stapfte die Stufen runter, nahm Harke und Korb auf.

»Eine Frau«, wiederholte er, »na, darüber bin ich zum Glück raus. Aber denken Sie daran: Wenn Sie Lust haben auf was, tun Sie es.«

»Ich werde dran denken. Und vielen Dank.«

Er entfernte sich schnaufend, und ich sah ihm nach.

Ich stellte mich näher ans Portal und hörte drinnen die Orgel lauter werden; etliche Kirchgänger kamen heraus, knöpften die Mäntel zu, spannten Schirme auf. Ich stellte mich an die Seite und wartete. Bald erschien Mary Thorndecker, eilig, hochroten Gesichtes. Der lange Persianer flappte um ihre Knöchel, und sie klammerte sich an einen schwarzen Schirm. Sie packte meinen Arm.

»Die andern trinken unten Kaffee«, sagte sie atemlos. »Niemand hat Sie gesehen. Wir haben nur ganz wenig Zeit.«

»Kommen Sie.« Ich nahm ihr den Schirm ab, klappte ihn auf, zog sie zu meinem Wagen.

»Nein, auf keinen Fall, man könnte uns da sehen«, wehrte sie ab.

»Sie wollten mich hier treffen – was schlagen Sie also vor?«

»Gehen wir die Straße entlang, weg von der Kirche. Auf die andere Seite. Einen, zwei Häuserblocks weit, viel Zeit brauchen wir nicht.«

Ich hakte sie unter, hielt den großen Schirm über uns. Wir überquerten die Straße, entfernten uns von der Kirche.

»Es gibt drei Wächter«, begann sie hastig, »einen am Tor, einen im Pflegeheim, einen, der das Gelände mit seinem Hund patrouilliert. Alle drei treten ihren Dienst um Mitternacht an. Um acht Uhr früh werden sie abgelöst.«

»Kein Wächter im Laborgebäude?«

»Nein. Jedes Haus hat eine eigene Alarmanlage und einen eigenen Hauptschalter, jeweils im Keller. Die Sicherungskästen sind verschlossen.«

»Scheiße. – Verzeihung.«

»Die Schlüssel von Oberschwester Beecham kann ich nicht besorgen. Die übergibt sie einem Nachtpfleger, und der trägt sie bei sich.«

»Ich habe mir die Sache noch mal durch den Kopf gehen lassen«, sagte ich. »Und bin zu dem Resultat gelangt, daß ich nur in einen einzigen Raum eindringen muß, in das Arbeitszimmer Ihres Vaters. Im Oberstock des Laborgebäudes. Beschaffen Sie die Schlüssel zum Laborgebäude von Draper.«

»Aber wie?« fragte sie verzweifelt. »Ich kann ihn nicht einfach darum bitten.«

»Dann denken Sie sich was aus. Wo wohnt er?«

»Im Pflegeheim. Da hat er eine kleine Wohnung, Schlafzimmer, Wohnzimmer, Bad.«

»Gut. Wecken Sie ihn morgen früh gegen zwei, sagen Sie, Thorndecker sitzt noch an der Arbeit in seiner Wohnung und braucht Unterlagen aus dem Labor. Denken Sie sich irgendwas aus, Sie sind doch eine gescheite Person. Einen Vorwand, unter dem Sie ihm die Schlüssel abverlangen können.«

»Er wird dann die Unterlagen selber holen wollen.«

»Nicht, wenn Sie es richtig anstellen. Beschaffen Sie die Schlüssel, weiter nichts. Um Viertel nach zwei bin ich auf dem

Gelände und erwarte Sie am Hintereingang zum Laborgebäude, an der Tür am Ende des überdachten Ganges vom Pflegeheim.«

Sie sagte nichts darauf, ich merkte aber, wie sie fröstelte. Womöglich hatte ich sie mit meinen Vorschlägen überfahren, also wiederholte ich alles noch einmal, langsamer diesmal. Um zwei Uhr früh die Schlüssel von Draper beschaffen. Eine Viertelstunde später mich ins Laborgebäude einlassen.

»Ich will dort nichts stehlen. Sie sind die ganze Zeit dabei und sehen, was ich tue. Ich will nur Thorndeckers Journal lesen.«

»Ich muß wissen, was er macht und welchen Zweck er verfolgt. Er sagte, er führt sehr detaillierte, präzise Aufzeichnungen. Also müßte alles zu finden sein.«

Sie schwieg ein Weilchen. »Muß ich wirklich dabeisein?« fragte sie endlich. »Reicht es nicht, wenn ich Ihnen die Schlüssel gebe?«

Ich blieb stehen und kehrte sie mir zu. Da standen wir unter dem großen schwarzen Schirm im Regen einander gegenüber, und die fallenden Tropfen umgaben uns wie ein Vorhang. Sie wich meinem Blick aus.

»Sie wollen nicht wirklich wissen, was da vorgeht, ist es das?« fragte ich leise.

Sie schüttelte stumm den Kopf, biß in die Unterlippe.

»Ich brauche Sie, Mary, ich brauche einen Zeugen. Und Sie können mir womöglich behilflich sein, wenn ich nicht verstehe, was ich da lese. Sie kennen sich besser darin aus als ich. Jeder versteht mehr davon als ich.«

Sie lächelte matt.

»Und dann gibt es noch einen sehr egoistischen Grund, der mich auf Ihrer Anwesenheit bestehen läßt. Wenn ich von einem Verwandten Thorndeckers begleitet werde, kann man mich nicht des Einbruchs beschuldigen, falls wir erwischt werden.«

Sie nickte und reckte das Kinn vor. »Gut. Ich besorge die Schlüssel. Irgendwie. Und lasse Sie rein. Ich begleite Sie, und wir lesen das Journal gemeinsam. Egal, was drinsteht. Ich will es wissen, auch wenn es noch so grauenhaft ist.«

Ich drückte ihren Arm, und wir traten den Rückweg an. Sie ging selbstbewußter, führte mich, ich mußte mich beeilen, Schritt mit ihr zu halten. Gegenüber der Kirche querten wir die Straße und blieben noch einmal stehen, einander zugekehrt.

»Ich weiß, wie ich die Schlüssel von Draper bekomme«, sagte sie und schaute mich fest an.

»Gut. Wie?«

»Ich gehe mit ihm ins Bett.« Sie entriß mir den Schirm, lief über den Fahrdamm. Ich stand wie angepflockt im Regen, sah ihr nach, wie sie die Stufen hinauflief. Und die hatte ich für prüde gehalten!

Es dauerte einen Moment, bis ich mich rühren konnte, und dabei hörte ich den Regen auf meinen Hut prasseln, sah ihn in Bächen an meinem Mantel herunterrinnen. Meine Stiefel waren durchnäßt, meine Füße kalt.

Die simpelste Lösung: »Ich gehe mit ihm ins Bett.« Einfach so. Der alte Faber hatte womöglich recht. Will man was, soll man es auch tun.

Ich langte, immer noch etwas benommen, bei meinem Wagen an, fuhr eine Weile ziellos durch die Gegend, versuchte mir ein Bild der Lage zu schaffen, davon, was die Leute so machten, was ich selber tat. Verblüffend war, wie Thorndecker, ohne es zu ahnen, in das Leben so vieler Menschen eingriff. Mary. Dr. Draper. Julie. Edward. Das Ehepaar Goodfellow. Alle *anständigen* Bürger von Coburn. Und ich. Thorndecker verwandelte uns, gab unserem Leben eine Richtung, mochte die gut sein oder schlecht. Keiner von uns würde später wieder der Alte sein.

Ein Gedanke, der einen kleinmütig stimmen konnte: Wir alle nur Spielball von Einflüssen, von deren Vorhandensein wir nichts ahnten. Das Leben gleicht nicht einer Schale voll Kirschen, sondern dem berühmten Berg aus Hirsebrei; vor dem Schlaraffenland, der kein Ende nimmt.

Vielleicht ist es uns Ermittlern aufgegeben, die formlose Masse mit Messer und Löffel zu genießbaren Kügelchen zu formen. Bei diesem Gedanken verspürte ich Hunger.

Das Stadthaus von Coburn machte den Eindruck, im Regen geschrumpft zu sein. Daß an einem Sonntagmittag nicht gerade hektisches Treiben herrschte, hatte ich erwartet, doch immerhin angenommen, daß irgendwer hier irgendeine Art Dienst versehen müsse. Schließlich entdeckte ich in dem von der Feuerwehr benutzten Teil des Gebäudes einige Gestalten in Overalls um einen Tisch beim Kartenspiel. Bestimmt spielten sie Pinockel. Auch die Gerätschaften waren zu erkennen, eine antike Feuerspritze und ein Schlauchwagen, der aussah wie ein umgebauter Bäckerkarren. Keines dieser Fahrzeuge wirkte besonders gepflegt.

Ich ging um das Gebäude herum, auf die Rückseite zur Polizeiwache. Die war geöffnet, sah trostlos und verlassen aus und roch wie alle Polizeiwachen: nach Desinfektionsmitteln, die Hustenreiz verursachen, nach altem Urin, Schimmel, Erbrochenem, Staub und noch anderem, das nur für den Pathologen interessant ist.

Drei Schreibtische hinter einer hüfthohen Barriere und eine Tür mit Milchglasscheibe. Das Wachlokal war geschmackvoll mit Fahndungsphotos ausgestattet, ein Kalender zeigte eine Dame in tief ausgeschnittenem schwarzem Negligée. Ihre Proportionen wirkten auf mich nicht überzeugend, es war vielleicht das Photo einer jener lebensgroßen Puppen, die von japanischen Matrosen auf langen Reisen mitgeführt werden.

Irgendwo unter mir ertönte so etwas wie Gesang: »O Dolly, o Dolly, du bist im Bett so tolly.« Ich schloß daraus, daß man die Betrunkenen im Keller ausnüchterte.

»Hallo!« rief ich, »ist jemand im Laden?«

Keine Antwort. Eines schönen Tages würde wohl ein raffinierter Großstadtganove im Vorbeigehen die gesamte Polizeiwache von Coburn mitgehen lassen.

»Hallo!« rief ich lauter, aber mit dem gleichen Ergebnis.

Also öffnete ich das Türchen in der Barriere, und auch die Tür mit der Milchglasscheibe und fand mich auf einem Korridor, auf den noch vier Türen mündeten. Drei waren nicht näher bezeichnet, auf der vierten stand CHEF. Eine der unmarkierten Türen stand offen und ich spähte hinein.

Da lag mein alter Freund Fred Aikens lang hingestreckt in seinem Drehstuhl, die Füße auf dem Tisch, und schlief. Die Hände hatte er über seinem Mollenfriedhof gefaltet, der Kopf lag weit hintenüber, der Mund stand halb offen, und ich hörte ihn röcheln. Ein Schnarchen war es nicht eigentlich, eher schon so was wie ein regelmäßiges »Aaaach, aaaach, aaaach«. Vor ihm auf der Löschunterlage Pornophotos.

Ich starrte Coburns kampfbereiten Vertreter von Recht und Ordnung an, hatte diese widerwärtige Visage ganz vergessen, die Haare, die so dicht in die Stirn wuchsen, als wollten sie sich mit den Brauen vereinen. Ich stellte mir vor, daß ich auf Zehenspitzen hineinschleichen und ihm behutsam seinen Dienstrevolver stehlen, ins Hotel zurückfahren, mir einen Wodka genehmigen und mich totlachen würde bei dem Gedanken, wie Konstabler Aikens seinem Chef zu erklären suchte, wie ihm seine Dienstwaffe abhanden gekommen war.

Das alles ließ ich selbstverständlich bleiben, schlich statt dessen ins Wachlokal, ließ das Türchen mehrmals kräftig gegen die Barriere bumsen und schrie aus Leibeskräften: »Hallo, ist da wer?«

Und wirklich, Aikens kam schon nach etlichen Minuten zum Vorschein, die Dienstmütze korrekt auf dem Kopf, den Rock zugeknöpft, jeder Zoll der alerte Polizist.

»Warum schreien Sie denn so, Todd? Was treiben Sie hier überhaupt?«

»Dies und das. Und Sie?«

»Bei uns herrscht Ruhe. Das ist ganz nach meinem Geschmack. Falls Sie wegen Ihrer Reifen fragen wollen, wir haben noch keinen Hinweis auf –«

»Nein, nein, es handelt sich um was anderes. Ich hätte gern mal einen Rat von Ihnen, wenn Sie die Zeit erübrigen können.«

Das sagte ich recht unterwürfig. Es gibt Polizisten, mit denen man verkehren kann wie mit normalen Menschen, mit anderen fährt man am besten, wenn man den Wurm spielt. Und zu diesen gehörte Aikens.

»Jederzeit«, sagte er denn auch verbindlich. »Kommen Sie mit in mein Büro, da sitzen wir bequemer.«

Ich folgte ihm in sein Büro, er riß eine Schreibtischschublade auf und fegte die Pornophotos rein. »Beweismaterial«, sagte er dabei.

»Wirklich schlimm, was sich dieser Tage so tut«, stimmte ich zu.

»Richtig. Setzen Sie sich da hin und erleichtern Sie mal Ihr Herz.«

Ich setzte mich auf einen zerkratzten Stuhl vor den Schreibtisch und bedachte ihn mit meinem schönsten arglosen Kinderblick.

»Ich hab' von der Sache mit Al Cohurn gehört. Schrecklich.«

»Tja, finde ich auch. Kannten Sie ihn?«

Die gemeinen kleinen Äuglein blinzelten keinen Moment.

»Wir haben uns gelegentlich im Hotel an der Bar getroffen und geschwatzt.«

»Ja, der alte Al hatte was übrig für einen guten Schnaps. Und das hat ihm auch den Hals gebrochen. Der verrückte Kerl muß voll gewesen sein bis an die Kiemen. Einfach über die Klippen weg und rein in den Bach.«

»Welche Klippen?«

»Da, wo sich die unglücklichen Liebespaare runterstürzen. Ein Stück außerhalb der Stadt.«

»Wie haben Sie denn seinen Wagen bemerkt? Hat jemand den Unfall gemeldet?«

»Ach wo. Goodfellow hat das Ganze mitangesehen. Er war nämlich hinter ihm her, weil Coburn Schlangenlinien fuhr. Ronnie wollte ihn anhalten, hatte die Sirene an, und das Rotlicht, aber ehe er ihn noch stellen konnte, sauste Al über die Klippen. Da oben sollte immer schon eine Leitplanke angebracht werden, aber es wird nichts draus.«

Ich schüttelte betrübt den Kopf. »Schlimme Sache. Und wo ist er jetzt? Die Leiche, meine ich.«

»Bei Markham. Auf Eis. Wir suchen noch nach den nächsten Angehörigen.«

»Findet in solchen Fällen eine Leichenöffnung statt?« fragte ich beiläufig.

»Na klar, was glauben denn Sie? Markham ist zugleich unser amtlicher Leichenbeschauer. Ein anständiger alter Knabe.«

»Ist Coburn ertrunken?«

»Ja. Die Lungen waren voller Wasser.«

»Sonst Verletzungen?«

»Jede Menge. Von da oben sind es über zwanzig Meter bis runter in den Fluß. Massenhaft Steine. Er sieht übel aus. Kopf zu Brei geschlagen. Na, das war nur zu erwarten. Vermutlich gegen die Windschutzscheibe geprallt oder aufs Steuerrad, als er aufs Wasser aufschlug.«

Ich sagte nichts darauf, und er schaute mich neugierig an. In seine Augen schlich sich ein wachsamer Ausdruck, und ich wußte, er überlegte, ob er zuviel gesagt haben könnte.

»Wieso interessieren Sie sich dafür, Todd?«

»Na ja, ich sagte ja schon, ich habe ihn gekannt. Und als ich hörte, er ist tot, hat mir das einen Schock versetzt.«

»Hm ... ja.«

»Und noch was. Es klingt ziemlich albern, und ich scheue mich fast, es zu erwähnen.«

Er lehnte sich zurück, verschränkte die Hände hinterm Kopf und musterte mich aufmerksam.

»Sprechen Sie sich ruhig aus, Sie brauchen sich nicht zu genieren. Ich bekomme hier 'ne ganze Menge zu hören, und nichts dringt je nach draußen.«

Denkste.

»Also«, begann ich zögernd, »gestern vormittag haben wir zusammen was getrunken, ein Bier, vielleicht auch zwei. Er lud mich ein, ihn zu besuchen, beschrieb mir sein Haus. Das mit der Fahnenstange.«

»Richtig«, lachte er. »Die Fahnenstange vom alten Al. Ein stehender Witz.«

»Glaub' ich gern. Also – es handelt sich um ein goldenes Feuerzeug, nicht sehr wertvoll, dreißig Dollar oder so, aber für mich hat es sentimentalen Wert – Sie verstehen?«

»Wohl das Geschenk einer Frau?« Er zwinkerte.

Ich gab mir Mühe, ein kurzes Lachen auszustoßen.

»Na ja ... Sie kennen sich aus mit solchen Sachen. Ich erinnere mich jedenfalls, daß ich damit eine Zigarette angemacht habe, als ich in Als Kombi saß und dann später, im Hotel, merkte ich, es ist weg. Ich könnte mir denken, daß ich es in Als Wagen verloren habe, vielleicht auf dem Boden oder zwischen den Polstern. Und deshalb wüßte ich gern, wo der Wagen jetzt ist.«

»Der? Der steht hier in unserer Garage. Da bleibt er, bis alles geklärt ist, wer den Nachlaß bekommt und so. Sie meinen, Ihr goldenes Feuerzeug könnte da drin sein?«

»Ich könnte es mir denken.«

»Na, das bezweifle ich sehr.« Er sah mich starr an. »Um Coburn aus dem Wagen zu ziehen, mußten wir die Türen aufmachen, und natürlich ist die Karre vollgelaufen. Wir haben dann eine Seilwinde benutzt, um sie hoch auf die Straße zu hieven, und da war der Wagen praktisch leer. Nicht mal das Polster vom Hintersitz war mehr drin.«

»Ich dachte bloß, ich dürfte vielleicht mal einen Blick reinwerfen ...«

»Aber gern.« Er stemmte sich bereitwillig aus dem Sessel. »Man weiß nie. Kann ja sein, das Feuerzeug ist in eine Ecke gespült worden oder so. Kommen Sie mit.«

»Machen Sie sich nicht die Mühe«, sagte ich hastig. »Sagen Sie mir bloß, wo ich ihn finde, und dann belästige ich Sie nicht mehr. Sie müssen doch bestimmt aufs Telefon achten und so.«

»Ach was.« Er verzog den Mund zu einem Grinsen, die Augen blieben aber kalt. »Sonntags passiert hier nichts. Ich begleite Sie gern.«

Weiter konnte ich nicht drängen, also folgte ich ihm gehorsam nach draußen. Im Hof stand eine Wellblechgarage, und er machte das Vorhängeschloß auf.

Al Coburns Kombi bot einen bejammernswerten Anblick, die Motorhaube eingedrückt, die Windschutzscheibe zersplittert, die Türen sperrangelweit offen, Steuersäule verbogen, Sitzpolster durchgeweicht.

Und das Handschuhfach offen und leer.

»Stinkt ganz schön, was?« fragte Aikens.

»Und wie.«

Ich tat, als suche ich nach dem Feuerzeug, wobei der Konstabler an der Wand lehnte und mir mit eisigem Blick zusah.

Ich kroch aus dem feuchten Wrack und rieb die Hände.

»Ach, scheiß drauf, es ist nicht da.«

»Sag ich doch. Das Ding ist leer. Das Wasser hat alles rausgespült.«

»Na ja«, sagte ich bekümmert, »Sie hatten recht. Vielen Dank jedenfalls.«

»Keine Ursache. Tut mir leid, daß Sie nicht gefunden haben, was Sie suchen.«

»Ja, schade. Na, dann werde ich mich mal trollen.«

»Reisen Sie bald ab?«

Das hatte auch Julie Thorndecker gefragt und im gleichen hoffnungsvollen Ton.

»Sehr wahrscheinlich morgen vormittag.«

»Dann schauen Sie noch mal bei uns rein. Es würde uns freuen.«

»Vielen Dank. Das mache ich wahrscheinlich.«

Wir grinsten einander an, zwei eingefleischte Lügner.

Nichts geht wie geplant. Denkt man, man hat endlich den Faden und kann das Knäuel aufwickeln, steht man mit lauter losen Enden da. So auch ich.

Wie das hingedreht worden war, konnte ich mir nicht deutlich vorstellen, nur wußte ich, Al Coburn war niemals freiwillig von der Straße abgekommen und über die Klippen gestürzt. Entweder hatte man ihn abgedrängt und gestoßen, oder der Wagen war von jemand anderem gesteuert worden, der im letzten Moment absprang und den bewußtlosen oder toten Al im Führerhaus sitzen ließ. Ein erfahrener Leichenbeschauer hätte feststellen können, ob die Verletzungen am Kopf schon vorhanden waren; bevor Al Coburn ertrank, aber der gute alte Markham war dazu selbstredend nicht imstande.

Das Handschuhfach war womöglich durchsucht worden, bevor man den Wagen ins Wasser stieß, vielleicht auch erst, als er herausgeholt worden war. Mag sein, der Strom hatte es wirklich leergespült. Das war nun ohne Belang, den Brief, den Eddie Scoggins seinem Freund Al hinterlassen hatte, würde ich nie zu Gesicht bekommen.

Was darin stand, konnte ich nur mutmaßen. Mutmaßen konnte ich überhaupt alles mögliche. Lauter lose Enden. Aber wer einen Fall aufzuklären hat, muß daran gewöhnt sein, Pedanten sollten Buchhalter werden. Bilanzen müssen aufgehen. Bei Kriminalfällen kommt so was nicht vor. Niemals erfährt man alles; ein ungelöster Rest bleibt immer.

Gegen halb vier am Nachmittag hielt ich vor Bettys Red Dog. Die Durchsuchung von Al Coburns Kombi hatte mich mehr mitgenommen als erwartet, und meine Finger zitterten merklich. Bei Betty wollte ich was trinken, auch essen, mich eine Weile ausruhen, bis das Zittern verging.

Diesmal parkte ich möglichst dicht am Eingang in der Hoffnung, der verrückte Reifenaufschlitzer werde sich hier nicht trauen. Hut und Mantel hängte ich auf, setzte mich an die Bar und bestellte Wodka-Gimlet. Auf die Frage, wo Betty sei, sagte der schwarze Barkellner, sie erscheine erst gegen Abend.

In der Bar und im Speiselokal herrschte die friedliche, gedämpfte Atmosphäre, die man von Badeorten an Sonntagen kennt. Niemand warf Geldstücke in den Musikautomaten, keiner der Anwesenden redete laut, man lachte gedämpft und erinnerte sich reumütig der Exzesse vom Vorabend. Diese Sonntagnachmittagsstimmung kenne ich gut, man bewegt sich nur vorsichtig und in Zeitlupe, vermeidet allen Lärm, alle unziemliche Lustigkeit. Es ist wie in der Kirche.

Ich hatte wohl den Kopf hängen lassen, denn erst im Spiegel hinter der Theke erblickte ich in einer Nische Oberschwester Stella Beecham und Agatha Binder samt der blonden Sportlerin aus der Redaktion des *Sentinel*, Sue Ann hieß sie wohl, und saß hier zwischen den beiden statuesken Mannweibern wie zwischen schweren Bücherstützen ein schmaler Gedichtband.

Sie ließen nicht erkennen, ob sie mich hatten reinkommen sehen. Kann sein, sie ignorierten mich, ich hatte aber eher den Eindruck, sie waren zu sehr mit ihren eigenen Angelegenheiten beschäftigt, um auf anderes zu achten. Die Beecham trug Tracht, aber ohne Häubchen, die Binder einen sauberen Overall über einem Rollkragenpullover. Der kleine Dauerlutscher zwischen ihnen trug einen rosa Angorapullover und darüber eine Perlenkette. Sie nibbelte an den Perlen, während die beiden Gorgonen sich über ihren Kopf weg unterhielten. Beide tranken Bier aus Flaschen; Gläser hielten sie offenbar für Firlefanz. Das junge Mädchen hatte vor sich einen orangefarbenen Mixdrink mit vielen kleinen Fruchtstückchen drin. Zwei Strohhalme ragten daraus hervor.

Ich blickte verstohlen ab und an hin und überlegte, wie die drei wohl zusammenhängen mochten und wer was mit wem trieb. Kurz vor vier erhob sich die Beecham und strich ihren Rock glatt. Eine angsterregende Person. Gab sie einem eine Spritze in die rechte Arschbacke, stach sie bestimmt auch gleich durch die linke.

Sie küßte die beiden, nahm einen Regenmantel aus Plastik vom Haken und winkte zum Abschied. Vermutlich war sie auf dem Weg nach Crittenden, hatte Dienst von vier bis Mitternacht.

Kaum war die Beecham weg, drehte die Binder sich zur Seite und legte einen muskulösen Arm um die Schulter der kleinen Blondine, lehnte sich vor und flüsterte ihr was ins Ohr. Beide lachten. Intime Gefährtinnen.

Weil der rosa Drink vor der Blondine fast alle war und die Binder ihrer Flasche die letzten Tropfen entlockte, stieg ich von meinem Hocker und näherte mich lächelnd.

»Tag!« strahlte ich. »Wie geht es den Damen?«

Beide schauten überrascht drein, die Blonde nicht uninteressiert, die Binder schon weniger entzückt.

»Sieh mal an, unser Superschnüffler«, sagte sie. »Was machen denn Sie hier, Todd?«

»Ich mache mal Pause. Darf ich Sie zu einer Runde einladen?«

»Tja, warum eigentlich nicht?«

»Setzen Sie sich doch zu uns«, flötete Sue Ann, und ich hätte sie am liebsten geküßt.

Ohne auf das Stirnrunzeln der Binder zu achten, nahm ich den Platz ein, auf dem die Beecham gesessen hatte, ließ eine weitere Runde kommen, bot Zigaretten an. Wir rauchten alle drei und plauderten über das Wetter, bis die Drinks kamen.

»Wann reisen Sie ab?« fragte die Binder, selbstverständlich sehr erwartungsvoll. Schön, wenn man so beliebt ist.

»Vermutlich morgen vormittag.«

»Sie wissen also alles Nötige über Thorndecker?«

»Mehr.«

Wir nippten an den Gläsern und Sue Ann sagte: »Junge, Junge«, wobei sie errötete. Sie war saftig, frisch und jung, und wenn man sie geknuddelt hätte, wäre wahrscheinlich Nektar rausgespritzt.

»Tja, Thorndecker, der ist eine große Nummer, sehr überzeugend«, sagte die Binder.

»Sehr«, bestätigte ich, »dem würde man auch einen Mord nachsehen.«

Sie blickte mich scharf an. »Was heißt denn das?«

»Das ist bloß 'ne Redensart.«

Sie ließ den Blick nicht von mir, und in ihre Augen trat ein anderer, ein wissender Ausdruck.

»Prima schmeckt das.« Die Kleine sog selig an ihren Strohhalmen. Beneidenswerte Strohhalme.

»Er kriegt also kein Geld von der Stiftung?« wollte die Binder wissen.

»Wann kommt Ihre nächste Ausgabe raus?« fragte ich dagegen.

»Nächste Woche. Die letzte ist eben fertig.«

»Nun, dann können Sie es ruhig erfahren. Nein, er bekommt nichts. Jedenfalls nicht, wenn ich dabei was zu sagen habe.«

»Na ja ... hol's der Henker. Ich hab' mir schon gedacht, daß Sie dahinterkommen.«

»Heißt das, Sie wußten Bescheid?«

»Mann, Todd, alle in Coburn wissen Bescheid.«

Ich holte tief Luft und stierte an die Decke.

»Sie sind wirklich unglaublich«, sagte ich dann. »Sie und die andern auch. Da passiert nun so was direkt unter euren Augen und ihr geht mit einem Achselzucken drüber weg. Ich verstehe euch nicht.«

»Manchmal trinke ich einen Tom Collins«, kicherte die Kleine, »aber dies hier ist viel besser.«

»Sie sind ein ziemlich widerlicher Lump, Todd«, sagte die Binder. »Sie kommen hierher mit Ihren hehren moralischen Ansichten, stecken die Nase in Sachen, die Sie nichts angehen und verurteilen Thorndecker, weil seine Frau sich übel aufführt. Halten Sie das wirklich für gerecht?«

Mein Magen drehte sich um, meine Gedanken rasten. Ich streckte die Hand nach dem Glas aus, suchte meinen reißenden Gedankenstrom zu bremsen, mich zu orientieren. Das brauchte seine Zeit, eine Minute oder zwei. Dann stand alles wieder auf seinem Platz, und ich wußte: Agatha Binder und ich redeten von zwei verschiedenen Dingen.

»Bier hab' ich auch mal versucht«, ließ die Kleine sich vernehmen, »aber es ist mir zu bitter.«

Ich trank aus, deutete auf die anderen Gläser. »Noch eine Runde?«

»Klar, allemal«, raunzte die Binder.

Und Sue Ann flötete: »Huiiii!«

Als mein Gimlet gebracht wurde, war ich mir darüber im klaren, wie ich die Sache anpacken wollte.

»Meinen Sie, Thorndecker ist darüber im Bilde?« begann ich behutsam.

»Klar, das muß er sein. Ewig diese Ausflüge nach Albany, Boston und New York. Einmal nach Washington. Um mögliche Geldgeber aufzutreiben. Spenden für sein Labor zu sammeln. Seine Frau fuhr mit, blieb aber immer noch ein paar Tage länger oder auch eine Woche. Und erst danach kamen dann die Spenden. So schwer ist das nun auch nicht zu durchschauen.«

Ich nickte, als sei mir das seit langem bekannt.

Die Binder fuhr mürrisch fort: »Daß Sie ihnen draufkommen würden, war mir schon klar, aber ist das wirklich so schlimm? Es dient schließlich einem guten Zweck, und Sie führen sich auf, als wäre das ein Kapitalverbrechen.«

»Nein, so schlimm ist es nicht«, sagte ich gedankenvoll. »Ein bißchen anrüchig vielleicht, aber im Wirtschaftsleben geschieht das jeden Tag.«

»Das sollten Sie sich mal vor Augen halten.«

»Ich hab' Hunger«, sagte Sue Ann.

Diese neue Information wollte erst mal verarbeitet werden; darauf war ich überhaupt noch nicht gekommen. War das die »Verschwörung« an der ganz Coburn beteiligt war? Ziemlich dürftig.

Also sagte ich wie versonnen: »Unsere Julie ist eine sehr komplexe Person, und ich lerne sie erst allmählich durchschauen. Anfangs hielt ich sie für ein Luder mit überentwickelter Libido, aber das scheint längst nicht alles zu sein. Warum macht sie so was, Agatha? Bloß aus Lüsternheit oder des Geldes wegen, damit sie den gewohnten Lebensstil beibehalten kann?«

Die Binder betupfte ihre Nase, nahm einen tiefen Schluck aus der Bierflasche.

»Wann essen wir endlich?« jammerte die Kleine.

»Es spielt wohl beides mit«, sagte die Frau, »aber im wesentlichen, weil sie Thorndecker liebt. Sie liebt ihn und glaubt an ihn, an sein Werk. Sie betet ihn an, hält ihn für einen Heiligen. Sie ist in Wahrheit eine sehr liebevoll, aufopferungsbereite Frau.«

Ich warf buchstäblich die Hände in die Höhe.

»Eine Maskerade«, sagte ich. »Hoffnungslos. Alle tragen Masken. Nehmt ihr die um Mitternacht ab?«

»Sie kommen aus der Großstadt und meinen selbstverständlich, Sie haben es hier mit Provinzjockeln zu tun. Das merkt man an Ihrer Überheblichkeit. Und stellt sich raus, daß wir keine zweidimensionalen Pappkameraden sind, werfen Sie uns vor, wir wären ebenso durchtrieben wie die Leute anderswo.«

Darüber dachte ich ein Weilchen nach.

»Da könnten Sie recht haben. Bis zu einem gewissen Grade. Es stimmt, die meisten Menschen, denen ich hier begegnet bin, habe ich unterschätzt. Thorndecker hingegen nicht.«

»Na, der ist auch ein Unikat, mit niemand zu vergleichen.«

»Das tue ich auch nicht, ich frage mich nur, wie ein Mann beschaffen sein muß, der erträgt, was seine Frau ihm antut. Sie noch dazu ermuntert, mindestens keine Einwände macht.«

»Zuerst kommt seine Arbeit, und die Testfrage ist immer: Nützt es der Arbeit oder schadet es?«

»Ein Monomane?«

»Oder ein Genie.«

»Besessen?«

»Oder ganz in seine Arbeit hingegeben.«

»Fühllos?«

»Oder für nichts anderes ansprechbar.«

Dann schwiegen wir beide, beide voller Zweifel.

»Einen Hamburger vielleicht«, schlug Sue Ann verträumt vor. »Mit Meerrettich. Oder einen Cheeseburger?«

Ich stand seufzend auf. »Füttern Sie die Kleine, bevor sie ohnmächtig wird«, riet ich der Binder. »Und schönen Dank für das Gespräch.«

»Danke für die Einladung.«

Sie reichte mir ganz überraschend ihre harte, schwielige Hand und ich packte sie. Ich möchte nicht sagen, wir schieden als Freunde, doch ein gewisses Maß gegenseitiger Achtung war wohl vorhanden.

Ich ging in die Bar, wo ich eigentlich hatte essen wollen, beschloß stattdessen aber, im Hotel was zu mir zu nehmen. Der Anblick von Agatha Binder, die ihre Zunge in das rosige Ohr von Sue Ann steckte, war mir zuwider, und im Spiegel hinter der Theke wäre mir der nicht erspart geblieben. Da wußte ich: Du wirst alt. Jetzt stört es dich schon, wenn du in der Öffentlichkeit siehst, was früher nur im Schlafzimmer vor sich ging, wenn alle Lampen aus und die Kinder in der Heia waren.

Auf der Rückfahrt wollte ich mir nicht im Detail ausmalen, was die Binder mir von Mrs. Thorndecker erzählt hatte, doch störte mich, daß ihre Enthüllungen mich so unvorbereitet getroffen hatten.

Das war überhaupt bezeichnend für die Angelegenheit Thorndecker, alles entblätterte sich mühsam wie in Zeitlupe, und ich fragte mich, ob mir wohl auch das letzte Detail enthüllt würde, bliebe ich noch eine weitere Woche hier, einen Monat, ein Jahr.

Die Vorwürfe der Binder hatten mich getroffen, sie stimmten nämlich. Mindestens teilweise. Ich hatte wirklich angenommen, diese Kleinstadtbewohner seien andere Menschen, schlichter, durchschaubar, mühelos zu analysieren. Und kaum einer hatte mich nicht als einen arroganten Snob entlarvt, einzig indem er sich als Mensch erwies, mit allen rätselhaften, unerklärlichen Eigenheiten, wie Menschen sie nun mal besitzen. Das hätte ich wissen müssen.

Der Speisesaal im Hotel war mäßig besetzt, und ich aß in der Bar, trank schäumendes Ale zu Schweineschnitzel mit Apfelmus, einer gebackenen Kartoffel, grünen Bohnen mit Specksauce und aß Rumtorte zum Nachtisch. Der Fastentag, den ich mir verordnet hatte, dauerte nun immerhin schon neun Stunden und ich wachse schließlich noch.

Auf meinem Zimmer begann ich zu packen. Zwar wollte ich erst am nächsten Vormittag fahren, doch plagte mich die Vorstellung, es könnte nötig werden, nach dem für zwei Uhr früh geplanten Einbruch unverzüglich zu fliehen. Ich packte also, ließ Koffer und Aktenmappe aber unverschlossen.

Auf Briefpapier des Hotels entwarf ich sodann die Beurteilung des Antrages Thorndecker, möglichst kurz und präzise, doch wollte ich nichts auslassen, was ich herausgebracht oder auch nicht herausgebracht hatte: Thorndeckers Motive dafür, daß er seine Pflegeheiminsassen mit Krebs infizierte.

Ich brauchte dazu fünf beidseitig beschriebene Blätter, las alles noch mal durch, machte einige Korrekturen, steckte die Bogen in einen Umschlag und adressierte den Brief an mich selber bei der Binghamstiftung in New York. Ich erinnerte mich dabei, daß Thorndecker darauf hingewiesen hatte, wie wichtig es sei, vollständige und genaue Aufzeichnungen zu machen (»Falls mal etwas passiert, dann kann die Arbeit von anderen Menschen weitergeführt werden.«).

»Passiert« nichts (etwa ein Absturz von den Klippen überm Hudson), konnte ich die Notizen nach meiner Rückkehr am Dienstag vernichten. Kam ich aus irgendwelchen Gründen nicht zurück, würde der Brief im Büro geöffnet werden, und man wüßte Bescheid.

Wieder in Hut und Mantel, stieg ich in die Halle hinunter, zog am Automaten Briefmarken, und der Glatzkopf am Empfang erbot sich denn auch gleich: »Soll ich den Brief für Sie besorgen lassen, Mr. Todd?«

»Danke, ich mache einen kleinen Spaziergang und gehe an der Post vorbei.«

»Es ist recht feucht draußen.«

»Gut für die Landwirtschaft.«

Das sagte ich mit Vergnügen, denn es war ganz in der Tradition von Coburn. Sollte ein Orkan Coburn und den halben Staat New York verwüsten, würde doch noch ein Überlebender unter den Trümmern hervorkriechen, in den wüsten Himmel blinzeln und mit letzter Kraft ächzen: »Jedenfalls war es gut für die Landwirtschaft.«

Wieder im Hotel, schmiß ich die nassen Klamotten auf den Boden, einschließlich der durchweichten Stiefel, und sank aufs Bett. Angeblich wacht man ja pünktlich zu einer bestimmten

Stunde auf, wenn man sich das beim Einschlafen fest vornimmt, und bevor ich entschlummerte, sagte ich mir mehrmals vor: »Punkt Mitternacht wachst du auf.«

Aufwachen tat ich dann erst um Viertel nach eins, nicht übel, bedenkt man, daß dies mein erster Versuch war. Immerhin war Eile geboten, denn ich mußte mich ganz in Schwarz werfen, die Treppe runterschleichen und warten, bis die Halle leer, der Nachtportier in seinem Büro war. Es regnete immer noch, als ich über den Parkplatz zum Wagen eilte. Auch das mochte nützlich sein, denn der Hundeführer mit der Schrotflinte saß vermutlich irgendwo im Trockenen und las Pornohefte.

Den Weg nach Crittenden fuhr ich in mäßigem Tempo. Zu spät kommen wollte ich nicht – Mary Thorndeckers Nerven durften nicht durch Warten strapaziert werden –, doch zu früh wollte ich auch nicht eintreffen, weil mich sonst womöglich doch noch einer der Wächter vom Nachtdienst gesehen hätte.

Am Tor fuhr ich so langsam vorüber, daß ich die Außenbeleuchtung des Pflegeheims wahrnahm und auch Mrs. Thorndeckers blauen MGB, der sonderbarerweise in diesem Wetter, noch dazu nachts, im Freien stand. Im Erdgeschoß des Pflegeheims brannten einige Lichter, im ersten und zweiten Stock war es dunkel. Im Laborgebäude ebenfalls völlige Finsternis, nur aus dem Wachhäuschen schimmerte es bläulich – vielleicht ein Fernsehgerät.

Ich folgte dem Zaun, bis er etwa in Hohe des Friedhofes einen Bogen und die Straße eine sanfte Kurve beschrieb, hielt am Straßenrand, machte die Scheinwerfer aus und gewöhnte meine Augen an die Dunkelheit. Dann stieg ich aus, ließ die Tür behutsam hinter mir zufallen, aber so, daß sie einen spaltbreit offen blieb, sammelte meine Gerätschaften ein, Leiter, Wäscheleine, Bleigewicht, Stablampe. Diese und das Gewicht brachte ich in meinen Hüfttaschen unter und verlor auf diese Weise beinahe die Hose. Leiter und Seil in Händen, näherte ich mich dem Zaun. Es regnete immer noch, nicht gerade ein Wolkenbruch, mehr ein Landregen. Stetig und schön senkrecht fallend. Ein Regen, der den Boden aufweichte und einen bis ins Mark frösteln machte.

Die Leine befestigte ich am oberen Ende der Aluminiumleiter, warf den aufgerollten Rest über den Zaun, klappte die Leiter auseinander und überzeugte mich, daß die Verriegelung einrastete. Dann stieg ich hinauf.

Im Kino packen Herren wie James Bond den oberen Teil des Zaunes und schwingen sich hinüber. Man versuche das mal selber. Das Resultat ist meist ein Leistenbruch. Viel angenehmer ist es, eine Trittleiter zu benutzen.

Oben angelangt, setzte ich erst ein Bein über den Zaun, zog das andere nach und sprang, wobei ich darauf Bedacht nahm, weich in den Knien zu landen. Sodann zog ich die Leiter am Seil über den Zaun, was einige Minuten dauerte, stellte sie innerhalb des Zaunes schön fest auf, um mir den Fluchtweg zu sichern.

Jetzt war ich also innerhalb der Umzäunung, das Pflegeheim zwischen mir und dem Wächterhäuschen. Hoffentlich hatte der wandernde Flintenträger samt Hund wirklich Schutz vor dem Regen gesucht. Ich hockte mich vorsichtshalber nieder und wartete lauschend etliche Minuten. Die Stille dröhnte in meinen Ohren wie Donnerschläge, allerdings nicht ganz so betäubend, denn ich hörte den Regen auf meinen Hut, den Mantel, die Erde rieseln. Aber weiter auch nichts.

Nun näherte ich mich vorsichtig den Anbauten des Pflegeheims. Weil ich dabei die Lampe nicht benutzte, rannte ich zweimal gegen Bäume, fluchte aber nicht. Fluchen tat ich erst, als ich über Wurzeln stolperte und der Länge nach auf die Nase fiel.

Eine gute Viertelstunde brauchte ich, um das Pflegeheim einmal zu umrunden. Im ersten Stock ging ganz kurz ein Licht an und gleich wieder aus. Ich hoffte, es sei Mary Thorndecker, mit Drapers Schlüsseln, auf dem Weg zu mir.

Plötzlich bellte wütend ein Hund. Ich erstarrte. Das Gebell währte eine oder zwei Minuten und verstummte ebenso plötzlich, wie es begonnen hatte. Ich schlich weiter, langsam, langsam, spähte angestrengt in den Regen, suchte die Dunkelheit zu durchdringen. Der Himmel war tiefschwarz. Ich kam mir vor wie in einem Tunnel, am Grunde eines Brunnenschachtes, schon beerdigt.

Endlich berührte ich mit den Fingerspitzen die Hausmauer von Crittenden.

Ich schlich, so lautlos es gehen wollte, ums Haus, und war mir sehr bewußt, kein naturverbundener Mensch zu sein. Hier im Freien fühlte ich mich verloren. In einer Mietskaserne in der Nineth Avenue hätte ich mich leichter zurechtgefunden als in einem Wäldchen, auf Stoppelfeldern, in Weideland oder zwischen Hügeln.

Endlich der gedeckte Gang vom Pflegeheim zum Laborgebäude. Ich vermied die Steinplatten und ging gebückt daneben im Gras, wobei ich Büschen auswich und vermied, in die Rabatten zu treten.

Endlich die Tür, aber keine Spur von Mary. Ich verkroch mich in meinen Trenchcoat und wartete. Meine Uhr zeigte 2.20. Plötzliche Panik – hatte ich sie um 2.15 verfehlt? Lag sie etwa schon wieder in Drapers Bett, weil sie es mit der Angst bekommen hatte?

Ich wartete, noch voller Hoffnung.

Eine Tür knarrte. Stille. Die Tür fiel mit einem sehr gedämpften Bums ins Schloß. Ich rieb mir immer wieder die Augen, spähte zum Pflegeheim. Dort erschien etwas, eine Winzigkeit heller als die Nacht. Ich sah es gespannt näher kommen.

Mary Thorndecker im weißen Nachthemd unter einem altmodischen Radmantel, der von einer Schnur zusammengehalten wurde. Schwere Halbschuhe an den bloßen Füßen, bewaffnet mit einem großen, aufgespannten Schirm. Zauberhaft. Aber ich lachte nicht.

Fast wäre sie über mich gefallen. Ich richtete mich auf. Sie wich zurück. Ich packte sie, hielt ihr eine Hand über den Mund. Nun wurde sie ruhiger. Ich ließ sie los und näherte mein Gesicht dem ihren unter dem Schirm.

»Schlüssel?« flüsterte ich.

Ich fühlte, daß sie nickte, fühlte das Schlüsselbund, das sie mir in die Hand drückte, und wisperte ihr ins Ohr: »Nehmen Sie die Taschenlampe. Halten Sie die Hand über das Glas, bevor Sie sie anmachen. Wir brauchen nur einen ganz schwachen Lichtschimmer, gerade genug, um das Schloß zu erkennen.«

Sie machte es sehr schön. Wir standen dicht nebeneinander vor der Tür und schirmten das wenige Licht noch mit unseren

Körpern ab. Sie hielt die Lampe, deren Licht als rötliches Glimmen durch ihre Haut drang. Erst der vierte Schlüssel glitt ins Schloß. Ich wollte ihn gerade umdrehen, hielt aber inne.

»Was ist?« fragte sie.

Es gab bestimmt eine Alarmanlage.

Ich ließ den Schlüssel im Schloß stecken, nahm ihre Hand und führte sie samt der abgedeckten Taschenlampe am Türrahmen aufwärts. Ganz oben ein weiteres Schloß, für einen Steckschlüssel.

»Die Alarmanlage«, hauchte ich in ihr Ohr. »Die müssen wir erst abstellen. Am Schlüsselbund ist ein Steckschlüssel. Ich hoffe bloß ...«

In genau diesem Moment vernahmen wir zwei dumpfe Knalle aus dem Pflegeheim, gedämpftes Dröhnen.

»Was –« fragte Mary.

Ich legte ihr die Hand auf den Arm. Wir warteten. Gleich darauf vier weitere, schnell aufeinanderfolgende Knalle, gedämpfte Schüsse.

»Revolver«, sagte ich mit normaler Lautstärke, denn ich wußte, jetzt war alles im Eimer. »Großes Kaliber. Bleiben Sie hier.«

»Nein, ich komme mit.«

Ich nahm ihr die Lampe weg und packte sie bei der Hand. Wir rannten den überdachten Gang entlang, schleiften den Schirm hinter uns her, vor uns der Lichtkegel der Taschenlampe. Am rückwärtigen Eingang zum Pflegeheim machten wir keuchend halt. Die Tür war verschlossen.

»Die Schlüssel!« verlangte ich.

»Die stecken doch im Schloß vom Laborgebäude.«

»Ein schöner Einbrecher bin ich«, sagte ich verbittert.

Ich nahm das Bleigewicht aus der Hosentasche, zertrümmerte damit die Scheibe in der Tür, polkte Glassplitter aus dem Rahmen, um mich nicht zu schneiden, langte durch die Öffnung, machte die Tür von innen auf.

Wir rannten in den hellerleuchteten Flur. Totales Chaos, Schreckensschreie und Flüche, Gebrüll. Weißgekleidetes Pflegepersonal in Richtung Halle unterwegs, allesamt rennend.

Und dazu ein Kreischen, ein Jammergeheul, das mich erschauern ließ. Mann oder Frau? Das war nicht zu unterscheiden.

»Das ist Edward«, keuchte Mary. »Edward!«

Wir schlossen uns dem Wettrennen an, rasten in die Halle, drängten uns zwischen den anderen durch, starrten auf den Boden.

Das Geheul klang nun nur noch klagend, schluchzend, stieg an, schwoll ab.

»Er soll aufhören!« schrie jemand. »Klebt ihm eine!«

Ich drängte mich rücksichtslos durch, Mary hinter mir her, niemand beachtete uns, denn alle schauten auf den Marmorfußboden, wo die breite Treppe begann.

Sie dürften beim Herunterkommen getroffen worden und die restlichen Stufen hinabgestürzt sein, Ronnie Goodfellow, in Zivil, voran. Er lag lang hingestreckt, das Gesicht zur Seite gekehrt. Das rechte Knie angezogen. Offenbar war das Bein im Sturz gebrochen, denn der zersplitterte Knochen hatte das Hosenbein zerfetzt.

Julie Thorndecker lag nahe bei ihm, auf dem Rücken. Der halbe Kopf fehlte, die Arme waren weit ausgestreckt, der Mantel war offen, der Rock hochgerutscht. Ein bloßes, glattes, wunderschönes Bein lag über Goodfellows Hals.

Zwei Schweinslederkoffer waren ebenfalls die Treppe runtergefallen, einer war aufgegangen, der Inhalt ringsum verstreut, blaue Unterwäsche, ein Schmuckkästchen, Negligées, der silbrige Hosenanzug samt den Sandalen, die sie zu meinem Empfang getragen hatte.

Die ersten Schüsse dürften nicht tödlich gewesen sein, doch er war ihnen die Treppe hinunter gefolgt und hatte die Trommel leergeschossen. Das Blut, ihres und seines, gerann zu einer Lache auf den marmornen Fliesen.

Ich stierte ebenso wie die anderen auf diese reglosen, zerstörten Puppen.

Draper kniete neben ihnen, einen Regenmantel über nackten Waden. Er suchte den Puls an ihren Hälsen, vergeblich. Das wußten alle, er ebenfalls. Und doch fuhr er mit zitternden Fingern fort zu tasten.

Edward Thorndecker saß mit untergeschlagenen Beinen auf

dem Boden, das zerschmetterte Haupt seiner Stiefmutter im Schoß. Er hatte den Kopf zurückgeworfen, das Gesicht zu einer Grimasse verzogen und aus dem weit geöffneten Mund drang das fürchterliche markerschütternde Heulen, das den Anschein machte, er benötige überhaupt keine Atemluft, sondern sein Schmerz reiche hin, diese grauenhaften Schreie zu erzeugen. Man zerrte ihn endlich weg, er ließ die Beine schleifen, wehrte sich nicht. Sein Geschrei wurde leiser, war nicht mehr zu hören.

Erstaunlicherweise war es Mary Thorndecker, die nun die Initiative ergriff.

Laut und schroff befahl sie: »Nichts wird angerührt. Kenneth, benachrichtigen Sie die Polizei. Sofort. Weiß jemand, wo er ist?«

Wo *er* ist. Sie war keinen Moment im Zweifel darüber, wer dieses Schlachtfest angerichtet hatte und auch keiner der übrigen.

Der Gorilla-Butler, bewaffnet mit Revolver und Schlagstock, drängte sich vor. »Zur Hintertür ist er raus, Miß Thorndecker. Ich hab' die Schüsse gehört und war gleich da. Ich hab' ihn gesehen. Zur Hintertür raus, ins Freie.«

Mary Thorndecker nickte. »Alma, Sie und Fred kümmern sich um die Patienten. Womöglich haben manche was gehört. Beruhigt sie, falls nötig mit Medikamenten. Alle übrigen Mäntel anziehen, Taschenlampen holen. Wir müssen ihn finden. Er ist nicht bei sich.«

Zehn Minuten etwa vergingen, bis alles bereit war. Mary Thorndecker kommandierte uns wie ein Feldwebel, und ich fand nichts daran auszusetzen. Sie ließ uns eine Kette bilden, mit etwa fünf Metern Abstand von Mann zu Mann. Die meisten trugen Taschenlampen, einer hatte eine Petroleumfunzel; und im Pflegeheim brannten alle Lichter, um den allernächsten Umkreis des Gebäudes zu erhellen.

Auf Marys Kommando setzten wir uns in Bewegung, suchten so gut wie möglich die Kette nicht abreißen zu lassen. Jenseits des Lichtbereiches gerieten wir in tiefe Schwärze, man sah nur die schwankenden Handlampen, die den fallenden Regen beleuchteten.

»Thorndecker!« rief jemand mit brüchiger Stimme, und alle übrigen nahmen den Ruf auf.

»Thorndecker!«

»Thorndecker!«

»Thorndecker!«

Daraus wurde ein gedehntes Heulen: »Thoooooorndecker!« Wir taumelten wie die Irren über den gefrorenen Boden, schwenkten unsere Lampen, riefen wieder und wieder seinen Namen, während kalter Regen auf eine schwarze, trostlose Welt herniedertroff.

Und wir fanden ihn, o ja. Hinter dem Friedhof in einem lichten Gehölz, zwischen dessen Bäumen wir uns ängstlich bewegten. Jemand schrie, eine Laterne wurde im Kreise geschwenkt, wir rannten stolpernd hin, starrten.

Er lag auf dem Rücken, die Gliedmaßen weit von sich gestreckt, das Gesicht dem Himmel zugekehrt, nur mit Schlafanzughosen bekleidet. Der Schädel bis auf wenige Haarbüschel kahl, die bloßen Füße zerkratzt und verschrammt. Die Augen offen. Tot.

Arme und Schultern, Rumpf und Hals, alles was sich dem Blick darbot, von eiternden Schwären bedeckt, die gelb und rosig und purpurn blühten. Dem kaltgewordenen Fleisch entsprossen Wucherungen, die ein ganz eigenes Leben besaßen. Sie hatten weiche, teigartige Zentren, bräunliche, verkrustete Blütenblätter.

Kaum eine Handbreit seines Körpers war frei von Krebsgeschwüren; die Augen quollen brandig hervor, der Mund war verzerrt, die Nase geschwollen, die Gliedmaßen faulten, aus dem Leib rann Eiter.

Die Lampen in den zitternden Händen der Betrachter zeigten den ganzen Schrecken, zu dem er geworden war. Ich hörte jemanden schluchzen, manche wandten sich ab und erbrachen sich. Jemand murmelte ein Gebet. Ich aber war zu Stein geworden, schaute hinunter auf das, was einst Dr. Telford Gordon Thorndecker gewesen war, suchte verzweifelt einen Sinn hinter all diesem und fand doch keinen.

Der Muskelprotz, auch Butler genannt, erbot sich, bei der Leiche zu bleiben, wir übrigen wanderten nach Crittenden Hall zurück, hielten uns eng beieinander, suchten die Nähe des anderen, um die Dunkelheit fernzuhalten, uns zu beweisen, daß es noch warmes Leben gab auf dieser Welt. Niemand sprach, wir gingen schweigend über den Friedhof, vorüber an den Grabsteinen, die im Lichte unserer Lampen schimmerten, näherten uns durch Gras und Stoppeln den Lichtern von Crittenden Hall, das uns, in all der Schwärze, vorkam wie ein Leuchtfeuer.

Eine halbe Stunde später saß ich mit Dr. Draper in Thorndeckers Arbeitszimmer im Laborgebäude. Mary befaßte sich derweil mit der Polizei. Draper hatte ich einfach beim Arm gepackt und nicht mehr losgelassen. Daß jemand von uns sich in dieser Nacht normal benahm, möchte ich bezweifeln.

Ich führte Draper in seine Wohnung und hieß ihn sich anziehen. Dann zerrte ich ihn in Thorndeckers wunderschönen Salon und nahm ohne das geringste Bedenken eine Flasche Cognac vom Tisch, flößte Draper einen kräftigen Schluck ein, denn sein Gesicht war wachsbleich und er bewegte sich wie ein Invalide. Ich nahm ihn samt dem Cognac mit rüber ins Laborgebäude. Der Schlüssel steckte, ich stellte die Alarmanlage ab, machte die Tür auf, fand den Lichtschalter.

In Thorndeckers Labor angekommen, plazierte ich Draper auf den Sessel hinterm Schreibtisch, nahm den Hut ab, zog den Mantel aus, suchte Pappbecher, goß uns Cognac ein. In sein Gesicht kehrte etwas Farbe zurück, doch überliefen ihn immer wieder Schauder, und er klapperte gelegentlich mit den Zähnen.

Das Journal, an dem Thorndecker gearbeitet hatte, als ich zuletzt hiergewesen war, lag immer noch aufgeschlagen auf dem Tisch, und ich schob es Draper hin.

»Wann hat das alles angefangen?« fragte ich.

»Was wird mir wohl passieren?« fragte er stumpf. »Muß ich ins Gefängnis?«

Ich hätte ihm sagen können, es würde ihm vermutlich nichts passieren, falls er das Maul hielte. Wie sollte man nachweisen, daß die Patienten von Crittenden Hall nicht eines natürlichen Todes gestorben waren? Die örtliche Polizei dürfte sich damit zufrieden geben festzuhalten, daß Thorndecker seine Frau und deren Liebhaber erschossen hatte und an unheilbarem Krebs gestorben war. Das war eine saubere Lösung, die Akte konnte geschlossen werden, und niemand würde Lust haben, tiefer zu schürfen.

Mir lag aber daran, daß Draper sich weiterhin schuldig fühlte und vor Angst bibberte.

Also sagte ich stur: »Das kommt darauf an, wie bereitwillig Sie bei der Aufklärung helfen. Falls Sie mir sagen, was ich wissen muß, lege ich ein gutes Wort für Sie ein.«

Ich unterließ es, ihn darauf hinzuweisen, daß mein Einfluß bei der örtlichen Polizei etwa so groß war wie bei den Vereinigten Stabschefs der Streitkräfte der Vereinigten Staaten.

»Also los«, begann ich nochmals, so schroff ich konnte, »seit wann treiben Sie hier diese Sachen?«

Er hob sein verweintes Gesicht, und ich reichte ihm Cognac, den er keuchend schluckte. Er stierte in das Journal, blätterte lustlos zurück.

»Meinen Sie die Experimente?«

»Ja.« Ich zwang mich, ihn nicht anzuschreien. »Die Experimente.«

»Schon seit langer Zeit«, sagte er so leise, daß ich mich vorbeugen mußte, um ihn zu verstehen. »Noch vor Crittenden. Angefangen haben wir mit normalen Säugetierzellen. Dann mit normalen menschlichen Zellen. Wir waren auf der Suche nach der zellularen Uhr, die den Alterungsprozeß einleitet und den Tod herbeiführt. Thorndecker glaubte –«

»Ich weiß, was Thorndecker glaubte«, unterbrach ich ihn. »Glaubten auch Sie an diese Theorie? Daß es eine in den Zellen vorhandene Uhr gibt?«

Er sah mich verdutzt an. »Selbstverständlich. Thorndecker glaubte daran, wie sollte also ich nicht daran glauben? Das mußte ich einfach! Er war ein großer Mann, er war –«

»Weiß ich alles. Ein Genie war er. Aber gefunden haben Sie sie nicht, die Uhr meine ich.«

»Nein. Wir haben Hunderte von Experimenten gemacht, Tausende von Arbeitsstunden daran gewendet. Es ist enorm schwierig mit normalen menschlichen Zellen *in vitro* zu arbeiten. Die Vermehrung ist begrenzt. Die Zellen werden immer undifferenzierter, für unsere Zwecke unbrauchbar. Wir haben zwar immer wieder festgestellt, daß die Zellen über die Lebensdauer bestimmen, aber was genau in den Zellen diese Wirkung hat, war nicht herauszubekommen. Höchst frustrierend. Thorndecker war in dieser Phase seiner Forschungen sehr anspruchsvoll, sehr starrsinnig. Man konnte nur schwer mit ihm umgehen. Mißerfolge ertrug er nicht.«

»Das war also noch vor Crittenden?«

»Ja. Seine erste Frau lebte noch, und unsere Forschungen wurden durch geringfügige Spenden finanziert. Wir hatten aber auch nichts Aufsehenerregendes vorzuweisen, und schließlich war überhaupt kein Geld mehr aufzutreiben. Dann kam seine Frau bei einem Unfall ums Leben, er konnte Crittenden kaufen und das Labor einrichten.«

»Das weiß ich alles. Was geschah nun?«

»Wir waren erst kurze Zeit hier, als er mich eines Nachts ganz euphorisch aus dem Bett holte. Er strahlte und lachte, er behauptete, das große Rätsel gelöst zu haben und zu wissen, auf welche Weise wir künftig unsere Forschungen betreiben sollten. Er hatte eine Inspiration, wie sie nur einem Genie kommt. Einen Quantensprung der reinen Vernunft sozusagen.«

»Und worin bestand der?«

»Wir konnten normale Zellen *in vitro* nicht lebensfähig halten, jedenfalls nicht lange genug. Krebszellen hingegen gedeihen, sie vermehren sich unaufhörlich. Thorndecker nun war auf die Idee verfallen, den Faktor, der das Altern und den Tod hervorruft, nicht mehr in normalen Zellen aufzuspüren, sondern sich auf abnormale Zellen zu konzentrieren, die sich unaufhaltsam vermehren.«

»Also den Faktor zu isolieren, der Krebszellen *in vitro* unsterblich macht?«

»Ja.«

Ich holte tief Luft. Das also war es.

Was jetzt kam, wußte ich bereits, und hätte gleich hier das Gespräch abbrechen können. Doch ich wollte ihn das alles aussprechen hören, mag sein, ich wollte es ihm unter die Nase reiben, wie man einem Hund die Nase in den Haufen steckt, den er auf den Teppich gemacht hat.

»Sie fanden den Faktor also?«

Er nickte. »Die Schwierigkeit bestand nur darin, die lebensverlängernde Wirkung von der tödlichen zu trennen. Sie verstehen? Die Krebszellen selbst wachsen in alle Ewigkeit, wenn man sie nicht daran hindert. Nur zerstören sie den Organismus, auf dem sie wachsen. Unsere Arbeit konzentrierte sich also ganz darauf, diesen Unsterblichkeitsfaktor herauszufiltern, ihn, wenn Sie wollen, so zu purifizieren, daß die normalen Zellen des Organismus ihn annehmen und, ohne Schaden zu leiden, unentwegt wachsen. Chemisch sehr kompliziert.«

»Und es funktionierte nicht.«

»Doch, doch!« rief er und zeigte zum ersten Mal so etwas wie Lebhaftigkeit. »Im Keller kann ich Ihnen Mäuse und Meerschweinchen zeigen, die schon die dreifache normale Lebensdauer hinter sich und keine Spur von Krebs haben. Und wir haben einen Hund, der, nach Menschenjahren gerechnet, zweihundert Jahre alt ist.«

»Bei Schimpansen hatten Sie aber keinen Erfolg?«

»Nein.«

»Diese Essenz oder was es nun schon war, die Sie injiziert haben, hatte also nicht in allen Fällen Erfolg?«

»Nein. Es ist aber bekannt, daß die Forschung an Tieren besonders schwierig ist. Manche weisen die ansteckendsten Krebszellen zurück. Rattenstämme, die angeblich besonders anfällig für Leukämie sind, zeigen sich gelegentlich immun. Der Tierversuch ist nicht immer beweiskräftig und besagt nicht unbedingt was darüber, wie Menschen reagieren würden. Und Tierversuche sind nicht nur kostspielig, sie dauern auch lange.«

Ich lehnte mich zurück, rauchte eine Zigarette. Wie die meisten Spezialisten fing er an, Vorträge zu halten, sobald die Rede auf sein Spezialgebiet kam. Von Kernphysik verstand ich wohl ebensoviel wie er, doch die Biomedizin war sein ureigenes Feld, da war er auf sicherem Grund.

Ich wiederholte: »Tierversuche sind teuer und langwierig, sagten Sie. Und Thorndecker kam mit seinen Forschungsgeldern nie aus. Mehr noch, es fehlte ihm an Zeit. Er hatte es eilig, nicht wahr? Ungeduldig war er. Lag ihm so sehr an dem Ruhm, den seine Entdeckungen ihm eintragen sollten?«

»Er war überzeugt, auf dem richtigen Weg zu sein, und ich ebenfalls. Wir waren der Lösung nahe, ganz nahe. Im Keller hatten wir bereits Tiere, die die Richtigkeit unseres Ansatzes bewiesen, indem sie zwei-, dreimal so lange lebten als üblich.«

Ich begann, vor dem Schreibtisch hin und her zu gehen, hielt plötzlich in jeder Hand eine brennende Zigarette, machte eine aus.

»Schön. Jetzt kommen wir zu dem berühmten Apfel im Wurm. Wer verfiel auf den Gedanken, Menschen zu infizieren?«

Er ließ den Kopf sinken und schwieg.

»Sie brauchen es nicht zu sagen, ich weiß, es war Thorndekker. Sie haben dazu nicht den Mumm. Ich wette, ich weiß sogar, wie er Sie überzeugt hat. ›Draper‹, hat er gesagt, ›jeder Fortschritt wird mit Leiden erkauft, Opfer müssen gebracht werden. Wir müssen alles wagen. Unsere Patienten in Crittenden Hall sind ohnedies todkrank. Wie lange haben sie zu leben – Wochen? Monate? Ein Jahr? Haben wir keinen Erfolg, verkürzen wir geringfügig ihre Lebensdauer. Bedenken Sie, was diese Menschen für die Wissenschaft tun! Ihr kurzes Leben dient noch einem Zweck, Draper, bedenken Sie! Ihr Sterben wird sinnvoll!‹ Das hat er doch gesagt, oder? Jedenfalls was sehr Ähnliches.«

Er nickte widerstrebend. »So ungefähr.«

»Sie wählten also Patienten aus, die Sie für todgeweiht hielten?«

»Das waren sie, das waren sie!«

»Jedenfalls nahmen Sie das an. Genau wissen konnten Sie es nicht. Ärzte können das nie wissen, das dürfte Ihnen bekannt sein. Es gibt immer wieder überraschende Heilungen, die Krankheit schreitet nicht fort. So etwas kommt vor, und Sie wissen es genau.«

Er goß etwas Cognac in seinen Becher und hob den mit zitternden Händen an den Mund; einige Tropfen liefen über sein Kinn auf die Hemdbrust.

»Wie viele haben Sie getötet?« fragte ich scharf.

»Ich weiß nicht«, murmelte er. »Wir haben nicht –«

»Reden Sie keinen solchen Scheiß!« brüllte ich ihn an.

»Thorndecker hat präzise und vollständige Aufzeichnungen gemacht, das ist Ihnen sehr wohl bekannt. Soll ich der Polizei dieses Journal und die der drei letzten Jahre übergeben? Wer kann mich daran hindern? Versuchen Sie's mal. Also: Wie viele?«

»Elf«, sagte er erstickt.

»Und keiner hat es überstanden?«

»Nein.« Dann hellte sich sein Gesicht auf. »Die Überlebenszeit wurde aber ständig länger. Wir waren bestimmt auf dem richtigen Wege, Thorndecker war davon überzeugt und ich ebenfalls. Der Extrakt wurde gefiltert und wieder gefiltert und vor einer Woche waren wir überzeugt, der Durchbruch sei gelungen.«

»Warum haben Sie nicht noch einen Patienten infiziert?«

Draper stöhnte.

»Verstehen Sie denn nicht? Thorndecker hätte doch nicht publizieren können im Falle eines Erfolges. Er hätte doch nicht Experimente an Menschen eingestehen dürfen. Tödliche noch dazu! Ohne daß die Patienten sich vorher schriftlich damit einverstanden erklärt hatten. Gekreuzigt hätte man ihn. Es gab nur eine Möglichkeit: Er mußte sich selbst infizieren. Er war seiner Sache so sicher, daß er nur lachte, als ich ihn warnte. ›Das Lebenselixier, Draper, das Lebenselixier, ich werde ewig leben!‹ So sagte er.«

Ich staunte über diesen Mann, Thorndecker meine ich. Er war seiner Sache so sicher, glaubte so sehr an seine Bestimmung, daß er den Tod herausforderte.

»Und was ging schief?«

»Ich weiß nicht«, sagte Draper. »Anfangs lief alles gut. Dann, nach kurzer Zeit, erschienen Symptome, das Haar fiel aus, die Haut wurde fleckig, was auf sich bildende Tumoren deutet, er verlor an Gewicht, hatte keinen Appetit mehr, auch anderes ...«

»Und er wußte Bescheid?«

»O ja, das wußte er.«

»Und wie reagierte er?«

»Die letzten Tage haben wir rund um die Uhr gearbeitet, versuchten ausfindig zu machen, was schief gegangen ist, warum diese Injektion nicht nur das Leben nicht verlängert, sondern so unheimlich schnell Tumore hervorruft.«

»Und haben Sie die Ursache entdeckt?«

»Nicht mit Sicherheit. Womöglich liegt es am Filterungsprozeß. Es kann auch andere Ursachen haben. Zum Beispiel Thorndeckers eigene Immunisierungsreaktion. Ich weiß es einfach nicht.«

»Und seine Frau wußte von alledem?«

»Sie wußte, daß ihr Mann tödlich erkrankt war, ja.«

»Und waren ihr die Experimente bekannt, die von euch beiden Alchimisten ausgeführt wurden?«

»Nein. Ja. Ich weiß nicht.«

Ich setzte mich, sank in mich zusammen, so ermattet, daß ich auf der Stelle hätte einschlafen mögen.

Benommen überlegte ich, was ich mit diesem Kerl anstellen sollte. Anzeigen, ja, aber ein gerissener Anwalt würde ihn freibekommen. Sollte ich die Leichen ausgraben und feststellen lassen, ob sie an Krebs gestorben waren? Draper würde keinen Tag Knast abreißen. Eine Untersuchung der Ärztekammer war das Äußerste, womöglich wurde ihm die Approbation entzogen. Na und? Leiden sollte der Bursche.

»Was war mit Scoggins?« fragte ich dumpf. »Hat er Thorndecker erpreßt?«

»Darüber weiß ich gar nichts«, nuschelte er.

»Verfluchtes Arschloch Sie!« brüllte ich. »Sie waren Thorndeckers Adjutant, Sie wissen alles!«

Draper antwortete hastig, furchtsam. »Scoggins hat ihm geschrieben, einen Zettel unter der Tür durchgeschoben. Er war damals hier beschäftigt. Half auch bei den Tieren aus. Und gelegentlich bei Begräbnissen. Er ahnte was ... wegen der vielen Tumoren an den Leichen ...«

»Hatte er Beweise dafür, daß Versuche an Menschen gemacht wurden?«

»Er hat eins von Thorndeckers Journalen gestohlen. Und das war ... ah ... belastend.«

»Und?«

»Thorndecker sagte, er würde die Sache regeln, ich sollte mir keine Sorgen machen.«

»Das Journal hat er zurückbekommen?«

»Ja.«

»Und Scoggins war verschwunden.«

»Damit hat Thorndecker nichts zu tun«, verteidigte Draper ihn eifrig.

»Mag sein, nicht unmittelbar, aber er ließ Konstabler Goodfellow durch seine Frau anstiften, Scoggins wegzuräumen. So schwer war das nicht. Mrs. Thorndecker war eine Frau mit Überredungsgabe. Und das gleiche passierte dann wohl auch mit Al Coburn, dem Scoggins geschrieben hatte, was er aus Thorndeckers Journal herausgelesen hat.

Also mußte auch Al Coburn verschwinden, der Brief beschafft werden. Konstabler Goodfellow machte sich wieder mal an die Arbeit und bewährte sich wie gewohnt.«

»Von Al Coburn weiß ich überhaupt nichts«, beteuerte Draper so kläglich, daß man es ihm glauben durfte.

Weitere Fragen fielen mir nicht ein, nicht nur war ich erschöpft, mein Hirn fühlte sich an wie durch die Mangel gedreht. Zu viele starke Reize in einer Nacht, zu viele elektrische Impulse. Die Leitung war überlastet.

Ich stand auf, zog den feuchten Mantel an, setzte den tropfnassen Hut auf und schickte mich an zu gehen. Mein Hotelzimmer schien mir plötzlich ein erstrebenswerter Bestimmungsort.

»Was wird nun aus mir?« fragte Draper.

»Halten Sie Ihren Mund, sagen Sie keinem Menschen, was Sie mir anvertraut haben, ausgenommen Mary Thorndecker«, riet ich ihm resigniert.

»Der kann ich es nicht sagen«, ächzte er.

»Dann tue ich es. Das meiste ahnt sie übrigens bereits.«

»Sie wird mich deswegen hassen.«

»Na, sie wird Ihnen schon vergeben, wie der liebe Herr Jesus. Auch dürfte sie als Erbin jemanden brauchen, der ihr hilft, Crittenden zu betreiben. Und das Labor.«

Seine Miene hellte sich etwas auf.

Wie zu sich selbst sagte er: »Sie verzeiht mir vielleicht wirklich, schließlich habe ich nur getan, was Dr. Thorndecker mir aufgetragen hat.«

»Ganz recht. Sie haben nur Befehle ausgeführt. Wo habe ich das bloß schon mal gehört? Gute Nacht, Dr. Draper. Ich hoffe, Sie heiraten Mary und ihr beide lebt hinfort glücklich miteinander.«

Draußen in der Auffahrt parkten zwei Streifenwagen aus Coburn. Ein Wagen des Sheriff und eine Ambulanz. Das Portal stand weit offen. Ich ging einfach hinaus. Niemand stellte sich mir in den Weg.

Eine halbe Stunde später lag ich tief in mein Bett gekuschelt, behaglich schnurrend. Vor dem Einschlafen fiel mir noch ein, daß ich meine Trittleiter in Crittenden vergessen hatte und das überzeugte mich nur desto mehr, daß ich zum Berufsverbrecher nicht tauge.

DER ACHTE TAG

Montag erwachte ich gegen elf und stand sofort auf, duschte, rasierte mich, zog mich an, packte zu Ende, schloß die Koffer, sah mich noch einmal im Zimmer um, ob ich nichts vergessen hatte. Dann klingelte ich nach Sam Livingston und bat ihn, das Gepäck zu meinem Wagen zu tragen. Den restlichen Ale und Wodka ließ ich ihm da, den italienischen Cognac nahm ich mit.

Der Glatzkopf am Empfang hätte gern über die schreckliche Tragödie draußen in Crittenden geschwätzt – so nannte er sie, »die schreckliche Tragödie«. Ich unterbrach ihn und verlangte die Rechnung. Während er zusammenrechnete, schaute ich zum Zigarrenstand. Auf dem kleinen Tresen stand ein Schild. Ich ging hin und las: *Geschlossen wegen Todesfall.*

Ich glaube, dieses traurige, törichte Schild traf mich härter als alles, was ich in der vergangenen Nacht gesehen hatte.

Ich zahlte mit einer Kreditkarte, verabschiedete mich, ging in die Bar und ließ Jimmy fünf Dollar da. Auf dem Parkplatz half ich Sam Livingston das Gepäck verladen, legte Hut, Mantel und Cognacflasche auf den Rücksitz. Dann gab ich Sam zwanzig Dollar, und er nahm sie dankend an.

»Passen Sie auf sich auf«, sagte ich, so beiläufig ich konnte.

Das alte schwarze Gesicht zeigte keinen Ausdruck, nicht

Kummer, nicht Sorge, nicht Verzweiflung. Warum auch? Er hatte alles gesehen, mindestens zweimal. Und wie der alte Kirchendiener Ben Faber gesagt hatte: Es geschieht nichts Neues.

Ich stieg ein, knallte die Tür zu, streckte die Hand zum Fenster raus, und die alte Mumie erwiderte meinen Händedruck.

»Sam«, sagte er dabei, »Sie werden die Welt nicht ändern.«

»Hab' ich auch nie angenommen.«

»Hm ... falls Sie je wieder in unsere Gegend kommen ...«

Ich fuhr los. Es schien nur folgerichtig, daß der letzte Satz, den ich in Coburn zu hören bekam, unbeendet blieb.

Die Fahrt zurück nach New York war lang, und ich war tief in Gedanken. Ich würde gern sagen, die Sonne kam heraus und der Himmel klarte auf, kaum daß ich Coburn hinter mir hatte, das wäre eine hübsche Pointe, doch geschah nichts dergleichen. Das Wetter war nicht viel besser als eine Woche zuvor. Starke Westwinde trieben Schneeflocken über die Fahrbahn, dunkle Wolken jagten über einen düsteren Himmel.

Beim ersten Rasthaus, an das ich kam, aß ich Pfannekuchen mit Speck, trank Tomatensaft und drei Tassen schwarzen Kaffee. Alles schmeckte nach nichts. Oder nach Sägemehl, nach nasser Tapete. Vielleicht lag es an mir. Wieder im Wagen, spülte ich den Mund mit Cognac.

Ich fuhr nun schneller als ratsam war. Lenken, schalten, bremsen, das alles war reiner Reflex; ich war ganz damit beschäftigt, mir die vorgefallenen Ereignisse verständlich zu machen.

Ich begann mit Julie Thorndecker. Sie mochte ja, wie die Binder behauptete, eine liebevolle, opferwillige Ehefrau sein, dazu paßte aber nicht, daß sie ihren todkranken Mann verlassen und mit einem jungen Liebhaber durchbrennen wollte. In allem, was Julie tat, war ein sexuelles Moment enthalten, womit ich sie nicht als Nymphomanin bezeichnet haben möchte – der Himmel weiß, was das ist. Ich glaube nur, sie war süchtig nach außerehelichem Geschlechtsverkehr, insbesondere wenn der mit Gefahr verbunden war. Es gibt solche Menschen, Männer wie Frauen. Sie können keine Lust empfinden, wenn die nicht von Schuldgefühlen begleitet wird. Und Schuld empfinden sie nur, wenn Strafe droht.

Julie Thorndecker war nach meiner Meinung eine typische Überlebenskünstlerin. Wäre sie nicht von Thorndecker vor dem Selbstmord bewahrt worden, dann von jemand anderem. Sie war zu jung und zu schön, um unterzugehen. Ihre Reaktionen waren elementar. Als sie sah, daß ihr Mann dem Tode nahe war, dachte sie bloß: Das Spiel ist aus und plante das nächste. Mag sein, sie liebte ihn und achtete ihn – ich nahm das sogar an –, aber Trauer war nichts für sie, dafür lebte sie zu intensiv. Also bereitete sie den Ausbruch mit einem jungen Mann vor, der sexuell potent und ihr hörig war. Gewiß liebte sie auch Goodfellow, sie liebte jeden, der sie anbetete, denn Männer dienten ihr als Spiegel; sie liebte hauptsächlich sich selbst, ihren schönen Körper, und jeder Mann, der sie attraktiv fand, bestätigte ihr, daß sie recht daran tat.

Telford Gordon Thorndecker war da schon komplizierter. Seine berufliche Qualifikation war über allen Zweifel erhaben, und wüßte ich, was man unter Genie zu verstehen hat, würde ich mit allen darin übereinstimmen, daß er eines war. Doch sein Antrieb war nicht einzig Wißbegier und Ruhmsucht; vielmehr schien mir der Umstand, daß er sich ausgerechnet mit dem Altern und dem Tod, mit Jugend und Unsterblichkeit wissenschaftlich befaßte, eine Art Schlüssel zu seinem Charakter zu sein.

Nur wenige werden von den Motiven getrieben, die sie sich und anderen offen eingestehen, immer sitzt tief drinnen der Wurm und krümmt sich.

Angenommen, jemand behauptet, die Erziehung von Knaben sei für ihn ein hohes Ziel, er wolle sein Wissen und seine Lebenserfahrung an sie weitergeben, ihnen den Durchgang durch die Pubertät erleichtern, sie davor bewahren, straffällig zu werden – dies alles mag zutreffen, und doch handelt er in Wahrheit so, weil er Knaben liebt.

Thorndecker wurde meines Erachtens ebensosehr durch die Tatsache motiviert, daß er mit einer unbeschreiblich verführerischen, sexuell aktiven jungen Frau verheiratet war als von dem Wunsch, in der Erforschung der Alterungsvorgänge beim Menschen bahnbrechende Erkenntnisse zu gewinnen. Der Altersunterschied zwischen den beiden dürfte ihm unentwegt zugesetzt haben, auch wenn ihm das vielleicht nicht bewußt war. Er hatte sie täglich vor Augen: energisch, jugendlich, sprühend vor Leben, wunderschön anzusehen und voll sexueller Begierde, während er, der doppelt so alt war wie sie, an sich selbst unfehlbar das nahende Alter wahrnehmen mußte.

Daß er nach dem Lebenselixier forschte, geschah mindestens so sehr um seiner selbst willen als zum Wohl der Menschheit. Er hatte es eilig, die Uhr anzuhalten, denn in weiteren zehn, ja fünf Jahren war seine letzte Chance vertan. Eine Umkehr war undenkbar, das wußte er. Er träumte davon, mit viel Glück und beharrlicher Arbeit an den Punkt zu kommen, wo er nicht weiter alterte, während seine Frau ihn im Alter allmählich einholte.

Er liebte sie nämlich.

Er begriff zwar, daß sie sich mit jemand wie Goodfellow einlassen mußte, denn seine Arbeit ließ ihm nicht genug Zeit für sie, doch schützte ihn das nicht davor, Eifersucht zu empfinden; Haß fraß an seinem Selbstgefühl. Am Ende war ihm die Vorstellung unerträglich, diese beiden jungen Leiber würden, berstend vor Lust, sich aneinander schmiegen, während er im Grabe faulte.

Darum nahm er sie mit sich.

Das waren, ich wußte es nur zu gut, Vermutungen, nichts als unbewiesene Vermutungen, und mir drängte sich die betrübliche Einsicht auf, daß ich nicht hoffen durfte, andere zu verstehen, solange ich mich selbst nicht verstand. Ich verspürte den Wunsch, Joan Powell die Mär von Dr. Telford Gordon Thorndecker zu erzählen. Diese gescheite Person war bestimmt fähig, sich in den Wirrnissen des menschlichen Herzens zurechtzufinden und die zutreffenden Erklärungen zu geben.

In New York regnete es ebenfalls. Zum Glück fand ich unweit meiner Wohnung einen Parkplatz und schleppte sämtliches Gepäck auf einmal in die Vorhalle meines Wohnblocks, nicht ohne mir die Schienbeine an den Koffern wundzustoßen. Ich sammelte die Post ein, quälte mich die schmale Treppe hinauf. Nachdem ich abgeschlossen und die Kette vorgelegt hatte, machte ich mir einen Scotch Highball zurecht und nahm den mit ins Bad, wo ich mich zunächst in die Wanne legte und in heißem Wasser weichen ließ. Meine Füße waren eine Woche lang klamm und kalt gewesen, und ich nahm mit Entzücken wahr, daß die Zehen sich noch bewegen ließen.

Anschließend zog ich bequeme Sachen an und sah die Post durch. Rechnungen. Drucksachen. Von Joan Powell nichts. Ich packte aus, warf die schmutzige Wäsche in den Korb, versorgte die Toilettensachen wieder im Badezimmerschränkchen.

Zur Begleitung gedämpfter Musik machte ich mich an die Abfassung meines Berichtes über Thorndecker. Die Bingham-Stiftung hält dafür Formblätter bereit, fünf Seiten pro Bericht, mit besonderen Sparten: PERSÖNLICHE GEWOHNHEITEN, FINANZLAGE, RELIGIONSZUGEHÖRIGKEIT, BEURTEILUNGEN VON NACHBARN etc. etc. Ich starrte die Formblätter minutenlang an, schrieb dann quer über die erste Seite *Antragsteller verstorben* und damit war das erledigt.

Im Kühlschrank fand ich eine Dose Ölsardinen und Cracker, auch etliche Oliven, alten Käse, einen Rest von Orangenmarmelade. Das alles aß ich, und es reichte. Hunger hatte ich nicht.

Die Nachrichten im Fernsehen waren ausnahmslos schlechte Nachrichten. Ich nahm mir nacheinander drei Taschenbücher vor, legte sie wieder aus der Hand. Nun häufte ich die unbezahlten Rechnungen zu einem niedlichen Berg, spitzte zwei Bleistifte, rauchte eine halbe Schachtel Zigaretten, fand zufällig noch Anchovis in der Küche, fraß das ganze Glas leer und bekam selbstverständlich Durst.

Gegen halb zehn, nach dem dritten Highball, gab ich auf, zog das Telefon heran und dachte mir aus, wie ich die Sache angehen wollte. Mit den frisch gespitzten Bleistiften machte ich Entwürfe auf etliche Bogen Papier.

»Halloo?« würde sie sich melden.

Und ich würde sagen: »Powell, bitte leg' nicht auf, ich bin es, Sam. Ich bitte dich um Verzeihung für mein Betragen. Du kannst mich nicht schlimmer beschimpfen, als ich es selber schon getan habe, und ich frage dich, ob es eine Möglichkeit gibt, weiterzumachen. Ich flehe dich an. Ich kapituliere vorbehaltlos, nehme alle Bedingungen an, tue alles, was du willst, unterwerfe mich jeder Strafe, wenn du mir nur erlaubst, dich wiederzusehen.«

Und immer so weiter. Meine Notizen häuften sich, ich dachte mir Einwände aus, die sie machen könnte, und die schlagendsten Gegenargumente. Auf drei Seiten unterwarf ich mich total, kroch auf dem Bauch, demütigte mich. Ich hielt es für möglich, ihre Gunst zurückzugewinnen, wenn sie nicht sofort auflegte, mich wieder bei ihr angenehm zu machen, mindestens zu erreichen, daß sie mir Gelegenheit gab zu beweisen, wie sehr ich sie liebte und brauchte.

Sollte sie den Altersunterschied zwischen uns zur Sprache bringen, hatte ich mir was Besonderes ausgedacht:

»In der vergangenen Woche habe ich gelernt, daß das alles ein einziger Quark ist, Powell. Wichtig ist nur, daß man sich miteinander wohl fühlt, gemeinsame Interessen hat, daß man sich liebt, daß man Verständnis und Sympathie ständig auf kleiner Flamme heiß hält, damit sie zur Hand sind, wenn man sie braucht.«

Ich las alles noch mal durch, was ich mir da notiert hatte, und fand, es sei ein richtiger schöner Schriftsatz, der mich für alle Eventualitäten bereitmachte. Sie mochte mir mit Verwünschungen antworten oder mit kühlem Schweigen, ich wußte auf alles die Antwort.

Ich machte mir noch einen Drink zurecht, leerte das Glas zur Hälfte, nahm den Hörer ab, breitete die Notizen vor mir aus, holte tief Luft und wählte ihre Nummer.

Beim dritten Rufzeichen nahm sie ab.

»Hallo?« sagte sie.

»Powell«, begann ich, »bitte leg' nicht –«

»Todd? Komm gefälligst rüber, sonst mache ich dir Beine!«

Ich rannte los.

Ausgewählte Belletristik

Larry Collins
Das Labyrinth
Roman
510 Seiten

Arthur Hailey
Reporter
Roman
640 Seiten

Colleen McCullough
Die Macht und die Liebe
Roman
800 Seiten

Marcel Montecino
Kalt wie Gold
Roman
576 Seiten

CB
C. Bertelsmann

Goldmann Taschenbücher

Allgemeine Reihe
Unterhaltung und Literatur
Blitz · Jubelbände · Cartoon
Bücher zu Film und Fernsehen
Großschriftreihe
Ausgewählte Texte
Meisterwerke der Weltliteratur
Klassiker mit Erläuterungen
Werkausgaben
Goldmann Classics (in englischer Sprache)
Rote Krimi
Meisterwerke der Kriminalliteratur
Fantasy · Science Fiction
Ratgeber
Psychologie · Gesundheit · Ernährung · Astrologie
Farbige Ratgeber
Sachbuch
Politik und Gesellschaft
Esoterik · Kulturkritik · New Age

Goldmann Verlag · Neumarkter Str. 18 · 8000 München 80

Bitte senden Sie mir das neue Gesamtverzeichnis.

Name: ____________________

Straße: ____________________

PLZ/Ort: ____________________